MEGAN DEVOS

RUINS
OF
LOVE

GEFANGEN

ROMAN

Aus dem Englischen von
Nicole Hölsken

 PENGUIN VERLAG

Die Originalausgabe erschien 2018
unter dem Titel *Anarchy*
bei Orion Books, London.

Der Verlag behält sich die Verwertung des urheberrechtlich
geschützten Inhalts dieses Werkes für Zwecke des Text- und
Data-Minings nach § 44b UrhG ausdrücklich vor.
Jegliche unbefugte Nutzung ist hiermit ausgeschlossen.

Penguin Random House Verlagsgruppe FSC® N001967

1. Auflage

Redaktion: Christiane Sipeer
Umschlagmotiv und -gestaltung: www.buerosued.de
Satz: Uhl + Massopust, Aalen
Druck und Bindung: GGP Media GmbH, Pößneck
Printed in Germany 2024
ISBN 978-3-328-10629-6
www.penguin-verlag.de

Für meine Leserinnen und Leser,
die von Anfang an an meiner Seite waren.
Ohne euch
wäre dieses Buch nicht möglich gewesen.

KAPITEL 1
RAUBZUG

Hayden

Ich ließ die Schultern kreisen, verlagerte den dicken Gurt des Sturmfeuergewehrs, der mir beim Gehen ins Fleisch schnitt. Durch mein dünnes T-Shirt hindurch fühlte sich das Metall des Gewehrs sengend heiß auf der Haut an, denn es war noch vor kurzem benutzt worden. Niemand schenkte der Waffe über meiner Schulter besondere Beachtung, als ich vorbeiging; an den Anblick waren sie gewöhnt.

Ich konnte das laute Knirschen meiner Stiefel auf dem Boden hören, während ich den staubigen Weg zur Kommandozentrale zurücklegte. Eine leichte Brise fuhr durch mein Haar, das ich mit einem Bandana zurückgebunden hatte, damit es mir nicht ins Gesicht fiel. Es war mittlerweile zu lang, aber ich hatte im Augenblick einfach nicht den Kopf frei, um mich darum zu kümmern. Ein Haarschnitt war momentan die geringste meiner Sorgen.

Gesichter zuckten vorüber, während ich schnell und zielstrebig voranschritt. Es war bereits dämmrig, und ich wollte den Raubzug ins Rollen bringen, bevor die Dunkelheit uns alle einhüllte. Ich scannte die Menge auf der Suche nach ganz bestimmten Gesichtern, aber sie waren nicht zu entdecken.

Der Pfad war zu beiden Seiten von provisorischen Hütten gesäumt. Das Material dafür hatten wir bei unseren Plünderungsaktionen in der Stadt gefunden. Holzbalken, Metall und Glas waren zu überraschend stabilen Bauten zusammengefügt worden, die den Menschen als Behausung dienten. Die Bäume ragten hoch empor, verbargen unser Waldlager vor neugierigen, unliebsamen Blicken.

Zwar ignorierten alle die Waffe, die über meinem Arm lag, trotzdem warfen mir Menschen aller Altersgruppen ehrfürchtige Blicke zu, als ich vorbeiging. Ich war noch relativ jung, weshalb mein Aufstieg an die Spitze umso beeindruckender war. Mit nur einundzwanzig Jahren trug ich die Verantwortung für diese Menschen. All diese Leute, angefangen von kleinen Kindern bis hin zu jenen, die so alt waren, dass sie kaum mehr laufen konnten. Sie standen unter meiner Obhut, unter meiner Aufsicht. Ich war für ihren Schutz verantwortlich, dafür, dass sie am Leben blieben.

Das Gewicht dieser Verantwortung war mir durchaus bewusst, und schnell beherrschte es auch jetzt wieder meine Gedanken, als ich den Kopf einzog, um die Kommandozentrale zu betreten. Dieses Gebäude war am stabilsten, komplett aus Metall mit richtigen Schlössern an den Türen – im Gegensatz zu den simplen Holzriegeln, die wir in den Hütten der Menschen angebracht hatten. Stets waren mindestens zwei Wachleute zugegen, um unsere Vorräte zu beaufsichtigen. Als Lagerplatz für unsere Waffen und unsere Munition war dies einer der wichtigsten Orte in der gesamten Siedlung.

Ich nickte den beiden diensthabenden Wachen zu: einem

Mann mittleren Alters, dessen Gesicht ich kannte, an dessen Namen ich mich allerdings nicht erinnern konnte, und einem Jungen von zehn Jahren, den ich sehr gut kannte. Ich seufzte, wünschte, jemand anders hätte jetzt Dienst, denn ich wusste, was mit Sicherheit folgen würde.

»Hi Hayden!«, rief er fröhlich, sprang sofort auf die Füße und stürmte zu mir hin. Ich sah auf ihn herab, bevor ich auf einen der Waffenkoffer zuging, die im Gebäude aufbewahrt wurden. Ich schob den Gurt über meinen Kopf und legte die Waffe ab, um sie wieder an Ort und Stelle zu verstauen. Er sah so schludrig aus wie immer, mit einer wilden Haarmähne, die ihm in die Augen fiel, und Klamotten, die ihm viel zu groß waren. Er ertrank beinahe in seinem T-Shirt, und seine Jeans schleifte bei jedem Schritt über den Boden.

»Jett, du musst weiter deine Pflicht erfüllen«, erinnerte ich ihn und zog eine Augenbraue hoch. Ein besorgter Ausdruck zuckte über sein Gesicht, dann verkniff er sich das Lächeln und setzte eine pseudo-ernsthafte Miene auf.

»Ja, Sir. Ich weiß ...«

»Nenn mich nicht ›Sir‹«, knurrte ich sogleich. Mittlerweile taten das einige hier, besonders die Kinder, und es war mir verhasst.

»Okay, sorry, Si..., äh, Hayden.« Beinahe hätte er den gleichen Fehler noch einmal gemacht. Ich ignorierte ihn und holte eine 9 mm Handfeuerwaffe heraus. Nachdem ich den Verschlusshebel geöffnet hatte, entdeckte ich, dass sie halb leer war.

»Also, äh, ich habe mich gefragt ...«

»Nein«, sagte ich rundheraus, denn ich wusste, was er fragen wollte. Ich holte ein paar Patronen aus der Schachtel, um die Waffe zu laden.

»Aber *warum* denn nicht?«, quengelte er. »Ich bin jetzt alt genug! Nimm mich mit!«

»Du bist noch nicht alt genug. Noch ein Jahr«, antwortete ich sanft. Er nervte zwar durch seinen Übereifer, aber andererseits bewunderte ich seine entschlossene Beharrlichkeit. Er versuchte mich schon seit Jahren zu beschwatzen, ihn mit auf einen unserer Raubzüge zu nehmen, aber ich erteilte ihm jedes Mal wieder eine Abfuhr.

»Das hast du schon letztes Jahr gesagt«, erwiderte er verdrossen.

Er hatte Recht, aber das würde ich wohl kaum zugeben. Ich hatte vor einem Jahr geglaubt, dass er *vielleicht* jetzt bereit sein würde, aber er war nach wie vor weit davon entfernt. Er war noch immer ein Kind, zu jung, um die akute Gefahr zu erkennen, die mit Raubzügen einherging, und zu wenig ausgebildet, um sich selbst verteidigen zu können. Er würde nur jeden, einschließlich sich selbst, in Gefahr bringen.

»Nächstes Jahr«, wiederholte ich. Ich rammte den Verschlusshebel wieder in die Waffe und schob sie mir dann in den Bund meiner Jeans. Das Metall fühlte sich kühl an meiner Haut an, wo es den Rücken berührte, gab mir aber trotzdem einen seltsamen Adrenalinstoß. So langsam wurde es Zeit.

»Okay, dann wollen wir mal loslegen«, sagte plötzlich eine Stimme. Sie dröhnte förmlich durch den relativ kleinen Raum. Ich wandte den Blick von Jetts enttäuschtem Gesicht ab und sah Dax und Kit eintreten. Wie immer schien Dax begeistert zu sein, wenn ein Raubzug bevorstand, während Kits Miene steinern und ernst war. Beide Männer waren ungefähr in meinem Alter und absolut gegensätzlich. Aber ich hätte es mir nicht im Traum einfallen lassen, einen Überfall ohne sie zu riskieren.

»Hayden.« Kit nickte mir zum Gruß zu, bevor er sich einer anderen Kiste auf der gegenüberliegenden Seite des Zimmers zuwandte, um sich seine Ausrüstung zu holen. Dax schritt zu Jett und mir an der anderen Kiste hinüber und nahm sich ebenfalls eine Waffe.

»Jett, wie sieht's aus? Kommst jetzt endlich mal mit, oder was?«, fragte er leichthin und grinste auf den Jungen herab. Ich runzelte die Stirn, verärgert, dass Dax ihn auch noch ermutigte.

»Hayden lässt mich nicht. Er sagt, ich bin immer noch zu jung«, grummelte der Junge und warf mir aus den Augenwinkeln wütende Blicke zu, während ich ein Springmesser in meine Tasche gleiten ließ.

»Nein, ich lasse dich nicht«, pflichtete ich ihm bei und drehte den beiden den Rücken zu, um mich weiter auszurüsten. Ich schnappte mir einen kleinen Rucksack, in den ich Verbandszeug und eine Flasche Wasser stopfte.

»Ach, keine Sorge, deine Zeit wird schon noch kommen, kleiner Mann«, meinte Dax und klopfte ihm auf die Schulter – ein wenig härter, als er wahrscheinlich beabsichtigt hatte. Jetts Körper zuckte unter dem Schlag ein paar Zentimeter zur Seite, was nur Beweis genug dafür war, wie ungeeignet er für einen solchen Raubzug tatsächlich war.

»Aber ich will *jetzt* mitgehen«, murmelte er, sah zu Boden und vergrub die Schuhspitze im Staub, der den Holzboden bedeckte.

Dax zerzauste ihm mit gutmütigem Glucksen das Haar, dann nahm auch er sich noch einen Materialrucksack. Statt Verbandszeug verstaute er jedoch Kabel, Batterien und andere elektrische Utensilien darin, bevor er ihn aufsetzte. Dax war unser Technikexperte und bekam beinahe alles wieder ans Laufen, egal, wie marode oder kaputt es war. Er war ein Drittel unseres Kernteams, bestehend aus ihm, Kit und mir.

Kit wiederum war vornehmlich auf Beobachtungsposten und kümmerte sich, wenn nötig, um unsere Waffen. Er war derjenige, der in den meisten Fällen die Gewehre abfeuerte, die wir dabeihatten, oder der das trügerisch große Messer benutzte, das er in der Gesäßtasche mit sich trug. Unsere Feinde taten gut daran, sich nicht mit ihm anzulegen, wenn sie einen unserer Raubzüge unbeschadet oder auch nur lebendig überstehen wollten. Kit war aus einem bestimmten Grund so, und er hatte mehr als nur ein paar Menschen auf dem Gewissen, um diese Befürchtung zu rechtfertigen.

Meine Rolle im Trio richtete sich danach, worauf wir es bei unseren Plünderungsaktionen gerade abgesehen hatten. Ich deckte sämtliche Gebiete ab – Technik, Kommunikation, Kampf, Beobachtung, Auskundschaften, einfach alles. Das war einer der Gründe, warum ich so weit aufgestiegen war, obwohl ich das damals eigentlich gar nicht vorgehabt hatte. Eigentlich hatte ich immer nur am Leben bleiben und keinesfalls ein ganzes Lager leiten wollen. Ich hatte nie um diese

Verantwortung gebeten, aber jetzt hatte ich sie nun mal, und ich widmete mich dieser Aufgabe mit ganzer Kraft.

Jett beobachtete uns aufmerksam, als wir uns um den mittleren Tisch versammelten, der durch eine von der Decke herabbaumelnde Glühbirne erhellt wurde. Es gab nur drei Gebäude in unserem Lager, die durch Generatoren betriebenen Strom besaßen: die Küche, die Krankenstation und das Kontrollzentrum. Die restlichen Bauten wurden durch Laternen und Kerzen erhellt. Die Glühbirne war die einzige Lichtquelle im Raum, weshalb unsere Schatten sich scharf an den Wänden abzeichneten. Nun, da wir unsere Waffen und unsere Ausrüstung beisammenhatten, gab es nur noch eins zu tun.

»Na gut, also dann«, begann ich. Ich fuhr mir mit dem Daumen über die Unterlippe, während ich darüber nachdachte, wie wir am besten vorgehen konnten. »Wir gehen nach Greystone, und wir brauchen Petroleum für die Laternen. *Mehr nicht.*«

»Was?«, protestierte Dax sofort. »Wir gehen ins verdammte Greystone und holen uns nichts als Petroleum? Was soll das alles dann?«

»Was das soll? Wir brauchen Petroleum. Mehr ist nicht nötig, und wir gehen kein Risiko ein«, sagte ich entschieden. Ich sah ihn grimmig an, verärgert, weil er Raubzüge grundsätzlich als großen Spaß und weniger als Gefahr betrachtete. Wenn er so weitermachte, würde er eines Tages unweigerlich verletzt werden. »Besonders nicht in Greystone.«

Dax runzelte die Stirn, enttäuscht, dass diese Mission keine von den größeren war. Aber er akzeptierte, dass ich das Sagen hatte. Nicht, dass er wirklich eine Wahl gehabt hätte – ich hatte immerhin die Verantwortung. Sowohl er als auch Kit waren meine engsten Freunde und Verbündeten. Es war also gar nicht so einfach, ihnen Befehle zu erteilen, ohne mir wie ein machthungriges Arschloch vorzukommen. Ich vertraute ihnen mein Leben an und sie mir das ihre.

In Zeiten wie den unsrigen war Vertrauen etwas ungeheuer Wichtiges. Man konnte nur der eigenen Gruppe vertrauen, sonst niemandem. Je nachdem, was wir plünderten, nahmen wir mehr oder weniger Leute mit. Da es sich hierbei um einen relativ kleinen Raubzug handelte, waren nur wir drei vonnöten. So war es mir am liebsten, denn größere Aktionen mit vielen Teilnehmern machten mich immer nervös. Je mehr Menschen man mitnimmt, umso größer ist das Risiko, erwischt und getötet zu werden.

»Können wir uns von dort nicht wenigstens noch ein bisschen Munition mitnehmen? Uns gehen langsam die Granaten aus«, wagte Dax einen letzten Vorstoß.

»Wir haben noch jede Menge Granaten«, sagte Kit von der anderen Tischseite, wie immer hatte er mit ernsthafter Miene dem Plan zugehört. »Und jetzt halt den Mund und nimm deine Befehle entgegen.«

»Ja, ja. Nun bleib mal locker, ja?«, antwortete Dax und schüttelte enttäuscht über unseren Mangel an Begeisterung den Kopf. Ich ignorierte ihn.

»Das wäre also geklärt. Weiß jeder noch, wo es ist?«

Beide Männer nickten.

»Linker Hand, und der Wachmann kommt alle zehn Minuten vorbei«, antwortete Kit. Ich nickte.

»Ganz genau. Dann also los, bevor es zu dunkel wird und man ohne Lampe nichts mehr sehen kann«, verkündete ich.

Jett war bis jetzt einigermaßen schweigsam geblieben und hatte nur ein entrüstetes Schnauben von sich gegeben, weil er ausgeschlossen war.

»Haltung bewahren, kleiner Mann«, sagte Kit und warf ihm ein seltenes Grinsen zu. Jedermann hatte Jett ins Herz geschlossen, sogar der stets so ernste Kit.

»Kleiner Mann«, murmelte Jett und verschränkte die Arme über der Brust, bevor er nochmals leise schnaubte. »Ich hasse es, wenn ihr mich so nennt.«

Dax lachte herzhaft. Er war schon wieder bester Laune, nachdem ich kurzerhand seine Idee, einen großangelegteren Überfall zu starten, niedergebügelt hatte. Einem Raubzug konnte er nun mal einfach nicht widerstehen, egal, wie einfach es werden würde.

»Gehen wir«, sagte ich mittlerweile ungeduldig. Mit Rucksäcken auf dem Rücken und gesicherten Waffen nahmen wir uns jeder eine Fackel, bevor wir uns von Jett und dem zweiten Wachmann verabschiedeten.

Draußen war es mittlerweile schon erheblich düsterer als bei meinem Hereinkommen, und ich wollte den Wald durchqueren, bevor es komplett dunkel war. Unter dem dichten Baldachin der Baumkronen war es schon jetzt stockfinster, und sich mit Fackeln durch die Bäume zu bewegen, war eine todsichere Methode, um die eigene Deckung aufzugeben.

Gemeinsam durchquerten wir das Camp, nickten anderen im Vorbeigehen zu, konzentrierten uns aber vornehmlich auf den bevorstehenden Raubzug. Wir schwiegen, als wir uns

15

dem Rande der Hütten näherten, und wurden sogar noch stiller, nachdem wir zwischen den Bäumen verschwunden waren. Behände stiegen wir über die Äste und Zweige, die auf dem Boden verstreut lagen. Durch jahrelange Übung vermochten wir uns zwischen den Schatten beinahe lautlos zu bewegen.

Greystone war die nächstgelegene Siedlung zu unserem Lager und etwa eine Meile von uns entfernt. Während unser Lager in den Wäldern verborgen lag, befand sich Greystone etwa neunzig Meter vom Waldrand entfernt, also vollkommen ungeschützt. Normalerweise kommt einem die Vorstellung von einem Lager, das buchstäblich keinerlei Deckung hat, abwegig vor, aber in diesem Fall war die Lage Absicht und Strategie. Greystone war für uns wahrscheinlich gefährlicher als alle anderen Camps: Die Einwohner waren allesamt bis an die Zähne bewaffnet und hatten eine Vorliebe für den Kampf. Sie gehörten nicht zu den Leuten, mit denen man sich anlegen wollte, und schon gar nicht zu denen, die man in dunkler Nacht bestehlen wollte. Durch den fehlenden Baumbewuchs um ihr Lager aus Steinbauten hatten wir buchstäblich keinerlei Deckung, was es den diensthabenden Wachleuten erleichterte, Eindringlinge sofort zu entdecken.

Andere Camps wie Whetland oder Crimson waren erheblich schlechter geschützt und leichter zu plündern, aber sie lagen auch viel weiter entfernt. Für größere Raubzüge nahmen wir die Tour durch die Einöde der Stadt und zurück durchaus auf uns, aber bei kleineren Streifzügen wie diesem zogen wir es vor, uns nach Greystone einzuschleichen. Es gab auch noch andere Gruppen, die sich zusammengerottet hatten. Sie alle waren nur einander und niemandem sonst gegenüber loyal. Sie lebten allesamt in provisorischen Dörfern in einem Ring um die Stadt herum. Diese Siedlungen hatten sich vor vielen, vielen Jahren gebildet. So war es beinahe zeit meines Lebens gewesen.

Abgesehen von den organisierten Camps, gab es dann noch die, die in der Stadt geblieben waren – das waren die gefährlichsten und brutalsten, die einfach nur zum Spaß töteten. Sie wohnten in den zerstörten Überresten der Häuser, ernährten sich von dem, was sie arglosen Passanten stahlen, und nutzten alles Erdenkliche als Waffen, mit denen sie ihre Umwelt bedrohten. Diese Menschen schienen das Rad der Evolution etwas zurückgedreht zu haben. Um zu überleben, setzten sie ausschließlich auf ihre barbarischsten Instinkte und sonst nichts. Wir nannten sie Brutes, und sie waren ein weiterer Grund, warum wir lieber Greystone überfielen, als uns in die Stadt zu schleichen.

Die Menschheit war gespalten, und man traute nur denen aus dem eigenen Lager. So funktionierte es nun mal – man kämpfte für sein eigenes Camp, und das war's. Wenn man etwas brauchte, stahl man es oder riskierte einen Plünderungszug durch die Stadt. Man stahl, man schlich sich heimlich an, man log, man kämpfte, alles nur, um zu überleben. Entweder das, oder man starb.

»Ich sehe es«, flüsterte Dax, verlangsamte seinen Schritt und deutete nach vorn. Das riss mich aus meinen Gedanken, und ich spähte mit zusammengekniffenen Augen in die Dunkelheit. Und in der Tat erkannte ich in der Richtung, in die Dax' Finger deutete, die dunklen Umrisse von Steinhäusern.

Dieses Camp war kreisförmig angeordnet. Die wichtigsten Gebäude und Ressourcen befanden sich in der Mitte. Genau wie bei uns waren ständig Wachen auf Patrouille, um Diebe wie uns fernzuhalten. Sie waren bewaffnet und jederzeit bereit abzufeuern. Schon mehr als einmal hatten wir Mitglieder unseres Lagers an die Leute von Greystone verloren. Wir blieben am Waldrand und spähten über die neunzig Meter große, freie Fläche zwischen uns und der äußeren Grenze ihrer Siedlung. Leise zogen wir unsere Waffen aus den verschiedenen Haltern und brachten sie in Anschlag.

»Da«, flüsterte Kit. Sein Blick war unverwandt auf einen Schatten gerichtet, der sich zwischen den kleinen Gebäuden bewegte. Der Umriss eines Gewehrlaufs war deutlich zu erkennen. »In zehn Minuten ist er wieder hier.«

»Sollten wir nicht nochmal warten, um sicherzugehen?«, fragte Dax. Auch seine Augen folgten dem Schatten.

»Nein, es sind immer zehn Minuten. Jedes Mal«, antwortete Kit. Ich nickte schweigend, mehr zu mir selbst denn als Antwort. Kit hatte Recht. Bei jedem einzelnen Überfall, den ich mitgemacht hatte, kam einer ihrer Wachleute innerhalb von zehn Minuten wieder vorbei. Nie mehr, nie weniger, und ich war bei vielen Raubzügen dabei gewesen.

»Denkt dran, linke Seite«, flüsterte ich. Der Schatten war jetzt beinahe verschwunden. Das war unsere Gelegenheit. »Los!«

Ohne noch einen Augenblick zu zögern, sprinteten wir drei wie stumme Schatten von den Bäumen zum Lager. Unsere Füße glitten flüsterleise über den Grasfleck. Meine Muskeln genossen die Anstrengung. Ein guter Lauf gab ihnen nach dem langen, langsam zurückgelegten Weg das Gefühl, lebendig zu sein. Ich atmete tief und gleichmäßig, um das Tempo zu halten, und hörte, wie Dax und Kit es neben mir gleichtaten. Von der ständigen körperlichen Anstrengung waren wir in bester physischer Verfassung. Unaufhörlich scannte ich die Häuser auf der Suche nach einem weiteren Schatten, einem weiteren Wachmann oder vielleicht auch einfach nur nach einer Person, die gerade ihr Haus verließ, aber ich entdeckte niemanden.

Nach ein paar Sekunden erreichten wir das erste Gebäude und pressten uns stumm an eine Wand, Schulter an Schulter, so dicht wie möglich, um uns vor den Blicken zu verbergen. Unser Atem ging leise, obwohl wir gerade neunzig Meter im Sprint zurückgelegt hatten. Ich stellte die Ohren auf, horchte angestrengt nach Geräuschen, ob irgendjemand uns bemerkt hatte oder einen Warnruf abließ, aber es war nichts zu hören. Ich nickte den beiden zu, bevor ich vorsichtig um die Ecke lugte. Mein Herz pochte von dem Adrenalinschub, den nur ein Raubzug hervorrufen kann.

»Die Luft ist rein«, flüsterte ich, bevor ich mich um das Gebäude herumschlich. Sie folgten mir leise. Lautlosigkeit war uns mittlerweile in Fleisch und Blut übergegangen.

In Greystone war es sehr dunkel. Sie schienen die gleichen Probleme mit dem Strom zu haben wie wir. Hie und da flackerte eine Kerze, sodass immer noch genug Licht da war, um unser Ziel zu erkennen. Das Gebäude, auf das wir es abgesehen hatten, war relativ unscheinbar, und das Einzige, was es von den anderen langweiligen, grauen Bauten unterschied, war eine kleine, aufwendige Schnitzerei an der Tür, die ein Feuer darstellte – Feuer, das eben nur mit Petroleum brennen kann.

Ich scannte die Umgebung erneut, entdeckte aber immer noch nichts. Im Geiste hielt ich nach, wie die Minuten verrannen, jede Pause verschwendete mehr und mehr unserer kostbaren Zeit, um einzudringen, uns unsere Beute zu schnappen und wieder hinauszugelangen. Mit einem winzigen Wink meiner Hand signalisierte ich ihnen, mir zu folgen, bevor ich über den Pfad sprintete und vor der Tür landete.

Ich hielt nur ein paar Sekunden inne, um das Ohr gegen die Tür zu pressen, lauschte, ob wider Erwarten jemand drinnen war. Aber es herrschte vollkommene Stille.

Ich drehte den Türknauf, um einzutreten. Kit und Dax folgten mir auf dem Fuße. Unsere Beute war überall im Raum verteilt, Stapel um Stapel, die an den Wänden aufgetürmt standen. Kaum waren wir eingetreten, nahmen wir uns mehrere Gallonen Petroleum, warfen einen in unsere Rucksäcke und trugen noch einen weiteren in der Hand, um die zweite für unsere Waffen frei zu haben.

»Hayden«, flüsterte Kit. »Alles klar, wir gehen als Erste raus, dann geben wir dir ein Zeichen.«

Ich nickte, winkte sie zur Tür hinaus und beobachtete, wie sie in der Dunkelheit verschwanden. Dann drehte ich mich noch einmal um, um zu schauen, ob es hier noch etwas anderes Nützliches gab. Sie waren erst ein paar Sekunden verschwunden, als ich es hörte. Ganz plötzlich erklang ein lautes Scheppern hinter mir, gefolgt von einem erstickten Keuchen.

Ich wirbelte herum, suchte nach dem Wachmann und erwartete ein Gewehr, das sich auf meinen Kopf richtete.

Was ich aber sah, war noch schlimmer. Dort im Türrahmen, neben einem Stapel umgekippter Petroleumkanister stand Jett mit einem überraschten Ausdruck auf seinem Gesicht und der Hand über dem Mund.

»Jett!«, zischte ich. »Was zum Teufel hast du hier zu suchen?«

»Ich wollte bei dem Raubzug helfen!«, antwortete er, und sein Flüstern war viel zu laut. Mit seinem Feuereifer wirkte er viel zu glücklich über unsere augenblickliche Situation, besonders, nachdem er solch einen Radau gemacht hatte. Anscheinend war ihm der Ernst der Lage absolut nicht bewusst. Wahrscheinlich hatte er das gesamte Camp alarmiert, von dem die Hälfte in wenigen Minuten bei uns sein würde.

»Tut mir lei...«

Ich machte *Pst!*, um ihm das Wort abzuschneiden, die Augen vor Zorn weit aufgerissen. Was war er doch für ein Idiot, dass er uns hierher gefolgt war; jetzt würde er uns alle umbringen.

Mein Blick schoss zur Tür, und erleichtert stellte ich fest, dass nirgends eine Spur von Dax oder Kit zu sehen war. Wenigstens sie hatten es hinaus geschafft. Jett stand da, blies sich, so gut es ging, auf, versuchte mutig und furchtlos zu erscheinen. Seine kleinen Fäuste waren entschlossen geballt.

»Jett, wir müssen hier raus. Jetzt!« Ich schäumte vor Wut, preschte voran und zerrte ihn am Arm mit mir. Er grummelte leise, murmelte etwas von »wollte doch nur helfen«. Mein Griff war fest. Ich wartete an der Tür, hielt nach Wachen Ausschau. Aber wundersamerweise war die Luft rein.

»Komm schon«, flüsterte ich und zerrte ihn voran. Ich

trat vor, zog uns aus dem Versteck der Dunkelheit in die schwache Beleuchtung der Straße.

»Stehen bleiben«, sagte eine Stimme direkt hinter mir. Mir sank das Herz. Ich hörte das deutliche Klicken von Metall auf Metall – das Geräusch einer Waffe, die entsichert wird. Ich schloss die Augen und zog eine Grimasse, als ich Jett vor mir herschob, ihn vor dem, was immer hinter mir war, abschirmte. Ich hörte, wie sein entsetztes Keuchen sich durch seine falsche Tapferkeit Bahn brach, die er so mühsam aufrechtzuerhalten versuchte. Sie wich der Angst, die er eigentlich die ganze Zeit schon hätte haben müssen, wäre er nicht so vernebelt gewesen.

»Umdrehen«, befahl die Stimme. Sie gehörte einem Mädchen, wie ich überrascht feststellte, obwohl sie durchaus gebieterisch klang. Langsam drehte ich mich um die eigene Achse, steckte meine Waffe dabei klammheimlich in meinen Hosenbund und konnte Jett dabei auch weiterhin hinter mir halten. Nachdem ich den Kanister Petroleum neben mich gestellt hatte, hob ich beide Hände neben meinem Kopf in die Luft. Ich machte mir mehr Sorgen darum, wie ich den verängstigten Jett hier rausbekommen sollte, als um mich selbst.

Mein Blick wanderte vom Boden ihren Körper hinauf und richtete sich auf die Waffe in ihrer Hand, mit der sie direkt auf meine Brust zielte. Dann sah ich ihr in die Augen. Sie waren tiefgrün, und ihr Gesicht war von blonden Haarsträhnen umrahmt, die sich aus ihrem unordentlichen Knoten gelöst hatten. Sie war zweifellos schön – und absolut bereit, mich zu töten.

KAPITEL 2
SCHWACH

Grace

Ich hielt die Hände ruhig und streckte die Arme aus, um mit der Waffe auf seine Brust zu zielen. Er verzog keine Miene; falls er Furcht hatte, verbarg er sie vollkommen. Allerdings schien er mir sowieso nicht der ängstliche Typ zu sein. Mit hartem Blick sah er mich an, und einen Moment lang war ich verblüfft über das tiefe Grün seiner Augen, die er zu Schlitzen verengte. Er hatte mich erst entdeckt, als er aus der Tür hinausgetreten war. Hastig hatte er sich überall umgesehen, allerdings nicht genau nach links, wo ich im Schatten verborgen stand. Auch der kleinere Schatten, der ihm zur Tür hinaus folgte, hatte mich nicht überrascht, denn immerhin hatten sie im Gebäude einen Heidenlärm verursacht. Ihre Gesichter hatte ich allerdings bislang nicht erkennen können. Das änderte sich erst, als er sich zu mir umdrehte. Beinahe wünschte ich mir, er hätte es nicht getan, denn ich konnte nicht umhin festzustellen, wie attraktiv er hinter meinem Gewehrlauf aussah. Er war etwa in meinem Alter, einundzwanzig oder so, und da er das zerzauste, dunkle Haar mit einem Bandana zurückhielt, war die markante

23

Linie seines Kinns, das durchdringende Grün seiner Augen und die beinharte Entschlossenheit seiner Miene nicht zu übersehen.

Ein leises Wimmern ertönte hinter seinem Rücken und brach den Bann, mit dem er mich sekundenlang offenbar belegt hatte. Zum ersten Mal sah ich Sorge in seinen Augen unter den zusammengezogenen Augenbrauen aufflackern. Ich trat einen Schritt näher, entschlossen, ihm so energisch wie jedem anderen Plünderer entgegenzutreten, den ich auf frischer Tat ertappte.

»Wer steht da hinter dir?«, fragte ich in scharfem Ton und deutete mit einem Kopfnicken über seine Schulter hinweg.

»Nur ein Kind«, antwortete er. Seine Stimme war tief und rau. Er sprach leise, um nicht noch mehr Aufmerksamkeit auf uns zu ziehen. Wahrscheinlich war ihm nicht entgangen, dass ich bislang noch keinen Alarm geschlagen hatte, obwohl ich wusste, dass die anderen schon auf dem Weg waren.

»Ich will ihn sehen.«

»Erst runter mit dem Gewehr«, sagte er entschieden. Er hielt die Hände immer noch in die Höhe, aber ich sah, wie die Muskeln unter seiner Haut spielten, sein Körper sich anspannte und er bereit war, sofort zu reagieren.

»Netter Versuch.«

Noch während ich das sagte, schob eine kleine Hand sein Hemd etwas beiseite. Dann spähte ein Kopf hinter seinem Rücken hervor. Weit aufgerissene braune Augen starrten mich an, offensichtlich zutiefst verängstigt. Der Junge stieß ein leises Fiepsen aus, als er merkte, dass ich ihn ansah, und versteckte sich dann wieder hinter dem Mann. Wieder sah ich ihm ins Gesicht, wobei ich das Gewehr weiterhin auf seine Brust richtete.

»Wo kommt ihr her?«, fragte ich. Er sah mich verächtlich an, verweigerte jede Antwort, und sein Kinn verkantete sich. Ich hatte allerdings auch keine Antwort erwartet. Das war eine der ersten Regeln bei Raubzügen: Wenn man erwischt wurde, schwieg man, und in den meisten Fällen starb man. Es hatte seinen Grund, warum kaum jemand es wagte, Greystone zu plündern, und das war gleichzeitig auch der Grund, warum er jetzt keine Informationen herausrückte. Wahrscheinlich war ihm klar, dass er hier nicht mehr herauskommen würde, und er wollte keine Vergeltungsmaßnahmen gegen den Rest seines eigenen Camps riskieren.

Das war allerdings nicht immer so. Oftmals lieferten die Gefangenen jede Menge Informationen, wenn auch nur die leiseste Chance für sie bestand, mit dem Leben davonzukommen. Wer immer er war, er war loyal und mutig.

»Warum bringst du ein Kind mit auf einen Raubzug?«, fragte ich. Meine Stimme klang eine Spur verärgert. Ich fand es ätzend, dass er mich in diese Lage gebracht hatte, denn eigentlich hätte ich beide auf der Stelle erschießen müssen. Der Gedanke, ein Kind zu töten, war mir aber zuwider. Er war so klein und verängstigt, dass ich es kaum vor mir selbst hätte rechtfertigen können, und wenn er tausendmal an diesem Raubzug beteiligt war.

»Hab ich nicht«, stieß er zwischen zusammengebissenen Zähnen hervor. Seine Nackenmuskeln arbeiteten, und er beobachtete mich aufmerksam. Sein Blick schoss zur Seite, zum ersten Mal, seit er ihn auf mich gerichtet hatte, sah er mir nicht mehr in die Augen, denn jemand rief meinen Namen.

»Grace!«, hörte ich eine Stimme. Ruckartig kehrte sein Blick zu mir zurück. Er zog die Augenbraue hoch, als wolle er mich fragen, ob ich damit gemeint war.

»Lass wenigstens den Kleinen laufen«, sagte er kurz angebunden. Er wirkte beinahe verärgert, dass ich ihn noch nicht erschossen hatte. Ich starrte ihn an, das Gewehr immer noch erhoben und bereit.

»Grace!«, wiederholte die Stimme, diesmal viel näher. Ich erkannte in ihr jetzt meinen älteren Bruder Jonah, der nicht nur unbarmherzig, sondern auch aufbrausend war und nicht zögern würde, beide niederzustrecken. Ein weiteres Wimmern erklang hinter dem Rücken des Mannes. Der Junge schien vor Schreck wie gelähmt zu sein. Das gab den Ausschlag. Noch bevor ich die Entscheidung bewusst getroffen hatte, senkte ich schon meine Waffe.

»Raus hier«, knurrte ich. Ich war sauer, weil ich sie laufen ließ, aber ich brachte es einfach nicht fertig, ein unschuldiges Kind zu erschießen. »Aber wenn ich euch nochmal hier erwische, seid ihr tot. Dann ist es mir egal, wen du dabeihast.«

Er nickte zackig, dann drehte er sich um. Seine Rückenmuskeln unter dem dünnen Shirt arbeiteten, als er sich vorbeugte, um dem Kind etwas zu sagen.

»Und jetzt laufen wir ganz schnell los, kleiner Mann.«

Er packte den Jungen am Arm, während ich schweigend dastand, verwirrt über seinen sanften Ton zu dem Kind, während er mich so verächtlich behandelt hatte. Sie sahen sich noch einmal um, dann setzten sie sich in Bewegung. Der Kleine rannte zum nächsten Haus, während der Mann sich überraschend nochmal zu mir umdrehte und mich ansah.

»Danke«, sagte er, wenn auch irgendwie widerwillig. Ich blinzelte vor Verblüffung, bevor ich mich zu einer grimmigen Miene zwang, entschlossen, trotz seines ungewöhnlichen Verhaltens hart zu bleiben.

»Geh!«, sagte ich nur, seinen Dank ignorierend. Er nickte noch einmal, dann wandte er sich um und sprintete davon. Sein T-Shirt bauschte sich hinten im Wind auf. Er war gerade um die Ecke gebogen, als mein Bruder aus der entgegengesetzten Richtung herannahte. Ich atmete tief ein, als er neben mir schlitternd zum Stehen kam.

»Was zum Teufel war das denn?«, bellte er, woraus ich schloss, dass er den Mann doch noch gesehen hatte, bevor dieser verschwunden war. Seine Brust hob und senkte sich vor Wut, und er funkelte mich an. Ich konnte den Blick nicht von dem Schatten abwenden, der den Fremden verschluckt hatte, obwohl ich spürte, wie mein Bruder mich fixierte.

»Ich hab ihn laufen lassen«, antwortete ich, als sei das nicht offensichtlich. Ich hatte keine Lust, nach diesem seltsamen Vorfall auch noch einen seiner Wutausbrüche über mich ergehen zu lassen.

»Du hast ihn laufen lassen«, wiederholte er fassungslos. »Warum?«

»Er hatte ein Kind bei sich«, antwortete ich und drehte mich endlich doch um, um seinem wütenden Blick mit ähnlicher Miene zu begegnen. Er war vielleicht aufbrausend, aber ich konnte es in puncto Temperament durchaus mit ihm auf-

27

nehmen, und nichts konnte mich so sehr auf die Palme bringen wie er.

»Und?«, spie er hervor.

»Und?« Nun ging ich vollends in die Luft. »Ich hielt es nicht für nötig, ein kleines Kind zu töten.«

»Ich habe kein Kind gesehen.«

»Tja, wahrscheinlich weil du dafür zu langsam warst«, murmelte ich und wandte mich ab, um in den Hauptteil des Lagers zurückzukehren. Aber er packte mich am Arm und zerrte mich zurück, drehte mich ruckartig um, damit ich ihn wieder ansah.

»Au, lass los!«, rief ich wütend und versetzte ihm einen so heftigen Stoß gegen die Brust, dass er unwillkürlich seinen Griff lockerte. Ich warf ihm einen angewiderten Blick zu und war beinahe versucht, gegen ihn von meiner Waffe Gebrauch zu machen, nur damit er mich in Ruhe ließ.

»Wohin willst du, verdammt nochmal?« Er kochte vor Wut und sah auch weiterhin zornig auf mich herab.

»Nach Hause. Mein Dienst ist vorbei«, antwortete ich. Mein Ton forderte ihn heraus, und er war offensichtlich stinksauer, weil ich nicht klein beigab. Als Kind hatte ich mich von ihm herumkommandieren und mir sagen lassen, was ich zu tun und zu lassen hatte. Aber in den letzten Jahren war ich erheblich stärker geworden und auf jeden Fall deutlich autoritätsresistenter.

»Wohl kaum. Du musst den Überfall Celt melden. Und sag ihm auch, dass du ihn hast *laufen lassen*«, knurrte er. Ich verdrehte die Augen.

»Na gut.«

Ich drehte mich auf dem Absatz um und ging davon, stellte aber verärgert fest, dass er mir folgte. Laut knirschten seine Stiefel im Schotter.

»Ich kenne den Weg. Du musst mich nicht begleiten.«

»Doch schon, weil ich sichergehen will, dass du ihm die Wahrheit sagst«, antwortete er rundheraus. Ich ignorierte ihn und stapfte weiter den Weg an den provisorischen Hütten entlang. Mittlerweile war es vollkommen dunkel, und der Pfad, den wir entlangschritten, war spärlich von vereinzelten Laternen beleuchtet. Wir gingen in eisigem Schweigen weiter, beide wütend auf den anderen, während wir der Kommandozentrale näher und näher kamen, in der, wie ich wusste, Celt sich aufhielt.

Jonah warf mir erneut einen wütenden Blick zu, als ich die Hand hob, um an die Tür zu klopfen, was eigentlich nur eine Formalität war.

»Was?«, grummelte ich leise, extrem sauer über seine Anwesenheit. Er genoss es offenbar, den miesen Typen rauszukehren. Er sagte nichts und schüttelte nur den Kopf, als drinnen eine Stimme ertönte.

»Kommt rein.«

Ich drehte den Knauf und warf mich mit der Schulter gegen die Tür, um sie aufzustoßen. Das Gebäude war so krumm und schief, dass sie sich schon mal verkantete. Das einzige Licht im Zimmer stammte von einer Kerze auf einem Schreibtisch, der von Papieren übersät war. Celt saß davor, das Gesicht angespannt vor Sorge, bevor sein Kopf nach oben fuhr und er mir in die Augen sah. Die Schatten vertieften die Fältchen um seine Augen und schienen die einzelnen grauen Strähnen hervorzuheben, die sein Haar immer mehr durchzogen. Dadurch kam er einem älter vor, als er tatsächlich war. Ein Lächeln umspielte seine Lippen, als er mich erblickte.

»Grace! Komm rein und setz dich«, sagte er und deutete auf den Stuhl, der seinem Schreibtisch gegenüberstand. Ich schenkte ihm ein schwaches Lächeln, trat nun vollends ein und setzte mich, dicht gefolgt von Jonah.

»Jonah, du natürlich auch«, fügte er hinzu. Jonah ignorierte das Angebot und stellte sich mit über der Brust verschränkten Armen neben mich. Celt warf ihm einen tadelnden Blick zu. Dann wandte er sich wieder mir zu.

»Welchem Umstand verdanke ich diese Ehre?«, fragte Celt. Er schob ein paar der Papiere zusammen, die er studiert hatte, und ordnete sie zu einem akkuraten Stapel. Jonah neben mir schnaubte entrüstet.

»Ja, sag's ihm, Grace«, forderte er mich angespannt auf.

Celt musterte mich eindringlich, und sein Gesicht wurde ernst.

»Was ist passiert?«

»Hm, es gab einen Überfall auf das Petroleumlager«, antwortete ich, wobei ich die wichtigsten Details ausließ.

»Und ...«, soufflierte Jonah.

»Und sie sind entkommen.«

»Und *warum* sind sie entkommen?«, fragte Jonah. Ich wandte mich ihm zu und funkelte ihn wütend an, wütend, dass er mich vor Celt wie eine Idiotin dastehen ließ.

»Weil ich sie laufen gelassen habe«, murmelte ich verdrossen und mit zusammengebissenen Zähnen.

»Warum hast du das getan?«, fragte Celt. Er rieb sich die Schläfen, als ob ihn das alles extrem stresste.

»Er hatte ein Kind bei sich!«, sagte ich zu meiner Verteidigung.

»Ja, und weißt du was? Der Kleine hat an einem Raubzug teilgenommen. Mit anderen Worten: Es ist nur eine Frage der Zeit, bis er mit der Waffe auf *dich* zielt«, knurrte Jonah neben mir.

»Ganz sicher nicht. Der Junge war total verängstigt. Es würde mich überraschen, wenn er überhaupt jemals wieder das Camp verließe«, antwortete ich kopfschüttelnd.

»Hast du herausgefunden, aus welchem Lager sie kamen?«, fragte Celt. Seine Stimme klang eine Spur enttäuscht, sodass ich mich absolut beschissen fühlte.

»Nein«, bekannte ich.

»Du bist echt zu nichts zu gebrauchen«, spie Jonah hervor. »Du bist ein Schwächling.«

»Hältst du jetzt endlich mal die Klappe? Nur weil ich kein herzloses Arschloch bin, heißt das noch lange nicht, dass ich schwach bin«, schoss ich zurück. Ich hatte nicht übel Lust, aufzuspringen und ihm einen Kinnhaken zu versetzen.

»Celt, unternimmst du jetzt was dagegen? Wir können sie nicht mehr Wache schieben lassen, wenn sie Angst hat, jemanden zu töten«, sagte Jonah aufgebracht. Er fuchtelte mit den Händen in meine Richtung, als könne er es nicht fassen, dass ich die Feinde einfach so hatte laufen lassen.

»Du weißt, dass das nicht stimmt«, antwortete ich. Ich hatte durchaus schon Menschen getötet, und das wusste er. Die Tatsache, dass er es überhaupt wagte, mir so etwas ins

Gesicht zu sagen, machte mich stocksauer. Ich tötete nicht gern, aber ich tat, was getan werden musste, um zu überleben.

»Nur weil du diesen Typ am liebsten gevögelt hättest ...«

»Was?! Nein, so war das nicht ...«

»... ist das noch lange kein Grund, ihn laufen zu lassen. Du bist schwach«, wiederholte er in dem Wissen, dass diese Stichelei mich am meisten ärgern würde. Ich hasste es, als schwach bezeichnet zu werden, nur weil ich ein Mädchen war.

»Du bist so ein Mistkerl ...«

»Stopp!«, brüllte Celt plötzlich, und unsere Köpfe wirbelten zu ihm herum. Ich hatte gar nicht gemerkt, dass ich aufgesprungen war und nun Auge in Auge Jonah gegenüberstand. Ich wich einen Schritt zurück und atmete tief durch; dann zwang ich mich, mich wieder hinzusetzen.

»Ihr beide müsst mit diesem sinnlosen Gezänk aufhören und miteinander klarkommen. Wie sollen andere Leute darauf vertrauen, dass ihr für ihr Überleben sorgt, wenn ihr euch ständig an die Gurgel geht?«

Keiner von uns gab eine Antwort auf diesen Tadel. Scham färbte meine Wangen rot; ich hasste es, Celt zu enttäuschen.

»Sorry«, murmelte ich. Celt sah Jonah erwartungsvoll an.

»Sorry«, murmelte auch er, allerdings wenig überzeugend.

»Ich dachte, ihr beiden hättet eine bessere Erziehung genossen«, setzte Celt noch einen obendrauf. Er schüttelte bedächtig den Kopf, bevor er mich wieder ansah. »Und Grace, ich weiß deinen Charakter durchaus zu schätzen, aber du kennst die Regeln. Wenn du einen Plünderer erwischst, dann tötest du ihn auch. So einfach ist das.«

»Ich weiß«, murmelte ich kleinlaut.

»Was machst du also beim nächsten Mal, wenn du jemanden erwischst?«, bohrte er nach.

»Ihn töten«, stieß ich zwischen zusammengebissenen Zähnen hervor.

»Genau. Ich weiß, es ist grauenvoll, aber so ist es nun einmal. Es darf sich keinesfalls herumsprechen, dass wir Plünderer einfach so laufen lassen, sonst haben wir bald nichts mehr«, sagte er sanft.

»Ja, Celt.«

»Komm schon, du weißt, dass ich es nicht mag, wenn du mich so nennst«, sagte er, und jetzt umspielte seine Lippen die Andeutung eines Lächelns. Ich seufzte, legte den Kopf in den Nacken und richtete ihn dann wieder auf, um ihm in die Augen zu sehen.

»Ja, Dad.«

KAPITEL 3
SPONTAN

Hayden

Zorn brodelte durch meine Adern, als ich Jett hinterherlief. Durch meine starken Beine hatte ich ihn auf seiner Flucht schnell eingeholt. Er warf mir einen entsetzten Blick aus den Augenwinkeln zu und rannte weiter. Ich verlangsamte meinen Schritt, damit er mithalten konnte. Ich biss vor Wut die Zähne zusammen und bemühte mich, nicht wild zu fluchen, weil er so unglaublich leichtsinnig gewesen war.

»Dumm«, entfuhr es mir trotzdem leise. Er antwortete nicht, aber ich hörte, wie schwer sein Atem ging. Sein Körper war einfach noch nicht an die physische Anstrengung gewöhnt, die bei einer Plünderungsaktion vonnöten war. Der Waldrand näherte sich schnell, und ich wusste, dass Kit und Dax sich außer Sichtweite versteckt hatten und auf uns warteten. Ich verlangsamte mein Tempo gerade genug, damit Jett vor mir durch die Lücken zwischen den Bäumen hindurchschlüpfen konnte.

Kaum waren wir in Deckung, griff ich nach seinem Arm und wirbelte ihn zu mir herum, damit er mich ansah.

»Was zum *Teufel*, Jett?«, fragte ich und hatte Mühe, leise zu sprechen. Obwohl wir hier in Deckung waren, waren wir noch lange nicht in Sicherheit. Wütend funkelte ich auf ihn herab, und auch sein jämmerlicher Gesichtsausdruck konnte meinen heftigen Zorn nicht lindern.

»Ich hab doch gesagt, es tut mir leid!«, protestierte er schwach. Mit großen braunen Augen blickte er zu mir auf. Sie waren voller Reue.

»Jett, du Idiot!«, stimmte Kit mit ein, der hinter einem Baum hervorkam. Er war total geladen. »Willst du dich *unbedingt* umbringen?«

»Nein«, murmelte der Junge betreten. Er wagte es kaum, Kit anzusehen, der ihn finster musterte.

»Du kannst uns nicht einfach folgen, kleiner Mann. Das ist nicht sicher«, sagte Dax. Er klang von uns dreien immer noch am freundlichsten. Man musste sich schon anstrengen, damit Dax sauer wurde, aber dennoch war klar, dass er Jetts Leichtsinn nicht guthieß. Ich beobachtete, wie Jett uns dreien verstohlene Blicke zuwarf. Er wirkte eingeschüchtert, und die wütenden Mienen von uns älteren und größeren Männern machten sein winziges bisschen Mut nun vollends zunichte.

»Ich wollte einfach nur genauso tough und mutig wie ihr sein«, sagte er leise und blickte wieder zu Boden. Ich seufzte tief und verschränkte die Arme vor der Brust.

»Geduldig zu sein, ist auch eine Form von Mut, Jett«, belehrte ich ihn. Er hob den Kopf und sah mich mit sanften Augen an.

»Ihr Jungs wart in meinem Alter, als ihr zum ersten Mal auf Raubzüge gegangen seid«, meinte er leise. Das stimmte. Kit, Dax und ich nahmen seit unserem zehnten Lebensjahr an derlei Plünderungsaktionen teil, aber wir waren auch immer schon besser gewesen als Gleichaltrige. Wir waren klüger, schneller, stärker und genauso tödlich wie ältere. Jett kapierte einfach nicht, dass er nicht wie wir war, egal, wie sehr er es sich wünschte.

»Wir werden wissen, wenn du bereit bist«, meinte Dax und bewahrte mich davor, Jett die peinliche Wahrheit mitzuteilen: Er war einfach noch nicht so weit.

»Okay«, murmelte Jett. »Es tut mir wirklich leid. Ich wollte niemanden in Gefahr bringen.«

»Denk beim nächsten Mal daran«, sagte Kit barsch und schwang sich den Rucksack über die Schulter. »Und jetzt verschwinden wir lieber. Nachher verfolgen sie uns noch.«

»Gute Idee. Es war sowieso schon knapp«, erwiderte ich. Ich rückte die Waffe in meinem Hosenbund zurecht, um mich davon zu überzeugen, dass sie nach dem schnellen Lauf immer noch gesichert war. Die anderen nickten, und wir traten den Rückweg durch die Dunkelheit der Bäume an, um wieder in unser Lager zu gelangen. Wir sprachen kein Wort mehr, bis wir uns ein ganzes Stück von Greystone entfernt hatten.

»Warte, wie bist du überhaupt entkommen?«, fragte Dax plötzlich, als sei ihm gerade erst aufgegangen, was ich da gesagt hatte. »Haben sie dich erwischt, oder was?«

»Ein Mädchen hat mich erwischt, ja«, antwortete ich. Plötzlich tauchte vor meinem inneren Auge ihr Gesicht auf, wie sie die brennend grünen Augen verengte und mich entschlossen musterte. »Sie hatte zwar eine Waffe, aber sie hat uns trotzdem laufen lassen.«

»Was?«, fragte Kit ungläubig. Er sah mich skeptisch an, wobei ich seinen Gesichtsausdruck in der Dunkelheit eigentlich gar nicht richtig deuten konnte.

»Sie hat uns laufen lassen«, wiederholte ich und zuckte mit den Schultern.

»Sie war hübsch«, meldete sich Jett jetzt, der zwischen Dax und mir ging. »Aber ganz schön angsteinflößend.«

»Warum zum Teufel sollte sie euch gehen lassen? Ich habe noch nie gehört, dass jemand, der in Greystone gefangen wurde, es lebendig wieder herausgeschafft hat«, forschte Kit.

»Keine Ahnung«, antwortete ich aufrichtig. Ihr Verhalten war auch mir ein Rätsel, aber ich erinnerte mich an ihren gereizten Ton, als sie nach Jett gefragt hatte. »Wahrscheinlich wegen des Jungen. Sie wollte offenbar kein Kind erschießen.«

»Da ist sie da drüben wahrscheinlich die Einzige«, grummelte Dax. Greystone war berüchtigt für die Brutalität und Herzlosigkeit, mit der sie töteten.

»Dann habe ich dich also gerettet?«, fragte Jett mit einem Mal mit vor Aufregung lauterer Stimme.

»Nein. Du warst immerhin der eigentliche Grund, warum sie mich überhaupt geschnappt haben«, blaffte ich, um seinen irrationalen Gedanken gleich im Keim zu ersticken.

»Oh.«

Wortlos gingen wir weiter. Unsere Reise war beinahe beendet, denn schon flackerten die Lichter unseres Camps durch die Bäume. Während wir uns voranbewegten, hörten wir nur das leise Plätschern des Petroleums in den wenigen Kanistern, die wir bei unserem Überfall hatten stehlen können, und unsere leisen Atemzüge. Es war jetzt erheblich später und stockdunkel, deshalb nahm ich an, dass die meisten Bewohner des Lagers sich in ihre jeweiligen Hütten zum Schlafen zurückgezogen hatten.

Diese Einschätzung erwies sich als zutreffend. Das Camp lag einigermaßen still da. Nur die Nachtwachen machten ihre Runde. Ich nickte der Frau mittleren Alters und dem halbwüchsigen Jungen zu, die vorübergingen, froh, dass sie ihre Waffen im Anschlag hatten, um im Falle einer Bedrohung sofort reagieren zu können.

»Jett, geh zu Maisie. Du beichtest ihr besser alles selbst, sonst erfährt sie es nämlich von mir«, sagte ich zu ihm. Er stieß ein leises Quieken aus, weil er Angst hatte, es ihr zu erzählen. Jetts Eltern waren beide tot, Opfer der Welt, in der wir jetzt lebten. Maisie hatte ihn unter ihre Fittiche genommen. Sie fungierte nicht nur als seine Adoptivmutter, sondern auch als die des gesamten Lagers. Sie sorgte für Nahrung, arbeitete in der Kantine, damit alle im Camp sich vernünftig ernährten. Sie war in den Vierzigern, freundlich und sanft, besaß aber einen starken Willen und würde mit Sicherheit keinen Unsinn tolerieren. Jedermann respektierte sie, und Jett liebte sie zwar heiß und innig, hatte aber auch ziemlichen Respekt vor ihr; er war mit Sicherheit nicht begeistert von der Idee, ihr alles erzählen zu müssen. Sie würde stinkwütend sein.

»Ja, Sir«, quiekte er, nickte und eilte davon, bevor ich ihn tadeln konnte, weil er mich »Sir« genannt hatte.

»Du fasst ihn nicht hart genug an«, grummelte Kit neben mir. Ich sah ihn an und zog eine Augenbraue hoch.

»Er kommt nicht damit klar, wenn man grob zu ihm ist«,

erwiderte ich. Jett war zu zart, um ihn so zu behandeln, wie es Kit lieber gewesen wäre.

»Grmpf«, machte der und nahm den Kanister mit dem Petroleum in die andere Hand. Schweigend gingen wir weiter, bis wir den Lagerraum erreicht hatten. Dax schwang die Tür auf und begrüßte den Wachmann so laut, dass dieser bei unserem plötzlichen Eintreten erschrocken zusammenzuckte.

»Du schläfst doch nicht etwa, oder?«, neckte Dax ihn und sah den älteren Mann, der gerade Dienst hatte, mit hochgezogenen Augenbrauen an.

»Niemals, Dax«, antwortete der Mann lächelnd. Im Lager gab es niemanden, der Dax nicht mochte.

Ich wartete geduldig, bis Kit und Dax ihre Beute abgestellt haben, nahm den einen gestohlenen Kanister aus meinem Rucksack und stellte ihn neben ihre. Ich nickte dem Mann zu, bevor wir das Gebäude wieder verließen, um unsere Waffen und andere Hilfsmittel erneut in der Kommandozentrale unterzubringen. Wir verstauten die Waffen wieder in den Kisten und legten die Rucksäcke an ihren Platz zurück.

Mit steinerner Miene grüßte Kit die Wachleute, jetzt ein anderer Mann und eine andere Frau als vorher. Dann traten wir wieder in die Nacht hinaus. Wir gingen gemeinsam auf unsere eigenen Hütten zu, die auf der rechten Seite des Lagers lagen. Wir waren schon beinahe angelangt, als ein Mann von etwa fünfzig Jahren aus seiner Hütte trat.

»Hayden«, grüßte er mich. Er streckte mir die Hand entgegen, und ich schüttelte sie energisch.

»Barrow«, antwortete ich und nickte ihm zu.

»Zurück von eurem Streifzug, wie ich sehe?«, bemerkte er und grüßte Kit und Dax mit einem Kopfnicken.

»Jep.«

»Alles gut gelaufen?«, erkundigte er sich.

»Gut würde ich nicht sagen, aber wir sind wieder da«, antwortete ich. Dax neben mir schnaubte. Er konnte schon wieder darüber lachen, auch wenn es noch so gefährlich gewesen war.

»Schön zu hören«, meinte Barrow und lächelte uns an. »Ich habe eben nach dir gesucht, dich aber anscheinend verpasst – wir brauchen neue Stromkabel.«

Ich seufzte und fuhr frustriert mit dem Finger über meine Lippe. »Stromkabel? Wofür?«

»Der Generator in Küche und Kantine gibt den Geist auf«, antwortete Barrow. »Ist alles verschmort, und wenn er ganz kaputtgeht, dann haben wir gar keinen Strom mehr.«

»Dafür müssen wir in die Stadt«, sagte Kit neben mir. Ich runzelte die Stirn.

»Ich weiß.«

Barrow sah mich bedauernd an. »Soll ich ein Team zusammenstellen? Ich kann auch gehen.«

»Nein, schon gut«, antwortete ich. Aus den Augenwinkeln sah ich, wie Dax grinste. »Wir ziehen morgen los.«

Raubzüge in der Stadt unternahm man am besten tagsüber, auch wenn das bedeutete, dass man leichter entdeckt wurde. Bei Nacht war die Stadt der gefährlichste Ort überhaupt, denn dann trieben die Brutes ihr Unwesen. Es war ihr Territorium, und sie wussten genau, wie sie es verteidigen mussten.

Barrow nickte. »Okay. Dann holt euch eine Mütze voll Schlaf, Jungs. Wir wollen schließlich, dass ihr wohlbehalten zurückkommt.«

»Weißt du, es ist schon mehr nötig als ein paar Brutes, um uns den Garaus zu machen«, antwortete Dax leichthin, grinste und stieß Barrow gegen die Schulter. Der erwiderte das Grinsen, wusste die Begeisterung des jüngeren Mannes zu schätzen. Hin und wieder nahm er selbst immer noch an Plünderungsaktionen teil, aber es waren nicht mehr annähernd so viele wie früher. Nachdem ein Ausflug nach Crimson furchtbar schiefgelaufen war, war sein linkes Knie schwer verwundet worden, weshalb es ihm heute schwerfiel, das Tempo, das man bei einem solchen Beutezug vorlegen musste, aufrechtzuerhalten. Er verlor nie ein Wort darüber, aber ich wusste, wie sehr es ihn betrübte, zurückbleiben zu müssen, wenn wir loszogen. Er war derjenige, der uns alle ausgebildet hatte.

»Ja, ja, das unbesiegbare Trio«, scherzte Barrow jetzt. »Wir sehen uns.«

»Ich freu mich immer, dich zu sehen, Barrow«, sagte Kit gemessen und schenkte ihm ein schwaches Grinsen. Barrow kehrte in seine Hütte zurück, sodass auch wir jetzt endlich nach Hause konnten. Nur noch ein kurzes Stück und schon standen wir vor unseren jeweiligen Hütten, die zufällig nebeneinanderlagen.

»Was haltet ihr von neun Uhr morgens?«, fragte ich. Kit zupfte an seinem Fingernagel herum und nickte.

»Ja, klingt gut.«

»Träumt süß, Jungs! Freue mich, dass dein Arsch Glück hatte und noch hier ist, Hayden«, sagte Dax leichthin, drehte sich um und ging hinein. Kit gluckste dröhnend vor sich hin. Nun, da wir wieder zu Hause waren, ließ der Stress so langsam nach. »Ich auch«, sagte ich lachend, und auf meinem Gesicht breitete sich das seit einer gefühlten Ewigkeit erste Lächeln aus. Damit verschwanden wir allesamt in unseren Hütten, um noch ein paar Stunden zu schlafen, bevor es auf den morgendlichen Raubzug ging. Normalerweise unternahmen wir Überfälle dieser Art nicht an zwei aufeinanderfolgenden Tagen, aber Kabel für die Generatoren waren einfach zu wichtig. Das konnten wir nicht aufschieben. Wenn wir in der Küche keinen Strom hatten, gab es nichts zu essen.

Ich griff mit der Hand nach hinten, packte mein T-Shirt und zerrte es mir über den Kopf, wobei mir das Bandana ebenfalls herunterrutschte. Mein Haar fiel mir ins Gesicht, als ich meine Stiefel und meine Jeans auszog und beides auf dem Boden liegen ließ. Innerhalb weniger Sekunden fiel ich vollkommen erschöpft ins Bett und schlief schon, kaum dass mein Kopf das Kissen berührt hatte. Der Stress des vergangenen Tages hatte mich komplett umgehauen.

Gefühlte Sekunden später riss ein Klopfen an der Tür mich wieder aus dem Schlaf.

»Hayden, Kumpel, los geht's!«, schrie Dax.

»Ja, raus aus dem Bett, du Faulschwanz«, fügte Kit hinzu. Für seine Verhältnisse klang er überraschend fröhlich. Ich seufzte tief, drückte mein Gesicht ins Kissen, stützte dann aber die Arme auf die Matratze, um aufzustehen.

»Ja, ja, ich komm ja schon«, rief ich. Ohne groß nachzudenken, zog ich die Jeans wieder an, die ich am Abend zuvor auf den Boden geworfen hatte, und warf mir ein marineblaues Flanellhemd über. Ich schnappte mir das Bandana vom Boden, schob mir damit das Haar aus dem Gesicht und band mir gleichzeitig die Stiefel zu. Dann ging ich zu dem provisorischen Waschbecken in dem kleinen Badezimmer hinüber, das an meine Hütte angebaut worden war, um mir Wasser ins Gesicht zu klatschen.

Als Anführer des Camps gehörte ich zu den wenigen, die tatsächlich sogar über ein eigenes Badezimmer verfügten. Ein Eimer mit Wasser diente als Waschbecken und ein hängender, perforierter Sack, den man mit Wasser füllen konnte, als Dusche. Leute wie Dax hatten tatsächlich rudimentäre Rohrleitungen zusammengeschweißt, durch die das Wasser vom Boden nach draußen abgeleitet wurde. Ich hatte sogar eine Latrine inklusive eines Systems, das den gesamten Unrat aus dem Camp hinausspülte, während die übrigen Bewohner die Gemeinschaftslatrinen benutzen mussten. Ich hatte Glück: Ich hatte es besser als viele andere.

Das Sonnenlicht blendete mich, als ich die Tür aufriss. Draußen standen ein überraschend aufgeregt dreinblickender Kit und Dax.

»Morgen, Sonnenscheinchen«, meinte Dax und drückte mir eine Waffe und den Rucksack in die Hand. »Hab deine Klamotten schon herausgeholt, dann können wir gleich los!«

»Wo ist mein ...«

Dax ließ mein Springmesser wenige Zentimeter vor meinem Gesicht aufschnappen und schnitt mir so das Wort ab. Er grinste, als ich bei seiner plötzlichen Bewegung zurückzuckte. Mit tadelnd gerunzelter Stirn sah ich ihn an, nahm es ihm ab und klappte die Klinge wieder ein.

»Danke.«

»Kommt jetzt, Jungs. Ich will rechtzeitig zum Mittagessen wieder zurück sein. Maisie macht dieses tolle Hühnchengericht«, meinte Dax aufgeregt.

»Na gut, na gut«, murmelte ich. Ich schwang mir den Rucksack über die Schultern, schob mir die Waffe in den Taillenbund, wo ich sie immer hatte. Mein Rucksack war erheblich schwerer als am Abend zuvor, und ich wusste, dass Kit und Dax mehr Munition und Hilfsmittel hineingepackt hatten, da wir in die Stadt hinauszogen. Der Tag war strahlend hell und sonnig, als wir schnellen und zielstrebigen Schrittes das Camp verließen.

Manchmal nahmen wir eines der Fahrzeuge, die wir noch hatten, aber an Tagen wie heute, an denen unsere Beute leicht sein würde, legten wir die Strecke lieber zu Fuß zurück, um unseren kostbaren Sprit zu sparen. Schon bald bahnten wir uns den Weg durch die Bäume, die unser Lager umgaben, allerdings in die genau entgegengesetzte Richtung von gestern Nacht. Die Stadt lag nicht viel weiter entfernt als Greystone, weshalb unsere Wanderung nicht allzu lang dauerte.

Vor uns erhoben sich die Ruinen der Stadt, die heruntergekommenen, grauen Gebäude, die mit jedem Besuch, den wir diesem Ort abstatteten, mehr in sich zusammenfielen. In den Ritzen des Zements wucherte das Unkraut, sodass die einstige Metropole noch trostloser wirkte. Wir bewegten uns vorsichtig, schlichen leise durch die Straßen. Beständig suchten wir die Alleen und die Gebäude nach den sich bewegenden Schatten potentieller Angreifer ab.

Wir waren noch nicht weit gekommen, als wir auf einen

44

kaputten Bus stießen, eine hervorragende Quelle für Kabel. Ich nickte Dax stumm zu und sah, wie seine Augen bei diesem Anblick aufleuchteten. Er war der Technologie-Experte, seine Aufgabe war es also, die notwendigen Kabel aus dem Bus zu entfernen. Wir zückten unsere Waffen, streckten sie vor uns aus und bewegten uns darauf zu, wobei wir niemals zu lang in nur eine einzige Richtung sahen.

Nachdem die Bustür offen war, kletterte ich leise und behände hinein. Sorgfältig sah ich mich um, das Gewehr immer vor mir ausgestreckt, falls ich schießen musste, aber der Bus war vollkommen leer. Ich nickte meinen Kameraden hinter mir zu, bedeutete Dax, hereinzukommen und alles Notwendige in Angriff zu nehmen. Kit bezog an der Tür Stellung, mit dem Rücken zu uns, um nach sich nähernden Feinden Ausschau zu halten.

»Los, Dax«, sagte ich leise. Er riss sich den Rucksack herunter, kauerte sich auf den Boden, um das notwendige Werkzeug herauszukramen, und begann, das Armaturenbrett auseinanderzunehmen. Ich spähte unaufhörlich zu den Fenstern hinaus, ob sich irgendetwas bewegte. Als Dax die Armaturen aufstemmte, zuckte ich zusammen. Das laute Quietschen zerrte an meinen Nerven. Er arbeitete schnell, zog die Kabel aus den Buchsen und schnitt alles heraus, was er brauchen konnte.

Da ertönte ein lauter Knall – ein vertrautes Geräusch. In nicht allzu weiter Ferne war ein Schuss abgefeuert worden.

»Scheiße«, fluchte Kit und drehte sich angespannt in die Richtung, aus der das Geräusch gekommen war. Dax fluchte ebenfalls von seiner kauernden Position am Boden aus, schob Werkzeug und Kabel in seinen Rucksack und schwang ihn sich über die Schulter.

»Ich bin fertig, lasst uns verschwinden«, sagte er. »Garantiert war das ein Brute. Die können jeden Moment hier sein.«

»Runter!«, zischte Kit plötzlich, kletterte behände in den Bus und duckte sich unters Armaturenbrett. Ich folgte ihm, blieb aber gerade hoch genug sitzen, um durch die Windschutzscheibe hinausspähen zu können. Was mochte Kit wohl gesehen haben?

»Auf zehn Uhr«, flüsterte Kit. Ich wandte den Blick ab, und tatsächlich schlich sich eine Vierergruppe durch die Ruinen der Stadt, die Waffen gezückt und auf Habachtstellung. Einer von ihnen humpelte leicht, und alle wirkten ziemlich nervös.

»Wette, die haben Brutes gesehen, was?«, meinte Dax, der neben mir aufgetaucht war, um ebenfalls einen Blick auf die Gruppe zu werfen. Sie hatten uns nicht entdeckt, zu abgelenkt von dem, worauf auch immer sie eben gestoßen waren.

Ich ließ den Blick über sie hinwegwandern: zwei Männer mittleren Alters und ein junger Mann von etwa fünfundzwanzig Jahren. Dann entdeckte ich die vierte im Bunde: ein Mädchen mit blondem Haar und atemberaubenden grünen Augen, die vor wenigen Stunden noch mit einer Waffe auf mich gezielt hatte.

Das Mädchen aus Greystone.

Mir blieb der Mund vor Schreck offen stehen, während ich beobachtete, wie sie sich weiterbewegte. Ihr Körper war stark und gut trainiert, und sie vermied jedes Geräusch. Kit regte sich neben mir und hob die Waffe. Dax tat auf meiner anderen Seite das Gleiche.

»Ich übernehme die ersten beiden, und ihr jeder einen weiteren«, murmelte Kit und zielte auf einen der Männer.

»Kapiert«, antwortete Dax. Es gehörte zur Standardprozedur, jeglichen Feind, auf den man während eines Raubzuges traf, zu töten. Je weniger Plünderer die anderen Lager hatten, umso besser. Mein Herz klopfte wie wild. Mir war nicht wohl bei dem Gedanken, dass jemand das Mädchen töten würde, das mich verschont hatte.

»Wartet ...«

Wieder hallte ein Schuss von den Wänden wider, und der erste Mann sackte zusammen. Ich sah meine Kumpel an, die überraschte Gesichter machten. Sie hatten nicht gefeuert, aber jemand hatte einen der vier gerade erschossen.

Wieder sah ich nach vorn, als ein zweiter Schuss abgefeuert wurde. Die Kugel prallte neben dem jüngeren Mann vom Asphalt ab. Er zerrte das Mädchen zu Boden und aus der Schusslinie. Der andere Mann floh, verschwand zwischen zwei Häusern. Dann sprang der Jüngere auf die Füße und folgte ihm. Ich riss überrascht die Augen auf, als das Mädchen ihnen folgte und zum Sprint ansetzte, den ersten Mann zurückließ. Die Blutlache um ihn herum war bereits zu groß; er war tot.

Sie rannte pfeilschnell, ihre Arme pumpten, das blonde Haar wehte hinter ihr her. In diesem Moment fiel wieder ein Schuss. Fast augenblicklich stürzte sie zu Boden, landete schwer auf dem Asphalt, als die Kugel sich in ihr Bein bohrte. Ohne innezuhalten, versuchte sie, wieder auf die Beine zu kommen. Sie zog eine Grimasse, als ihr Bein nachgab. Auch nur der kleinste Druck verursachte ihr zu viel Schmerz, um sie noch tragen zu können.

Schon wieder ein Schuss. Er landete nur wenige Zentimeter von ihrem Kopf entfernt im Staub. Sie versuchte, sich hinter einem kaputten Wagen in Sicherheit zu bringen. Mein Herz pochte ängstlich in meiner Brust. Ich wartete darauf, dass jemand aus ihrem Lager zurückkam, um sie zu retten, aber vergebens. Sie war allein auf der Straße, verletzt und dem Angriff eines Feindes, der jeden Moment auftauchen konnte, hilflos ausgeliefert.

Ohne nachzudenken, sprang ich auf und stürzte zur Bustür hinaus. Ich hörte, wie Kit und Dax überrascht und aufgebracht meinen Namen riefen. Aber ich blieb nicht stehen. Ich rannte, so schnell ich konnte, auf sie zu, entschlossen, zu ihr zu gelangen, bevor jemand anders mir zuvorkam. Ich sprang über einen Trümmerhaufen, landete sanft auf der anderen Seite und legte dann die restlichen Meter zu ihr zurück.

»Hey!«, rief ich, streckte ihr die Hand entgegen. Sie blickte zutiefst erschrocken auf, sah mir in die Augen, und ihr blieb der Mund offen stehen.

»Was ...«

»Weg hier«, schnitt ich ihr das Wort ab, griff nach ihrem Arm und zog sie hoch, als eine weitere Kugel an uns vorbeipfiff. Sie widersprach nicht, sondern legte nur den Arm um meine Taille, stützte sich auf mir ab und versuchte, so gut es ging, weiterzuhumpeln. Ich zog meine Waffe, drehte mich um und feuerte in die Richtung der Angreifer in der Hoffnung, auf diese Weise weitere Schüsse aufzuhalten, mit denen der Unbekannte sie töten wollte.

Oder besser gesagt: uns.

KAPITEL 4
VERANTWORTUNG

Grace

Sengender Schmerz durchfuhr mein Bein, als ich es belastete. Der zerfetzte Oberschenkelmuskel war zu schwach, um mich allein tragen zu können. Wenn ich nicht solche Schmerzen gehabt hätte, hätte ich mir jetzt große Sorgen über meine Lage gemacht. Er war aus dem Nichts aufgetaucht, der Mann, den ich gestern Abend mit einer Waffe bedroht hatte, hatte mir die Hand entgegengestreckt, um mir hochzuhelfen, statt selbst die Waffe zu zücken und mich umzubringen, wie er es eigentlich hätte tun sollen. Er legte den Arm um meine Schultern, stützte mich, während ich so schnell wie möglich aus der Schusslinie zu gelangen versuchte.

Ich biss die Zähne zusammen, war wütend auf mich selbst, weil ich mich hatte anschießen lassen. Wir waren auf einen Brute gestoßen und hatten ihn getötet, aber anscheinend war mindestens ein Freund bei ihm gewesen, den wir nicht gesehen hatten, denn er hatte einen der Männer aus meinem Überfallskommando erschossen. Ich versuchte nicht einmal einen letzten Blick auf den Leichnam zu werfen – ich wusste, dass er tot war. Fort, genau wie mein erbärmlicher Möchtegern-Bruder, der mich hier zurückgelassen hatte, ohne auch nur einen einzigen Blick zurückzuwerfen. Jonah und der andere Mann aus unserer Gruppe hatten mich hier in den verfallenen Straßen der Stadt sterben lassen wollen, nur um ihr eigenes Leben zu retten. Ich kochte vor Wut.

Auf unsicheren Füßen wankte ich über den Schutt der Straße, stolperte hin und wieder, nur um von dem geheimnisvollen Jungen neben mir wieder hochgezerrt zu werden. Eigentlich war er eher ein Mann als ein Junge, mit harten, muskulösen Armen, markantem Kinn und einem Selbstbewusstsein, das nur jemand haben konnte, der eine gewisse Stellung hatte. Ich wagte es nicht, ihn näher zu betrachten, aus Angst, noch einmal zu stolpern. Dann wären wir nämlich beide zu Boden gegangen.

Seine Atmung war stetig und tief, als er mich praktisch davontrug, ohne auch nur ein einziges Wort zu sagen. Er feuerte einen weiteren Schuss nach hinten ab, um meinen Angreifer abzuwehren. Wir liefen auf den Bus zu, der uns eine erste solide Deckung vor den Schüssen bieten würde. Mir wurde langsam ein bisschen schwindelig, aber ich war entschlossen, stark zu bleiben; schließlich hatte ich keine Ahnung, wie er sich verhalten würde, wenn wir nicht mehr unter Beschuss standen.

Der Bus war jetzt nur noch wenige Meter entfernt, und ich war unendlich erleichtert, als er mich dahinter führte. Ich lehnte mich dagegen, löste meinen Arm von seiner Taille und schüttelte seinen von der Schulter ab. Mir entfuhr ein leises Keuchen, als ich den Kopf gegen das Metall des Fahrzeugs legte, die Augen schloss und versuchte, den Schmerz in den Griff zu bekommen. Meine Erleichterung hielt allerdings nicht an, als ich die Augen öffnete und drei Männer vor mir stehen sah, von denen zwei eine Waffe auf mich richteten.

Mit nur einem voll funktionstüchtigen Bein brachte ich es nicht über mich, mich vom Bus zu lösen, aber immerhin schaffte ich es, die Hände in die Luft zu heben. Ich starrte sie an und bemerkte sofort, dass der eine, der mich gerettet hatte, derjenige, den ich vergangene Nacht verschont hatte, der einzige war, der mich nicht mit dem Gewehr bedrohte. Ich war stocksauer, dass er mich vor den Schüssen eines Feindes gerettet hatte, nur um mich zwei anderen Feinden zum Fraß vorzuwerfen.

»Was sollte das?«, fragte einer der bewaffneten Männer denjenigen, der mich gerettet hatte. Alle drei beäugten mich misstrauisch, obwohl die beiden mit Gewehren noch argwöhnischer dreinblickten als der dritte. Keine Ahnung warum, denn immerhin hatten sie Waffen, während ich nur hilflos vor mich hin bluten konnte. Ich hätte sehr wenig gegen sie ausrichten können, selbst wenn ich gewollt hätte.

»Nehmt die Waffen runter«, sagte mein Retter mit einem wütendem Seitenblick auf seine Kameraden. Seine Stimme besaß unzweifelhaft Autorität, und sie gehorchten, wenn auch widerwillig. Ich funkelte sie an, mein wütender Blick konzentrierte sich auf denjenigen, der als erster etwas gesagt hatte. Er hatte hellbraunes Haar und dunkelbraune Augen, und sein gut aussehendes Gesicht war auffallend finster. Kurze Zeit verschwamm alles vor meinen Augen; der sengende Schmerz und der Blutverlust setzten mir langsam zu.

Derjenige, den ich anstarrte, sah mir ebenfalls unverwandt in die Augen, während der andere sich an meinen Retter wandte und irgendetwas zischte, das ich kaum verstehen konnte.

»Okay, na toll, du hast sie also gerettet. Und jetzt lass uns machen, dass wir hier wegkommen.« Dabei warf er mir einen weiteren Seitenblick zu. Sein Gesicht war nicht hasserfüllt wie das seines Freundes, aber erfreut wirkte er definitiv auch nicht. Derjenige, der offensichtlich das Sagen hatte, sah mich an. Ich blickte ihm in die grünen Augen, die er leicht verengte, um dann die Wunde an meinem Bein in Augenschein zu nehmen.

»Sie verblutet, wenn wir sie hierlassen«, sagte er und sah mich an. Damit hatte er Recht; die Kugel hatte zwar keine Arterie getroffen, dafür aber jede Menge Muskelgewebe zerfetzt. An dieser Verletzung würde ich sterben.

»Exakt«, knurrte der Wütende. »Eine weniger, um die wir uns Sorgen machen müssen.«

»Nein«, antwortete der Anführer. »Wir nehmen sie mit.«

»Was?«, zischten die beiden anderen gleichzeitig.

»Hayden, du hast deinen verdammten Verstand verloren«, meinte der Sanftere der beiden und schüttelte heftig den Kopf. Hayden. Mein Retter hieß also Hayden.

»Wir sollten sie einfach erschießen. Ihr Bein bringt sie schließlich sowieso um«, bemerkte der Wütende und musterte mich erneut voller Zorn.

»Wir werden sie retten, weil sie diejenige ist, die mich in Greystone gerettet hat«, verkündete Hayden entschlossen und sah seine beiden Begleiter herausfordernd an. Sie blinzelten. So langsam wurde ihnen alles klar, und sie wandten sich mir zu und betrachteten mich.

»Das ist das Mädchen? Das dich erwischt und wieder laufen gelassen hat?«

Hayden nickte. Er presste die Lippen aufeinander und zog die Augenbrauen zusammen. Eindringlich sah er mich an. »Dann musst *du* ihr helfen, Kumpel. Ich bin nicht verantwortlich für sie«, sagte der eine.

»Halt's Maul, Kit«, murmelte Hayden tadelnd. Seine breiten Schultern arbeiteten, als er seinen Rucksack zurechtrückte und die Riemen straffte. Bei jeder Bewegung konnte ich das leichte Muskelspiel seiner Unterarme bewundern. Graziös schritt er zu mir hin und blieb wenige Zentimeter vor mir stehen.

»Wer bist du?«, fragte er. Ich starrte ihn an, biss die Zähne in dem Versuch zusammen, den unerträglichen Schmerz vor ihm zu verbergen. Er schnaubte frustriert, bevor er weitersprach.

»Ich werde dich nicht töten.«

Er sah mir mit hartem Blick in die Augen, und trotz jahrelangen Trainings glaubte ich ihm. Das hieß allerdings noch lange nicht, dass ich ihm antworten wollte. Zu glauben, dass er mich nicht töten würde, und ihm zu vertrauen, waren zwei vollkommen verschiedene Paar Schuhe. Ich wusste nicht einmal, woher er kam, während er sehr genau wusste, welchem Lager ich angehörte; da wollte ich ihm nicht noch mehr Informationen geben. Trotzig blickte ich ihn an.

»Du bist Grace«, sagte er, und seine Stimme klang leicht

entnervt. Ich sah ihn erschrocken an. Doch dann verbarg ich meine Gefühle wieder. Woher wusste er das?

»Wie ...«

»Sie haben dich gestern Abend gerufen«, erklärte er rundheraus. *Oh.* »Und jetzt sollten wir uns vom Acker machen, ehe du noch stirbst und ich meine Schuld doch nicht begleichen kann.«

Das war also seine Motivation. Er hatte das Gefühl, mir etwas schuldig zu sein, weil ich ihm das Leben gerettet hatte, und wollte mir diesen Gefallen so schnell wie möglich erwidern. Ehe ich protestieren konnte, schlang er erneut den Arm um meine Schultern, sodass wir jetzt wieder dastanden wie vorher. Er wartete nicht darauf, dass ich mich bereit machte, sondern zerrte mich sogleich vom Bus fort, wobei meine Beine beinahe unter mir nachgaben. Er hielt mich aufrecht, sodass ich trotz des Schleiers vor meinen Augen sehen konnte, wie die beiden anderen zur Stadt hinausflohen.

Kit – so hatte er den Wütenden genannt. Oder besser gesagt, den Wütenderen.

»Du solltest mich nach Hause gehen lassen«, stieß ich mit zusammengebissenen Zähnen hervor. Mein Bein begann nun wie wild zu pochen.

»Du schaffst es nicht allein nach Hause«, verkündete er kategorisch.

»Tu ich wohl«, widersprach ich. Er blieb plötzlich stehen und nahm den Arm von meinen Schultern, sodass ich prompt auf dem staubigen Boden zusammensackte. Ich gab ein Zischen von mir – denn durch den Aufprall wurde der Schmerz noch heftiger – und stemmte unwillkürlich die Fäuste in die Erde. Frustriert schlug ich auf den Boden. Gleichzeitig schloss ich die Augen, um den Schmerz auszublenden.

»Ja, ganz sicher«, bemerkte er. Erschrocken riss ich die Augen auf, als er sich vor mir hinhockte, meine Schenkel packte und auseinanderzog. Ich wollte ihm gerade einen Schlag ins Gesicht versetzen, als er sein Bandana abzog und mir eine Art Druckverband ums Bein anlegte. Er sah mich mit hochgezogener Augenbraue an, als würde er mir meine unangemessenen Gedanken vorwerfen. Dann hob er mich wieder hoch und zog mich auf die Füße.

»Sie werden nach mir suchen«, warnte ich. Ich glaubte ihm zwar durchaus, dass er mir nichts antun würde, aber seinen beiden anderen Freunden traute ich keinen Steinwurf weit. Und wer sollte ihn daran hindern, mich durch jemand anders töten zu lassen, sobald wir sein Lager betreten hatten? Normalerweise wagte man sich nicht in fremde Camps, es sei denn, man wollte sie bestehlen – zumindest nicht, wenn man lebendig wieder herauskommen wollte. Und sein Lager war mit Sicherheit der letzte Ort, an dem ich sein wollte.

»Nein, werden sie nicht«, sagte er schlicht.

»Doch ...«

»Sie haben dich zurückgelassen«, unterbrach er mich scharf. Er sah mich nicht an, sondern richtete den harten Blick nach vorn, während wir seinen Freunden in etwa sechs Meter Abstand folgten. Seine Worte trafen mich, denn es war die Wahrheit. Meine Kumpanen, oder das, was von ihnen übrig war, hatten mich verlassen, sogar mein eigener Bruder.

»Sie werden zurückkommen«, log ich und bemühte mich darum, nicht verbittert zu klingen.

»Nein, werden sie nicht«, wiederholte er angespannt. »Und jetzt halt den Mund.«

Ich hätte ihm widersprochen, aber der Schmerz in meinem Bein machte es fast unmöglich, gleichzeitig zu laufen und nachzudenken, geschweige denn zu reden. Fieberhaft tasteten sich meine Gedanken durch den Nebel, der sich über mein Hirn gelegt hatte, und versuchten, eine Fluchtmöglichkeit zu ersinnen. Er hielt sein Gewehr zwar von mir weg, aber sicher trug er noch irgendwelche anderen verborgenen Waffen bei sich. Sollte ich es riskieren, eine davon zu stehlen, wenn sich die Gelegenheit bot?

Im Hinterkopf nagte ein Gedanke an mir, den ich nicht so einfach ignorieren konnte.

Du schaffst es nicht lebendig nach Hause, wenn du das tust.

Ich wusste, dass er mit allem, was er gesagt hatte, Recht hatte: Ich war zu schwach, um mich allein nach Hause durchzuschlagen, und niemand würde nach mir suchen. Schlimmer noch, wenn ich blieb, saß ich in der Stadt fest und konnte entweder darauf warten zu verbluten oder darauf, dass unweigerlich die Nacht hereinbrach, in der die Stadtbewohner mich auf jede erdenkliche Weise töten konnten. Ich hatte gar keine Wahl. Ich musste mit Hayden gehen.

»Wo bist du her?«, fragte ich. Ich ärgerte mich, dass meine Stimme jetzt schwächer klang als vorher. Die Verletzung forderte bereits ihren Tribut. Er ignorierte meine Frage und zwang mich, mit ihm weiterzugehen. Wir näherten uns der Waldgrenze, und plötzlich war mir ganz beklommen zumute. Wenn wir in die Wälder gingen, konnte das nur eins bedeuten ...

»Blackwing?«, flüsterte ich, und in meiner Stimme schwangen gleichzeitig Ehrfurcht, Sorge und abscheulicherweise auch Angst mit. Blackwing war zweifellos das tödlichste aller Lager. Ich war nur auf ein paar Raubzügen dort gewesen, die allesamt jämmerlich erfolglos gewesen waren. Jedes Mal hatten wir einen unserer Leute an deren Wachen verloren.

Man hatte mir beigebracht, sie zu hassen, hatte mir bei jeder Gelegenheit eingetrichtert, ihnen niemals zu vertrauen und zweifelsohne jeden Angehörigen des Blackwing-Lagers zu töten, mit dem ich je in Kontakt kam. Sie waren gefährlich, todbringend und durften nicht provoziert werden, wollte man die fatalen Konsequenzen nicht in Kauf nehmen.

Obwohl ich wild entschlossen war, mir nichts anmerken zu lassen, war ich mehr als nur ein bisschen nervös, weil ich in denkbar schlechter körperlicher Verfassung nun ausgerechnet nach Blackwing gebracht wurde.

Ich zuckte zusammen, als ein Zweig am Wegesrand meine Wunde berührte und eine Woge des Schmerzes durch meinen ganzen Körper sandte. Unwillkürlich flatterten meine Lider, die Bäume schienen vor meinen Augen auf mich herabzustürzen, und die Qual wurde unerträglich. Es fiel mir immer schwerer, die Füße über den unebenen Boden zu bewegen, und immer wieder wurde mir schwarz vor Augen. Ich hatte Mühe, bei Bewusstsein zu bleiben, dazu hatte ich einfach zu viel Blut verloren. Das Letzte, bevor ich dann tatsächlich in Ohnmacht fiel, waren Haydens neben mir gemurmelte Worte.

»Sind gleich da …«

* * *

Alles war schwarz, und mein Körper fühlte sich zehn Mal so schwer an wie sonst. Ich versuchte, meine Arme zu heben, aber meine Handgelenke waren gefesselt. Vage spürte ich, dass jemand sich an meinem Oberschenkel zu schaffen machte, an meiner Wunde. Ich brauchte ein paar Minuten, um mich daran zu erinnern, wie man die Augen öffnet. Aber ich schloss sie fast augenblicklich wieder, um das gleißend helle Licht über mir wieder auszublenden.

Ich atmete tief ein und zwang meine Augen wieder einen Spaltbreit auf, um mir ein Bild von meiner Lage zu verschaffen. Nachdem ich mich an die Helligkeit gewöhnt hatte, sah ich, dass ein großer Mann sich über mein Bein beugte. Aber ich konnte nicht erkennen, was er dort machte. Es tat nicht weh, nur jedes Mal, wenn er sich bewegte, verspürte ich einen unangenehmen Druck.

Leises Murmeln drang an meine Ohren, die Stimmen eindeutig angespannt. Wieder versuchte ich, die Arme zu bewegen, aber sie rührten sich keinen Zentimeter. Auch der Versuch, die Beine zu rühren, erwies sich als unmöglich. Meine Fesseln waren an dem Tisch festgebunden, auf dem ich lag. Ich drehte den Kopf zur Seite, um das Zimmer, in dem ich mich befand, in Augenschein zu nehmen.

»Hör lieber auf, dich zu bewegen, Mädchen. Ich bin fast fertig«, sagte der Mann mit unglaublich tiefer, bedächtiger Stimme. Er sah mich an. Dunkle Haut, die das Weiß seiner Augen umso heftiger hervortreten ließ. Er musste so um die fünfundsechzig Jahre alt sein.

»Was tust du da?«, fragte ich angespannt. Ich versuchte, mich aufzusetzen, konnte aber lediglich den Kopf etwas anheben.

»Ich verarzte dein Bein. Die Kugel hat deine Oberschenkelarterie um ein Haar verfehlt und keinen Knochen getroffen. Du hast Glück gehabt, das steht fest«, antwortete er. Er richtete seine Worte an mein Bein und konzentrierte sich wieder auf seine Arbeit.

»Warum tut es nicht weh?«

Ich war durchaus schon häufiger verwundet worden. Und die Behandlung war immer unerträglich schmerzhaft gewesen. Dass ich jetzt nichts spürte, jagte mir Angst ein.

»Ich hatte noch etwas Narkotikum da«, erklärte er.

»Hätte er nicht für dich verschwenden sollen«, sagte eine andere Stimme hinter mir. Ich drehte den Kopf scharf herum, um zu sehen, wer da gesprochen hatte. Meine Augen landeten auf den dreien, die ich schon kannte: Hayden, Kit und der andere. Die Bemerkung war natürlich von Kit gekommen, und wieder funkelten seine dunklen Augen mich böse an. Hayden näherte sich dem Tisch, während die anderen weiterhin an der Wand lehnten.

»Docc sagt, du wärest beinahe verblutet«, erklärte Hayden bedächtig und musterte mich mit stetigem Blick. Das wunderte mich nicht.

»Dieses verdammte Bandana hat dir das Leben gerettet, Mädchen«, fügte der ältere Mann hinzu. Das war also offenbar Docc. Er legte letzte Hand an mein Bein, bevor er sich zu seiner beunruhigenden vollen Größe aufrichtete. Er überragte sie alle, sogar Hayden, der ebenfalls ziemlich groß war. Ich ruckte an den Armen, signalisierte ihnen stumm, dass ich losgebunden werden wollte. So komplett hilflos und dazu auch noch von unbekannten Männern umringt zu sein, die bis an die Zähne bewaffnet waren, machte mich extrem nervös. Ich sah Docc an, wartete darauf, dass er die Fesseln löste. Da spürte ich, wie jemand anders meine andere Hand berührte. Ich wandte den Kopf und sah, dass Hayden mein Handgelenk nach unten drückte und die Kordel aufband. Kaum war mein Arm frei, drehte ich mich zur anderen Seite, um die zweite Fessel zu lösen. Ich konnte sie genug lockern, um meine Hand herauszuziehen, und setzte mich schnell auf, was ich sofort bereute. Das Zimmer drehte sich um mich. Anscheinend musste mein Körper sich von dem Blutverlust immer noch erholen.

»Nur die Ruhe, Mädchen«, sagte Docc und öffnete nun auch kopfschüttelnd die Fußgelenkfesseln. Ich atmete scharf aus und schwang meine Beine vom Tisch, wobei ich mich an der Tischkante abstützte und hoffte, dass der Raum bald aufhörte, sich zu drehen. Dann sah ich mein Bein an. Überrascht entdeckte ich eine feine Naht auf der Haut. Man hatte meine Muskeln ordentlich wieder zusammengenäht.

»Du musst dich jetzt unbedingt noch ein paar Tage ausruhen«, fügte Docc hinzu. Offensichtlich durfte ich mich noch nicht allzu viel bewegen.

»Nein, ich muss wieder zurück«, sagte ich plötzlich verzweifelt. Wie lange war ich wohl bewusstlos gewesen? Ich musste hier raus, bevor Hayden zu dem Schluss kam, dass seine Schuld beglichen war, und er jemand anderem erlaubte, mich zu töten.

»Unter keinen Umständen. Du bist beinahe gestorben und brauchst noch Ruhe«, antwortete Docc entschieden. Mit offenem Mund sah ich erst ihn, dann Hayden an.

»Lass mich nach Hause gehen«, verlangte ich und sah ihm in die Augen, während er mich schweigend musterte.

»Nein«, erwiderte er. Mir wurde mulmig. »Du schaffst es nicht allein, und ich kann niemanden entbehren, der dich zurückbringen könnte.«

»Ich brauche keine Hilfe«, widersprach ich trotzig.

»Du hältst keine zehn Meter durch«, erklärte er skeptisch. »Docc sagt, du brauchst ein paar Tage Ruhe, und was Docc sagt, wird gemacht. Das ist mein letztes Wort.«

Er wandte mir den Rücken zu und schlenderte zu seinen Freunden zurück, die immer noch stinksauer zu sein schienen. Sie waren schon an der Tür, als Docc ihm hinterherrief.

»Hayden.«

Er drehte sich um und sah Docc an.

»Was?«

»Hier kann sie nicht bleiben«, sagte Docc entschieden, wenn auch ehrerbietig. Selbst dieser große, ältere Mann schien Hayden also zu respektieren. Er musste eine ziemlich hohe Position haben, wenn dieser Arzt sich so demütig gab.

»Was? Warum nicht?«, zischte er, und sein Kinn verkantete sich.

»Ich habe zu arbeiten. Die Krankenstation ist nicht der richtige Ort für sie.«

»Und was soll ich mit ihr machen?«, fragte Hayden, als sei ich gar nicht anwesend.

»Hab doch gesagt, du hättest sie liegen lassen sollen«, murmelte Kit und warf seinem Freund hinter Haydens Rücken einen Blick zu. Der andere nickte leicht und presste zustimmend die Lippen aufeinander.

»Das ist dein Problem, Boss«, antwortete Docc achselzuckend. »Du bist für sie verantwortlich.«

Hayden seufzte tief und fuhr sich mit der Hand übers Gesicht. Offensichtlich fand er die ganze Situation ziemlich nervig. Anscheinend bereute er so langsam, mich hergebracht zu haben. Nachdenklich nahm er seine Unterlippe zwischen Daumen und Zeigefinger; dann sah er zu mir hin.

»Wir stecken sie in eine extra Hütte und stellen eine Wache davor. Ohne meine ausdrückliche Anordnung darf sie die Hütte nicht verlassen. Wir können nicht riskieren, dass sie womöglich noch etwas stiehlt«, sagte er entschlossen. Er funkelte mich an, als sei das alles ausschließlich meine Schuld.

»Unter gar keinen Umständen«, protestierte sein Freund. »Wir können niemanden als Wache entbehren – alle haben einen festen Dienstplan, und der würde durch diese Aktion über den Haufen geworfen. Du bist allein für sie verantwortlich, Hayden.«

»Verdammt, Dax ...«, murmelte Hayden. Dax. So hieß also der Dritte im Bunde.

Hayden runzelte erneut die Stirn, dachte mit ärgerlicher

Miene nach. Mit angehaltenem Atem wartete ich darauf, dass er irgendeine Lösung präsentierte. Aber egal, was er jetzt vorschlug, ich würde es mit Sicherheit hassen. Ich kam mir vor wie eine Gefangene.

»Na gut ...«, sagte Hayden endlich. Er seufzte noch einmal tief und fuhr sich mit der Hand durch das mittlerweile Bandana-freie Haar. Mein Herz klopfte ängstlich und angespannt in meiner Brust.

»Okay. Dann bleibt sie eben bei mir.«

KAPITEL 5
WICHTIG

Grace

Mit großen Augen starrte ich die Männer an. Kit und Dax wirkten gleichzeitig verärgert und erleichtert, froh darüber, keine Verantwortung für mich übernehmen zu müssen. Docc musterte Hayden eindringlich und mit neugieriger Miene. Hayden sah sogar noch wütender aus als Kit und Dax und warf einen zornigen Blick in meine Richtung. Als ob das alles meine Schuld war. Immerhin hatte er mich doch überhaupt erst hergebracht.

»Ich habe Turmwache«, brach Kit das unbehagliche Schweigen. »Mach keine Dummheiten.«

Ich wusste nicht genau, ob er mich oder Hayden damit meinte, denn im Augenblick schien ihn jeder in unmittelbarer Nähe zu verärgern. Dann verließen er und Dax das Zimmer, sodass ich mit Docc und Hayden allein zurückblieb. Wie gern wäre ich hier bei Docc geblieben. Zumindest schien ihn meine Anwesenheit weniger zu nerven.

Hayden seufzte tief und fuhr sich mit der Hand durchs Haar.

»Na dann mal los«, grummelte er und sah mir in die Augen. Ich machte den Mund auf, um zu protestieren, entschied mich aber dann doch dagegen, als ich mich vom Tisch herunterhievte. Mein Bein wäre unter meinem Gewicht beinahe eingeknickt, aber ich konnte noch nach der Tischkante greifen und mich daran abstützen. Hayden machte keine Anstalten, mir zu helfen wie zuvor. Ich holte tief Luft und konzentrierte mich darauf, mein Bein zu bewegen, das immer noch seltsam taub war von dem, was immer Docc damit gemacht hatte. Aber zumindest hatte ich keine Schmerzen. Unsicher und mit zusammengebissenen Zähnen ging ich auf Hayden zu. Er beobachtete mich, die Brauen tief nach unten gezogen. Ich konzentrierte mich beim Näherkommen weiterhin auf meine Atmung, sah, wie er sich umdrehte, um das Zimmer zu verlassen, und mir stumm bedeutete, ihm zu folgen.

»Danke«, sagte ich plötzlich und wandte mich zu Docc um. Er nickte ernst, und sein Mund verzog sich zu so etwas wie einem Lächeln. Das erste, das ich überhaupt hier sah.

»Gern geschehen, Mädchen«, sagte er, und seine tiefe Stimme klang milde. Ich nickte ihm kurz zu und wandte mich dann wieder Hayden zu, um ihm zu folgen. Er öffnete die Tür, sah sich gar nicht mehr nach mir um. Überrascht stellte ich fest, dass es draußen mittlerweile stockdunkel war. Allem Anschein nach war ich also mehrere Stunden bewusstlos gewesen.

Ich beobachtete Hayden, sah, wie sein breites Kreuz sich beim Gehen bewegte, wie der Stress des Tages ihn niederdrückte. Offensichtlich war er durchtrainiert und fit, aber trotzdem nicht bullig. Trotz der breiten Schultern war er schlank mit deutlich definierten Muskeln, die sich unter seiner Haut und seiner Kleidung verbargen. Ich schüttelte den Kopf und wandte den Blick von ihm ab, um das Camp in Augenschein zu nehmen. Ich war noch nie in Blackwing gewesen – nur an den Grenzen, während andere mutige Männer Greystones versuchten, es zu plündern. Immer erfolglos. Wir befanden uns anscheinend im Hauptteil des Lagers. Dort standen einige größere Gebäude, die stabiler aussahen als die zahllosen, viereckigen Hütten, die fächerförmig von der Mitte aus errichtet waren. Die wenigen Menschen, die auf den staubigen Straßen überhaupt noch unterwegs waren, warfen mir verwirrte, misstrauische und – am häufigsten – hasserfüllte Blicke zu. Sie wussten, dass ich nicht zu ihrem Lager gehörte; ich war eine Außenseiterin, eine Fremde. Man konnte mir nicht trauen.

Langsam ließen wir die größeren Gebäude hinter uns und bogen in einen Bereich ab, in dem sich nur Hütten befanden. Hie und da war der Weg von Kerzen und Laternen erleuchtet. Wortlos nahm ich meine Umgebung weiterhin in mich auf, immer noch schockiert, dass ich tatsächlich in Blackwing war.

Ich fing den Blick eines älteren Mannes mit dünnem weißem Haar auf. Bei meinem Anblick verengte er angewidert die Augen. Dann machte er ein paar drohende Schritte auf mich zu, und ich sah ihn angstvoll an. Ich ging ein wenig schneller, um den Abstand zwischen mir und Hayden zu verringern und den zwischen mir und dem Mann zu vergrößern. Der Alte erhöhte sein Tempo ebenfalls und baute sich einen knappen Meter vor mir auf.

»An deiner Stelle würde ich lieber wieder in meine Hütte

gehen«, sagte Hayden mit einem Mal energisch. Ich wandte den Kopf und stellte überrascht fest, dass er nicht mich meinte, sondern den Mann wütend anfunkelte. Er umfasste meinen Oberarm und schob mich hinter sich. Der Alte murmelte etwas Unverständliches, das eher wie ein Knurren klang. Dann drehte er sich um und kehrte tatsächlich in seine Hütte zurück.

»Danke«, murmelte ich widerwillig. Mit einem gezielten Schlag gegen die Kehle wäre ich den Alten sicher schnell losgeworden, aber es war wohl kaum ratsam, in Haydens Anwesenheit ein Mitglied aus seinem Camp anzugreifen.

»Lauf einfach weiter, ja?«, sagte er gebieterisch.

Nachdem wir ein paar weitere Hütten passiert hatten, bog Hayden nach links ab und näherte sich einer Behausung, die etwas größer war als die anderen. Nachdem er die Tür aufgestoßen hatte, entdeckte ich dahinter einen stockdunklen Raum. Das spärliche Licht von außen drang nicht hinein. Er hielt die Tür auf und signalisierte mir mit einem Kopfnicken, einzutreten. Dann presste er den Rücken an den Türrahmen, um mich vorbeizulassen.

Ich ging hinein, blieb aber sogleich wieder stehen, um in der Dunkelheit nichts anzustoßen. Ich keuchte leise, als er die Tür hinter sich zufallen ließ, sodass die Schwärze uns vollkommen einhüllte. Mein Herz schlug ein wenig schneller. Ich fühlte mich verletzlich und extrem unwohl angesichts der Tatsache, dass ich mit diesem Fremden – diesem Feind – hier im Dunkeln stand. Ich hörte, wie er sich bewegte, obwohl ich ihn nicht sehen konnte. Dann flammte in der Ecke plötzlich ein Streichholz auf, mit dem er eine Kerze entzündete. Er nahm sie hoch und gab die Flamme an die anderen Kerzen weiter.

In ihrem flackernden Schein konnte ich meine Umgebung in Augenschein nehmen, die, wie nicht anders zu erwarten war, recht karg war. Der Raum enthielt ein Bett, eine Couch, einen Tisch, einen Schreibtisch und eine Kommode. Keinerlei Schnickschnack, nichts Besonderes oder Unnötiges. Alles hier drin war vor Jahren aus der Stadt mitgenommen worden. Am anderen Ende des Raumes entdeckte ich eine verschlossene Tür.

Hayden wandte sich um und kam auf mich zu, das Gesicht auf unheimliche Weise angestrahlt von der flackernden Kerze in seiner Hand. Er stellte sie auf den Couchtisch neben meine Knie. Darauf lagen Papiere verteilt, als hätte er viele Stunden auf dem Sofa gesessen und sich hineinvertieft. Er beugte sich vor, raffte sie zu einem Stapel zusammen und trug sie zu seinem Schreibtisch hinüber, um sie in einer Schublade zu verstauen.

»Du kannst auf der Couch schlafen«, sagte er barsch. Dann ging er zu seinem Bett hinüber und zog eine Decke vom Fußende, die er mir zuwarf. Ich fing sie auf und musterte die Couch. Sie hatte definitiv schon bessere Tage gesehen. Der braune Bezug wirkte kratzig, und durchgesessen war sie auch, aber zumindest musste ich nicht auf dem Boden schlafen. Er setzte sich auf die Bettkante und begann, seine Stiefel aufzuschnüren, während ich nur dastand und ihn beobachtete. Das alles hier kam mir so unwirklich vor – ich saß im feindlichen Lager fest mit einer durchaus ernsthaften Verletzung, die medizinisch versorgt worden war, und war gezwungen, zusammen mit jemandem, den ich nicht im Geringsten kannte, in dieser seltsamen Kate auszuharren. »Hast du denn keine Angst, dass ich dich im Schlaf umbringe?«, fragte ich, während ich seine Bewegungen verfolgte. Er reagierte kaum auf meine Worte. Dann setzte er sich auf, um seine Stiefel von sich zu schleudern.

»Nein.«

»Warum nicht?«, fragte ich und setzte mich auf die Couch. Sie sank unter meinem Gewicht tief ein.

»Weil du es nicht lebendig hier rausschaffen würdest, wenn du das tätest«, antwortete er ruhig, als sei das doch offensichtlich. Ein Punkt für ihn.

»Und hast *du* keine Angst, dass *ich* dich töte?«, fügte er hinzu und warf mir einen neugierigen Blick zu. Ich erschrak etwas, als er aufstand, sein Shirt am Kragen packte und es sich über den Kopf zerrte. Dann wanderten seine Hände zum Hosenbund seiner Jeans. Ich blinzelte und wandte den Blick ab, allerdings nicht, ohne vorher noch schnell einen ausgiebigen Blick auf seinen langen, muskulösen Körper zu werfen, der mir schon draußen aufgefallen war. Ich errötete leicht und sah dann vollends zu Boden.

»Nein«, antwortete ich, wobei es mir unangenehm war, dass er sich vor meinen Augen auszog. Er öffnete eine Kommodenschublade, und ich hörte Stoff rascheln. Dann sah ich ihn wieder an. Mittlerweile hatte er ein Paar Shorts angezogen, doch sein Oberkörper war immer noch nackt. Ein attraktiver, muskulöser Oberkörper mit Tattoos, die sich über seinen linken Arm erstreckten und von weiteren auf seiner Brust ergänzt wurden. Woher hatte er die?

»Warum nicht?«, forschte er, bombardierte mich mit meinen eigenen Fragen. Ich konnte mich irren, aber mein offensichtliches Unbehagen schien ihn zu amüsieren.

»Dann wäre alles, was du bislang getan hast, umsonst«, antwortete ich. Eins hatte ich in der kurzen Zeit unserer Bekanntschaft bereits über ihn gelernt, nämlich, dass er mir nichts schuldig sein wollte. Er würde mich nicht töten, weil ich ihn nicht getötet hatte. Meine Antwort schien ihn durchaus zu beeindrucken. Er setzte sich wieder aufs Bett. Ich war überrascht, dass er mir noch nicht befohlen hatte, den Mund zu halten.

»Wer bist du?«, fragte ich, als er nicht weitersprach.

»Hayden«, antwortete er schlicht.

»Du weißt, was ich meine«, beharrte ich. »Du hast hier eine wichtige Stellung.«

»Wodurch wird man denn wichtig?«

Ich verdrehte die Augen, weil er meiner Frage auswich. »Diese Leute da draußen ... sie hören alle auf dich. Sogar die älteren.«

»Und?«, fragte er und zog skeptisch eine Augenbraue hoch.

»Die meisten Menschen gehorchen keinem Anfang Zwanzigjährigen, es sei denn, der Betreffende ist wichtig«, bemerkte ich. Obwohl wir aus unterschiedlichen Lagern stammten, hielt ich das für eine allgemeingültige Tatsache.

»Und wenn ich tatsächlich wichtig wäre?«, fragte er. »Was spielte das für eine Rolle?«

»Wahrscheinlich keine«, murmelte ich. Er hatte mich die ganze Zeit über unverwandt angesehen. Ich schlug die Augen nieder und ließ mich auf die Couch sinken, die jetzt schon unbequem war. Dann wickelte ich mich in die Decke und bemühte mich, das lodernde Feuer seines Blicks zu ignorieren. Dass er nicht bereit war, meine Frage zu beantworten, bestätigte eigentlich meinen Verdacht – er musste irgendein Anführer sein, wenn nicht gar *der* Anführer. Es war seltsam, dass er in so jungen Jahren eine solch verantwortungsvolle Stellung innehatte, insbesondere im Vergleich zu meinem Vater Celt, der in Greystone das Sagen hatte.

Er schwieg erneut einige Zeit, dann stand er wieder vom Bett auf. Er bewegte sich durch den kleinen Raum, blies die Kerze auf seinem Schreibtisch und die neben seinem Bett aus, sodass nur die auf dem Couchtisch übrig blieb. Er kam auf mich zu, seine gebieterische Präsenz raubte mir den Atem. Seine grünen Augen fanden die meinen, als er sich leicht vorbeugte, wobei seine Bauchmuskeln arbeiteten.

»Denk dran, Grace«, sagte er, und seine Stimme klang tödlich leise. »Mach keine Mätzchen, sonst bist du tot.«

Mir entfuhr ein leises Keuchen. Dann formten seine vollen Lippen einen Ring und bliesen das verbleibende Licht aus, sodass der gesamte Raum in Dunkelheit getaucht wurde. Leise tappte er über den Boden, und ich hörte das sanfte Rascheln der Decke, als er ins Bett stieg. Mein Herz pochte in dieser Dunkelheit nun noch schneller, und sämtliche Alarmsignale in meinem Kopf gingen an. Durch mein jahrelanges Training wusste ich, dass es nie gut war, einen seiner Sinne zu verlieren, und unter den gegebenen Umständen schon gar nicht.

»Willst du mich wirklich wieder nach Hause zurückkehren lassen?«, fragte ich mit leiser Stimme. Er antwortete nicht sofort, sodass ich mich schon fragte, ob er schon eingeschlafen war.

»Ja, Grace«, sagte er schließlich. »Dann sind wir quitt.«

Ich betete darum, dass er die Wahrheit sagte, denn ich wünschte mir nichts sehnlicher, als aus dieser Hütte, diesem Lager, dieser ganzen Situation wieder herauszukommen. Ich wollte nach Hause zurückkehren, wo ich jedermann kannte und mich wieder meinem Alltag widmen konnte. Außerdem wollte ich meinem Bruder einen kräftigen Tritt in den Arsch geben, weil er mich im Stich gelassen hatte, und das war wohl kaum möglich, solange ich in Blackwing festsaß.

Ein plötzliches lautes Pochen an Haydens Haustür unterbrach meine Gedanken. Ich zuckte zusammen, dankbar, dass es so dunkel war und Hayden nichts davon mitbekam. Er fluchte leise und schwang sich wieder aus dem Bett. Fest umklammerte ich meine Decke in dem Versuch, meine zum Zerreißen gespannten Nerven zu beruhigen, während ich seinen Schritten lauschte. Sanftes Licht von den Kerzen draußen huschte ins Zimmer, beleuchtete Haydens definierte Bauchmuskulatur. Wieder wandte ich den Blick ab, blinzelte wie wild, um mich weiterhin auf das Geschehen konzentrieren zu können.

»Was?«, fragte Hayden denjenigen, der draußen stand. Ich konnte lediglich eine Silhouette erkennen.

»Die Turmwache hat Plünderer entdeckt, die von Süden kommen«, sagte die Stimme. Sie kam mir bekannt vor, und noch bevor mir sein Name in den Sinn kam, hatte ich sein Gesicht vor Augen. Dax.

»Okay?«, erwiderte Hayden scharf. »Warum bist du also hier, statt sie zu töten?«

»Es sind viele. Barrow wollte, dass du zum Turm kommst, um es mit eigenen Augen zu sehen«, sagte er und senkte die Stimme, bevor er sich vorbeugte, um einen Blick auf mich zu erhaschen. »Er und Kit kommen nicht allein mit einer größeren Gruppe Plünderer klar?«, fragte er verärgert.

»Hey«, antwortete Dax und hob die Hände. »Ich richte dir lediglich aus, was Barrow gesagt hat. Er will dich vorsorglich dabeihaben.«

»Und was soll ich derweil mit ihr anstellen?«, fragte Hayden und deutete in meine Richtung. »Willst *du* sie etwa bewachen?«

»Ganz sicher nicht, Mann. Du wolltest sie, dann nimmst du sie eben mit«, erwiderte Dax achselzuckend. »Ich bin schließlich kein Babysitter.«

»Ich genauso wenig«, grummelte Hayden.

»Das hättest du dir früher überlegen sollen, Kumpel«, meinte Dax, wobei seine Stimme nicht im Mindesten bedauernd klang. »Also beeil dich lieber. Barrow wird langsam nervös.«

»Na gut, na gut«, räumte Hayden ein und scheuchte Dax fort. Dax ging, während Hayden die Kerze wieder anzündete, die er vor nicht allzu langer Zeit erst ausgeblasen hatte.

»Steh auf«, befahl er mir und zog sich das Shirt über.

»Was machen wir?«, fragte ich und schob die Decke fort, um mir die Stiefel zuzubinden. Hayden streifte ein Paar Turnschuhe über, die unter seinem Bett standen.

»Wir gehen zum Wachturm«, sagte er knapp. Jetzt war ich zugegebenermaßen aufgeregt. Der Turm war einer der Gründe, warum Blackwing so furchterregend war; er erhob sich sieben oder acht Stockwerke hoch in die Luft und erlaubte den Lagerbewohnern einen 360-Grad-Blick über das gesamte Camp, sodass sie schon aus meilenweiter Entfernung sehen konnten, wenn sich jemand näherte. Bevor die Welt in Scherben ging, war es sicher eine Art Aussichtsturm gewesen, aber nun diente er Blackwing als Haupt-Verteidigungsanlage. Sie bekamen sozusagen mit, dass sich Plünderer näherten, bevor die sich überhaupt auf den Weg machten.

Ich stand auf und streckte mein Bein. Die Wirkung des Betäubungsmittels, das Docc mir verabreicht hatte, hatte nachgelassen, und ich zuckte zusammen. Hayden beobachtete mich und warf mir einen Blick zu.

»Hoffe, dass dein Bein der Sache gewachsen ist«, sagte er, bevor er zur Tür hinausging. »Los geht's.«

Ich folgte ihm, entschlossen, nach dieser höhnischen Bemerkung keinerlei Schwäche zu zeigen. Wir bewegten uns durch die Siedlung, die jetzt sogar noch verlassener dalag als zuvor. Der Turm war so hoch, dass wir sogar vom Fuß aus die Spitze in der Dunkelheit nicht erkennen konnten. Steile Stahltreppen führten nach oben, und ich musterte sie etwas besorgt, bevor wir uns an den Aufstieg machten. Hayden ließ mich vorangehen.

Die ersten paar Stufen gingen ganz gut und trugen beinahe schon dazu bei, den dumpfen Schmerz in meinen Muskeln zu betäuben. Es schien beinahe wieder voll funktionstüchtig zu sein, was mich beruhigte. Glücklicherweise betraf die Wunde größtenteils das Muskelgewebe meines Schenkels. Meine Nerven und Arterien waren nach wie vor intakt. Ein gutes Zeichen. Nach dem fünften Treppenlauf fing mein Bein durch die Anstrengung aber dann doch wieder an zu pochen. Trotzdem wurde ich nicht langsamer. Ich behielt das schnelle Tempo bei, entschlossen, es bis nach oben zu schaffen und keinesfalls Schwäche zu zeigen. Auf dem siebzehnten Treppenabsatz brannten meine Lungen von der Anstrengung, den Schmerz zu unterdrücken, aber ich gab nicht auf. Oben konnte man einen sanften Schein erkennen, eine einsame Kerze, die die Spitze des Turms gerade genug erhellte, um zu erkennen, dass wir angekommen waren.

»Hey«, kündigte Hayden unsere Ankunft an, als wir die letzte Stufe erklommen. Meine Nasenlöcher weiteten sich vor Anstrengung, während ich mich auf eine gleichmäßige Atmung konzentrierte; Hayden hingegen schien nicht im Mindesten außer Atem zu sein. Verdammt. Ich legte die Hände in die Seite und betrachtete die beiden Männer, die Turmwache hatten: Kit und mutmaßlich Barrow, ein Mann um die fünfzig mit grau gesprenkeltem Haar. Trotz des missmutigen Blicks, den er mir zuwarf, bevor er seine Aufmerksamkeit wieder Hayden zuwandte, erinnerte er mich an Celt.

»Auf drei Uhr«, sagte er zu Hayden und deutete in die Ferne. Und tatsächlich sah man dort diverse Fackeln aufleuchten. Durch die Entfernung konnte man schwerlich erkennen, wie viele tatsächlich in diese Richtung unterwegs waren, aber es waren definitiv mehr als nur eine Handvoll. Ich sah mich weiter um, doch der Rest der Gegend versank in Dunkelheit. Ganz sicher war die Aussicht von hier aus am Tag fantastisch. Ich würde allerdings wohl kaum das Glück haben, sie genießen zu dürfen.

»Bist du sicher, dass es Plünderer sind?«, fragte Hayden.

»Verdammt sicher. Was sollte eine so große Gruppe denn sonst sein?«, antwortete Kit. In diesem Augenblick entdeckte ich diverse Gewehre, die hier oben aufgestellt worden waren und allesamt in verschiedene Richtungen deuteten, bereit, im Bruchteil einer Sekunde abgefeuert zu werden. Kit und Barrow trugen zusätzliche Waffen über den Schultern.

Hayden schwieg einen Augenblick lang und starrte zu der Gruppe hinaus, die langsam immer näher kam.

»Tötet sie«, sagte er leise. Kit nickte, hockte sich prompt neben einem Gewehr hin und richtete das Auge am Grundvisier aus, um zu zielen. Barrow tat es ihm gleich, ebenso Hayden. Erschrocken stand ich da und beobachtete, wie sie sich darauf vorbereiteten, eine beträchtliche Gruppe von Menschen einfach so wegzuputzen.

»Ich zähle zwölf«, murmelte Hayden, das Auge ans Visier gepresst.

»Ich auch«, stimmte Barrow zu. Hayden beobachtete die Gruppe ein paar weitere Sekunden lang, bevor er wieder etwas sagte.

»Okay, nehmt ein paar aufs Korn und wartet ab, ob der Rest umdreht«, befahl Hayden. Keiner der anderen gab eine Antwort, aber offensichtlich hatten sie ihn verstanden, denn beide feuerten ab. Dann legten sie erneut an und feuerten wieder, insgesamt viermal. Mir fiel auf, dass Hayden noch kein einziges Mal geschossen hatte.

»Vier sind zu Boden gegangen«, sagte er. Er beobachtete die Gruppe noch länger. »Aber der Rest kommt weiter auf uns zu.«

»Noch einmal feuern«, murmelte Kit und spähte mit zusammengekniffenem Auge durch sein Visier. Er wartete eine Sekunde, um sein Ziel anzusteuern, bevor er einen weiteren Schuss abgab. Barrow tat neben ihm das Gleiche. Sie wiederholten die gesamte Prozedur, zielten und feuerten, bis sie zwölf Mal geschossen hatten.

»Okay«, murmelte Hayden. »Das war's.«

Er richtete sich aus der Hocke wieder auf, wobei er heftig die Stirn runzelte. Als er mich hinter sich entdeckte, zog er ein überraschtes Gesicht, als hätte er meine Anwesenheit vergessen. Plötzlich kam ich mir wie ein Eindringling vor.

»Noch eine gute Wache«, sagte Hayden zu den anderen beiden und trat auf mich zu. Überraschenderweise packte er wieder meinen Oberarm und schob mich die Treppe hinab.

»Hayden«, sagte Barrow, und sofort blieb er stehen. Wandte sich zu ihm um.

»Dieses Mädchen«, begann Barrow und deutete mit einem Kopfnicken auf mich. »Sie ist doch die aus Greystone?«

»Ja«, antwortete Hayden misstrauisch. Die Leute hier pflegten immer über mich zu reden, als sei ich gar nicht anwesend.

»Sie hat jetzt schon ziemlich viel gesehen, oder?«, fuhr Barrow fort und sah Hayden eindringlich an. Der verstand, worauf sein Kumpel hinauswollte, antwortete aber nicht, sondern erwiderte den Blick mit herausfordernder Miene.

»Wir haben uns unterhalten, Hayden«, fügte Kit nun hinzu. Sein Unterton gefiel mir gar nicht. Hayden schwieg auch weiterhin, als Kit weitersprach.

»Wir sind zu dem Schluss gekommen ..., dass sie zu viel gesehen hat. Wir können sie nicht wieder nach Hause lassen.«

»Wie bitte?«, fragte Hayden kampflustig.

»Du weißt, dass wir Recht haben, Kumpel. Sie hat zu viel vom Camp mitgekriegt, weiß, wie es hier abläuft. Wir können nicht zulassen, dass sie in ihr Lager zurückkehrt und allen in Greystone davon erzählt. Das brächte uns alle in Gefahr. Entweder bleibt sie hier als deine Gefangene, oder du tötest sie. Deine Entscheidung«, meinte Kit mit tödlich ernster Stimme. Wenn es nach ihm gegangen wäre, hätte er mich wahrscheinlich kurzerhand vom Turm geworfen, damit die Sache ein für alle Mal erledigt war. Gerade erst hatte er sechs Menschen umgebracht und dabei nicht mal mit der Wimper gezuckt. Er hätte kein Problem damit, auch mich zu töten.

Ich hielt die Luft an, während ich auf Haydens Antwort wartete, und fragte mich, wovor ich mehr Angst hatte: vor dem Tod oder lebenslanger Gefangenschaft in Blackwing. Ich hatte absolut keine Ahnung.

KAPITEL 6
ULTIMATUM

Grace

»Du stellst mir ein Ultimatum, Kit? *Mir*?«, fragte Hayden mit kaum verhohlener Wut in der Stimme. Unwillkürlich bemerkte ich, dass er die Hände an seinen Seiten zu Fäusten geballt hatte. Offensichtlich gefiel es ihm nicht, wenn jemand seine Autorität in Frage stellte.

»Nicht nur ich, Kumpel. Dax, Barrow, wir alle. Du hättest sie nicht herbringen dürfen. Du bringst uns alle in Gefahr«, sagte Kit entschieden.

»Niemand vermisst sie, niemand will sie holen. Sie sind nicht gefährlich«, antwortete Hayden ebenso entschlossen.

»Vielleicht nicht, aber *sie* ist es. Sie stammt aus Greystone, und sie hat an einem Raubzug teilgenommen. Ich verwette deinen Arsch darauf, dass mehr hinter ihr steckt, als auf den ersten Blick erkennbar ist«, meinte Barrow. Ich fand seine Worte auf seltsame Weise tröstlich, auch wenn sie die Geschicke wohl kaum zu meinen Gunsten wenden würden. Ich war mehr als in der Lage, mich allein durchzuschlagen, und war ziemlich zuversichtlich, dass ich es im Kampf mit jedem von ihnen würde aufnehmen können. Sie waren zwar stärker, aber ich war mit Sicherheit schneller.

»Sie ist gefährlich, Hayden«, bekräftigte Kit.

»Ich bin übrigens hier«, platzte ich heraus. Ich war es leid, dass sie über mich sprachen, als sei ich nicht anwesend. Drei hitzige Augenpaare wandten sich mir zu, und mein wütender Blick brannte sich in sie hinein. Zunächst schwiegen alle, doch dann ergriff Hayden wieder das Wort.

»Ich werde sie nicht töten«, antwortete er Kit ruhig.

»Na gut«, sagte Barrow und sprang plötzlich auf die Füße. »Dann mache ich es eben.«

Ich wich einen Schritt zurück und prallte rücklings gegen das dünne Geländer, das die Spitze des Turms umgab, als er sein Gewehr auf mich richtete. Ich biss heftig die Zähne zusammen, entschlossen, meine Angst nicht die Oberhand gewinnen zu lassen. Doch dann sah ich die Waffe nicht mehr, denn Hayden trat zwischen Barrow und mich. Dieser senkte das Gewehr sofort und sah Hayden wütend an.

»*Ich* werde sie nicht töten und sonst auch keiner«, stellte Hayden entschieden klar. Hinter seinem breiten Rücken konnte ich Kit und Barrow kaum sehen.

»Tja, dann haben wir uns wohl eine Gefangene eingehandelt«, meinte Kit und ließ den Blick zwischen mir und Hayden hin und her wandern. »Das kann ja heiter werden.«

»Super«, murmelte Hayden sarkastisch. »Und jetzt kümmert euch wieder um eure Wache.«

Mit diesen Worten wirbelte er zu mir herum. Seine Brust prallte beinahe mit meiner zusammen. Er merkte selbst, dass er viel näher war, als er erwartet hatte, wich einen Schritt zurück, packte mich wieder am Arm und zerrte mich auf die Treppenstufen zu. Trotzig riss ich mich los. Wenn ich zu fliehen versuchte, dann wohl kaum jetzt, hoch oben auf einem Turm voller geladener Gewehre mit leicht reizbaren Leuten am Abzug.

Er runzelte die Stirn, nahm die Unterlippe zwischen Daumen und Zeigefinger, wie es seine Angewohnheit war, wenn er sich konzentrierte. »Los jetzt.«

Ich widersprach nicht und folgte ihm die Treppe hinab, froh, von dem Turm wieder herunterzukommen. Hayden machte sich schweigend an den Abstieg, seine Bewegungen ruckartig und unnatürlich, als fechte er einen stummen inneren Kampf aus. Unten angekommen, stapfte er so energisch durch den Staub, dass er unter seinen Füßen emporwirbelte, während er den Pfad zu seinem Haus zurücklegte. Wütend stieß er die Tür auf, sodass das Holz gegen die verschiedenen Materialien prallte, aus denen das Gebäude bestand.

Ich kehrte wieder auf die Couch zurück, setzte mich schweigend darauf und beobachtete ihn weiter. Eilig schleuderte er seine Stiefel von sich, das Gesicht zutiefst grimmig. Er wirkte geradezu wutentbrannt.

»Hayden?«, fragte ich zaghaft.

»Was?«, blaffte er und warf mir einen missmutigen Blick zu. Ich runzelte die Stirn.

»Warum hast *du* niemanden erschossen?«, fragte ich.

Er hatte sich gerade das Shirt wieder über den Kopf ziehen wollen, doch nun erstarrte er mitten in der Bewegung. Doch er erholte sich schnell und machte weiter. Es war mir seltsam vorgekommen – dieser Junge, der wahrscheinlich die Verantwortung für alle Menschen in Blackwing trug, hatte die Chance, ein paar schnelle Morde zu begehen, ausgelassen. Fast jeder aus Greystone hätte sich diese Gelegenheit nicht entgehen lassen. Ihre Augen hätten geleuchtet, weil sie ein paar Feinde plattmachen konnten. Aber Hayden war offenbar anders.

»Kit und Barrow haben sich drum gekümmert«, antwortete er mit monotoner Stimme. Aber da war noch etwas anderes – ein Hauch von Betrug. Er log.

»Aber du hättest ihnen doch geholfen, oder?«, hakte ich nach. Er schwieg und warf sich aufs Bett. Diesmal hatte er sich nicht mal die Mühe gemacht, Kerzen anzuzünden, sondern bewegte sich nur im spärlichen Licht, das durch die Ritzen an der Tür und durch ein blindes Fenster drang. Er schwieg so lange, dass ich schon dachte, er würde mir überhaupt keine Antwort geben.

»Gute Nacht, Grace«, murmelte er, meine Frage ignorierend. Seine Stimme klang nicht länger zornig, sondern nur noch erschöpft. Ich seufzte.

»Gute Nacht, Hayden.«

* * *

Am darauffolgenden Morgen fiel mir nach dem Aufwachen als Erstes auf, dass mein Rücken extrem schmerzte, und kurz darauf bemerkte ich auch das pulsierende Brennen in meinem Bein an der Stelle, wo ich verletzt worden war. Als Nächstes bemerkte ich das Geräusch laufenden Wassers, das hinter der einzigen Tür erklang, die sich neben dem Eingang zu Haydens Hütte befand. Wahrscheinlich verbarg sich dahinter eine Art Badezimmer, und ich war überrascht, dass er hier fließendes Wasser zu haben schien.

Ich sah zu der bewussten Tür hinüber und stellte verblüfft fest, dass sie einen etwa zwei Zentimeter großen Spalt weit offen stand. Durch diesen Spalt hindurch konnte ich einen Streifen der Haut auf Haydens breitem Rücken erkennen. Tropfnass stand er unter der provisorischen Dusche. Sogleich wandte ich den Blick wieder ab und errötete, obwohl er mich doch gar nicht dabei erwischt hatte, wie ich ihn zufällig beobachtet hatte.

Woran lag es nur, dass dieser Typ in meiner Gegenwart ewig ohne Shirt herumlief? Es war schon verstörend genug, dass ich ihm immer wieder beim Ausziehen zuschauen musste, geschweige denn, einen Blick auf ihn zu erhaschen, während er komplett nackt war. Warum konnte er nicht einfach die Tür schließen?

Ich zuckte zusammen, als das Wasser aufhörte zu rauschen, unsicher, wie ich mich jetzt verhalten sollte. In einem Augenblick schierer Panik warf ich mich wieder auf die Couch und tat, als schlafe ich noch. Schnell schloss ich die Augen, sah aber trotzdem noch, wie Hayden aus dem Badezimmer schlenderte mit nichts als einem Handtuch um die Hüften.

Oh, mein Gott.

»Darin bist du beschissen«, meinte Hayden belustigt. Widerwillig öffnete ich die Augen wieder und ertappte ihn dabei, wie er mich angrinste. Ich runzelte verwirrt die Stirn.

»Worin?«

»Dich schlafend zu stellen. Steif wie ein Brett warst du«,

sagte er. Er machte gar nicht den Versuch, seinen Körper zu verhüllen, der, wie ich unwillkürlich bemerkte, von winzigen Wassertröpfchen bedeckt war, was seine stahlharten Muskeln zur Geltung brachte. »Oh.« Mehr brachte ich nicht heraus. Zumindest schien er jetzt bessere Laune zu haben als in der vergangenen Nacht. Ich versuchte, ihn nicht anzustarren, als er sich ein rot kariertes Hemd überzog, ohne sich vorher großartig abzutrocknen. Als seine Hände zu dem Handtuch wanderten, um es von seinen Hüften zu lösen, zwang ich mich wegzusehen, und wieder stahl die Röte sich in meine Wangen.

Ich war überrascht, dass mir sein Anblick so naheging, denn normalerweise pflegte ich Nacktheit gar nicht zu registrieren; Jungen, Mädchen, Männer, Frauen, das alles spielte keine Rolle. Ich betrachtete nackte Körper auf klinische Art und Weise, als notwendig, um Verwundete zu heilen. In Greystone hatte ich viel Zeit damit verbracht, Verletzte zu versorgen. Nacktheit war also etwas vollkommen Normales für mich.

Doch hier befand ich mich in einer ganz anderen Situation, mit der ich einfach nicht klarkam. Erleichtert nahm ich das leise Surren seines Jeans-Reißverschlusses wahr, das mir sagte, dass er nun komplett angezogen und erheblich weniger verstörend war. Allerdings fiel mir bei dieser Gelegenheit ein, dass ich selbst mich schon lange nicht mehr geduscht und umgezogen hatte. Wahrscheinlich stank ich wie eine Leiche.

Mein Magen knurrte vernehmlich und durchbrach damit die Stille, die in der Hütte herrschte. Hayden zog seine Stiefel an, dann stand er auf und warf mir einen überraschten Blick zu.

»Hunger?«, fragte er.

»Am Verhungern«, bekannte ich aufrichtig. Schnell zog ich ebenfalls meine Boots an und war angesichts meiner fehlenden Wechselklamotten innerhalb weniger Sekunden fertig.

»Komm, gehen wir in die Küche«, meinte er. Seine Stimmung war heute Morgen tatsächlich besser, und ich stellte fest, dass ich ihn ausnahmsweise einmal nicht hasste. Er war erheblich freundlicher, wenn er allein war, als unter den wachsamen Blicken seiner Kollegen aus dem Camp.

Erfreut entdeckte ich, dass draußen die Sonne schien. Aus irgendeinem Grund hatte ich Wolken, Regen und Wind erwartet, alles, was den gewittrigen Empfang widerspiegelte, der mir bislang bereitet worden war. Hayden führte mich den Pfad entlang, den wir in der vergangenen Nacht genommen hatten, schlängelte sich zwischen den Hütten hindurch, in denen es im Morgenlicht buchstäblich von Menschen wimmelte.

»Also«, sagte er und lenkte damit meine Aufmerksamkeit von einer Mutter ab, die mit ihren beiden kleinen Kindern auf einem Grasflecken spielte. In Greystone kam so etwas nicht vor – ein seltsam erfreulicher Anblick.

»Also«, wiederholte ich leise.

»Also, wenn du hierbleibst ...«

»Hier gefangen bist«, berichtigte ich ihn. Er biss die Zähne aufeinander, dann fuhr er fort.

»Wenn du also hier *bleibst*, musst du wissen, wie alles

funktioniert«, sagte er. Seine Stimme klang eine Spur besorgt, als habe er Bedenken, mir noch weitere Informationen über das Camp zu geben.

»Okay«, ermutigte ich ihn zum Weitersprechen.

»Mahlzeiten gibt es in der Küche und in der Kantine. Beide sind im gleichen Gebäude untergebracht, wie du gleich sehen wirst. Latrinen und Duschen sind auf der anderen Seite des Camps, aber du kannst meine benutzen. Auf keinen Fall näherst du dich unserer Kommandozentrale oder unseren Waffenlagern, es sei denn, du bist in meiner Begleitung. Wenn du sonst noch irgendwo hinmusst, bringe ich dich hin.«

Ich hatte nicht erwartet, Zugang zu irgendetwas möglicherweise Gefährlichem zu erhalten, weshalb seine Worte mich keineswegs erstaunten.

»Gut«, bestätigte ich.

»Und ab sofort bist du immer an meiner Seite. Ich kann dir nicht vertrauen, weshalb du hier nicht allein herumlaufen darfst, und ich vertraue auch niemand anderem deine Bewachung an, weil ich befürchten muss, dass einer von euch sofort Streit anfängt«, sagte er. Seine Miene war unergründlich.

»Wieso hältst du mich für dumm genug, mitten in Blackwing einen Streit mit irgendwem anzufangen?«, fragte ich etwas beleidigt. Etwas Idiotischeres hätte ich wohl kaum tun können.

»Ich hab doch gar nicht ...«

»Hi Hayden!«, zirpte eine Stimme und unterbrach, was immer Hayden hatte sagen wollen. Ein Junge erschien an seiner Seite. Er war etwa zehn oder elf, und sofort erkannte ich seine großen braunen Augen wieder. Das war der Kleine von dem Überfall. Ich reckte den Hals, um ihn genauer betrachten zu können. Er wurde puterrot und blieb hinter Hayden zurück, begleitete uns aber.

»Morgen, Jett«, erwiderte Hayden leichthin.

»Hayden, stimmt das?«, fragte er. Er versuchte, halbwegs zu flüstern, aber erfolglos, sodass ich ihn problemlos verstehen konnte.

»Stimmt was, kleiner Mann?«, fragte Hayden geduldig. Der Kosename rief mir ins Gedächtnis, was er in der Nacht zu ihm gesagt hatte, als ich die beiden laufen gelassen hatte. *Und jetzt laufen wir ganz schnell los, kleiner Mann.*

»Dass du sie hier bleiben lässt?«, flüsterte Jett voller Ehrfurcht. Er lugte um Haydens Gestalt herum, um einen Blick auf mich zu erhaschen, quietschte aber und zuckte zurück, als er bemerkte, dass auch ich ihn ansah.

»Ich *zwinge* sie, hier zu bleiben«, korrigierte ihn Hayden.

»Sie will nicht hier sein.«

»Warum lässt du sie dann nicht einfach wieder nach Hause?«, forschte Jett.

»Weil«, antwortete Hayden schlicht, »es nicht sicher ist, sie dorthin zurückzulassen.«

Ich grinste erfreut, dass er endlich zugab, dass ich gefährlich sein konnte, wenn auch nur einem Kind gegenüber.

»Oh«, machte Jett verdutzt. Konzentriert verzog er das Gesicht, versuchte zu verstehen, was Hayden ihm gesagt hatte. Dann fiel ihm etwas ein. »Oh, ja! Maisie sagte, dass wir Feuerholz für die Öfen in der Küche brauchen.«

»Ist keins mehr im Lagerhaus?«, fragte Hayden. Jett blieb

stehen, und Hayden und ich taten es ihm gleich. Er zuckte nur mit den Schultern, sodass sie ihm fast bis an die Ohren reichten und zog einen Schmollmund. Dann warf er mir einen verängstigten Blick zu und wandte sich wieder an Hayden.

»Das ist alles, was ich dir von Maisie ausrichten sollte«, antwortete er.

»Na gut, sag ihr, wir beschaffen welches«, versicherte Hayden. Jett nickte und huschte davon. Hayden bog scharf ab, verließ den Pfad, auf dem wir uns befanden, und schwenkte zwischen zwei Hütten ab.

»Ich mag ihn«, sagte ich, wobei ich ein sanftes Lächeln nicht unterdrücken konnte. Er warf mir einen überraschten Blick zu.

»Fällt auch schwer, ihn nicht zu mögen«, bekannte er. Wir durchquerten die Ansammlung von Hütten und gelangten an den Waldrand, wahrscheinlich, um Feuerholz zu holen.

»Also muss ich die ganze Zeit über bei dir bleiben?«, fragte ich stirnrunzelnd. Das klang schrecklich anstrengend.

»Ja«, bestätigte er und beugte sich hinab, um ein paar Holzstücke von einem Stapel neben einem großen Baum hochzuheben. Wir standen auf einer kleinen, von Bäumen umfriedeten Lichtung, die sich wenige Meter vor dem äußeren Ring der Hütten des Lagers befand.

»Du brauchst mich nicht zu beschützen«, sagte ich und verschränkte die Arme vor der Brust. Er seufzte, legte die Holzscheite, die er gesammelt hatte, auf den Boden und richtete sich zu voller Größe auf. Er war weit über eins achtzig groß.

»Tatsächlich nicht?«

»Ja«, sagte ich entschieden. Unverwandt starrten wir einander an.

»Beweise es.«

»Was beweisen?«, fragte ich, denn ich wusste nicht so recht, was er jetzt von mir wollte.

»Beweise, dass du mich nicht zu deinem Schutz brauchst.«

Ich blinzelte. Sollte ich etwa gegen ihn kämpfen? Erwartungsvoll zog er die Augenbrauen hoch und bestätigte damit meinen Verdacht. Ich hob die Hände und nahm eine entsprechende Grundhaltung an, wobei ich einen kleinen Schritt auf ihn zumachte. Er reagierte darauf, indem er sich seitlich von mir wegdrehte. Anscheinend legte er es tatsächlich auf eine Prügelei an. Ich grinste zufrieden. Endlich.

Ich hob die Fäuste, um mein Gesicht und meinen Körper zu schützen. Er tat es mir gleich, und seine grünen Augen sprühten Funken. Er spiegelte jeden Schritt, den ich tat, umkreiste mich, blieb aber stets in meiner Reichweite. Das Adrenalin pulsierte durch meine Adern bei der Aussicht auf einen Kampf. Ich atmete tief ein und stürzte vor, schleuderte meine Faust gegen sein Kinn.

Mit Leichtigkeit wehrte er den Schlag mit dem Unterarm ab, sodass ich mein Ziel verfehlte. Ein zweiter Schlag von meiner anderen Faust folgte auf dem Fuße, aber damit streifte ich nur seinen Brustkorb. Jede meiner Bewegungen sandte einen leichten, stechenden Schmerz durch mein Bein, aber ich ignorierte es entschlossen. Ich atmete gleichmäßig aus und machte wieder einen Ausfallschritt. Diesmal wich er nicht ganz so schnell aus, und ich rammte ihm mit aller

Wucht das Knie in die Seite. Wieder fuhr meine Faust durch die Luft, aber der Versuch, sein Kinn zu treffen, wurde auch diesmal vereitelt. Mit Leichtigkeit schlug er meine Hand nieder.

Er griff nicht an, sondern wehrte mich nur ab und verteidigte sich gegen meine Attacken. Seine Füße bewegten sich schnell und geschickt, und meine Zuversicht, dass ich schneller als er sein würde, löste sich in Wohlgefallen auf. Er reagierte auf jeden noch so kleinen Schritt von mir, und die einzigen Schläge, die ich platzieren konnte, wehrte er durch Unterarme oder Körper ab. Er war ein exzellenter Kämpfer, was mich frustrierte.

»Komm schon, Grace, das kannst du besser«, provozierte er mich und grinste mich erneut an. Ich spürte, wie mir der Schweiß ausbrach, als ich mich wieder auf ihn stürzte, diesmal zuerst mit einem Tritt und nicht mit einem Schlag. Mein erster richtiger Treffer erzeugte ein dumpfes Geräusch an seiner Seite, und scharf stieß er den Atem aus. Ich preschte weiter voran, täuschte mit der linken Hand einen Schlag an, bevor ich meine rechte Faust in sein Gesicht schwang. Erneut ein lautes Rumsen, als sie sein Kinn traf und seinen Kopf zur Seite schnellen ließ.

Innerlich jubelte ich, feierte im Geiste meinen kleinen Sieg. Bevor ich allerdings meinen Angriff fortsetzen konnte, hatte er sich bereits erholt und packte mit Leichtigkeit meine Handgelenke, drehte mich um und stieß mich voran, bis er mich bäuchlings gegen einen in der Nähe stehenden Baumstamm presste. Ich prallte mit einem dumpfen Geräusch dagegen, und die Luft entwich meinen Lungen.

Meine Wange schabte an der rauen Borke entlang, während seine Hände meine Handgelenke an meinem Kreuz festhielten.

»Ich muss schon sagen, ich hätte mehr von dir erwartet«, sagte er. Seine Stimme war beinahe ein drohendes Flüstern. Er presste seinen Körper an meinen Rücken, nagelte mich an dem Baum fest. Mir gingen lauter Entschuldigungen durch den Kopf: Ich hatte seit Tagen nichts Vernünftiges mehr gegessen, mein Bein war gerade angeschossen worden, er war so viel größer als ich, aber ich sprach nichts davon aus. Die Befriedigung, dass ich nach Ausreden suchte, wollte ich ihm nicht gönnen.

»Dann hast du sicher keine Angst, das hier ein anderes Mal noch einmal zu versuchen«, antwortete ich entschieden und drängte mich nach hinten, um sein Gewicht von mir zu wälzen. Aber er rührte sich keinen Zentimeter.

»Findest du immer noch, dass du meinen Schutz nicht nötig hast?«, flüsterte er. Ich erschauerte, als seine Lippen mein Ohr streiften, und ich hasste mich selbst, weil mir das Gefühl gefiel. Mein Atem ging flacher als erhofft, aber ich sagte mir, dass ich aufgrund der Umstände eben schwächer als sonst war.

Genau.

»Hmm?«, machte er und berührte erneut mit den Lippen meine Ohrmuschel, als ich keine Antwort gab. Ohne zu zögern, riss ich die Hände nach unten, streckte sie, so gut ich konnte, auch wenn er sie hinter meinem Rücken festhielt, um ihn mit einem Schlag in die Leiste zu überrumpeln. Mit vernehmlichem Stöhnen wich er nach hinten zurück, überrascht von meinem plötzlichen Angriff. Ich trat heftig gegen seine Füße, sodass er zu Boden fiel.

Sofort setzte ich mich auf ihn, hielt seine Arme unter meinen Knien fest und beugte mich vor, um ihm den Unterarm über die Kehle zu legen. Sein Kinn verkantete sich, und er bog den Kopf zurück, um den Druck zu erleichtern.

»Sag du es mir«, antwortete ich über ihm. Das Funkeln in seinen Augen konnte ich unmöglich übersehen – er war beeindruckt. Er gab keine Antwort, hielt meinem Blick jedoch ein paar Sekunden lang stand; überrascht bemerkte ich, wie sich irgendetwas tief in meinem Innern regte. Mir stockte der Atem, als er den Kopf hob und sein Gesicht näher an meines heranschob. Ich lockerte den Druck an seiner Kehle. Seine Augen schossen zu meinen Lippen, verharrten dort eine Sekunde zu lang, während es in meinem Kopf summte.

Plötzlich wurde mein Körper herumgewirbelt. Hayden warf mich ab und in den Staub. Dann lag er über mir. Er war zu schwer, um ihn abschütteln zu können. An Hüften und Handgelenken nagelte er mich am Boden fest. Ich atmete scharf ein, als er die Lippen erneut an mein Ohr hielt.

»Vielleicht bist nicht du diejenige, die hier Schutz benötigt«, flüsterte er leise. Wieder berührten seine Lippen mein Ohr, und ich erschauerte. Er zog sich weit genug zurück, um mir in die Augen sehen zu können, das Gesicht nur wenige Zentimeter über dem meinen. »Vielleicht schütze ich sie vor dir.«

KAPITEL 7
SPANNUNG

Hayden

Mir stockte der Atem, als ich den Blick aus Graces atemberaubenden grünen Augen auffing, die nur wenige Zentimeter von meinen entfernt waren. Ich spürte die Hitze ihres Körpers an meinem, als ich über ihr lag, meine Hüften die ihren festhielten, während ich mit den Händen ihre Handgelenke umfing und sie mit dem Rücken auf der Erde lag. Ihre Lippen waren leicht geöffnet, und sie atmete schwer. Anscheinend war sie durch die körperliche Anstrengung doch etwas außer Atem.

Einen Augenblick lang hatte ich ganz vergessen, wie wir in diese Lage geraten waren. Es kam mir seltsam vor, dass sie aufgegeben zu haben schien und nicht länger gegen mich kämpfte. Meine Worte schienen sie verwirrt zu haben. Ich hatte eigentlich gar nicht vorgehabt, ihre Ohrmuschel mit meinen Lippen zu berühren, aber ich hatte es auch nicht wirklich vermieden, denn es gefiel mir wider besseres Wissen.

Vielleicht beschütze ich sie vor dir.

Das hatte ich zu ihr gesagt, und es entsprach voll und ganz der Wahrheit. Sie hatte bereits bewiesen, dass sie keinen Schutz benötigte; die Art, wie sie gegen mich gekämpft hatte, hatte mich mehr beeindruckt als bei jedem anderen Mädchen in der Vergangenheit, auch wenn ich letztlich gewonnen hatte. Gestern noch war sie angeschossen worden, aber sie hatte sich weder beklagt noch Ausflüchte vorgebracht, war mir ohne jeden Protest unerschütterlich gefolgt. Sie besaß eine Kraft, einen Mut, den ich nur bewundern konnte.

Ich spürte die Spannung zwischen uns. Keiner von uns sagte ein Wort. Wir sahen uns lediglich aus nächster Nähe in die Augen. Schließlich holte sie Luft, wollte etwas sagen, wurde aber unterbrochen, bevor sie einen Ton herausbringen konnte.

»Hey! Was zum Teufel treibt ihr denn da?«, brach eine Stimme den Bann. Ich riss meinen Blick von ihr los, sprang praktisch auf die Füße und entdeckte Dax, der mit ungläubigem Gesichtsausdruck in nur wenigen Metern Entfernung stand. Grace sprang ebenfalls auf und stellte sich neben mich, wobei sie sich hastig den Schmutz von den Kleidern klopfte. War es Einbildung, oder wurde sie gerade rot?

»Nichts«, antwortete ich energisch und war seltsam genervt, weil er uns unterbrochen hatte. Wir hatten schließlich tatsächlich nichts getan, warum also war ich verärgert, dass der Augenblick vorbei war?

»Sah aber nicht so aus«, murmelte Dax, wobei sein Blick zwischen Grace und mir hin und her wanderte. Die Röte, die ich gesehen zu haben glaubte, war jetzt verschwunden. Sie blickte grimmig drein und verschränkte die Arme vor der Brust. Hmmm.

»Ist mir egal, wie es aussah«, sagte ich wegwerfend. »Was willst du hier?«

»Wir brauchen Feuerholz«, antwortete er sachlich. *Ach ja, richtig.* Deshalb waren wir ja ursprünglich hergekommen. Anscheinend hatte ich das vergessen. Ich bemerkte, dass Grace sich abrupt umdrehte und sich ein paar Schritte entfernte. Einen Augenblick lang glaubte ich, sie wollte fliehen, aber sie blieb vor einem Stapel Holzscheite stehen, beugte sich hinab und hob welche auf. Die Enge in meiner Brust legte sich wieder. Ich hatte gar nicht gemerkt, dass ich plötzlich ganz angespannt gewesen war.

Dax und ich folgten ihrem Beispiel, nahmen so viel Feuerholz in die Arme, wie wir tragen konnten. Ziemlich beladen kehrten wir drei ins Camp zurück. Dax stapfte voraus in Richtung Küche, während Grace schweigend neben mir herging. Sie runzelte allerdings jedes Mal grimmig die Stirn, wenn Dax uns über die Schulter hinweg einen neugierigen Blick zuwarf.

Der Kantinenteil des Küchenbereichs schien förmlich zu vibrieren vor Menschen, die miteinander schwatzten und ihr Frühstück verspeisten. Die Sonne erfüllte alle mit frischer Energie. Einige grüßten mich und warfen Grace einen irritierten Blick zu. Gewiss hatten mittlerweile die meisten von ihrer Anwesenheit erfahren, aber die Mehrzahl hatte es sicher kaum glauben können. Doch jetzt sahen sie sie mit eigenen Augen. Gerüchte verbreiteten sich hier schnell, und Veränderungen mochte niemand.

Grace ignorierte das Spektakel und folgte mir, das Gesicht vollkommen ausdruckslos, um nur ja keine Gefühle zu zeigen. Dax schob sich durch die Küchentür, und sofort hörten wir Maisie ihren Helfern Befehle zurufen.

»Ah, Jungs!«, begrüßte sie uns liebevoll, und ein breites Lächeln erhellte bei unserem Anblick ihre Züge. »Danke. Ihr seid unsere Rettung.«

»Jederzeit, Maisie«, antwortete ich. Wir schoben unser Holz in den großen Herd, den wir gebaut hatten. Das darin glimmende Feuer erwachte wieder zum Leben, sobald es wieder Brennstoff hatte. Das riesige Blech, das wir über dem Feuer angebracht hatten, zischte. Darauf briet das Fleisch, das Maisie zum Frühstück servierte. Anscheinend handelte es sich um das Wild, das wir vor ein paar Tagen erlegt hatten.

»Und wer ist *das*?«, fragte sie leicht atemlos, während sie die Hände an ihrer Schürze abwischte und Grace musterte. Zum ersten Mal schien jemand ihre Anwesenheit nicht als abscheulich zu empfinden.

»Maisie, Grace. Grace, Maisie«, stellte ich die beiden einander vor und deutete mit der Hand erst auf die eine, dann auf die andere Frau.

»Gefangene aus Greystone«, meldete sich Dax zu Wort. Ich runzelte bei dem Wort »Gefangene« die Stirn, obwohl er damit genau genommen ja den Nagel auf den Kopf traf.

»Aah, das Mädchen, von dem Jett jetzt schon die ganze Zeit faselt«, sagte Maisie und nickte. »Er hatte Recht – du bist wirklich ein hübsches Ding, nicht wahr?«

»Äh ...«, machte Grace und warf mir einen Blick zu, als wisse sie nicht so recht, was sie darauf antworten sollte. Verlegen sah sie dann wieder Maisie an. »Danke.«

»Dann bleibst du jetzt also bei uns?«, fragte Maisie.

»Das hat man mir jedenfalls gesagt«, antwortete Grace trocken. Maisie nickte nachdenklich. »Na ja, hat keinen Zweck, dich wie eine Fremde zu behandeln. Irgendwann musst du dich hier sowieso ins Zeug legen, also genieß die Flitterwochen, solange sie dauern«, rief sie. Ich freute mich, dass zumindest *eine* aus meinem Camp meinen Schützling nicht wie einen Hund behandelte.

Überrascht entdeckte ich ein sanftes Lächeln, das Graces Lippen umspielte.

»Ja, Maisie«, sagte sie in neutralem Ton, wobei die Andeutung ihres Lächelns breiter wurde. Ich bemerkte, wie ihre Augen dabei aufleuchteten. Ich schüttelte den Kopf, als ich mich dabei ertappte, wie ich sie anstarrte. *Hör auf damit, Hayden.*

»Hervorragend. Und jetzt holt ihr drei euch mal euer Frühstück, bevor nichts mehr da ist. Heute gibt's viel zu tun, Hayden«, meinte Maisie und nickte uns zu. Wir waren entlassen. Ich warf ihr einen anerkennenden Blick zu, bevor ich drei überhaupt nicht zusammenpassende Teller zusammenraffte, die wir vor Jahren bei einem Raubzug in der Stadt erbeutet hatten. Nachdem ich Grace und Dax jeweils einen weitergereicht hatte, nahmen wir uns unsere Mahlzeit, trugen sie in die Kantine und setzten uns an einen leeren Tisch.

Gierig stürzte ich mich auf mein Essen. Das Gemisch aus Fleisch und Eiern schmeckte köstlich. Maisie züchtete Hühner, und die Menschen in Blackwing gingen abwechselnd immer mal wieder auf die Jagd. Gelegentlich fingen wir auch Fische im Fluss, aber der Weg dorthin war weit, weshalb das nicht oft vorkam. Wer in den Wäldern lebte, verließ sich bei der Nahrungssuche besser auf die Jagd. Außerdem hatten wir ein Lager aus Konservendosen, die wir auf unseren jahrelangen Raubzügen gesammelt hatten, und wir betrieben Ackerbau, allerdings nur mit mageren Erträgen.

»Also«, sagte Dax mit vollem Mund. »Viel zu tun, *hm*?«

Ich schluckte und nickte. »Ja, muss mich mit Barrow treffen, um Munitionsinventur zu machen, und danach mit Docc, um medizinische Versorgungsgüter zu checken. Und Malin erwähnte, dass einige der Hütten nicht mehr ganz stabil sind, darum sollte ich mich also auch noch kümmern.«

»Das alles machst du?«, fragte Grace plötzlich, sodass Dax und ich sie unwillkürlich ansahen.

»Irgendwer muss es ja tun«, antwortete ich.

»Ja, Glück gehabt, dass du ausgerechnet auf den Großen Mann hier gestoßen bist«, meinte Dax und klopfte mir auf die Schulter. Ich verdrehte die Augen, und er grinste nur.

»Lieber ein richtig großer als ein mickriger«, erwiderte Grace schlagfertig mit schwachem Grinsen. Ich hätte mich beinahe an meinem Essen verschluckt, als ich Dax' schockierten Gesichtsausdruck sah. Doch er erholte sich schnell wieder von dem Schreck und gluckste anerkennend.

»Für eine vom Feind bist du gar nicht so übel«, sagte er leichthin und schenkte ihr ein winziges, beifälliges Nicken. Nun, da klar war, dass sie nicht nach Greystone zurückkehren würde, hatte seine Laune sich anscheinend wieder verbessert. Allerdings hatte ich ihn von Anfang an nicht allzu ernst genommen.

»Feind«, wiederholte sie leise, mehr zu sich selbst als zu

uns, und runzelte trotzig die Stirn. Dann schürzte sie nachdenklich die Lippen. »Genau.«

Kurz darauf beendeten wir unsere Mahlzeit, und nach dem kleinen Schlagabtausch zwischen Dax und Grace blieb die Stimmung ganz gut. Am Ende erschien Kit mit steinerner Miene, sagte aber nicht allzu viel, sondern beschränkte sich darauf, uns allen irritierte und fragende Blicke zuzuwerfen. Offensichtlich war er überrascht von dem lockeren Ton, der zwischen uns herrschte.

Anschließend zogen Kit und Dax los, um die verschiedensten Aufgaben zu erledigen, die tagsüber auf sie warteten. Grace und ich machten uns allein auf den Weg. Wieder warfen uns die Menschen wütende Blicke zu und flüsterten einander hinter vorgehaltener Hand etwas zu, als sie vorüberging, und wieder ignorierte sie sie. Sie war von einer außerordentlichen inneren Stärke.

Der Tag verlief relativ ereignislos, obwohl ich nicht so recht wusste, ob Grace sich nun langweilte oder nicht. Zunächst suchten wir die Kommandozentrale auf. Trotz seines abweisenden Verhaltens in der vergangenen Nacht ignorierte Barrow Graces Anwesenheit weitgehend, während sie augenscheinlich versuchte, sich alles zu merken. Ich achtete darauf, dass sie immer dicht bei mir war, denn in der Nähe unseres Munitions- und Waffenlagers konnte ich ihr wohl kaum vertrauen.

Nachdem wir festgelegt hatten, was wir auf unserem nächsten Beutezug an Waffen und Munition erbeuten mussten, gingen wir zur Krankenstation, um Docc aufzusuchen. Er begrüßte Grace herzlich und war froh, sich ihr Bein noch einmal ansehen zu können. Seiner Ansicht nach heilte es hervorragend ab. Er schimpfte ein wenig mit mir, weil ich sie so viel herumlaufen ließ, aber Grace betonte, dass es ihr gut gehe, und lehnte die von Docc angebotenen Schmerzmittel ab.

Ich wusste nicht viel über medizinische Bedarfsgüter, also nahm ich Doccs Liste entgegen, ohne viele Fragen zu stellen. Er wusste, was wir brauchten, und überließ es mir, alles Notwendige auf unseren Raubzügen zu besorgen. Grace jedoch schien auf medizinischem Gebiet einige Erfahrung zu besitzen und konnte uns sogar einen Ort nennen, an dem wir ihrer Kenntnis nach unseren Bedarf decken konnten.

Die letzte Aufgabe des Tages musste warten, denn Malin, die in Blackwing zu den Bau-Experten gehörte, war gerade ziemlich beschäftigt und konnte sich nicht mit mir treffen. Alles andere hatte – nach einem späten Lunch in der Kantine – beinahe den ganzen Tag gedauert. Mittlerweile ging der Tag in den Abend über, und das Wetter drohte umzuschlagen: Am Horizont sammelten sich dunkle Wolken, deren stürmisch brodelnde Masse immer näher und näher kam.

»Da zieht ein Unwetter auf«, bemerkte Grace, die Augen auf den Himmel gerichtet.

»Ja«, bestätigte ich nickend. »Und zwar bald.«

Die Wolken waren beinahe schon da, und aus ihrer nach unten verlaufenden Form schloss ich, dass sie Regen mitbrachten. Unheilverkündende Blitze erleuchteten den schwarzen Himmel, sofort gefolgt von entferntem Donnergrollen. Der Wind um uns herum frischte auf, wehte mir

Strähnen in die Augen und bauschte mein Shirt am Rücken auf. Grace neben mir hatte Mühe, ihre wilde blonde Mähne zu bändigen. Irgendwann gab sie es auf, sodass ihr Haar sie umstürmte wie ein wunderschöner, blonder Glorienschein. Glücklicherweise waren wir beinahe wieder an meiner Hütte angelangt, als die ersten Regentropfen fielen. Sie bildeten dunkle Tropfen auf meinem Shirt, die meine Haut kühlten. Grace folgte mir dicht auf dem Fuße hinein, und ich schloss die Tür, sodass das Heulen des Windes nur noch gedämpft zu hören war. Sie atmete schwer aus und schob sich das Haar aus dem Gesicht, bevor sie zur Couch ging und sich hinsetzte.

»Ist dieses Ding hier eigentlich dicht?«, fragte sie und warf einen skeptischen Blick zum Dach hinauf. Es bestand aus Blech und hatte beinahe keine Löcher.

»Im Großen und Ganzen schon«, verkündete ich stolz. »Es ist ohrenbetäubend, aber zumindest tropft es nicht rein.«

Und tatsächlich fiel der Regen nun immer stärker. Er prasselte so laut auf mein Dach, dass jeder Tropfen in der Hütte widerzuhallen schien. Das Blech dämpfte das Geräusch so gut wie gar nicht, weshalb ich beinahe schreien musste, damit sie mich verstand. Erbarmungslos strömte der Regen herab und übertönte ihre Antwort.

»Was?«, brüllte ich, was mir seltsam vorkam, weil wir eigentlich gar nicht so weit voneinander entfernt waren. Überrascht sah ich, wie sich ein Lächeln auf ihrem Gesicht ausbreitete. Wie schön sie war! Wieder schüttelte ich den Kopf, um den Gedanken zu verscheuchen.

»Ich sagte, was tun wir jetzt?«, schrie sie grinsend zurück, als fände sie die ganze Situation lustig. Ich dachte nach, zuckte mit den Achseln, war ein bisschen durcheinander. Normalerweise hatte ich sonst niemanden bei mir, den ich die ganze Zeit über unterhalten musste. Ich brauchte mich nur um mich selbst und das Wohl des Camps zu kümmern, mehr nicht.

Sie stand wieder auf, verschränkte die Arme lose vor der Brust und ging in meinem Haus umher, suchte offenbar nach etwas, das sie tun konnte. An meinem Schreibtisch blieb sie stehen, und plötzlich flammte Panik in mir auf, als ihre Hand leicht über das ledergebundene Tagebuch strich. Unwillkürlich eilte ich hinüber, packte das Buch und verbarg es hinter meinem Rücken.

»Was machst du denn da?«, fragte ich. Sie sah mich überrascht an, war verdutzt von meiner plötzlichen Reaktion.

»Nichts«, antwortete sie unschuldig.

»Rühr meine Sachen nicht an«, befahl ich streng, was sie allerdings nicht aus der Fassung zu bringen schien.

»Na gut.«

Der Regen trommelte unvermindert weiter aufs Dach, doch wir standen einander jetzt so dicht gegenüber, dass wir uns viel besser verstehen können. Sie verengte die Augen, allerdings freundlich, als versuche sie, irgendetwas näher zu ergründen. Ich öffnete den Mund, um noch etwas zu sagen, als ein lautes Klopfen an meiner Tür mich daran hinderte. Ich stöhnte, fuhr mir mit der Hand übers Gesicht und ließ sie dann entnervt sinken.

Ich stapfte zum Eingang. Diese ständigen Unterbrechungen gingen mir wirklich auf den Wecker. Eigentlich war das nichts Neues: Die Leute kamen dauernd mit ihren Problemen zu mir. Das gehörte dazu, wenn man die Verantwortung trug, und war kein Problem, solange ich allein war und niemand bei mir, der ständig alles mitbekam. Ich hasste mich selbst dafür, dass es mich jetzt nervte, nur weil ich hier nicht unterbrochen werden wollte.

Als ich die Tür aufriss, fand ich einen vollkommen durchnässten Kit vor, dem das hellbraune Haar am Kopf klebte. »Hey, sorry, aber der Brunnen stürzt wieder ein«, sagte er sofort, ohne sich mit Smalltalk aufzuhalten. Ich fluchte leise und wollte ihm gleich folgen. Ich hatte die Haustür schon beinahe hinter mir geschlossen, als Kit, der vorangegangen war, sich plötzlich umdrehte.

»Und das Mädchen?«, fragte er und deutete mit einem Kopfnicken hinein.

»Shit«, murmelte ich, denn einen Augenblick lang hatte ich vergessen, dass ich sie die ganze Zeit über an meiner Seite haben wollte. »Grace!«

Sofort erschien sie im Türrahmen, als hätte sie nur auf meinen Ruf gewartet.

»Komm mit, du musst helfen«, sage ich. Sie runzelte leicht die Stirn, schloss aber anstandslos die Tür und folgte Kit und mir in den strömenden Regen hinaus. Beinahe auf der Stelle war mein Haar klatschnass, und die langen Strähnen klebten mir beharrlich im Gesicht, auch wenn ich sie noch so häufig zurückzustreichen versuchte. Der dünne Stoff meines Hemdes haftete an meinem Körper, denn der Regen hatte ihn schon bald völlig durchweicht. Jetzt ging es mir genau wie Kit.

Ich sah mich nach Grace um und wandte den Blick sofort wieder ab. Auch ihr klebte das Shirt am Körper, sodass ihre Rundungen deutlich sichtbar waren – sie versuchte auch nicht, sie zu verbergen. Entschlossen blickte ich nach vorn, während wir uns dem Brunnen näherten. Ich wollte nicht noch einmal sehen, dass ihr BH beinahe vollständig sichtbar war und ihre Haut durch den Stoff hindurchschimmerte. Nein, ich würde nicht hinsehen und alle Einzelheiten in mich aufnehmen.

Ich atmete tief aus, als wir am Brunnen anlangten, um den sich bereits vier Leute versammelt hatten und sich bemühten, ihn am Einsturz zu hindern. Dieses Problem hatten wir bei starken Regengüssen immer. Der Boden um den Brunnen weichte auf, sodass die schweren Ziegel nicht mehr aufeinander hafteten. Wenn der Brunnen einstürzte, wäre unsere nächste Frischwasserquelle zwei Meilen entfernt. Wir müssten also täglich Ausflüge an den See unternehmen.

Dax war schon da, arbeitete mit zwei älteren Männern daran, die Ziegelsteine zu fixieren, damit sie nicht ins Loch fielen. Er war über und über mit Schlamm bedeckt, ebenso wie Kit und die anderen beiden Arbeiter. Meine Füße sanken tief in den Schlamm ein. Schon bald würde ich aussehen wie der Rest der Mannschaft.

Grace überraschte mich, indem sie schnurstracks zu Dax hinüberging und ihm half, einen großen Teil der Mauerumrandung wieder aufzustellen. Zum ersten Mal schien niemandem aufzufallen, dass sie überhaupt da war; sie war einfach nur eine zusätzliche Hilfe, die für eine Aufgabe wie diese dringend benötigt wurde. Ihr Haar klebte ihr im Gesicht, das sie aufgrund der Kraftanstrengung zu einer Grimasse verzogen hatte. Mit vollem Körpereinsatz half sie Dax, den Mauerteil wieder komplett aufzurichten.

Ich half Kit, die Basis des Brunnens zu stützen, sank noch tiefer in den Schlamm hinein, um einen besseren Hebel zu haben. Gemeinsam arbeiteten wir, bis wir den Brunnenabschnitt, der einzustürzen drohte, wieder fixiert hatten. Mehr als einmal rutschten wir dabei in Schlamm und Schmutz aus. »Ich glaube, wir haben es geschafft«, rief Dax schließlich von der gegenüberliegenden Seite. Ich erhob mich, was mir schwerer fiel als gedacht, denn wieder sank ich viele Zentimeter im Schlamm ein. Mein Rücken und meine Brust waren vollständig besudelt, und der Schlamm war sogar unter mein Hemd gesickert und pappte auf meiner Haut. Ich betrachtete unser Werk und stellte zufrieden fest, dass der Brunnen diesmal nicht einstürzen würde.

»Ja«, schrie ich über das Rauschen des Regens hinweg. »Gute Arbeit, Jungs.«

Wir nickten, winkten uns zu und gingen wieder unserer Wege, wobei wir die Füße gewaltsam aus den Klauen des Schlamms befreien mussten, um nach Hause zurückzukehren. Ich wandte mich um und sah Grace auf mich zukommen. Beinahe hätte sie das Gleichgewicht verloren, aber dann schaffte sie es doch, ohne nochmals auszurutschen. Ihre Kleider, ihre Haut und ihr Gesicht waren voller brauner Schmutzstriemen.

»Na, das hat ja Spaß gemacht«, sagte sie mit leicht sarkastischem Unterton. Ein tiefes Glucksen ertönte in meiner Brust, während ich ihre verdreckte Gestalt musterte. Ihre atemberaubenden grünen Augen waren in diesem Zustand allerdings immer noch nicht zu übersehen.

»Komm«, sagte ich und deutete mit einem Kopfnicken auf den Rückweg. »Machen wir uns sauber.«

So schnell wie möglich kehrten wir zu meiner Hütte zurück, wobei der Regen einen Teil des Schlamms glücklicherweise schon mal abwusch, obwohl das meiste davon an unseren Klamotten und unserer Haut haften blieb. Das kleine Vordach vor meiner Tür hielt den Regen nur bedingt ab, und so stürmten wir in die Hütte, blieben aber schon bald wieder stehen, um den Schlamm nicht überall zu verteilen.

»Schuhe aus«, murmelte ich, schleuderte meine eigenen von mir und stellte sie neben die Tür.

Ohne zu zögern, riss ich mir das Shirt vom Leib, das schwer von Wasser und Schlamm war. Dann widmete ich mich dem Gürtel und öffnete mit flinken Fingern die Schnalle sowie danach Knopf und Reißverschluss meiner Jeans, um diese zusammen mit den Socken auszuziehen. Erst als ich nur noch in Boxershorts dastand, spürte ich die Hitze ihres Blicks auf mir und drehte mich zu ihr um, sah ihr in die Augen.

Schnell wandte sie den Kopf ab. Offensichtlich war es ihr peinlich, dass ich sie dabei erwischt hatte, wie sie mich anstarrte. Unwillkürlich musste ich grinsen. Verlegen stand sie neben mir, sah entschlossen zu Boden statt auf meinen schlammbesudelten, fast nackten Körper.

»Und?«, sagte ich. Verwirrt sah sie mich an.

»Und was?«, fragte sie.

»Glaubst du etwa, ich lasse zu, dass du mein Haus total verdreckst? Zieh dich aus, du musst duschen.«

Ihr blieb der Mund offen stehen, und sie sah mich verständnislos an. »Mit dir?«

»Wenn du dich nicht draußen in den Regen stellen willst, ja. Ich hab hier drin nicht so viel Wasser«, erklärte ich.

An einem guten Tag enthielt die »Dusche« nur knapp sechzig Liter, nicht genug für zwei getrennte Duschen, zumindest nicht, solange wir so schmutzverkrustet waren wie jetzt. Ich erwartete, dass sie protestieren würde, aber erneut überraschte sie mich. Entschlossen reckte sie das Kinn und griff nach dem Saum ihres Shirts. Sie hob es über den Kopf, wobei sich Schlammspuren über ihre weiche Haut erstreckten. Dann widmete sie sich ihrer Jeans. Sie hielt meinem Blick stand, die Brauen grimmig zusammengezogen, als nähme sie es mir übel, dass ich sie zum Duschen veranlasste.

Ich erwiderte ihren Blick unverwandt und entschlossen, den meinen nicht über ihren Körper wandern zu lassen. Als ihre Jeans auf dem Boden landete, richtete sie sich auf.

»Zufrieden?«

»Ja«, antwortete ich trocken.

Ich biss mir auf die Lippe, als sie mich mit herausfordernd hochgezogener Augenbraue ansah. Sie musste mich nicht erst darauf hinweisen, dass sie in BH und Höschen fantastisch aussah. Davon war ich jetzt schon mehr als überzeugt. Dann erlaubte ich mir doch einen kurzen Blick auf ihre Gestalt, schüttelte den Kopf und machte mich auf den Weg ins Bad. Ich spürte, dass sie mir folgte, ebenso wie ich ihren Blick spürte, der sich in meinen Rücken brannte.

In der Dusche angelangt, wandte ich mich zu ihr um. Es kam mir seltsam vor, in Unterwäsche zu duschen, aber ich

wollte sie auch nicht zwingen, sich vor mir ganz nackt auszuziehen. Sie blieb einen knappen Meter vor mir stehen,
nicht annähernd nah genug, dass das Duschwasser sie überhaupt treffen konnte. Ich hielt ihren Blick, und sie erwiderte
meinen mit unerschütterlicher Miene.

»Du musst näher kommen«, sagte ich sanft. Sie schluckte,
kam aber dann entschlossen einen Schritt näher. Ihre grünen Augen sahen mir unverwandt ins Gesicht.

»Noch näher«, sagte ich mit weiterhin gesenkter Stimme.
Vorsichtig streckte ich die Hand aus und legte sie ihr auf
die Hüfte, grub die Finger in ihre weiche Haut, um sie näher
zu mir heranzuziehen. Sie sog scharf den Atem ein, gab nach
und stand nun nur noch wenige Zentimeter vor mir. Sie unterbrach unseren Blickkontakt und sah auf meine Brust
hinab, fixierte die Schlammstriemen. Ich spürte, wie sich ein
schiefes Grinsen auf meine Lippen stahl, als ich nach oben
langte und den Hebel betätigte, mit dem man die Dusche
einschaltete. Ein kalter Wasserstrahl ergoss sich über uns.

Sie keuchte, machte einen kleinen Satz nach vorn, sodass
sie unwillkürlich gegen meine Brust prallte. Ihre Augen weiteten sich vor Schreck und flackerten von meiner Brust erneut zu meinem Gesicht. Die Berührung schien die Energie
in dem kleinen Raum um ein Vielfaches zu erhöhen, ebenso
wie die seltsame Spannung, die ich in ihrer Gegenwart schon
den ganzen Tag gespürt hatte.

»Sorry«, murmelte sie und wich wieder ein paar Zentimeter zurück. Mein Herz pochte wie wild. Die Luft zwischen
uns war so geladen, dass es förmlich greifbar zu sein schien.

»Alles gut«, sagte ich langsam. Irgendwie konnte ich keinen klaren Gedanken mehr fassen. Ihre Nähe vernebelte mir das Hirn. Ich konnte nur immer wieder daran denken, wie schön es war, sie so nah bei mir zu spüren.

Das Wasser strömte über meinen Kopf, tropfte mir vom Gesicht und auf die Brust. Ihre Haut war ebenfalls mit unzähligen Wassertröpfchen bedeckt, die sich mit dem Schlamm zu dunklen Rinnsalen verbanden und sich über ihre Kurven hinabschlängelten. Ihre Augen schnellten bei meinen Worten zu meinen Lippen hinab, und ich spürte, wie ich näher trat, um den Abstand zwischen uns erneut zu verringern. Ich versuchte, das Verlangen zu ignorieren, das durch meine Adern brauste, aber es war vergeblich.

Sie sog erneut den Atem ein, als nun auch die letzten Zentimeter zwischen uns überbrückt waren. Wir pressten uns unter dem kalten Wasserstrahl aneinander. Es war, als handele mein Körper aus eigenem Antrieb, als hindere er meinen Geist in diesem Augenblick an jeglichem vernünftigen Gedanken. Ich konnte nicht verhindern, dass mein Kopf sich herabsenkte, sodass meine Lippen nur Zentimeter von ihren entfernt waren. Ich zögerte, wartete darauf, dass sie mich irgendwie aufhielt, mir vielleicht sogar eine Ohrfeige gab, aber das tat sie nicht. Sie stand leicht zitternd da, und ich spürte mein Herz schmerzhaft gegen meine Rippen schlagen. Mein Puls hallte in meinen Ohren wider. Ihre Lippen waren nur noch Millimeter von meinen entfernt, kamen mit jeder Sekunde näher, aber immer noch hielt sie mich nicht auf.

Als ich ihr ein letztes Mal in die Augen sah, stellte ich erfreut fest, dass sie meine Lippen unverwandt musterte. Ohne innezuhalten oder zu überlegen, warum das hier wirklich keine gute Idee war, beugte ich mich vor, überbrückte den winzigen noch verbleibenden Abstand zwischen uns und presste meine Lippen auf die ihren. Für den Bruchteil einer Sekunde reagierte sie nicht, als sei sie fassungslos über mein Verhalten. Aber sie entzog sich nicht. Meine Lippen verharrten ein paar angespannte Augenblicke lang auf den ihren, bis sie sich endlich von ihrem Schreck erholt hatte, den Druck erwiderte und die Hände auf meine Brust legte. Mein Magen machte einen Satz, und bei der Berührung durchflutete mich eine unverkennbare Hitze.

Ich hatte gerade meine Gefangene geküsst, meine Feindin.

Was zum Teufel war nur los mit mir?

KAPITEL 8
PARADOX

Grace

Mein Herz klopfte unregelmäßig, als Hayden seine Lippen auf meine presste. Obwohl das Wasser eisig kalt auf meine Haut traf, konnte ich die Hitze nicht ignorieren, die sich überall dort ausbreitete, wo er mich berührte. Die Spannung zwischen uns war vom Augenblick unseres ersten Augenkontakts an unaufhörlich gestiegen, und sosehr ich mich auch bemühte, sie nicht zu beachten, hatte sie schließlich doch die Oberhand gewonnen.

Seine Lippen schmolzen an den meinen, umfingen meine Unterlippe. Und nachdem ich mich von meinem ersten Schrecken erholt hatte, waren meine Arme wie von selbst seine Brust hinauf und zu seinem Nacken gewandert, sodass ich ihn an mich ziehen konnte. Seine Haut fühlte sich heiß an, und ohne es zu wollen, verwob ich meine Finger in seinem dunklen, wuscheligen Haar. Mein Kopf war wie im Nebel, während in meinem Bauch Schmetterlinge tanzten.

Ich bäumte mich ihm entgegen, als sein Kuss inniger wurde, denn anscheinend interpretierte er die Tatsache, dass ich ihn erwiderte, als Zustimmung. Seine Zunge drängte sich in meinen Mund, und mit beiden Händen hielt er mein

Gesicht fest. Er küsste mich immer gieriger und drängte mich leicht nach hinten, bis mein Rücken gegen die Wand stieß. Im Vergleich zu der Hitze seines Körpers war sie kalt. Ich bekam kaum noch Luft.

Ich spürte, wie ich langsam die Kontrolle verlor. Er war überall – seine Hände auf meinem Gesicht, seine Lippen auf meinen, seine Zunge in meinem Mund, sein Körper, der sich fest an den meinen presste, Haut an Haut, ohne allzu viel Kleidung als Hindernis ...

Plötzlich nahm ich meine Hände von seinem Nacken. Ich legte sie ihm auf die Brust und schob ihn von mir fort. Er wich ein paar Zentimeter zurück und schnappte leicht nach Luft, als sich seine Lippen von meinen lösten. Er wirkte verdutzt, sah mich mit gerunzelten Augenbrauen und grimmiger Miene an. Seine muskulösen Arme hingen herab, nachdem er mich losgelassen hatte. Wir berührten einander nicht länger. »Was?«, fragte er leicht atemlos. Er wirkte ein wenig verärgert, dass ich ihm Einhalt geboten hatte. Seine Brust hob und senkte sich, während er unter dem weiter hinabströmenden Wasser stand, das in kleinen Rinnsalen über seine Haut floss und seine stahlharten Muskeln nachzeichnete. Ich riss den Blick von seinem Oberkörper los und sah ihm in die Augen, die praktisch ein Loch in mich hineinbrannten.

»Das dürfen wir nicht«, sagte ich und verfluchte meine Atemlosigkeit. Er starrte mich an. Seine Nasenlöcher weiteten sich leicht, als er die Luft ausstieß. Er sah nun nicht länger verärgert, sondern nachdenklich aus.

»Du hast Recht«, stimmte er mir zu und trat einen weiteren Schritt zurück, um noch mehr Abstand zwischen uns zu bringen. Jetzt waren es bestimmt vierzig Zentimeter. Ich ignorierte den Stich der Enttäuschung in meiner Magengrube, den ich empfand, obwohl ich selbst diejenige gewesen war, die die Sache beendet hatte. »Das war dumm. Ich weiß nicht, was ich mir dabei gedacht habe.«

Obwohl er jetzt weiter entfernt stand, pochte mein Herz noch heftig, worüber ich total sauer war. Seine Worte trugen auch nicht gerade zu meiner Beruhigung bei.

»Schon gut«, sagte ich ausdruckslos und bemühte mich um einen gleichgültigen Gesichtsausdruck.

»Ich habe mich nicht entschuldigt«, warf Hayden ein, und seine Stimme klang tief in dem winzigen Raum. Ich blinzelte, wusste nicht, was ich ihm antworten sollte.

»Oh.«

Er warf mir noch einen Blick zu, bevor er ganz und gar unter den Wasserstrahl trat, ihn sich übers Haar fließen ließ und mit den Händen durch die Strähnen fuhr. Er schloss die Augen, während ich nur dumm dastand und ihn ratlos beobachtete. Die Art, wie das Wasser an seinem Körper hinabglitt und glitzernde Pfade über seine Haut beschrieb, brachte mich ganz aus dem Konzept. Nachdem er sich das Haar ausgespült hatte, neigte er den Kopf wieder vor und öffnete die Augen, die mich sofort unverwandt musterten.

»Dann dusche zu Ende«, sagte er. Seine Stimme klang jetzt wieder verärgert, und er trat aus dem Wasserstrahl. Aber noch immer zierten Schlammstriemen seine Haut.

»Dein Rücken ist immer noch schmutzig«, sagte ich zu ihm. Er drehte sich leicht um, um über seine Schulter zu blicken, konnte jedoch nichts erkennen.

»Komm her«, sagte ich entnervt. Vorsichtig legte ich ihm die Hände auf die Schultern, drehte ihn um, sodass er mit dem Rücken zu mir stand. Ich erwartete, dass er unter meiner Berührung zusammenzucken würde, aber weit gefehlt. Meine Hände fuhren über seine Muskeln, wuschen ihm den Schlamm ab.

Dies war das erste Mal, dass ich ihm so nah war, ohne dass er mich mit seinen Küssen ablenkte. Jetzt erst nahm ich die Narben auf seiner Haut wahr. Der Schlamm löste sich, und ich sah, wie viele Verwundungen er hatte erleiden müssen. Seine Haut war von unzähligen Narben übersät, einige schon Jahre alt und nur noch blass, andere wiederum tief rosa, was darauf schließen ließ, dass sie ihm kürzlich erst beigebracht worden waren. Einige waren lang und dünn, andere rund und glatt, während wieder andere gezackt und uneben waren, als seien sie nicht richtig behandelt worden, bevor sie abheilten.

Hayden schwieg, während meine Finger federleicht über seine Haut fuhren. Mit den Fingerspitzen zeichnete ich jede einzelne Narbe nach und spülte den Schlamm ab. Er drehte den Kopf zur Seite, beobachtete mich aus den Augenwinkeln vorsichtig, während meine Hände seinen breiten Rücken erkundeten. Ich fuhr einer besonders gezackten Narbe nach, deren wulstige Kanten sich unter meinen Fingerspitzen ziemlich rau anfühlten. Es war, als ob die Geschichte seines jahrelangen Kampfes auf seine Haut geschrieben worden war.

»Woher hast du die alle?«, fragte ich leise und konnte meinen Blick nicht von seiner entstellten Haut abwenden.

»Überfälle und so weiter«, antwortete er vage und mit ebenfalls leiser Stimme. Mir schwirrte der Kopf, als ich mir auszurechnen versuchte, wie viele es wohl gewesen waren, um solchen Schaden anzurichten. Wahrscheinlich hunderte, und jeden einzelnen hatte er überlebt. Ich schwieg angesichts dieser beeindruckenden Erkenntnis.

»Warum? Warum hast du dich all dem ausgesetzt?«, fragte ich. Sein Rücken bewies, dass er mehr als seinen Beitrag zur Gemeinschaft geleistet hatte.

»Ich muss sie doch beschützen ... sie alle.« Als sei das das Offensichtlichste der Welt.

»Du stehst ganz schön unter Druck«, antwortete ich, verblüfft über dieses Maß an Hingabe. Je mehr ich über ihn erfuhr, umso klarer wurde mir, wie selbstlos er als Anführer war. Diese Menschen lagen ihm wirklich am Herzen, und er opferte eine Menge für sie auf. So etwas war heutzutage selten. Die meisten kümmerten sich egoistischerweise nur um ihr eigenes Wohlbefinden.

»Geht halt nicht anders«, sagte er schließlich, nachdem er ein paar Sekunden geschwiegen hatte.

Ich wischte die letzten Schlammspuren ab. Wir sagten nichts. Er war ein wandelndes Paradoxon: seine einschüchternde Gestalt, seine natürliche Stärke, die ihn zum Anführer machte, und die rigorose Art, wie er die Realität handhabe, im Vergleich zu diesem uneigennützigen Einsatz um die Sicherheit der ihm Anvertrauten. Seine Selbstlosigkeit und Entschlossenheit, mit der er jedermann beschützte, standen in scharfem Kontrast zu dem, wie es sonst auf der Welt zuging. Noch nie hatte ich erlebt, dass jemand all diese

Eigenschaften in sich vereinte, schon gar nicht bei einem Anführer.

Meine Hände bewegten sich nicht länger, nur mein Daumen wanderte über eine langgezogene Narbe an seinem Brustkorb entlang. Das Wasser strömte über seinen Rücken, mittlerweile ganz klar und vom Schlamm befreit. Er spürte meine langsameren Bewegungen wohl, denn vorsichtig wandte er sich zu mir um, sodass meine Hände nun über seine Rippen glitten. Seine Miene wirkte auf merkwürdige Weise unsicher, als er mich dabei beobachtete, wie ich ihn musterte.

Wieder schlug mein Herz etwas schneller, und mir stockte der Atem. Unter meinen Händen arbeiteten die Muskeln an seinen Rippen, und einen Augenblick lang rückte er näher und beugte sich zu mir vor. Ich glaubte schon, er wolle mich noch einmal küssen, aber als der Strom des Wassers abrupt versiegte, hielt er inne. Er blinzelte, als erwache er aus einer Art Dämmerzustand.

»Kein Duschwasser mehr«, murmelte er, sah wieder auf meine Lippen herab, trat dann aber einen Schritt zurück. Ich ließ die Hände sinken, beugte mich jedoch unwillkürlich leicht vor, als würde ich magisch von ihm mitgezogen. Er wandte sich um, griff nach zwei Handtüchern und warf mir eins zu, bevor er sich mit dem anderen das Haar trockenrubbelte.

Ich blieb wie angewurzelt in der Dusche stehen, die mir nun, da er gegangen war, erheblich kälter vorkam. Kurz fuhr er sich mit dem Handtuch über den Körper, wobei er den Bund seiner Shorts gefährlich weit nach unten schob, bevor er sich wieder aufrichtete und das Bad verließ. Ich sog scharf den Atem ein. Es kam mir vor, als sei dies der erste richtige Atemzug seit Jahren.

Nachdem ich mich selbst so gut wie möglich abgetrocknet hatte, schlang ich das Handtuch um meine mittlerweile durchweichte Unterwäsche und folgte ihm in das Hauptzimmer seiner Hütte. Er hatte bereits frische Boxershorts übergestreift und zog sich gerade ein T-Shirt an, als ich eintrat.

»Äh, Hayden?«

»Ja?«

»Ich habe nichts anzuziehen«, sagte ich. Er wandte sich um und betrachtete meine in das Handtuch gehüllte Gestalt. Dann sah er auf den verschmutzten Kleiderhaufen neben seiner Tür hinab.

»Oh, stimmt ja, hmmm ...« Er blickte sich um, als würden irgendwo aus dem Nichts gleich neue Klamotten erscheinen. Stirnrunzelnd sah er zu seiner Kommode hinüber, dann ging er hin und zog ein paar Kleidungsstücke hervor. Er warf mir einen großen, grauen Pulli und eine kurze Hose zu, bevor er sich verlegen mit der Hand durchs Haar fuhr.

»Die kannst du tragen, bis wir dir morgen neue Kleidung besorgen«, sagte er.

»Danke.« Der Pulli, den ich mir über den nassen BH zog, war mir viel zu groß. Das Bündchen reichte mir bis zur Taille. Das Gleiche galt für die Shorts, aber glücklicherweise konnte ich sie mit einem Tunnelzug festbinden.

»Ja. Wir brauchen jetzt etwas Schlaf. Morgen müssen wir für Docc in die Stadt und die medizinischen Bedarfsgüter besorgen«, erklärte er mir und vermied es, mich anzusehen.

117

»Okay.« Ich nickte und setzte mich auf meine Couch. Ich war körperlich ziemlich fertig; einen ganzen langen Tag war ich Hayden gefolgt, hatte bei der Stabilisierung des Brunnens geholfen, und das alles, obwohl meine Wunde noch nicht richtig verheilt war. Trotzdem schwirrte mir der Kopf. Ich versuchte zu kapieren, was geschehen war und wie ich deshalb empfand.

Ich hatte nicht erwartet, dass Hayden mich küssen würde, war beinahe sicher gewesen, dass die Spannung, die ich zwischen uns fühlte, nur meiner Einbildung entsprang. Sein Kuss hatte mich wie ein Blitz getroffen, und ich hatte automatisch reagiert. Aber genau das machte mir Sorgen. Er hielt mich hier gegen meinen Willen fest. Ich hätte mir definitiv nicht wünschen dürfen, dass er mich küsste – und hätte es erst recht nicht genießen dürfen.

Ich schüttelte den Kopf in dem Versuch, die Gedanken loszuwerden, bevor ich mich auf die Couch legte. Ich sah zu Hayden hinüber, der meinen inneren Aufruhr sicher mitbekam. Ich blinzelte, schürzte die Lippen und wandte den Blick ab. Dann wickelte ich mich in die Decke. Ich fühlte mich ertappt, als könnte er meine Gedanken lesen.

»Gute Nacht, Hayden«, murmelte ich mit durch die Decke erstickter Stimme. Er schwieg und legte sich aufs Bett.

»Ja. Gute Nacht.«

Meine Überlegungen kurz vor dem Einschlafen waren ein wildes Gemisch aus überraschter Euphorie, äußerster Verwirrung und einer tief sitzenden Angst, die wie ein Stein in meiner Magengrube lag. Diese Komplikation hatte ich nicht vorausgesehen, und ich wünschte mir inständig, die Zeit wieder um ein paar Stunden zurückdrehen zu können, als noch nichts passiert war. Als ich einfach nur eine Gefangene gewesen war, die sich nicht ständig fragte, ob sie ihren Kidnapper küssen sollte.

»Grace ...«

Ein leises Stöhnen entfuhr meiner Kehle, und ich kniff die Augen sogar noch fester zusammen, um denjenigen abzuwehren, der mich zu wecken versuchte. Ich zog mir die Decke übers Gesicht, aber sofort zog der Betreffende sie wieder herunter.

»Grace, komm schon, aufwachen«, sagte die Stimme leicht ungeduldig. Ich öffnete ein Auge, um hinauszuspähen, als ich eine Hand auf meiner Schulter spürte. Hayden ragte über mir empor und beobachtete mich mit ausdruckslosem Gesicht.

»Ich bin ja schon wach, bin ja wach«, sagte ich. Meine Stimme klang angespannt, und ich streckte den Rücken.

Die Couch war wirklich superunbequem. Hayden zog die Hand von meiner Schulter zurück und machte Anstalten, sich die Boots anzuziehen. Er trug seine übliche Jeans und ein frisches Karohemd. Er hatte sich ein graues Stück Stoff um den Kopf gebunden, das sein Haar aus dem Gesicht hielt. Wenn er das Haar lose trug, fielen ihm die welligen, dunkelbraunen Strähnen bis über die Ohren und neigten dazu, ihm ins Gesicht zu wehen. Steif erhob ich mich von der Couch und zuckte zusammen, als mein Rücken laut knackte. Ich sah an mir hinab, betrachtete mein Outfit – Haydens viel zu große Klamotten – und beschloss, ihn heute an sein Versprechen zu erinnern, mir heute eigene Kleidung zu besorgen.

»Beeil dich, sie warten schon«, sagte er jetzt ungeduldig. Ich warf ihm einen wütenden Blick zu und durchquerte den Raum, um meine lehmverkrusteten Stiefel anzuziehen, die mein merkwürdiges Erscheinungsbild vervollständigten.

»Na gut, dann los.«

Er schnaubte, dann drängte er sich an mir vorbei. Jetzt war er wieder wie versteinert. Ich folgte ihm nach draußen und stellte fest, dass es aufgehört hatte zu regnen. An den Regen hatte ich gestern Abend gar nicht mehr gedacht. Das Gras unter unseren Füßen war matschig, als wir zügig in die Mitte des Lagers schritten.

»Wer kommt denn alles mit?«, fragte ich und beeilte mich, um mit ihm Schritt zu halten.

»Kit und Dax«, antwortete er barsch. Ich runzelte die Stirn wegen seines unfreundlichen Tons. Falls er angesichts der Ereignisse der vergangenen Nacht irgendetwas empfand, verbarg er seine Gefühle hervorragend hinter seinem verdrießlichen Verhalten.

»Hayden ...«

»Nein«, schnitt er mir das Wort ab.

»Was, nein?«, gab ich zurück. So langsam war ich sauer.

»Nein, ich will nicht darüber reden«, blaffte er. Ich funkelte ihn wütend an.

»Das wollte ich doch gar nicht sagen«, widersprach ich, plötzlich fuchsteufelswild, weil er dermaßen schlecht gelaunt war.

»Aha.«

»Wirklich nicht!«

»Was *wolltest* du denn dann sagen?«, fragte er skeptisch.

Er verlangsamte seinen Schritt kein Jota, als wolle er vor mir davonlaufen.

»Eigentlich wollte ich sagen, dass ich euch den Ort zeigen kann, von dem ich Docc gestern berichtete. Wo es das ganze Zeug gibt, dass er haben will.«

»Oh.«

»Ja, du Blödmann«, murmelte ich und lief sogar noch schneller, um ihn zu überholen. Perplex sah er mir nach, dann holte er mich eilig ein.

»Pass bloß auf, Grace«, drohte er.

Ich schnaubte. »Klar. Schon kapiert.«

Nun ging er neben mir her, und ich kochte vor Zorn. Hatte ich mir gestern Abend wirklich gewünscht, dass er mich küsste? Wir bogen um die Ecke und standen genau vor Kit und Dax, die beide lässig an einem Truck lehnten und auf uns warteten. Kit sah uns entgegen, und Dax bemerkte unsere verdrossenen Mienen.

»Mann, na euch scheint ja heute richtig die Sonne aus dem Arsch!«, witzelte er und zog die Augenbrauen hoch. Ich warf Hayden einen Blick zu; er war ebenfalls stinkwütend.

»Halt's Maul«, murmelte er, stapfte an allen vorbei und sprang auf den Fahrersitz. Dax musterte mich nachdenklich, eindeutig nicht beleidigt von Haydens missmutigem Kommentar. Kit überraschte mich, indem er mir kurz zunickte, bevor er auf den Beifahrersitz hüpfte, sodass Dax und ich auf der Rückbank Platz nehmen mussten. Auf meinem Sitz lag erstaunlicherweise eine Art Brötchen auf einer Serviette. Ich hielt inne, überlegte, ob das nun für mich gedacht war oder nicht.

»Iss schon«, meinte Dax und deutete mit einem Kopfnicken darauf, während er sich angurtete. »Großer Tag!«

Ich gehorchte und nahm das Essen in die Hand, bevor ich einstieg, insgeheim erfreut, dass er daran gedacht hatte, mir etwas mitzubringen. Mir knurrte der Magen nämlich ganz gehörig.

»Danke. Warum nehmen wir den Truck?«, fragte ich Dax. Heute Morgen schien er der Einzige zu sein, den ich gefahrlos ansprechen konnte.

»Wenn wir medizinische Güter holen, nehmen wir so viel mit, wie wir können, und größere Mengen lassen sich eben nur schwerlich ohne erhebliche Verluste transportieren, wenn wir rennen. Der Truck ist zwar auffälliger, aber für diese Art von Raubzug trotzdem besser«, erklärte mir Dax und hielt sich am Handlauf fest, als Hayden den Motor startete und losfuhr.

Die Straße war ziemlich holprig; sie war voller Gruben und Schlaglöcher und ziemlich eng zwischen den dicht gedrängten Bäumen zu beiden Seiten. Trotzdem kamen wir viel schneller voran als zu Fuß. Kit und Hayden unterhielten sich vorn und schenkten Dax und mir kaum Beachtung. Dax schien das nichts auszumachen. Er sah aus dem Fenster und betrachtete die vorbeisausende Landschaft. Kurze Zeit später waren wir am Stadtrand angelangt.

»Du musst an dem großen Supermarkt nach links abbiegen«, sagte ich und beugte mich zwischen Haydens und Kits Sitz nach vorn. Hayden sah mich an und umklammerte das Lenkrad fester. Zögernd bog er nach links ab, wie ich gesagt hatte.

»Dann durch die Allee«, erklärte ich ihm weiter den Weg zu der verborgen liegenden Apotheke, die ich früher immer geplündert hatte. Sonst schien sie niemand zu kennen, weil sie so versteckt war. Wieder hörte er auf mich.

»Woher wissen wir, dass du uns nicht geradewegs in einen Hinterhalt lockst?«, fragte Kit misstrauisch und sah zu mir nach hinten.

»Mache ich nicht«, versicherte ich ausdruckslos. Ich hatte nichts getan, um ihr Misstrauen zu erregen, und war ihre Verdächtigungen langsam leid. Es stimmte schon: Ich wollte wieder nach Hause, aber so dumm zu glauben, dass sich mir eine Fluchtmöglichkeit bieten würde, war ich nun auch wieder nicht. Ich musste mir ihr Vertrauen verdienen, damit sie mich irgendwann freiwillig gehen ließen. Ich hatte nicht allzu viel Hoffnung, dass dieser Tag jemals kommen würde, aber einen Versuch war es wert.

»Entspann dich, Kumpel. Sie hätte keine Möglichkeit gehabt, einen Hinterhalt zu organisieren, selbst wenn sie es gewollt hätte«, verteidigte mich Dax. Dankbar sah ich ihn an.

»Genau. Es liegt rechter Hand«, erklärte ich nun wieder an Hayden gerichtet. Er brachte den Truck zum Stehen und beugte sich nach vorn übers Lenkrad, um durch die Windschutzscheibe zu spähen. Anscheinend fand er das Objekt lohnenswert, denn er schaltete den Motor aus und stieg aus dem Auto. Ich bemerkte das blitzende Metall, als ihm sein Shirt den Rücken hinaufrutschte. Er hatte eine Pistole in seinem Hosenbund verstaut. Kit und Dax verließen den Wagen ebenfalls, und ich folgte ihnen.

Die drei zückten ihre diversen Waffen, um sich gegen das

Unbekannte zu wappnen. Ich kam mir ohne Waffe extrem schutzlos vor, denn im Zweifel hätte ich mich nur mit den bloßen Händen verteidigen können.

»Bekomme ich auch eine Pistole?«, wagte ich zu fragen und rechnete mit einer abschlägigen Antwort.

»Ganz sicher nicht«, erwiderten Kit und Hayden im Chor.

Ich schnaubte frustriert und folgte ihnen zur Tür. Wir schlichen hintereinander her, wobei die drei Männer ihre Pistolen gezückt hielten, falls wir auf Feinde stießen. Hayden blieb vor der Tür stehen und presste das Ohr gegen das Metall. Anscheinend war nichts zu hören, denn er packte den Türgriff und drückte ihn nach unten. Behutsam schlich er hinein, checkte die Apotheke nach irgendwelchen Lebenszeichen, aber es war nichts zu entdecken.

Wir folgten ihm schweigend in das spärlich erleuchtete Gebäude. Die drei teilten sich automatisch auf, um sich auf die Suche nach dem zu machen, was Docc haben wollte. Kit und Dax nahmen ihre Rucksäcke ab, holten jeweils eine weitere große Tasche heraus und begannen sofort, sie mit dem Material zu füllen. Ich stand an der Tür, kam mir nutzlos vor und wusste nicht, was ich tun sollte, da ich weder Tasche noch Waffe hatte. Also ging ich zu Hayden.

»Lass mich helfen«, forderte ich entschlossen und stellte mich neben ihn.

»Halte Wache, dann hilfst du schon genug«, antwortete er kurz angebunden und stopfte eine Tasche mit Medikamenten voll, die er von den Regalen nahm.

»Es gibt nur einen Weg hinein, und zwar die Tür, durch die wir gekommen sind«, antwortete ich. »Sag mir, wonach wir suchen, und wir können uns noch schneller wieder verdrücken.«

Hayden stieß genervt den Atem aus, und ich unterdrückte den Impuls, ihn noch einmal als Blödmann zu bezeichnen. »Na gut. Docc braucht Verbandsmaterial. Such danach.« Ich nickte und lief in den rückwärtigen Teil, wo es meines Wissens lagerte. Und tatsächlich war das Regal beinahe voll davon. Ich sammelte so viel ein, wie ich tragen konnte, und kehrte zu Hayden zurück. Er war gerade dabei, ein paar Flakons mit einer Flüssigkeit in Augenschein zu nehmen, blickte auf – und war einigermaßen beeindruckt.

»Tasche?«

»Hier«, sagte er und zog noch eine aus seiner Gürteltasche. Ich stopfte mein Verbandszeug hinein und wartete, während er Rucksack und Reisetasche weiter füllte. Kit und Dax tauchten neben mir ebenfalls wieder auf, schwer beladen mit jeder Menge medizinischem Material. Offensichtlich hatte sich dieser Raubzug gelohnt. Ich hoffte, dass sie mich nach diesem Tipp vielleicht ein bisschen mögen würden. Immerhin hatten sie mir jetzt einiges zu verdanken.

»Na gut, machen wir, dass wir wegkommen«, sagte Hayden und schwang sich die Taschen über den Arm, hielt seine Waffe jedoch weiterhin in der Hand. Er ging voran, strebte zurück zur Tür und sah sich in sämtliche Richtungen um. »Die Luft ist rein«, flüsterte er und schlich in Richtung Auto. Ich folgte ihm mit Dax und Kit dicht auf den Fersen. Schnell wurde der Kofferraum aufgerissen, damit wir unsere Taschen darin verstauen konnten. Hayden schlug ihn zu und wollte gerade ins Auto springen, genau wie wir anderen auch. Wir saßen beinahe schon drin, als ein plötzlicher Knall in der Gasse widerhallte – ein Schuss, der ganz in der Nähe abgefeuert worden war. Wir duckten uns. Meine Beine knickten instinktiv ein, bevor mir überhaupt klar war, was los war. Hayden ließ sich ebenfalls zu Boden sinken, warf mir beschützend den Arm um die Schultern und zog mich neben sich. Kit und Dax befanden sich auf der anderen Seite des Autos, aber ich hörte, wie einer von ihnen leise vor sich hin brummelte. Es war Dax.

»Shit, Shit, Shit«, wiederholte er immer wieder fieberhaft. »Gottverdammt!«

Hayden blickte unter dem Auto zur anderen Seite, um zu sehen, was los war. Er wurde ganz blass bei dem Anblick, der sich ihm bot, sprang auf und sprintete zur anderen Seite des Autos hinüber.

»Hayden!«, schrie ich und erwartete, dass ein weiterer Schuss ihn traf. Aber nichts geschah. Ich sprang auf die Beine, und rannte ihm hinterher, ebenfalls auf die andere Wagenseite. Und wäre beinahe ausgerutscht, als ich sah, was geschehen war.

Hayden und Dax beugten sich über Kit, dessen Körper flach auf dem Boden lag und unnatürlich zuckte. Aus einer klaffenden Wunde an seinem Hals strömte Blut.

KAPITEL 9
FOKUS

Grace

Ich fixierte die dicke, rote Flüssigkeit, die aus Kits Hals herausspritzte. Haydens Hände schwebten nutzlos über seiner Kehle. Er wusste nicht, was er tun sollte, während Dax neben ihm hockte, bleich vor Schreck. Mein Körper reagierte noch vor meinem Hirn, sodass mich meine Füße sofort zu ihnen trugen. Ich schob Dax aus dem Weg, rempelte ihn rüde mit der Schulter an, um seinen Platz neben Kit einzunehmen, der mit jeder Sekunde mehr Farbe verlor.

»Nein!«, schrie Dax aus seinem Schockzustand erwachend, als ich ihn anstieß. Er warf sich mit der Schulter gegen mich, um mich von Kit fortzudrängen. »Du hast uns eine Falle gestellt! Du wirst ihn umbringen!«

Ein weiterer Schuss pfiff durch die Gasse; die Kugel verpasste uns um Haaresbreite und prallte auf den Müllcontainer hinter uns. Haydens Kopf fuhr herum. Fieberhaft suchte er nach der Quelle des Lauts, ließ die Augen hin und her wandern, um den Feind ausfindig zu machen.

»Nein, hab ich nicht!«, schrie ich zurück und rammte meine Schulter erneut gegen seine. Unter uns fing Kit an zu husten, und tiefrotes Blut sprudelte von seinen Lippen. »Und jetzt mach Platz!«

»Das hier ist alles deine Schuld«, rief Dax, doch seine Stimme klang ganz kraftlos, als er sah, wie sich eine erschreckend große rote Lache um Kit sammelte. Ich befühlte seinen Hals, ertastete das zerfetzte Fleisch, um festzustellen, wo die Blutung ihren Ursprung hatte. Durch die Unmengen an Flüssigkeit, die aus seinem Hals hinausgepumpt wurden, konnte man dies mit bloßem Auge kaum erkennen.

»Brute!«, rief Hayden plötzlich, als ein weiterer Schuss die Straße erschütterte und uns erneut verfehlte. Trotz seines Schockzustandes reagierte Dax automatisch. Er setzte sich auf, hob die Waffe, um dorthin zu zielen, wohin Hayden gedeutet hatte, und feuerte einen einzigen Schuss ab. Ich musste nicht hinsehen, um zu wissen, dass er sein Ziel getroffen hatte; ein kehliger Schrei zerriss die Luft, dann folgte ein lauter Aufprall. Der Körper des unbekannten Schützen fiel von seinem Versteck oberhalb der Gasse in die Tiefe. Eine widerwärtige Folge von Knacklauten sagte mir, dass der Angreifer nicht überlebt hatte.

»Meine Fresse ...«, murmelte Dax und sackte neben mir zusammen, nachdem er den Feind erschossen hatte – nur ein zufälliger Brute, ein Bewohner der Stadt, niemand, den ich aus meinem eigenen Camp herbeizitiert hatte, um sie umzubringen, wie er noch wenige Sekunden zuvor vermutet hatte.

All das wurde mir im Bruchteil einer Sekunde klar, während ich mich weiter an Kits Hals zu schaffen machte. Heißes, zähflüssiges Blut färbte meine Haut schnell unheilvoll rot. Kits Augenlider flatterten. Er war also noch am Leben, drohte aber zu verbluten. Ich überprüfte weiter die verletzte Muskulatur auf der Suche nach der Eintrittswunde. Ich zuckte zusammen, als ich spürte, dass an einer Stelle ein Stück Fleisch buchstäblich herausgerissen worden war. Schließlich ließ ich meinen Finger in das Loch gleiten. Dort war die Quelle der Blutung, der tiefste Teil der Wunde.

»Scheiße«, murmelte ich und beugte mich noch weiter zu ihm herunter.

»Was? Was ist los?«, fragte Hayden mit angespannter Stimme. Dax brachte keinen Ton heraus. Er trat neben mich und beobachtete, wie ich meine Finger im Hals seines besten Freundes vergrub.

»Die Kugel hat eine seiner Arterien getroffen«, murmelte ich, den Blick unverwandt auf Kit gerichtet. Ich ließ die Finger noch weiter hineingleiten, so weit ich konnte, versuchte, den Blutfluss zu stoppen, so gut es ging. Die Arterie war warm und klebrig vom Blut, die Muskeln in der Umgebung schwammig und nachgiebig. Mit der anderen Hand versuchte ich verzweifelt, so viel Blut wie möglich wegzuwischen, um überhaupt etwas erkennen zu können.

Die Welt um mich herum versank im Nebel, während mein Geist und mein Körper sich darauf konzentrieren, Kits Leben zu retten. Jetzt kam mir meine Ausbildung in Greystone zugute. Genau das hatte auf unseren Raubzügen zu meinen Aufgaben gehört – die Versorgung der Verletzten. Im Augenblick konnte ich ihn zwar nicht heilen, aber immerhin konnte ich die Blutung zumindest so weit stoppen, dass wir ihn zu Docc schaffen konnten, der mit Sicherheit besser in der Lage war, sich um eine so schwere Verletzung zu kümmern.

»Ist er tot?«, fragte Dax, der sich mittlerweile weit genug erholt hatte, um sich vorzubeugen und mein Tun näher zu beobachten. Schnell war ihm bewusst geworden, dass ich versuchte, Kit das Leben zu retten und nicht ihm den letzten Todesstoß zu versetzen.

»Nein, du Idiot«, blaffte ich. Meine Finger pressten sich noch stärker auf die Wunde, sodass das bereits entwichene Blut zwischen ihnen hervorquoll, aber es floss nur wenig neues nach. Ich konnte die Blutung stillen, doch sobald ich meine Finger zurückzog, würde es wieder von vorn anfangen. Ich spürte den schwachen Puls – leise und langsam, aber er war da.

»Bring uns ins Camp zurück«, befahl ich entschieden. »Ihr müsst ihn hochheben, und dabei muss ich mit den Fingern weiter die Arterie verschließen, sonst verblutet er, noch bevor wir ihn in den Truck schaffen können.«

»Okay«, stimmte Hayden sofort zu. Beide sprangen auf die Füße, und erleichtert registrierte ich, dass sie mein Urteil nicht in Frage stellten. Hayden positionierte sich an Kits Schultern, während Dax an seine Füße trat. »Sobald du bereit bist, Grace.«

»Jetzt«, sagte ich und erhob mich, sobald sie den Körper hochhievten, die Finger ganz fest an seiner Kehle. Wir bewegten uns, so schnell wir konnten, ohne weitere Verletzungen zu riskieren, und glücklicherweise war die Tür zum Truck immer noch offen. Hayden stieg rücklings ein, zerrte Kits schlaffen, aber immer noch lebendigen Körper zu sich hinauf. Mir gelang es, mich neben ihm hineinzuzwängen und meine Finger nicht zu bewegen, bis wir ihn auf den Rücksitz gelegt hatten. Ich setzte mich auf den Boden, ziemlich unbequem eingequetscht, was ich aber kaum bemerkte, weil ich mich darauf konzentrierte, weiterhin die Blutung einzudämmen.

Hayden und Dax überzeugten sich davon, dass wir einigermaßen drinnen waren, bevor sie zu ihren Sitzen eilten. Ohne Zeit zu verlieren, startete Hayden den Motor und raste aus der Gasse, wobei er sich umdrehte, um den Weg aus dem Heckfenster im Auge zu behalten. Das Fahrzeug schlingerte herum, als er das Ende der Gasse erreicht hatte. Er legte den Gang ein und preschte voran. Ich hatte Mühe, meine Finger so unbeweglich wie möglich zu halten. Mein ganzer Körper war total angespannt vor Konzentration.

»Könntest du versuchen, nicht wie ein Irrer zu fahren?«, zischte ich. Ich war mit den Nerven am Ende. Er verlangsamte sein Tempo etwas, gab aber keine Antwort. Dax drehte sich auf seinem Sitz herum und warf mir einen besorgten Blick zu, den ich jedoch kaum wahrnahm. Mir drehte sich der Magen um, als Hayden eine scharfe Kurve nahm. Ich ignorierte die Welle der Übelkeit und konzentrierte mich weiter auf meine Finger an Kits Hals.

Seine Haut war jetzt sogar noch blasser als zuvor. Der Blutverlust trieb alle Farbe aus seinem Gesicht. Seine Brust hob und senkte sich langsam, beinahe unmerklich. Hayden fuhr jetzt geradeaus, erhöhte das Tempo, und wir ließen die Stadt hinter uns.

»Wir sind fast da«, sagte er vom Vordersitz aus. »Wie geht es ihm?«

»Beeil dich einfach«, stieß ich mit zusammengebissenen Zähnen hervor. Meine Muskeln zitterten von der Anstrengung, stillzuhalten. Bei meinen Worten wurde er noch etwas schneller. Bäume sausten am Fenster vorbei, woraus ich schloss, dass wir beinahe wieder im Lager waren. Keinen Augenblick zu früh, denn Kits Puls war noch schwächer geworden.

Nach ein paar weiteren Kurven über holprige Waldwege verlangsamte Hayden das Tempo und schlängelte sich durch das Camp. Dax kurbelte das Fenster herunter.

»Kit wurde getroffen, lauf und sag Docc Bescheid!«, schrie er jemandem zu.

Hayden fuhr bis zur Krankenstation weiter und bremste das Auto so sanft wie möglich ab, bevor er hinaussprang. Erneut hievten wir Kit hoch und hielten auch nicht an, als Schaulustige sich um uns versammelten. Irgendjemand öffnete uns die Tür, sodass wir ins Haus gelangen konnten.

Docc war bereits da und raffte hastig die spärlichen Instrumente zusammen, die für Kits Rettung vonnöten waren. Hayden und Dax legten ihn auf den Tisch, den Docc freigemacht hatte. Immer noch ließ ich seine Arterie nicht los.

»Hayden, hol die Taschen«, befahl ich energisch. Er nickte und sprintete zurück zum Auto, um das Material zu holen, das wir soeben geraubt hatten. Ich wusste nicht genau, was Docc brauchte, aber je mehr ihm zur Verfügung stand, umso besser.

»Was ist los?«, fragte Docc knapp, die Stimme tief und

ruhig. Durch jahrelange Erfahrung konnte ihn auch Stress wie dieser offenbar nicht aus der Ruhe bringen.

»Seine Arterie wurde getroffen«, antwortete ich. »Keine Ahnung, ob es ein Durchschuss ist, oder ob die Kugel immer noch drinsteckt.«

Docc nickte, zog ein Paar Handschuhe über und schob einen Tisch mit Instrumenten neben Kits Bahre. Hayden kehrte bereits mit den medizinischen Hilfsmitteln zurück. Er brachte sie zu uns herüber und stellte sie auf den Boden zu Doccs Füßen. Docc blickte hinunter, als Hayden die Reißverschlüsse öffnete und versuchte, sich einen Überblick über die darin befindlichen Materialien zu verschaffen. Er nickte gedankenverloren, dann sah er mich an.

»Okay, Grace, ich brauche dabei deine Hilfe«, sagte er schnell, aber ruhig. Ich nickte. Mein Körper lief noch immer auf Autopilot. »Bei drei ziehst du deine Finger heraus.«

»Okay«, antwortete ich fest.

»Eins, zwei, drei.«

HAYDEN

Ruhelos ging ich auf dem staubigen Pfad auf und ab. Dax saß an die Wand gelehnt auf dem Boden, den Kopf auf den Unterarmen, die er auf die Knie gestützt hatte. Auch er war bislang auf und ab getigert, hatte sich nun aber dort niedergelassen. Wir warteten auf Neuigkeiten von Kit.

Docc hatte uns, wenige Augenblicke nachdem er Grace befohlen hatte, ihm zu helfen, mit dem Hinweis hinausgeworfen, dass wir sie nur ablenken würden und zudem ein mögliches Infektionsrisiko darstellten. Wir hatten uns seinen Wünschen gefügt, aber nur weil wir wussten, dass es das Beste war. Trotzdem fiel es uns schwer, Kit allein zu lassen. Kit war wie ein Bruder für mich, und die endlose Ungewissheit, ob er überleben würde, trieb mich zum Wahnsinn.

Der Eingriff dauerte jetzt schon beinahe zwei Stunden, und wir wussten immer noch nicht, was los war, denn nur Docc und Grace hatten momentan Zutritt zur Krankenstation, und beide waren verständlicherweise schwer beschäftigt. Meine Nerven lagen blank. Jeder Schritt brachte sie auf unerträgliche Weise zum Vibrieren. Ich hatte zwar schon solche Halswunden gesehen, aber noch nie erlebt, dass jemand eine solche Verletzung überstand.

»Ich kann das alles nicht glauben, Kumpel«, murmelte Dax in seine Knie hinein. Derlei Bemerkungen ließ er schon seit einer Stunde immer wieder fallen, wiederholte andauernd, wie unfassbar das alles war.

»Ich weiß«, stimmte ich lahm zu, meine Stimme tief vor Anspannung. Ich neigte den Kopf zur Seite in dem Versuch, meine verspannte Nackenmuskulatur zu lockern, aber ohne Erfolg. Also schritt ich weiter unermüdlich auf und ab.

»Und Grace, sie ... mein Gott«, murmelte er. Er stand unter Schock. Kein Wunder, dass er sinnloses Zeug vor sich hin brabbelte.

»Es war nicht ihre Schuld«, blaffte ich. Ich war selbst überrascht, wie schnell ich damit bei der Hand war, sie zu verteidigen. »Es war ein Brute, niemand aus Greystone.«

»Das weiß ich«, stimmte Dax ernst zu.

»Sie hat uns keine Falle gestellt«, fügte ich hinzu und starrte wütend zu Boden, erhöhte mein Tempo.

»Ich *weiß*«, wiederholte Dax und hob den Kopf.

»Denn wenn du sagst, dass es ihre Schuld ist ...«

»Verdammt nochmal, hältst du jetzt endlich mal die Klappe? Ich bin doch deiner Meinung!«

Ich gab keine Antwort, war zu verstimmt, um mich auf ein Streitgespräch mit Dax einzulassen. *Jetzt* war er vielleicht meiner Meinung, aber *vorhin* hatte er Grace beschuldigt, ohne groß zu zögern. Das störte mich mehr, als es hätte der Fall sein sollen. Meine Grübeleien wurden jedoch unterbrochen, als die Tür zur Krankenstation sich öffnete und ein über und über blutverschmierter Docc erschien.

Dax sprang auf die Füße, und dann eilten wir beide zu Docc hinüber, dessen Miene unergründlich war.

»Nun?«, fragte ich sofort.

»Er lebt«, erklärte Docc, und eine Woge der Erleichterung

135

durchflutete mich. Dax und ich sackten bei seinen Worten geradezu körperlich zusammen, so angespannt waren wir gewesen. »Er hat viel Blut verloren, aber Gott sei Dank konnten wir ihm aus dem Lager, das ihr angelegt habt, ein paar Infusionen geben.«

Ich nickte wie betäubt. So langsam ging mir die Bedeutung seiner Worte auf: Kit war am Leben. Vor wenigen Monaten hatten die Plünderer angefangen, sich Blut abnehmen zu lassen, das Docc für eine Situation wie diese verwahrte. Einer der drei Generatoren in Blackwing betrieb den Kühlschrank, der die Blutbank kühlte. Ironischerweise war das Kits Idee gewesen, nachdem ihm bei einem Überfall eine ziemlich tiefe Wunde an der Wade beigebracht worden war.

»Grace hat ihm das Leben gerettet«, fuhr Docc fort. »Kluges kleines Ding. Seine Halsschlagader so zu verschließen. Er wäre innerhalb weniger Minuten gestorben, wenn sie nicht darauf gekommen wäre.«

Dax atmete neben mir zittrig aus, und ich nickte, versuchte, Doccs Worte voll und ganz zu erfassen. Mein bester Freund war am Leben – dank Grace.

»Können wir zu ihm?«, fragte Dax. Docc runzelte die Stirn, bevor er antwortete.

»Er ist noch immer bewusstlos, aber stabil. Ihr könnt also zu ihm.«

Eine weitere Erlaubnis brauchten wir nicht. Wir drängten uns an Docc vorbei ins Gebäude hinein. Irgendwie war es Grace und Docc gelungen, den mittlerweile von Blut gesäuberten Kit auf ein anderes Bett zu hieven. Sein Hals war unter Verbänden verborgen, die unter seinem Arm fixiert worden waren, damit sie nicht verrutschten. Dicke Gaze-Kompressen unter den Verbänden sollten jegliche Blutung, die trotz Doccs sorgfältiger Stiche noch auftrat, auffangen. So langsam bekam sein Gesicht wieder etwas Farbe. Vorher war es beängstigend bleich gewesen.

»Er wird wohl in ein paar Stunden aufwachen«, verkündete Docc hinter uns. Er war uns schweigend hinein gefolgt.

»Halt durch, Kumpel«, sagte ich leise. Ich wusste nicht genau, was ich sagen sollte oder ob er mich überhaupt hören konnte. Dax beugte sich vor, um die Verbände zu inspizieren. Dann richtete er sich wieder auf.

»Gute Arbeit, Docc«, sagte er bewundernd.

»Ich hatte ein wenig Hilfe«, antwortete Docc. Und wie aufs Stichwort öffnete sich die Hintertür zur Krankenstation, und Grace erschien auf der Schwelle. Sie trug noch immer meine Shorts, die vollkommen blutdurchtränkt waren, aber irgendwann hatte sie meinen Pullover anscheinend ausgezogen. Wahrscheinlich, nachdem sie zusammen mit Docc Kits Leben gerettet hatte. Jetzt trug sie ein einfaches schwarzes Trägerhemd, das vermutlich Docc ihr gegeben hatte. Es wies kaum Blutflecken auf.

Sie warf Dax und mir einen nervösen Blick zu, als befürchtete sie, dass wir sie immer noch für die Geschehnisse verantwortlich machten. Bevor mir klar wurde, was ich tat, ging ich auf sie zu. Sie wirkte verblüfft, als ich bei ihr anlangte, sie an mich zog und fest in die Arme nahm. Nach einer winzigen Pause reagierte sie, schlang ihre Arme um meinen Oberkörper und erwiderte den Druck.

»Danke«, raunte ich, und meine Worte wurden von ihrem

Haar verschluckt. Sie schien überrumpelt, stieß mich aber nicht von sich.

»Gern geschehen«, antwortete sie an meiner Brust. Hinter uns erklang ein Räuspern. Dax stand nun ebenfalls bei uns. Grace löste sich von mir und warf mir einen zaghaften Blick zu, dann sah sie Dax an.

»Grace, es tut mir so leid«, sagte er aufrichtig. »Ich hätte dir nicht so schnell die Schuld geben sollen. Und dann rettest du ihn auch noch ... danke, ehrlich.«

Ein leichtes Lächeln umspielte Graces Lippen. »Ich freue mich, dass ich helfen konnte.«

Dax nickte. Dann ging ihm offenbar auf, dass er uns unterbrochen hatte. Er sah unruhig zwischen uns hin und her und machte ein schuldbewusstes Gesicht.

»Oh, na ja, äh, sorry«, murmelte er, drehte sich um und kehrte zu Docc zurück. »Nochmal danke, Grace.«

Ihr leichtes Lächeln wurde breiter, bevor sie mich wieder ansah. Unwillkürlich bemerkte ich die Blutstriemen auf ihrer Haut. Sie verliefen über ihre Schlüsselbeine, die ohne meinen riesigen Pullover nun deutlich sichtbar waren. Plötzlich wusste ich nicht mehr so genau, was ich sagen sollte.

»Willst du einen Moment mit ihnen allein sein?«, fragte sie und deutete mit einem Kopfnicken auf meine Freunde und Docc. Ich schüttelte den Kopf.

»Er wird erst in ein paar Stunden aufwachen, oder?«

»Das sagt zumindest Docc«, antwortete sie achselzuckend.

»Keine Ahnung, was wir heute ohne dich getan hätten«, sagte ich aufrichtig. Eigentlich wusste ich es genau, aber ich wollte nicht darüber nachdenken, wie es gelaufen wäre, wenn sie nicht dabei gewesen wäre. Kit wäre zweifellos tot. Dieses Mädchen, diese wunderschöne Feindin, hatte meinem besten Freund das Leben gerettet, und ich konnte es ihr in keiner Weise vergelten.

Sie presste die Lippen aufeinander, anscheinend gingen ihre Gedanken in eine ähnlich düstere Richtung. »Seien wir einfach froh, dass ich da war.«

»Na gut.«

Ich hob die Hände und fuhr mir damit tief seufzend übers Gesicht. Ich war erschöpft, dabei war erst Nachmittag. Mein Magen knurrte vernehmlich und erinnerte mich daran, dass mein Körper Nahrung brauchte, auch wenn mir gar nicht nach Essen zumute war.

»Hast du Hunger?«, fragte ich sie. Sie nickte.

»Ja.«

»Dann lass uns gehen und etwas essen. Danach können wir zurückkommen und nach Kit sehen«, sagte ich. Sie nickte wieder. Ich streckte die Hand aus und legte sie ihr ins Kreuz, um sie zur Tür zu schieben, bevor mir klar wurde, was ich da tat, und ich sie wieder zurückzog. Erleichtert stellte ich fest, dass sie es gar nicht gemerkt zu haben schien.

»Wir gehen jetzt essen. Sollen wir euch was mitbringen?«, rief ich Docc und Dax zu.

»Nein. Ich hole mir gleich selbst etwas«, antwortete Dax. Docc nickte.

Ich wandte mich um und führte Grace nach draußen. Nun, da ich wusste, dass Kit es schaffen würde, war mir erheblich leichter zumute. Doch so ganz war es immer noch nicht zu mir durchgedrungen. Mir wurde schon wieder ganz mulmig bei der Vorstellung, was hätte passieren können. Ich schüttelte den Kopf, um ihn wieder klar zu kriegen, wollte nicht länger darüber nachdenken.

Grace ging schweigend neben mir her. Ich sah auf sie hinab, und erneut hatte ich vor Augen, wie sie angesichts der Krise reagiert hatte. Sie war so ruhig und beherrscht gewesen, hatte so absolut auf ihre Fähigkeiten vertraut, kein einziges Mal an sich gezweifelt, selbst als Dax sie beschuldigt hatte, die Ursache des Problems zu sein. Wir Männer waren hilflos gewesen, wie gelähmt, während sie die Sache souverän gemeistert hatte.

»Hey, Grace?«

»Ja?«

»Ich würde dir heute Abend gern etwas zeigen«, sagte ich und war überrascht über die nervöse Anspannung in meinem Magen.

»Was denn?«, fragte sie und zog die Augenbrauen zusammen.

»Kommst du mit mir?«, fragte ich ihre Frage ignorierend. Sie runzelte leicht die Stirn, stutzte. Ich befürchtete schon, dass sie Nein sagen würde, zumal ich sie heute Morgen ja nicht allzu freundlich behandelt hatte. Eigentlich hätte sie gar keine Wahl gehabt, aber ich wollte keinen Zwang ausüben; ich fragte, weil ich mir wünschte, dass sie mitgehen *wollte*, nicht weil sie es musste. Mein Herz pochte nervös, während ich auf ihre Antwort wartete. Ihre Lippen öffneten sich leicht, und sie atmete tief ein.

»Ja.«

KAPITEL 10
DANKBARKEIT

Hayden

Ja.

Mein Herz machte bei Graces Antwort einen Satz. Sie wollte mich also später begleiten. Gemeinsam durchquerten wir das Camp und gingen zur Kantine, um dort etwas zu essen. Ich bemerkte, dass ein paar der Menschen, die sie bislang unwirsch und vorwurfsvoll betrachtet hatten, sie nun mit sanfter Neugier musterten; anscheinend hatte sich die Nachricht von ihrer Rettungsaktion schnell verbreitet. Als wir uns unser Essen nahmen und an einen Tisch setzten, bemerkte ich, wie eine Frau mittleren Alters namens Helena ihr ein sanftes Lächeln zuwarf. Grace wirkte zunächst verblüfft, aber dann hocherfreut.

Beim Essen wechselten wir kein Wort. Ich war viel zu sehr in Gedanken. Nach dem, was sie für meinen besten Freund getan hatte, hatte ich das Bedürfnis, ihr irgendwie zu danken. Ich tat mich nun mal extrem schwer, auch nur die grundlegendsten Gefühle in Worte zu fassen, aber ich hoffte, dass das, was ich vorhatte, meine Dankbarkeit zum Ausdruck bringen würde – insbesondere, nachdem ich mich ihr gegenüber heute Morgen wie ein Idiot benommen hatte.

Eigentlich hatte ich das gar nicht vorgehabt, es war irgendwie passiert. In einem Augenblick der Schwäche hatte ich der Versuchung nachgegeben. Nachdem ich sie geküsst hatte, hatte ich das seltsame Gefühl, einen Verrat begangen zu haben, als ließe ich mein ganzes Camp im Stich, indem ich mich mit einem Mitglied des feindlichen Lagers verbündete, obwohl sie mir eigentlich gar nicht wie eine Feindin *vorkam*. Die Schuldgefühle, die mich durchzuckten, waren mir beinahe sofort verhasst, aber noch abscheulicher fand ich die Tatsache, dass ich den Kuss genossen hatte. Sogar sehr, denn ich war mehr als nur etwas verärgert, als sie mich von sich geschoben hatte. Aber anscheinend war auch sie im Widerstreit der Gefühle gefangen.

Ich schüttelte den Kopf und verzehrte den letzten Bissen meiner Mahlzeit. Ich musste unbedingt wieder klar denken. Ich musste vergessen, was geschehen war; es würde sowieso nicht wieder dazu kommen. Wenn ich mir den Respekt erhalten wollte, den ich mir so hart erarbeitet hatte, musste ich mich von ihr fernhalten. Aber sogar jetzt, während ich beobachtete, wie sie sich zaghaft im Saal umsah, fühlte ich mich auf seltsame Weise von ihr angezogen. Es würde nicht leicht werden. Doch ich war entschlossen, unsere Beziehung rein platonisch zu halten. In Anbetracht der Tatsache, dass wir eigentlich Feinde waren, war das im Grunde schon viel zu freundlich.

Wenn ich mir das nur immer wieder ins Gedächtnis rief, würde es mir bestimmt gelingen.

Heute Abend ging es nicht darum, sie für mich zu gewinnen oder auf irgendetwas hinauszuwollen; ich wollte ihr lediglich für das danken, was sie für Kit getan hatte – mehr nicht. Es war mir verhasst, ihr irgendetwas schuldig zu sein. Wie sollten wir jemals quitt sein und bleiben, wenn sie sich ständig so verhielt? Nach dem heutigen Abend würde unser Konto wieder ausgeglichen sein, und ich konnte weiterleben wie zuvor.

»Hayden?«, riss Grace mich aus meinen Gedanken. Ich blinzelte, dann fixierte ich sie.

»Ja?«

»Bist du fertig?«, fragte sie und deutete mit einem Kopfnicken auf meinen Teller. Ich blickte hinab – er war leer.

»Oh. Ja, gehen wir.«

Sie stand auf, nahm ihren Teller und brachte ihn zur Ablage, damit er gespült werden konnte. Ich folgte ihr. Mir fiel auf, dass sie immer noch ziemlich blutbesudelt war, und ich war überrascht, dass sie sich vor dem Essen nicht hatte waschen wollen. Wahrscheinlich hatte sie momentan einfach anderes im Kopf. Trotzdem erinnerte mich das schwarze Hemd, das Docc ihr gegeben hatte, an mein Versprechen, ihr ein paar eigene Klamotten zu beschaffen.

»Wir könnten auf dem Rückweg am Lagerhaus vorbeischauen, und du kannst duschen, wenn du willst«, bot ich an und war selbst überrascht, wie freundlich meine Stimme klang. Auch sie wirkte überrascht, aber dankbar.

»Das wäre großartig«, antwortete sie und folgte mir durch die Tür der Kantine nach draußen.

Das Lagerhaus befand sich direkt daneben, wir mussten also nicht allzu weit laufen. Für dieses Gebäude stellten wir keine zusätzlichen Wachen ab, nur die Patrouille sollte jedes Mal, wenn sie vorbeikam, einen Blick hineinwerfen. In diesem Gebäude bewahrten wir Kleidungsstücke und Luxusgüter wie Handtücher, Bettwäsche und andere Dinge auf, die man in seinem Haus brauchte. Alles hier drin hatten wir über die Jahre durch Raubzüge gesammelt und aufgehoben. Wir warfen niemals etwas weg. Ich führte Grace zu einem Regal, in dem sich Kleidungsstücke in ihrer Größe befanden.

»Nimm dir, was du willst, nur nicht zu viel«, sagte ich und deutete mit einem Kopfnicken auf die Kleiderstapel.

»Wo habt ihr das alles her?«, fragte sie ehrfürchtig und streckte die Hand aus, um die Klamotten zu befühlen. Es war nichts Besonderes – einfache T-Shirts oder Tanktops mit Standardjeans, Shorts oder Hosen, Basics als Unterwäsche, aber es reichte.

»Aus Plünderungsaktionen und ... von Verstorbenen«, antwortete ich und wünschte, sie hätte nicht gefragt. Sie sollte nicht ständig daran denken müssen, dass sie womöglich in den Sachen einer Toten herumlief. »Aber das meiste von unseren Raubzügen.«

Sie antwortete nicht sofort, sondern ließ die Finger durch die Stoffe gleiten. Sie sammelte ein paar Dinge ein, bis sie genug hatte.

»Ich verstehe«, sagte sie dann nur. »Ich glaube, das reicht mir.«

Ich nickte und wandte mich um, froh, dass sie nicht weiter auf die Herkunft der Kleidungsstücke einging. Aber eigentlich hatte ich das auch gar nicht erwartet. Anscheinend gab es nicht allzu viel auf der Welt, was sie wirklich schockieren konnte, eine Tatsache, die mich nicht nur beeindruckte, sondern auch traurig machte. In was für einer Welt lebten wir, wenn all das Morden und Blutvergießen auf einen Menschen keinen Eindruck mehr machten?

Es war mir zuwider. Alles.

Grace folgte mir zurück zur Hütte. Die Sonne neigte sich bereits langsam dem Horizont entgegen. Bald würde es dunkel sein, und ich wollte wenigstens auf dem Weg sein, bevor uns die Nacht vollständig eingeholt hatte. Schon bald waren wir an meiner Kate angelangt und traten ein. Grace blieb etwas verlegen stehen, die Arme voller Kleidungsstücke. Ich seufzte, dann zog ich eine Schublade in meiner Kommode auf.

»Hier kannst du deine Sachen unterbringen«, sagte ich.

»Danke«, erwiderte sie leise. Sie wirkte erschöpft, und plötzlich befürchtete ich, dass sie es sich anders überlegte und heute Abend doch nicht mitkam.

»Willst du immer noch mit?«, fragte ich, wobei ich jede Unsicherheit aus meiner Stimme zu verbannen suchte.

»Ja«, versicherte sie schnell und richtete sich aus der Hocke vor der Kommode auf. Ihre grünen Augen blickten mich an, und sie nickte ernst. »Lass mich nur eben duschen, dann bin ich wieder fit.«

»Na gut«, antwortete ich und nickte. »Ich werde dann einfach ... hier warten.«

Sie presste die Lippen zu einer geraden Linie zusammen und nickte, dann beugte sie sich wieder vor und holte die zum Umziehen notwendigen Kleidungsstücke wieder aus der Schublade. Anschließend verschwand sie im Bad. Kurz bevor sie die Tür zumachte, erschien noch einmal ihr Kopf im Türspalt, und sie sah mir in die Augen. »Und nicht linsen«, grinste sie, bevor sie die Tür zuschlug. Natürlich würde ich nicht »linsen«. Ich war schließlich kein vierzehnjähriger Teenager. Ich hatte meine Hormone im Griff und würde nicht zulassen, dass die Anwesenheit eines Mädchens sie in Wallung brachte. Eines schönen Mädchens, das sich gerade in meiner Dusche auszog, dem das Wasser über den Körper rann ...

»Nein, nein, nein«, murmelte ich bei mir und schüttelte den Kopf, um meine Gedanken daran zu hindern, diesem dunklen Pfad weiter zu folgen. Ich fuhr mir mit der Hand übers Gesicht und zog dabei die Lippen herunter, bevor ich die Hand wieder sinken ließ. »Denk nicht mal dran.«

Ich hörte, wie das Wasser eingeschaltet wurde und auf den Boden prasselte, was es mir noch schwerer machte, an etwas anderes zu denken als an Grace unter der Dusche. Ich ließ mich aufs Bett plumpsen, starrte an die Decke, konzentrierte mich darauf, die Holzbalken zu zählen, auf denen das Wellblech lag. Es funktionierte nicht allzu gut, denn ständig hatte ich die Wasserrinnsale auf ihrer Haut vor Augen, als wir zusammen geduscht hatten, erinnerte mich daran, wie sie leicht die Lippen geöffnet hatte, als das kalte Wasser auf sie herabregnete.

Ich stieß einen frustrierten Seufzer aus, sauer auf mich selbst, weil ich derlei Gedanken nicht abwehren konnte. Normalerweise hatte ich keine Schwierigkeiten, meine Gefühle auszublenden – Angst, Schmerz, Reue –, aber das hier war etwas anderes. Als ich hörte, wie der Wasserstrom versiegte, krallte ich die Hände in meine Bettdecke und seufzte erleichtert. Nach ein paar weiteren qualvollen Minuten öffnete sich die Tür zum Bad und enthüllte eine nicht länger blutbesudelte Grace, die ein einfaches weißes T-Shirt und überraschend gut sitzende, abgeschnittene Jeansshorts trug. Ihr Haar war immer noch feucht und leicht verfilzt, als sie es achtlos mit einem Handtuch trockenrubbelte. Dann hängte sie es an den Haken neben der Tür.

»Fertig«, verkündete sie, wippte leicht auf den Zehen und vertrieb dadurch meine leichte Benommenheit.

»Okay, gehen wir«, sagte ich und räusperte mich. Ich wartete darauf, dass sie ihre Stiefel wieder anzog und wir die Hütte verlassen konnten.

»Wohin gehen wir?«, fragte sie und sah zu mir auf, während wir auf den hinteren Teil des Lagers zugingen.

»Das wirst du schon sehen«, antwortete ich vage. Ich wollte sie überraschen.

Sie schnaubte neben mir leise und fuhr sich mit der Hand durchs Haar, das sie sich über die Schulter warf. Nun, da die Dunkelheit das Sonnenlicht zu ersticken drohte, waren nicht mehr allzu viele Leute unterwegs, und wir kamen schnell voran. Nachdem wir eine kleine Waldlichtung hinter uns gelassen hatten, erreichten wir eine große Garage im hinteren Bereich des Lagers, in der unsere Fahrzeuge standen; auch dieses Gebäude war noch vor unserer Ankunft hier errichtet worden, und wir nutzten es zu unserem Vorteil, ebenso wie den Turm. Ich beugte mich hinunter und rollte das Tor auf, sodass sich das dunkle Innere enthüllte.

Drinnen standen drei Fahrzeuge. Mit einem davon waren

wir heute in die Stadt gefahren. Ferner befanden sich dort ein paar Fahrräder und das, weshalb wir gekommen waren – mein Motorrad. Selbst damals schon, als die Welt zum Teufel gegangen war, hätte es als alt gegolten, aber es lief, und es gehörte mir. Chassis und Sitz waren schwarz, die Auspuffrohre matt silbern. Ich vergewisserte mich, ob Grace jetzt klar war, was ich vorhatte, und stellte fest, dass sie es mit großen Augen anstarrte.

»Fahren wir etwa auf dem da?«, fragte sie in stiller Überraschung.

»Jep«, antwortete ich. Ich hielt nach Anzeichen für Angst oder Sorge Ausschau, natürlich wie immer erfolglos. Das war kaum überraschend. Anscheinend gab es so gut wie nichts, wovor sie sich fürchtete. Ihre Lippen verzogen sich zu einem bedächtigen Lächeln, während sie die Maschine in Augenschein nahm.

»Wahnsinn«, flüsterte sie – eher zu sich selbst als zu mir. Über ihre Begeisterung musste ich unwillkürlich grinsen. Ich ging weiter in die Garage hinein, nahm die Schlüssel aus der Schublade, in der sie aufbewahrt wurden, und schnappte mir zwei Helme aus dem Regal. Einen gab ich ihr, und sie nahm ihn mit breitem Grinsen entgegen.

»Dann los«, sagte ich. Endlich riss sie ihren Blick von dem Motorrad los und sah mir in die Augen. Ich tippte auf den Helm in ihrer Hand. »Und den hier solltest du lieber aufsetzen.«

Sie gehorchte, ließ ihn über ihr immer noch nasses Haar gleiten und schob sich das Visier vors Gesicht. Auch ich zog den Helm über den Kopf, dann stieg ich auf das Motorrad.

Mit Leichtigkeit schwang ich eines meiner langen Beine über den Sitz. Es fühlte sich gut an, wieder darauf zu sitzen – so vertraut: Ich benutzte die Maschine nur sehr selten, denn Benzin war knapp, und für unsere Raubzüge war sie zu laut, also ungeeignet. Deshalb fuhr ich sie nur zu besonderen Gelegenheiten, aber ich fand, dass Grace eine solche Tour jetzt wirklich verdient hatte.

»Kommst du jetzt, oder was?«, fragte ich, als ich bemerkte, dass sie nur dastand und mich mit offenem Mund anstarrte. Sie zuckte leicht zusammen, bevor sie zu mir herüberschritt, legte mir vorsichtig die Hände auf die Schultern und kletterte hinter mir auf den Sozius. Ich spürte die Hitze ihres Körpers an meinem Rücken, versuchte aber, sie zu ignorieren, während sie mir unsicher die Hände um den Bauch legte.

»Halt dich fest«, riet ich ihr. »Aber richtig.«

Ich drehte den Schlüssel im Zündschloss und startete den Motor. Sofort erfüllte sein Knattern die kleine Garage. Ihre Hände schlangen sich um meinen Oberkörper und verschränkten sich über meinem Magen. Ich drehte den Gashebel, und wir sausten zur Garage hinaus.

Die Luft peitschte an uns vorüber, als wir einen Pfad hinabflogen, der uns vom Camp fortführe, und ihr Griff wurde noch fester, weil ich das Tempo erhöhte. Verschwommen rasten die Bäume an uns vorüber, und wir wirbelten Staub auf, doch ich hatte die Maschine unter Kontrolle, fuhr die vertraute Strecke, die uns aus Blackwing fortführte, fort von der Stadt, fort von allem.

Sie gab einen kleinen Jauchzer von sich, als ich scharf um

die Ecke bog, sodass wir die Bäume umrundeten. Der Weg ging bergaufwärts. Ich fühlte mich unsäglich frei, genoss das Gefühl des Windes auf meiner Haut die einigermaßen wilde Verantwortungslosigkeit, die mit einer Motorradtour dieser Art einherging. Ausnahmsweise hatte ich das Gefühl, mir keine Gedanken darüber machen zu müssen, wie ich das Überleben meiner hundert Schutzbefohlenen sichern konnte. Alle meine Sorgen und Zweifel ließ ich hinter mir.

Überrascht hörte ich sie hinter mir lachen. Graces Arme umklammerten meine Taille nach wie vor fest, aber ich spürte, wie sie sich leicht zurücklehnte, als genieße sie es, wie der Wind sie umpeitschte, während wir durch den Wald dahinflogen. Erst lachte sie nur leise, dann aber laut und glückselig. Sie überließ sich jenem sorglosen Leichtsinn, den auch ich auf dem Motorrad immer verspürte. Überraschend löste sie einen Arm von meiner Taille, ließ ihn in der Luft dahinsegeln und wackelte mit den Fingern. Ich grinste breit, begeistert, dass sie die Fahrt genauso sehr genoss wie ich.

Das Motorrad fuhr weiterhin bergaufwärts, und wir waren beinahe am Ziel. Die Bäume hier oben standen dichter denn je, und es war beinahe unmöglich, etwas anderes zu erkennen als den steilen Pfad, auf dem wir uns befanden. Der einzige Laut, abgesehen vom Motorengeräusch und vom Rauschen des Windes, war Graces sorgloses Lachen, und es erfüllte mich mit einer seltsamen und ungewohnten Leichtigkeit.

Schließlich erreichten wir den Ort, an dem ich schon unzählige Male zuvor gewesen war, allerdings immer allein. Ich drosselte mein Tempo, sodass Grace gegen meinen Rücken prallte, und sie legte nun beide Arme wieder um meinen Bauch. Wir erreichten eine kleine Lichtung, auf der ich das Bike anhielt und den Motor abstellte, die Bremse anzog und mir den Helm vom Kopf nahm. Ich hielt die Maschine fest, bis Grace abgestiegen war, wobei ihre Bewegungen nicht ganz so fließend waren wie meine, weil ihr die Übung fehlte. Sie stellte sich neben das Motorrad und zog ebenfalls den Helm aus, während ich abstieg und meinen auf den Sitz legte.

»Wie fandest du es?«, fragte ich und konnte mir das breite Grinsen kaum verkneifen.

»Das war fantastisch«, antwortete sie aufrichtig. Sie schien wie berauscht; ihre grünen Augen leuchteten hell, ihre Wangen waren leicht gerötet, sodass sie noch strahlender aussah als sonst.

»Ja, nicht wahr? Das beste Gefühl der Welt«, sagte ich, wodurch ich versehentlich etwas von mir selbst preisgab. Sie nickte spontan. »Aber das ist nur der erste Teil meines Dankeschöns an dich.«

»Des Dankeschöns?«, fragte sie, und ihr leuchtender Blick trübte sich etwas.

»Ja, für das, was du für Kit getan hast«, erklärte ich. Irgendetwas blitzte in ihren Augen auf, versetzte ihrer Freude einen Dämpfer. Doch sehr schnell verbarg sie es wieder.

»Oh, ja«, antwortete sie und zwang ihre Stimme, genauso fröhlich zu klingen wie zuvor, allerdings erfolglos. »Und Teil zwei?«

»Komm«, sagte ich und streckte meine Hand nach der ihren aus. Ich zog sie hinter mir her, ließ sie aber nach wenigen Metern wieder los, denn ich fühlte mich bei der Berührung ganz seltsam. Eroberer halten nicht Händchen mit ihren Gefangenen, egal, wie gut es sich anfühlte.

Sie folgte mir schweigend, während ich sie durch das dichte Blattwerk vom Motorrad fortführte. Wir kämpften uns schweigend durch Bäume und Büsche, bis wir zu einer Lichtung gelangten, von der aus man eine steile Klippe sah, die hinter dem Waldrand mit einem Mal sechs Meter in die Tiefe fiel. Ich lächelte leicht. Wie erwartet war Grace von dem Anblick überwältigt und sog scharf den Atem ein.

Wir schwebten hoch oben über allem – die Aussicht hier oben auf dem steilen Hügel war atemberaubend. Unter uns flutete der Wald, den wir soeben durchquert hatten, ins Tal. Er war so dicht, dass Blackwing am Fuße des Hügels beinahe vollständig im Verborgenen lag. Nur der Turm und die spärlichen Lichter, die man nur sah, wenn man den Wald einer eingehenden Inspektion unterzog, verrieten den Standort des Camps. Weiter draußen, Richtung Osten, konnte man die Lichter Greystones erheblich leichter ausmachen. Ohne die dichte Bewaldung war es deutlich weniger gut getarnt als Blackwing.

»Wow«, flüsterte sie neben mir und ging auf den Rand der Klippe zu. Ich folgte ihr, blieb nur wenige Zentimeter zurück. Staunend riss sie die Augen weit auf und nahm begierig die ganze Umgebung in sich auf.

Ich sah, wie sie nach Blackwing Ausschau hielt, und merkte an der winzigen Veränderung ihrer Miene, als sie es entdeckt hatte. Ich sah, wie sie den Blick über die Ruinen der Stadt und der zugehörigen Vororte wandern ließ, von denen die meisten am Ende der Zivilisation in die Luft gejagt worden waren. Ich sah, wie sie mit verengten Augen in die Ferne blickte auf der Suche nach den anderen Camps – Crimson und Whetland und wie sie alle hießen. Und schließlich sah ich den schmerzhaften Stich, den es ihr versetzte, als ihr Blick auf Greystone fiel, wo sie wahrscheinlich einen Großteil ihres Lebens verbracht hatte.

Zum ersten Mal fragte ich mich, wen sie dort hatte zurücklassen müssen. Hatte sie Familie? Freunde? Vielleicht einen Freund? Was hatte sie verloren, als sie von uns gefangen genommen wurde? Schuldbewusst sah ich, wie sie leicht die Stirn runzelte und die Greystone-Siedlung fixierte. Ich stellte mich neben sie, nahm sanft ihre Hand in meine und führte sie zu einem großen Felsen, auf dem ich häufig saß, um die Welt zu betrachten, in die ich geworfen worden war.

Sie setzte sich neben mich. Ihre Miene war nicht leicht zu entschlüsseln, aber definitiv traurig. Plötzlich war ich enttäuscht. Anscheinend war mein Versuch, ihr zu danken, total schiefgegangen und hatte sie nur aufgewühlt. Ich wollte gerade etwas sagen, irgendetwas, um die Stille zu durchbrechen, aber sie ergriff als Erste das Wort.

»Erinnerst du dich daran? Wie es vorher war?«

Sie sah mich nicht an, sondern blickte weiterhin nach Greystone. Ich beobachtete ihren ernsthaften Gesichtsausdruck und die Art, wie die sanfte Brise des Windes ihr ein paar Strähnen ins Gesicht blies.

»Ja«, antwortete ich aufrichtig. Als sie daraufhin schwieg, fragte ich ebenfalls nach: »Und du?«

Sie presste die Lippen aufeinander und sog sie ein, schüttelte langsam den Kopf. Schließlich löste sie den Blick von

Greystone und betrachtete erneut die Trümmer der Stadt. Von hier aus war es selbst im Dunkeln unmöglich, die bestimmt fünfzehn Meter breiten Krater zu übersehen oder die verfallenen Überreste der Häuser sowie die Überbleibsel der Zivilisation, von denen der Boden übersät war. Der Beweis für das Ende des Lebens, wie es einst gewesen war, lag vor uns, das meiste davon war zerstört, noch bevor wir unseren fünften Geburtstag erlebt hatten.

»So schlimm ist das gar nicht«, antwortete ich ihr. Mehr als einmal hatte ich mir gewünscht, mich nicht erinnern zu können. Bilder von explodierendem Feuer, Menschen, die voller Panik aus ihren Häusern flohen, und die Schreie, so viele *Schreie*. Ich schüttelte den Kopf, um die Erinnerung loszuwerden.

»Ich wünschte, ich könnte mich erinnern«, bekannte sie. »Ich will wissen, wie es war, bevor die Welt sich selbst in Stücke riss.«

»Vielleicht ist es besser, wenn du dich nicht erinnerst. So weißt du zumindest nicht, was dir entgeht.«

Sie schwieg eine Weile und dachte über meine Worte nach, bevor sie wieder das Wort ergriff.

»Woran erinnerst du dich denn genau?«, forschte sie, riss den Blick endlich von der Stadt los und sah mich an. Ich hatte seit unserer Ankunft immer nur ihr Gesicht beobachtet. Sie wirkte überrascht, als sie mich dabei ertappte, wie ich sie musterte. Ich antwortete nicht, wusste nicht genau, was ich sagen sollte. Und ehe ich mich's versah, strich meine Hand ihr wie von selbst sanft eine Strähne hinters Ohr. Sie blinzelte verblüfft, zuckte aber nicht zurück.

Ich konzentrierte mich auf die positiven Erlebnisse, an die ich mich noch erinnern konnte, aber die dunklen Albträume ließen sich nicht verbannen, drängten sich unweigerlich in den Vordergrund.

Lauf, Hayden, lauf, so schnell du kannst!

Ich ballte die Hand an meiner Seite zur Faust, vergrub die Nägel in der Handfläche, um mich von der Klippe der dunklen Gedanken zurückzuziehen, an der ich ständig schwebte, entschlossen, nicht in den Abgrund zu fallen.

»Ich erinnere mich daran ... wie ich auf meiner Straße diese kleinen Plastikautos fahren ließ. Wie ich im Sommer Eis aß, während meine Eltern versuchten, mir irgendeinen Sport beizubringen. Ich erinnere mich daran, in den Zoo gegangen zu sein, um all die Tiere leibhaftig zu sehen, die ich nur aus Büchern kannte. Kleinigkeiten wie diese eben«, sagte ich. Plötzlich war es mir peinlich, derlei Erinnerungen mit ihr zu teilen. Ich blinzelte, versuchte den Nebel zu vertreiben, der sich über mir herabgesenkt hatte, während ich mir die wenigen Erinnerungen ins Gedächtnis zu rufen versuchte, bei denen nicht sämtliche Menschen in meiner Umgebung abgeschlachtet wurden.

»Das alles kommt mir so ...« Sie hielt inne, suchte nach dem richtigen Wort. »... so seltsam vor.«

Ein trauriges Lächeln umspielte meine Lippen. Wie erbärmlich, dass Dinge, die wir in unserer Kindheit eigentlich alle erlebt haben sollten, uns heute so befremdlich vorkamen. In gewisser Weise beneidete ich Grace um ihre mangelnden Erinnerungen; sie wusste nicht, was sie verpasst hatte, und empfand daher auch keinerlei Wehmut.

155

»Es war nicht immer seltsam.«

»Ich wünschte, ich könnte mich an ähnliche Dinge erinnern«, wiederholte sie noch einmal. Doch ich war sicherer denn je, dass das nicht erstrebenswert war. Ohne Erinnerungen war sie die Glücklichere von uns beiden. Ich schwieg eine Weile und musterte den riesigen Krater inmitten eines Vororts. Das Licht des Mondes über uns reichte aus, um das klaffende Loch in der Erde zu enthüllen. Jenes klaffende Loch, wo vor so vielen Jahren mein Zuhause gestanden hatte.

Panik durchflutete die Straßen, als die Menschen verzweifelt um ihr Leben rannten, sich aneinander klammerten mit nichts weiter in Händen als ihren Angehörigen. Kugeln pfiffen durch die Luft, nur unterbrochen von den häufigen Explosionen, die die Erde zum Erzittern brachten und uns bis ins Mark erschütterten. Meine Eltern hielten zu beiden Seiten meine kleinen Hände fest. Sie rannten nicht schneller, als meine kleinen, untersetzten Beinchen mich trugen.

»Lauf, Hayden, lauf, so schnell du kannst!«, rief meine Mutter mir zu. Ihre Stimme klang energisch trotz der unbändigen Angst, die sie wahrscheinlich verspürte. Ich rannte so schnell wie möglich, die Augen fest am Boden, um nicht über die Habseligkeiten der Menschen zu stolpern, die auf der Straße verteilt lagen. Ein Fotoalbum, das aus einem Haus geworfen worden war. Ein Stuhl, der durch eine Explosion von irgendeiner Terrasse heruntergeschleudert worden war. Und am entsetzlichsten ein blutiger Armstumpf, der schon lange die natürliche Färbung menschlichen Fleisches verloren hatte ...

»Hayden?«, fragte Grace sanft. Mich beschlich das Gefühl,

dass sie meinen Namen schon mehr als einmal wiederholt hatte, bevor ich es gehört hatte.

»Wie bitte?«

»Woran denkst du?«, fragte sie behutsam. Wir hatten die Rollen getauscht: Jetzt spürte ich ihren Blick auf meinem Gesicht, während ich die leere Hülle meines früheren Lebens betrachtete.

»An gar nichts, Grace. An überhaupt gar nichts.«

KAPITEL 11
AUFLEBEN

Grace

Der Wind schien meinen Atem davonzutragen, als ich mich neben Hayden auf den Felsen setzte und die mir vertraute Welt überblickte. Eine andere kannte ich nicht. Haydens Gesicht war angespannt. Er zog konzentriert die Augenbrauen zusammen, und was immer ihm im Kopf herumging, hatte ihn von mir entfernt. Ich hatte den starken Verdacht, dass er Erinnerungen durchlebte – oder vielmehr Albträume –, aber er weigerte sich, darüber zu reden. Ich hatte ein schlechtes Gewissen, weil ich seine ansteckende, sorglose Stimmung von vorhin verdorben hatte, indem ich ihn nach seiner Vergangenheit gefragt hatte.

Wir schwiegen eine Weile und verloren uns in dem Ausblick und den damit einhergehenden Gedanken. Und wie sehr ich mich auch bemühte, es zu vermeiden, mein Blick glitt immer wieder nach Greystone hinüber, das meine Heimat gewesen war, solange ich mich erinnern konnte. Ich wusste, dass ich – ebenso wie Hayden – die ersten Jahre meines Lebens in einer relativ normalen Welt gelebt hatte, auch wenn diese Welt um uns herum immer mehr in sich zusammenfiel, bevor sie ganz und gar unterging. Der einzige Unterschied bestand darin, dass ich absolut keine Erinnerungen an meine Zeit vor Greystone hatte.

Ich wusste nicht viel darüber, warum die Welt untergegangen war, aber ich kannte die grundlegenden Fakten. Die Regierungen kamen nicht mehr miteinander aus, denn den Menschen gingen langsam, aber sicher sämtliche lebenswichtigen Ressourcen aus. Auf dem ganzen Globus brachen Kriege aus, bis jedes einzelne Land allein dastand. Sie sprengten sich gegenseitig in die Luft, während die Infrastruktur unseres Landes vollkommen am Boden lag. Die Welt lag nicht nur im Krieg mit sich selbst, die einzelnen Länder wurden auch von innen geradezu zerfetzt, weil die Menschen so verzweifelt versuchten zu überleben.

In unserer Stadt ging es zu wie auf der gesamten Welt. Die Menschen schlossen sich zu Banden zusammen, stahlen und bekämpften andere Gruppen, wandten sich teilweise sogar gegen ihre eigenen Freunde und Nachbarn. Als die Bomben fielen – die von unbekannten Ländern auf uns abgeworfen wurden –, brach die Hölle los. Die Urheber des Bombardements spielten gar keine Rolle mehr, denn ab sofort galt jedermann als Feind. Die Menschen flohen, klammerten sich an ihre Angehörigen und versuchten verzweifelt, ein paar wenige andere zu finden, denen sie vertrauten. So bildeten sich die Camps heraus; die wenigen, die den Bombenhagel überlebten und es nach dem Blutbad bis hinaus schafften, blieben mit den wenigen zusammen, an deren Seite sie schon zu kämpfen begonnen hatten.

Zunächst hatten die Menschen zwischen Felsen und unter Bäumen gelebt, hatten an Wurzeln genagt, um zu überleben.

Mittlerweile hatte sich das Ganze in voll funktionstüchtige Gesellschaftsformen verwandelt, die separat und für sich existierten und sich zum Überleben nur auf sich selbst verließen. Alles, was wir mittlerweile besaßen, war unter großen Mühen von der Stadt in die Camps geschafft worden, jeder einzelne Gegenstand.

Die Welt war zu Schutt und Asche zerfallen, Länder und Städte waren gleichermaßen zerstört, und nur wenige hatten es überstanden und kämpften weiter ums Überleben. Das alles hatte mir mein Vater erzählt. Andere Bruchstücke hatte ich von Überlebenden der Katastrophe erfahren, die mir ihre Erfahrungen aus erster Hand schilderten. Hayden war der jüngste Mensch, den ich je getroffen hatte, der sich tatsächlich noch daran erinnern konnte. Es war, als ob die meisten Leute unseres Alters die Erinnerungen aus Kindertagen erfolgreich verdrängt hätten. Ich fragte mich, wie genau das seine Entwicklung beeinflusst hatte; ich vermutete, dass er deshalb so war, wie er war – ernsthaft, beschützend und trotz seiner Versuche, es zu verbergen: ein guter Mensch.

Beim Gedanken an meinen Vater wurde ich plötzlich traurig. Ich erkannte, wie sehr ich ihn vermisste. Sein Gesicht, das meiner besten Freundin und sogar das meines miesen Bruders standen mir vor Augen. Es fühlte sich so seltsam an, hier zu sein, in diesem feindlichen Lager bei Menschen, die ich nicht kannte, und das, obwohl ich von hier aus meine Heimat problemlos sehen konnte. Ich war eine Gefangene, und doch kam ich mir nicht so vor. Hayden war vielleicht nicht immer freundlich zu mir gewesen, aber er war weit davon entfernt, grausam zu sein. Vielmehr war er überraschend anständig gewesen. Doch trotz allem wollte ich nach Hause zurück, wo ich hingehörte.

Ich warf einen Blick auf sein Gesicht, das nur vom Mondlicht beleuchtet wurde. Die scharfe Linie seines Kinns warf einen dunklen Schatten seinen Hals hinab. Es verkantete sich, während ihm irgendwelche Gedanken durch den Kopf gingen. Unwillkürlich betrachtete ich seine Lippen, die er nachdenklich geschürzt hatte. Ich erinnerte mich daran, wie sie sich auf meinen angefühlt hatten, an seine Hände auf meiner Haut und an die Schmetterlinge in meinem Bauch, als er mich geküsst hatte.

Plötzlich hoffte ich, er würde es noch einmal tun.

»Vermisst du es?«, fragte er plötzlich, und ich riss den Blick von seinen Lippen los und sah ihm in die Augen.

»Ja«, antwortete ich aufrichtig. »Ich vermisse meine Heimat.«

Er nickte ernst und blickte wieder zu Greystone hinüber.

»Tut mir leid, dass ich dich hierbehalten muss«, sagte er leise. Ich musterte sein Profil und stellte verblüfft fest, dass er das ernst zu meinen schien. »Gibt es ... Menschen, die du dort zurückgelassen hast?«

»Ja«, antwortete ich kurz angebunden. Es tat weh, über sie zu reden, denn ich wusste nicht, ob ich sie jemals wiedersehen würde. Er gab keine Antwort und ließ die Augen weiter über meine Heimat gleiten. Anscheinend gehörte es zu seinen Angewohnheiten, nur die notwendigsten Dinge zu sagen.

»Willst du mich wirklich für immer hier festhalten?«,

161

fragte ich leise. Ein winzig kleiner Teil von mir wollte durchaus hierbleiben, und zwar einzig und allein, weil ich so fasziniert von ihm war, aber der größte Teil sehnte sich nach Hause zurück.

»Ja.«

Bei seinen Worten sank mir das Herz. Ich hatte so sehr gehofft, dass er es sich anders überlegen würde. Immerhin hatte ich mich doch ziemlich ins Zeug gelegt, um mich als würdig zu erweisen. Aber das schien nicht der Fall zu sein. So schlecht er sich deshalb nach eigenen Angaben fühlte, es war immer noch nicht schlecht genug, um mir die Rückkehr nach Hause zu gestatten. Plötzlich wandte er sich zu mir um, und die Hand in seinem Schoß zuckte. Ich dachte, er würde mir jetzt wieder das Haar aus dem Gesicht streichen, aber das tat er nicht.

»Es tut mir leid«, wiederholte er leise. »Aber ich hoffe, dass es dir mit der Zeit hier gefallen wird. Es sind alles gute Menschen, die einfach nur in einer beschissenen Welt festsitzen.«

Ich nickte, gab aber keine Antwort. Unter seinem unverwandten Blick fehlten mir die Worte. Eine sanfte Brise erhob sich um uns, sodass Büschel seines schokoladenbraunen Haars über seine Haut wehten.

»Wir stecken alle in einer beschissenen Welt fest«, murmelte ich nach einer Weile. Irgendwie hatte ich gar nicht gemerkt, dass er näher gerückt war.

Er streckte die Hand aus und umfing mein Haar, wickelte es um seinen Finger, ließ es wieder los.

»Wir sollten zurückkehren«, murmelte er. Enttäuscht

atmete ich aus, als er sich zurücklehnte und aufstand, mir seine Hand darbot, um mir aufzuhelfen. Ich versuchte, mir meine Enttäuschung nicht anmerken zu lassen, griff zu und ließ mich von ihm auf die Füße ziehen. Kaum stand ich, ließ er mich auch schon los. Er suchte kurz meinen Blick, bevor er sich umwandte und in die Richtung davonstapfte, aus der wir gekommen waren.

Ich seufzte leise und folgte ihm. Ich war hin- und hergerissen. Eigentlich durfte ich mir nicht wünschen, dass er mich küsste, aber unzweifelhaft tat ich es dennoch. Und zwar inständig, denn die Enttäuschung lag mir wie ein Stein im Magen. Wir langten an dem Motorrad an und setzten die Helme wieder auf. Er schwang sein langes Bein mit der Leichtigkeit der Gewohnheit über den Sitz. Ich blinzelte, um ihn nicht weiter anzustarren, und konzentrierte mich darauf, seine Bewegung zu kopieren.

Ich fragte mich, ob ihm bewusst war, wie attraktiv er war, und ob er sich nur in Szene setzte. Aber im Grunde war er zu bescheiden, um es überhaupt zu bemerken. *Mir* fiel es dafür umso mehr auf.

Ich kletterte hinten auf den Sitz und schlang, wie schon auf der Hinfahrt, die Hände um seinen Oberkörper. Ziemlich ernüchtert nahm ich wahr, wie er den Motor startete und losfuhr. Die Fahrt war ebenso belebend, wie der Weg hinauf es gewesen war, aber ich konnte sie nicht ganz so sehr genießen. Ich hielt mich an seiner Taille fest und konnte an meiner Brust spüren, wie sein Rücken sich mit jedem Atemzug weitete.

Binnen kurzer Zeit fuhren wir wieder hügelabwärts. Der

Pfad durch den pechschwarzen Wald schien jetzt noch geheimnisvoller zu sein, denn es war so gut wie unmöglich, hinter dem Strahl seines Scheinwerfers irgendetwas zu erkennen. Die Garage, aus der wir das Motorrad geholt hatten, war noch offen und wartete auf uns, als er hineinfuhr und den Motor ausschaltete. Wie zuvor kletterte ich herunter und zog den Helm aus, um ihn wieder auf das Regalbrett zu legen.

Ich sah ihn unverwandt an, als er abstieg und ebenfalls Helm und Schlüssel zum Regal trug.

»Und das alles hast du nur gemacht, um mir zu danken?«, konnte ich mich nicht enthalten zu fragen. Tief im Innern hatte ich gehofft, dass er mir das alles einfach nur hatte zeigen wollen. Oder dass zumindest ein kleiner Teil von ihm keinen derartigen Hintergedanken gehabt hatte. Mit einem solch kleinen Teil hätte ich mich durchaus zufriedengegeben. Ich stand in der Dunkelheit im Tor, und er sah mir in die Augen.

»Ja«, antwortete er leise, drehte sich um und lehnte sich gegen eine Werkbank. Er musterte mich eindringlich. »Warum?«

Ich schüttelte den Kopf, schürzte störrisch die Lippen in dem Versuch, lässig herüberzukommen. »Hab mich eben gefragt.«

Ich hielt seinen Blick fest, als er auf mich zuschritt. Je näher er kam, umso mehr überragte er mich. Er blieb etwa dreißig Zentimeter vor mir stehen.

»Irgendwie faszinierst du mich«, bekannte er mit leiser, ruhiger Stimme, die mein Herz in Aufruhr versetzte.

»Faszinierst«, wiederholte ich, schmeckte dem Wort nach. Ich beschloss, dass es ein gutes Wort war – viel besser als alle anderen Formulierungen, die er hätte gebrauchen können. Er nickte bedächtig, sah mir weiter in die Augen.

»Wider bessere Einsicht, ja.«

»Vielleicht solltest du deiner Einsicht ja vertrauen«, erwiderte ich leise. Er kam noch ein wenig näher, und meine Eingeweide krampften sich zusammen.

»Das sollte ich wohl«, murmelte er nickend. Seine Augen fixierten meine Lippen, er kam noch näher, sein Gesicht war nur noch wenige Zentimeter von meinen entfernt. Atemlos stand ich da, wartete. »Will ich aber nicht.«

Meine Brust hob und senkte sich schnell, mein Atem ging flach, so nah war er mir. Ich spürte das erbarmungslose Pochen meines Herzens an meinen Rippen, während ich ihn stumm ermutigte, noch näher zu kommen.

»Dann lass es«, hauchte ich.

Die Worte waren mir kaum über die Lippen gekommen, als sein Mund sie versiegelte. Ein Funke verwandelte sich auf der Stelle in ein ausgewachsenes Feuer, das durch meinen ganzen Körper loderte. Das Gefühl seiner Lippen auf den meinen schien jede einzelne Zelle zum Leben zu erwecken. Ich spürte seine Hände auf meinen Hüften, die mich heranzogen, sodass ich mich an ihn presste. Sein Kuss wurde inniger, und meine Arme legten sich wie von selbst um seinen Nacken. Ich brandete ihm entgegen.

Meine Finger fuhren durch sein Haar und verwoben sich mit seinen Strähnen, zerrten leicht daran, ebenfalls wie aus eigenem Antrieb. Ich erlaubte seiner Zunge, leicht über die meine zu gleiten. Sein Kuss wurde immer gieriger. Ich erwiderte ihn mit Hingabe. Die Spannung, die sich nun schon seit Tagen zwischen uns aufgebaut hatte, entlud sich endlich. Der stumme Kampf gegen die Versuchung, den wir ausgefochten hatten, war vorüber. Wir waren besiegt.

Ich spürte, wie seine Hände über meine Hüften glitten, und keuchte, als er sie auf die Rückseite meiner Schenkel legte und mich mit Leichtigkeit vom Boden hochhob, um meine Beine um seine Hüfte zu schlingen. Er trug mich nach hinten, drängte mich auf die Arbeitsplatte, an der er eben noch gelehnt hatte, und setzte mich auf die Kante, sodass sein Becken zwischen meinen Schenkeln lag. Ich umfing ihn mit den Beinen, zog ihn so nah zu mir heran wie möglich, während er mich weiterhin innig küsste.

Er ließ die Hände meine Schenkel hinaufwandern, spreizte die Finger, packte mich fest, bis er meiner Mitte ganz nah war. Ich keuchte erneut, als er seine Lippen von meinen losriss und sie an meinem Hals hinabwandern ließ, einen heißen, feuchten Pfad aus Küssen auf meiner Haut beschrieb. Er langte an meiner Kehle an und knabberte leicht daran, was mir ein leises Stöhnen entrang. Ich neigte den Kopf zurück, um ihm besseren Zugang zu gewähren.

»Hayden!«, rief plötzlich eine Stimme in der Nähe und riss uns aus unserer Blase. Hayden zog sich von meinem Hals zurück und legte entnervt die Stirn auf meine Schulter. Ich spürte, wie sich sein heißer Atem über meine Haut ergoss.

»Das soll ja wohl ein Witz sein«, murmelte er ärgerlich. Er richtete sich auf, und ich bemerkte, dass seine Brust sich hob und senkte. Beide waren wir zerzaust und atemlos, und seine Augen glühten förmlich in der Dunkelheit, als er in die meinen sah.

»Tut mir leid«, flüsterte er und drückte leicht meinen Schenkel, bevor er sich von mir entfernte, um sich um denjenigen zu kümmern, der offenbar nach ihm suchte.

»Warte«, raunte ich, packte seine Hand und zerrte ihn, immer noch auf der Werkbank sitzend, zurück zu mir. Er ließ es zu. Ich berührte sein Gesicht, umfing sein markantes Kinn und zog ihn weit genug zu mir heran, um meine Lippen ein letztes Mal auf seine zu pressen.

Er reagierte. Seine Lippen passten sich den meinen an, als hätte er einen Augenblick lang vergessen, dass da draußen jemand war, der nach ihm suchte. Der Kuss ging mir bis ins Mark, wand sich wie Lava durch mein Innerstes. Dann löste ich mich von ihm. Seine Augen blickten wild, und ich entdeckte die Andeutung eines Grinsens, bevor er sich zum Garagentor begab.

»Hayden!«, wiederholte die Stimme.

»Was?«, rief Hayden und spähte aus der Garage ins Dunkel. Ich holte tief Luft, um mich wieder in den Griff zu bekommen, bevor ich von der Werkbank sprang. Sicher waren meine Lippen geschwollen, sodass jedermann sehen konnte, was gerade geschehen war. Ich ging durch die dunkle Garage, um mich neben Hayden in den Eingang zu stellen. Dort entdeckte ich eine Gestalt, die aus der Nacht auftauchte.

»Da bist du ja«, sagte die Stimme, und da erkannte ich ihn. Es war Barrow, der mir einen misstrauischen Blick zuwarf und dann Hayden ansah. »Hab dich schon überall gesucht.«

»Sorry«, antwortete Hayden nur, ohne irgendeine Erklärung abzugeben. »Was ist los?«

»Kit ist wach«, antwortete Barrow. Automatisch trat Hayden einen Schritt vor.

»Wirklich?«

»Ja. Schon seit einer Stunde«, erklärte Barrow.

Hayden nickte und begab sich sogleich schnellen Schrittes zurück ins Camp. Ich warf Barrow ein verlegenes Lächeln zu und folgte Hayden. Der Gedanke, allein im Dunkeln mit dem älteren Mann zurückzubleiben, war mir nicht geheuer. Ich musste ein Stück joggen, um Hayden einzuholen, und hörte vage noch, wie Barrow das Garagentor hinter uns schloss.

Ich zermarterte mir das Hirn, was ich sagen sollte, aber mir fiel nichts ein. Mein ganzer Körper vibrierte noch von unserem Kuss. Hayden jedoch schien derlei Probleme nicht zu kennen, als er auf die Krankenstation zueilte. Schon bald waren wir da, drängten uns durch die Tür, Barrow dicht auf unseren Fersen. Kit saß aufrecht im Bett, den Hals nach wie vor von einem dicken Verband verdeckt, während ein dunkelhaariges Mädchen versuchte, ihm Suppe einzuflößen.

»Hayden, Grace«, begrüßte er uns mit schwachem Lächeln, als er uns eintreten sah. Das Mädchen, das etwa in meinem Alter war, hörte auf, ihn zum Essen überreden zu wollen, und sah uns an. Sie war atemberaubend schön, hatte helle blaugrüne Augen und langes dunkelbraunes Haar, das ihr bis zur Taille herabfiel.

»Hey, Kumpel, wie fühlst du dich?«, fragte Hayden und stellte sich neben sein Bett. Ich blieb im Hintergrund, um die beiden nicht zu stören.

»Ich lebe noch«, witzelte sein Freund leichthin. Hayden lächelte liebevoll auf ihn herab.

»Er muss etwas essen«, meinte das Mädchen und sah ihn stirnrunzelnd an.

»Hab keinen Hunger«, sagte Kit achselzuckend, verzog dann aber das Gesicht, weil ihm die Bewegung Schmerzen bereitete.

»Du hast also von der Geschichte gehört, wie ich sehe«, sagte Hayden zu dem Mädchen. Sie nickte.

»Natürlich«, antwortete sie. Kit blickte sich suchend hinter Hayden um.

»Hey, Grace«, rief er mir zu.

Oh.

Also hatte er nach *mir* Ausschau gehalten.

Ich trat vor und stellte mich neben Hayden, freute mich, dass Kits Gesicht wieder etwas Farbe hatte, nachdem ich ihn so tödlich bleich erlebt hatte.

»Du siehst schon viel besser aus«, bemerkte ich.

»Ohne dich wäre das nicht der Fall. Docc hat mir berichtet, was du getan hast, und ich kann dir gar nicht genug danken«, sagte er aufrichtig. Für seine Verhältnisse war das eine lange Rede, und so nett war er zu mir auch noch nie gewesen.

»Gern geschehen«, sagte ich einfach und lächelte ihn freundlich an.

»Und es tut mir leid. Dass ich dir gegenüber so ein Arschloch war. Ich tue mich nur einfach schwer damit, dem Feind zu vertrauen, weißt du?«

»Das verstehe ich«, antwortete ich und nickte. Ich verstand ihn voll und ganz, denn immerhin war ich genauso erzogen worden.

»Ich vertraue dir auch immer noch nicht«, fügte er hinzu und gluckste leise. »Aber zumindest weiß ich jetzt, dass du uns wahrscheinlich nicht umbringen wirst.«

Ich lachte gelassen. Wahrscheinlich sollte das ein Witz sein, aber ganz sicher war ich mir trotzdem nicht. »Davon gehe ich aus.«

»Du bist also Grace, hmm? Das Mädchen, das ihn gerettet hat?«, fragte das Mädchen und sprach mich das erste Mal direkt an. Sie musterte mich neugierig und auch ein wenig misstrauisch.

»Ja«, bestätigte ich. Es war seltsam, dass so viele Menschen über mich Bescheid wussten, ohne mich jemals kennengelernt zu haben.

»Ich bin Malin«, antwortete sie und wandte sich wieder Kit zu, um ihm noch mehr von der Suppe einzuflößen. Ich fragte mich, ob sie zusammen waren, da sie so dicht bei ihm saß. Er hatte niemals eine Freundin oder so etwas erwähnt, aber er sprach ja sowieso nur wenig, mit mir schon gar nicht und ganz gewiss nicht über persönliche Dinge. Ich nahm mir vor, Hayden später danach zu fragen.

Hayden, dessen Blick ich in diesem Augenblick auf mir spürte. Ich wandte mich zu ihm um und war überrascht, als er mir direkt in die Augen sah, sich gar nicht die Mühe machte, den Blick abzuwenden oder so zu tun, als hätte er mich nicht beobachtet. Seine Lippen waren etwas dunkler als sonst; der sichtbare Beweis für unseren Kuss war gerade unauffällig genug, dass wahrscheinlich nur ich ihn bemerkte.

Bei der Erinnerung hatte ich schon wieder Schmetterlinge im Bauch.

»Du wohnst bei Hayden?«, fragte Malin und unterbrach damit diesen Augenblick zwischen Hayden und mir. Ich blinzelte und wandte mich wieder ihr zu.

»Ja«, antwortete ich, nicht sicher, ob ich lächeln sollte oder nicht, also starrte ich sie nur ausdruckslos an. Sie nickte, musterte mich erneut. Kit beobachtete unsere Interaktion in stoischem Schweigen.

»Komm nachher mal bei mir vorbei«, sagte sie und lächelte nun freundlich. Ich war mir nicht sicher gewesen, ob ich sie mochte, entschied jetzt aber, dass sie mir durchaus sympathisch war. »Ich zeige dir ein paar Dinge, die dir das Leben hier erleichtern werden.«

»Das wäre toll«, antwortete ich aufrichtig. Es gab bestimmte Themen, mit denen ich über kurz oder lang zu tun haben würde und die ich nur ungern mit Hayden besprechen wollte. Ich war also froh, eine Frau ungefähr in meinem Alter gefunden zu haben, der ich mich hoffentlich anvertrauen konnte.

»Sie soll aber die ganze Zeit bei Hayden bleiben«, unterbrach Kit und sah uns der Reihe nach an. Selbst jetzt noch, nach meiner Rettungsaktion, wollte er mich nicht unbewacht durch die Gegend laufen lassen.

»Schon gut«, überraschte mich Hayden. »Nur ganz allein soll sie nicht sein. Und macht nicht zu lang.«

Ich musste über diese Entscheidung unwillkürlich grinsen, erfreut, dass ich ein paar Augenblicke getrennt von ihm sein würde, in denen ich hoffentlich wieder einen klaren

Gedanken fassen konnte. Es war schwer, das alles einzuordnen, wenn er dauernd meine Sinne überflutete und mir den Geist vernebelte.

»Toll«, sagte Malin grinsend. »So, ich schmeiße euch zwar ungern raus, aber er muss jetzt essen.«

»Ja, schon gut«, murmelte Kit. »Lasst mich mit dieser Sklaventreiberin nur allein.«

»Ach, halt den Mund«, antwortete Malin leichthin und grinste ihn liebevoll an. Mein Verdacht erhärtete sich.

»Weiterhin gute Besserung«, rief ich und winkte ihm zu. Dann führte Hayden mich zur Tür der Krankenstation hinaus und in das dunkle Lager.

»Du willst mich also wirklich mal aus den Augen lassen, hm?«, fragte ich und konnte mir ein Grinsen angesichts dieser winzigen Kostprobe von Freiheit nicht verkneifen.

»Komm nicht auf dumme Gedanken«, warnte er mich. »Malin tötet dich schneller als jeder andere hier im Camp.«

Ich blinzelte überrascht. Das hatte ich nicht erwartet. »Ich mache keine Dummheiten.«

»Gut«, sagte er und sah mich mit dem kleinsten Anflug eines Lächelns auf den Lippen an. Er führte uns wieder zur Hütte. »Und Grace?«

»Ja?«

»Das, was zwischen dir und mir passiert ist, sollten wir für uns behalten.«

KAPITEL 12
ERLEICHTERUNG

Hayden

Stirnrunzelnd sah ich Grace an, die unruhig auf meiner Couch hin und her rutschte. Sie wartete darauf, dass Malin vorbeikam und sie abholte, um mit ihr etwas zu unternehmen – was auch immer das war. Doch je länger wir warteten, umso mehr Sorgen machte ich mir. Zum einen ließ ich Grace normalerweise nicht aus den Augen, weil ich meine Leute beschützen wollte, zum anderen aber auch, um *sie* zu beschützen. Ich war mir ziemlich sicher, dass Grace keinen Fluchtversuch unternehmen würde, aber je länger ich darüber nachdachte, umso mehr Bedenken hatte ich im Hinblick auf Malin.

»Du musst heute Abend nicht hingehen«, bot ich ihr an und hoffte, sie würde es sich anders überlegen. »Es ist schon spät, und du kannst dich morgen immer noch mit ihr treffen.«

»Heute Abend passt es gut«, sagte Grace und sah mich kurz an. Dann wandte sie den Blick wieder ab.

Seit unserer Rückkehr war sie ungewöhnlich schweigsam gewesen, was wahrscheinlich an meiner Bitte lag, unser Geheimnis für uns zu behalten. Es hatte nichts mit ihr zu tun, und ich bedauerte unseren Kuss auch nicht. Ich wollte nur vermeiden, dass die Menschen, die mir ihr Leben anvertraut hatten, mich als illoyal oder schwach ansahen. Wenn sie gewusst hätten, was ich mit Grace gemacht hatte und noch machen wollte, hätte das ihre Einstellung zu mir womöglich komplett verändert. Das Vertrauen seiner Leute zu bewahren, war wichtiger, als selbstsüchtigen Begierden nachzugeben.

»Ich werde nichts verraten«, sagte sie plötzlich mit nachdenklicher Miene, als hätte sie meine Gedanken gelesen. Ich runzelte die Stirn und widerstand dem Drang, bei der Erinnerung daran ihre Lippen zu fixieren.

»Ich weiß«, antwortete ich bedächtig. »Du weißt, warum du es nicht verraten darfst, oder?«

»Weil ich der Feind bin«, murmelte sie mit leichter Bitterkeit.

»Weil sie auch weiterhin das Gefühl haben sollen, mir ihr Leben anvertrauen zu können. Wenn sie glauben, dass ich mich mit dir einlasse ... tun sie das vielleicht nicht mehr«, versuchte ich ihr zu erklären. In meinem Kopf klangen meine Argumente, warum ich nichts mit ihr anfangen durfte, durchaus vernünftig. Trotzdem fiel es mir nicht leicht, sie dort auf meiner Couch sitzen zu sehen, fest entschlossen, sich keine Gefühle anmerken zu lassen. Was in der Garage geschehen war, hatte sich schon seit einiger Zeit angebahnt, und kaum hatte ich es zugelassen, konnte ich kaum mehr aufhören. Es fühlte sich unvermeidlich an. Dagegen anzukämpfen, schien ähnlich aussichtsreich zu sein, wie das Aufgehen der Sonne verhindern zu wollen.

»Schon gut«, sagte sie kühl. Ich seufzte tief, hatte einen

Stein in der Magengrube. Es war ätzend, aber ich hatte keine andere Wahl. Mir war klar, dass ich widersprüchliche Signale aussandte und dass das alles wieder aufhören musste. Aus uns konnte nichts werden, und ein Schlussstrich war für uns beide am besten.

Ein Klopfen an der Tür ersparte mir die Antwort. Grace sprang praktisch auf, um zu öffnen. Davor stand Malin. Wieder wurde mir mulmig zumute. War es richtig, ihr Grace anzuvertrauen?

»Fertig?«, fragte Malin mich vollkommen ignorierend.

»Ja«, antwortete Grace. Sie warf mir einen letzten unergründlichen Blick über die Schulter zu und ging hinaus. »Bis bald, Hayden.«

»Bringt einander nicht um«, murmelte ich nur halb im Scherz. Keine der beiden Frauen antwortete, als sich die Tür hinter ihnen schloss.

Ich seufzte und fuhr mir in dem Versuch mit der Hand durchs Haar, etwas von meiner Anspannung loszuwerden. Durch meine Position im Camp war ich an Stress nicht nur gewöhnt, sondern auch recht gut darin, ihn von mir fernzuhalten. Aber das hier war etwas anderes. Es war kein Stress, sondern Frustration.

Es war schon lange her, dass ich zum letzten Mal überhaupt ein Mädchen geküsst, geschweige denn mit einem geschlafen hatte. Vor ein paar Jahren hatte ich durchaus mehrere Eskapaden dieser Art gehabt, aber dieses Stadium fand ein abruptes Ende, als ich die Leitung von Blackwing übernahm. Allerdings war ich ohnehin dabei gewesen, meiner Sturm-und-Drang-Phase schon wieder zu entwachsen. Hin und wieder erspähte ich ein Mädchen im Lager, mit dem ich geschlafen hatte. Dann sah ich weg und tat, als sei nie etwas passiert. Nur mit einer von ihnen hatte ich mich regelmäßig getroffen, und sie war im Augenblick mit dem Grund meiner Qualen unterwegs.

Malin und meine Beziehung zu ihr waren, wie mir jetzt aufging, der wahre Quell meiner Befürchtungen. Was, wenn Malin Grace erzählte, dass wir vor Jahren miteinander geschlafen hatten? Mehr als eine Bettgefährtin war sie allerdings nie für mich gewesen, und wir hatten keine tieferen Gefühle füreinander gehegt. Wir hatten uns gegenseitig nur von jener dunklen Welt ablenken wollen, in der wir lebten. Darauf war ich nicht unbedingt stolz, insbesondere jetzt nicht mehr, da sie mit Kit zusammen war, aber es war nun mal geschehen. Was immer uns verbunden hatte, war nicht von Dauer gewesen. Es war bereits lange vorbei, als ich die Leitung des Camps übernahm und ich meine erotischen Abenteuer ohnehin ad acta legte.

Auf diesen Teil meines Lebens war ich definitiv nicht stolz, aber mittlerweile hatte ich gelernt, meine Triebe zu zügeln. Zumindest bis jetzt.

Ich seufzte und stieß mich vom Bett ab. Ich zog mein Shirt in einer einzigen fließenden Bewegung über den Kopf, bevor ich es achtlos auf den Boden warf. Dann widmete ich mich meinem Gürtel und öffnete auf dem Weg ins Bad die Schnalle. Ich würde duschen, um mich abzukühlen. Kaum hatte ich Jeans und Shorts von mir geschleudert, stellte ich mich auch schon unter den Duschkopf und betätigte den Duschhebel, ließ das kalte Wasser über meine Haut strömen.

Ich schloss die Augen und neigte den Kopf zurück, damit das Wasser mir übers Gesicht floss und meine Haare benetzte. Schon bald klebten mir die Strähnen im Nacken. Dann streckte ich die Hände aus und presste sie gegen die Wand, beugte mich leicht vornüber, sodass mir das Haar in die Augen fiel. Das Wasser prasselte nun meinen Rücken hinab, was mich wiederum daran erinnerte, wie Graces Finger den Narben nachgespürt hatten. Sie war ganz behutsam gewesen, als fürchtete sie, dass es immer noch schmerzte.

Ich stellte mir ihre Berührung vor, wie sie sanft über meine Haut am Rücken fuhr und die Finger bis zu meinen Rippen wandern ließ. Ich stellte mir vor, dass sie jetzt gerade vor mir stand, wie das Wasser ihre dünnen Kleider durchweichte, die sie vormals getragen hatte, sodass sie an ihrer Haut klebten. Ich hatte beinahe das Gefühl, dass sie vor mir stand – spürte förmlich, wie ihre Hände über meinen Bauch strichen, sodass die Haut über meinen Hüften zu prickeln anfing. Sah im Geiste vor mir, wie sich ihre Lippen leicht öffneten, als sie näher zu mir heranrückte. Mein Körper reagierte auf dieses Traumbild, ohne dass sie in der Nähe war.

Ich stieß noch einen Seufzer aus und ließ das Wasser weiter über mich hinwegströmen, versuchte, diese Fantasien loszuwerden. Doch das kalte Wasser konnte mich nicht ablenken, und ich merkte, dass ich die Hände an meinen Seiten zu Fäusten ballte. Ich schnaubte frustriert, fuhr mir durch die Haare und bemühte mich verzweifelt, an etwas anderes zu denken als an sie. Anscheinend stand mir jetzt eine schwere Zeit bevor, denn es kam mir beinahe unmöglich vor, mich von ihr fernzuhalten.

Grace

Besorgt folgte ich Malin. Haydens Warnung, dass sie mit Töten schnell bei der Hand war, hallte deutlich in meinem Kopf wider. Sie hatte nicht allzu viel gesagt, als wir uns einem der Lagerhäuser näherten, hatte mir aber zumindest kurz zugelächelt.

»Also«, begann sie und drängte sich durch die Tür. »Ich nehme an, Mr Ganzer Mann Abraham hat keinen Gedanken an deine weiblichen Bedürfnisse verschwendet.«

Ich verschluckte mich und tat, als müsse ich husten. Ich hatte schon vermutet, dass sie das gemeint hatte, aber dass sie es so unverblümt aussprach, brachte mich nun doch ein wenig aus dem Konzept. Außerdem überraschte mich eine Information, die mir bislang noch gefehlt hatte: Haydens Nachname. Abraham.

»Wir haben tatsächlich nicht darüber gesprochen«, bekannte ich. Sie nickte, schürzte die Lippen und führte mich zu einem Regal im hinteren Bereich des Lagers. Sie sah sich einen Augenblick lang um, dann griff sie nach ein paar Gegenständen.

»Hier«, sagte sie und schob mir eine Schachtel mit Tampons in die Hand. Ich nahm sie dankbar an, hatte allerdings keine Tasche dabei. Sie schien es gar nicht wahrzunehmen und sammelte unverdrossen ein paar weitere Utensilien ein – Deo, Zahnbürste und Zahnpasta, irgendetwas, das nach Gesichtsseife aussah, eine Haarbürste und, was mich am meisten überraschte, einen Rasierer.

»Halte den in Ehren«, witzelte sie und drückte ihn mir in die Hand. Meine Arme waren mittlerweile voll. »Wenn er stumpf wird, kannst du ihn schärfen, dann hält er länger.«

»Danke«, antwortete ich, hocherfreut über derlei Luxus. Die Sachen waren zwar nicht überlebenswichtig, trugen aber dazu bei, dass ich mir wieder normal vorkam. Wie ein Mensch. Sie nickte, wandte sich ab, und ich folgte ihr weiter. Von einem Regalbrett zerrte sie einen kleinen Rucksack herunter, öffnete den Reißverschluss und streckte ihn mir entgegen. Ich lächelte dankbar und ließ meine Schätze hineingleiten.

»Das alles habt ihr bei Plünderungen erbeutet?«, fragte ich beeindruckt. Auch Greystone hatte einen ordentlichen Vorrat, aber Blackwings Auswahl übertraf ihn bei weitem.

»Ja. Die Sachen sind rationiert, damit sie so lange wie möglich halten, bevor wir uns wieder Nachschub beschaffen müssen«, erklärte sie. Ich nickte, antwortete aber nicht; so ähnlich funktionierte es in Greystone ebenfalls.

»Sonst noch was, das du brauchst?«, fragte sie und deutete mit ausladender Handbewegung auf den Raum. Ich kniff die Augen zusammen und sah mich um. Im spärlichen Kerzenlicht konnte ich nicht allzu viel erkennen. Etwas Wesentliches schien mir ohnehin nicht zu fehlen.

»Nein, ich glaube, ich habe alles«, antwortete ich. Zufrieden klatschte sie in die Hände.

»Großartig! Wenn dir noch etwas einfällt, kannst du dich jederzeit an mich wenden. Lass uns gehen«, sagte sie und führte mich wieder zum Eingang. Ich schwang mir den Rucksack über die Schulter und folgte ihr in die Nacht hinaus.

»Wie geht es Kit?«, fragte ich in der Hoffnung, gute Neuigkeiten zu hören.

»Störrisch wie eh und je«, antwortete sie und verdrehte leicht belustigt die Augen.

»Hat er denn überhaupt etwas gegessen?«

»Nein. Aber den Whiskey, den Dax ihm mitgebracht hat, als er ihn nochmal besuchte, hat er keineswegs verschmäht«, grummelte sie. Ich blinzelte irritiert.

»Ihr habt Whiskey?« Alkohol jeder Art war ein Riesenluxus in Greystone, und ich war davon ausgegangen, dass es in Blackwing nicht anders war. Dass Dax Kit kurz nach seiner Verwundung so etwas mitgebracht hatte, wunderte mich doch sehr.

»Nicht viel. Wir sparen ihn uns für besondere Anlässe auf, aber Kit ist beinahe gestorben. Das ist wohl besonderer Anlass genug.«

»Könnte man sagen«, antwortete ich und nickte.

»Typisch Männer eben«, witzelte Malin leichthin und warf mir einen verschwörerischen Blick zu.

»Stimmt ...« Ich verstummte, wusste nicht so genau, was ich sonst noch sagen sollte. Ich hätte mich gern nach Kit und ihr erkundigt, zögerte aber, weil ich nicht aufdringlich erscheinen wollte. Aber schließlich beschloss ich, die Frage doch zu stellen. »Hey ... hast du was mit Kit?«

»Definiere ›was‹ doch mal genauer«, antwortete sie nach einer kurzen Pause. Sie sah mich nicht an. Wir gingen weiter, und ich wusste gar nicht mehr so genau, wo im Camp wir uns befanden.

»Ob ihr zusammen seid«, stellte ich klar. ›Was haben‹ war tatsächlich etwas unklar.

»Nein«, antwortete sie kichernd. »Es ist wohl eher eine ... körperliche Beziehung.«

»Oh.« Ich runzelte die Stirn. Ich hatte eigentlich den Eindruck gehabt, dass doch etwas mehr dahintersteckte, aber sie musste es ja wissen.

»Warum? Willst du was von Kit?«, fragte sie scharf und blickte mit hochgezogener Augenbraue auf mich herab.

»Nein«, versicherte ich aufrichtig. Dass sie mich als Konkurrentin betrachtete und mich letztlich doch lieber loswerden wollte, war nun wirklich das Letzte, was ich erreichen wollte.

»In dem Fall könnte ich dir nämlich helfen«, fuhr sie fort, aber es klang, als wolle sie dieses Angebot lieber nicht in die Tat umsetzen.

»Ich will nichts von Kit«, versicherte ich ihr nochmals.

»Okay«, antwortete sie einigermaßen erleichtert. »Und was ist mit Hayden?«

»Was mit *Hayden* ist?«

»Du schläfst doch nicht mit ihm, oder?«, fragte sie plötzlich beiläufig. Diesmal verschluckte ich mich tatsächlich. Doch schon bald hatte ich mich wieder gefangen.

»Was? Nein«, rief ich und hoffte inständig, dass meine Stimme überzeugend klang. Genau genommen stimmte das ja auch.

»Okay«, antwortete sie seelenruhig. »Denn sonst müssten wir noch bei Docc vorbeischauen.«

»Warum das denn?«, fragte ich verwirrt.

»Er hat einen ordentlichen Vorrat an Verhütungsspritzen. Dir ist sicher schon aufgefallen, dass wir hier nur wenig Kinder haben, und das ist einer der Gründe dafür. Heutzutage wünschen sich nur die wenigsten Leute Kinder«, erklärte sie. »Tut höllisch weh, aber ist die Sache wert.«

»Du hast dir eine geben lassen?«, platzte ich heraus, auch wenn das vielleicht zu neugierig war.

»Ja. Man muss sie sich alle drei Monate verabreichen lassen. Eine Spritze, keine Babys. Das war's.« Sie grinste.

»Hmm«, machte ich nachdenklich. Bislang hatte ich es gar nicht bewusst wahrgenommen, aber in diesem Lager gab es tatsächlich nur sehr wenige Kinder. Genau genommen war Jett bislang sogar der Jüngste, den ich kennengelernt hatte. So schockierend war das allerdings nun auch wieder nicht; selbst in meinem eigenen Camp verzichteten die Menschen auf Nachwuchs. Keiner wollte in dieser trostlosen Zeit ein Kind in die Welt setzen.

»Denk dran, wenn du tatsächlich hierbleibst«, sagte sie und zwinkerte mir zu. Ich errötete bei der Vorstellung, zu Docc zu gehen und ihn um eine Verhütungsspritze zu bitten. Aber dann schlug ich mir den Gedanken sofort wieder aus dem Kopf, denn immerhin hatte Hayden eben keinen Zweifel daran gelassen, dass es niemals dazu kommen würde.

Malin und ich gingen weiter durch das Camp, das vollkommen verlassen dalag. Wahrscheinlich war es schon spät, schätzungsweise beinahe Mitternacht, aber sie schien es gar nicht zu bemerken. Ich wollte ihr gerade noch ein paar Fragen über sie selbst stellen, als ich zu meiner Rechten, wo der Wald an unseren Pfad grenzte, einen Zweig knacken hörte.

Sofort war ich auf Habachtstellung, ging aber unbeirrt weiter, als hätte ich nichts bemerkt.

»Malin«, murmelte ich leise und achtete sorgsam darauf, nicht in die Richtung der Bäume zu blicken. Da hörte ich wieder einen Zweig knacken.

»Ich weiß«, antwortete sie leise, bewegte sich aber genauso lässig weiter wie ich. Aber wir konnten die Augen desjenigen, der sich zwischen den Bäumen verbarg, beinahe auf uns spüren.

»Wir müssen Hayden holen«, flüsterte ich. Es juckte mir in den Fingern, nach einer Waffe zu greifen. Aber ich hatte keine.

Malin nickte, und unauffällig erhöhten wir unser Tempo. Ich spürte, wie mein Adrenalinspiegel stieg. Dieses Gefühl kannte ich schon von unseren diversen Raubzügen, und doch war es diesmal anders. Jetzt ging es nicht darum, meine Leute zu beschützen, sondern nur um mich selbst. Trotzdem wanderten meine Gedanken unwillkürlich zu Hayden. Unser Schweigen wurde durch einen plötzlichen Knall unterbrochen. Irgendwo war eine Waffe losgegangen.

»Scheiße!«, fluchte ich, und wir sprinteten los, dem Geräusch entgegen. Dem ersten Schuss folgten schon bald einige andere in unterschiedlicher Lautstärke, als ob mehrere Waffen verschiedenster Kaliber abgefeuert würden.

Ich pumpte mit den Armen, während meine Füße mich näher an die Quelle des Lärms herantrugen. Mein Atem ging schneller. Wir bogen um die Ecke und entdeckten dunkle Schatten, die aus dem Wald heranhuschten, an dem wir gerade vorbeigekommen waren. Dann Lichtblitze, dicht gefolgt von einem weiteren dröhnenden Knall aus einem Gewehr. Die Menschen schossen aufeinander.

»Überfall«, raunte Malin mit angespannter Stimme mitten im Sprint.

Sie zog eine Waffe aus ihrem Hosenbund und stürzte voran, während ich neben ihr dahinraste – ohne eine Waffe, mit der ich mich selbst hätte verteidigen können. Wieder ein Schuss. Ich sah, wie ein Schatten zu Boden fiel neben ein paar andere, die bereits am Boden lagen. Beinahe wäre ich mitten im Gefecht gelandet, wurde aber plötzlich nach hinten gerissen. Mein Rucksack rutschte von meiner Schulter und baumelte an meinem Handgelenk. Mein Körper prallte auf einen anderen, während sich eine Hand über meinen Mund legte. Ein starker Arm wand sich um meine Taille. Ich wurde rücklings an eine harte Brust gepresst und dort festgehalten.

Nachdem ich meine Tasche zu Boden fallen gelassen hatte, versuchte ich, mit beiden Händen die Pranke von meinem Mund zu lösen, aber ohne Erfolg. Wer immer mich da festhielt, war erheblich stärker als ich, und obwohl ich mich zur Wehr setzte, wurde ich hinter die Mauer einer Hütte gezerrt, sodass ich das Chaos, das nur wenige Meter entfernt tobte, schon bald nicht mehr sehen konnte. Ich atmete durch die Nase, denn die Hand hielt mir nach wie vor den Mund zu.

Wild bäumte ich mich auf, versuchte, den Fremden abzuschütteln. Gerade wollte ich ihm den Ellbogen in die Weichteile rammen, als ich Lippen an meinem Ohr spürte, die sich fest gegen meine Ohrmuschel pressten.

»Stopp«, raunte er, sein Atem warm an meiner Haut. Ich

hörte auf, um mich zu schlagen, wollte aber weiterhin seine Hand von meinem Mund wegziehen. Ich blickte auf den Unterarm, der mich festhielt, und entdeckte ein vertrautes Tattoo.

Hayden.

Ich wollte ihn bitten, mich loszulassen, aber meine Worte wurden von seiner starken Hand erstickt und kamen nur undeutlich heraus. Er hielt mich weiterhin dicht an sich gepresst, sein ganzer Körper hart und muskulös durch jahrelanges, intensives Training. Die Schüsse hallten immer noch um uns wider, doch er hielt uns dicht an der Wand. Niemand konnte uns sehen.

»Grace, hör endlich auf damit«, zischte er, als ich weiter an seiner Hand herumzerrte. Ich schnaubte wütend, ließ die Hände jedoch sinken und gab jeglichen Widerstand auf. Er beugte sich vor und lugte um die Ecke, ließ mich aber immer noch nicht los. Ein letzter Schuss ertönte, ohne dass wir beide auch nur zusammenzuckten. An diesen Laut waren wir mehr als gewöhnt.

»Ich glaube, das waren alle!«, rief jemand vom Weg her. Ich hörte, wie Leute sich unterhielten und aus ihren Verstecken hervorkamen, aber Hayden ließ mich noch immer nicht los. Jemand stieß einen wütenden Fluch aus, während jemand anders gegen irgendetwas trat und ein metallisches Klirren zu hören war.

Plötzlich erschütterte ein weiterer Knall die Hütten, sofort gefolgt von einem dumpfen Aufprall, weil noch jemand zu Boden fiel. Schreie, weitere Schüsse. Ich hörte eilige Schritte auf uns zukommen, vernehmliches Keuchen, das sogar das

Geschrei übertönte. Anscheinend versuchte da jemand zu entkommen, und bislang hatten die Schüsse ihn auch verfehlt.

Hayden drückte mich noch fester gegen die Mauer. Der Flüchtende kam immer näher. Nur noch wenige Sekunden, dann würde ich ihn sehen können. Und tatsächlich hastete in diesem Augenblick ein großer, dunkler Schatten an uns vorbei. Seine Kleider peitschten hinter ihm im Wind, und seine Brust hob und senkte sich krampfartig; er rang um Atem.

Erst als er den Kopf zur Seite wandte, um sich nach seinen Verfolgern umzusehen, fiel das Licht auf seine Züge. Hätte man mir nicht den Mund zugehalten, hätte ich sicher einen Schreckenslaut von mir gegeben.

Wer dort in schnellem Lauf durch Blackwings Dunkelheit sprintete, war niemand anders als mein Bruder Jonah. Er hatte mich nicht gesehen, und ich hatte keine Möglichkeit, ihn zu rufen, um seine Aufmerksamkeit zu erregen. Ich setzte mich wieder gegen Haydens Griff zur Wehr, sah, wie Jonahs dunkle Gestalt immer und immer kleiner wurde, bis sie von der Dunkelheit des Waldes verschluckt wurde. Er hatte mich schon wieder zurückgelassen.

KAPITEL 13
ZWIEGESPALTEN

Grace

Mir rutschte das Herz in die Magengrube. Wie erstarrt sah ich auf den Punkt, an dem eben noch mein Bruder zu sehen gewesen war. Haydens Hand lag immer noch über meinem Mund, während seine Brust sich fest an meinen Rücken presste. Er ließ mich nicht los. Eine unerwartete, niederschmetternde Enttäuschung durchflutete mich, drückte mich buchstäblich körperlich nieder. Die Gelegenheit, auf die ich wohl gehofft hatte, war verflogen, bevor ich sie überhaupt hatte wahrnehmen können.

Ich atmete schwer, aber nicht etwa aufgrund körperlicher Anstrengung, sondern weil flammender Zorn mich durchtoste. Am liebsten hätte ich Hayden in die Hand gebissen, um ihn abzuschütteln. Ich fand es ätzend, dass er mich weiter festhielt. Schließlich, nachdem minutenlang niemand mehr aus Greystone aufgetaucht war und hinter uns Rufe zu hören waren, nahm er die Hand endlich fort. Sein anderer Arm löste sich von meiner Taille, aber er hielt nach wie vor meinen Unterarm fest.

»Lass mich los«, spie ich mit zusammengebissenen Zähnen hervor. »Das war mein Bruder!«

Egal, warum er mich festgehalten hatte, dankbar würde ich ihm dafür ganz sicher nicht sein. Ich war fuchsteufelswild, weil er mich von meinem Bruder ferngehalten hatte. Auch wenn der ein selbstsüchtiges Arschloch war, er war immer noch mein Bruder.

»Willst du jetzt weglaufen, oder was?«, fragte Hayden streng und fixierte mich. Meine Enthüllung über meinen Bruder schien ihn überhaupt nicht aus der Ruhe zu bringen. Wütend atmete ich aus und funkelte ihn an.

»Und wohin sollte ich bitte schön gehen? Drei Meter weiter, damit einer von denen mich erschießt?«, grummelte ich sarkastisch und deutete mit der freien Hand aggressiv auf die Einwohner Blackwings, die jetzt die schemenhaften Gestalten auf dem Boden näher untersuchten. Er runzelte die Stirn. Mein Zorn schien ihn zu überraschen.

Trotzdem ließ er ein paar Sekunden später meinen Arm los und die Hände sinken. Ich sah ihn weiter wütend an und hob meinen Rucksack wieder auf, bevor ich ihn, so gut es ging, über die Schulter schwang.

»Weiß jemand, dass du hier bist?«, brach er plötzlich unser angespanntes Schweigen und musterte mich eindringlich. Ich hatte eigentlich keine Lust zu antworten. Am liebsten hätte ich ihn die restliche Nacht über mit stocksaurem Schweigen bestraft.

»Nein«, bekannte ich trotzdem widerwillig. So gern ich ihm gesagt hätte, dass jemand über meinen hiesigen Aufenthalt Bescheid wusste und dass sie mich irgendwann befreien würden, es wäre eine Lüge gewesen. Ich sah an Hayden vorbei und betrachtete die dunklen Haufen auf der Erde,

Leichname aus Greystone – Menschen, die ich mutmaßlich kannte. Wer immer mich in den Wäldern gesehen hatte, war einer von ihnen gewesen. Die Chance, dass die Kunde von meinem Verbleib mein Heimatlager erreichte, hatten sie mit ins Grab genommen.

Natürlich hätte das im Wald auch Jonah sein können, aber das war höchst unwahrscheinlich. Denn dann wäre er sofort vorgesprungen und hätte Malin getötet, ohne zu zögern, und mich befreit. Er war ein grimmiger Krieger, aber Nachdenken war nicht seine Stärke. Er hätte instinktiv gehandelt, hätte sich mir schnell gezeigt und nicht erst im Wald auf eine günstigere Gelegenheit gewartet, wie seine Gefährten es offenbar getan hatten. Er hatte mich nicht gesehen, auch dann nicht, als er hinter der Hütte an Hayden und mir vorübergehastet war.

Nein, niemand wusste, dass ich hier war. Ich war vollkommen allein.

»Bist du sicher?«, hakte Hayden nach und zog erwartungsvoll die Augenbrauen hoch.

»Ich sagte Nein!«, spie ich frustriert hervor. Ich seufzte tief und fuhr dann leiser fort. »Sie halten mich alle für tot, vielen Dank dafür.«

»Was zum Teufel, Grace!« Zum ersten Mal geriet Hayden aus der Fassung. »Glaubst du etwa, ich lasse zu, dass dein Bruder dir einen hübschen kleinen Besuch abstattet und dabei so ganz nebenbei meine Leute in meinem eigenen Camp *beraubt* und *tötet*? Es wäre wohl kaum hilfreich für mich, wenn er wüsste, dass du am Leben bist, meinst du nicht auch?«

»Nein, ich dachte nur ...«

»Was hast du gedacht? Dass du nur nett tun musst und ich dich dann wieder nach Hause lasse?« Er schrie beinahe. Mit einem Mal war auch er rasend vor Zorn; mit verengten Augen funkelte er auf mich herab. Ein Muskel zuckte an seinem Kinn, als wolle er noch etwas sagen, aber er sprach nicht weiter.

Traurigerweise hatte ich genau das gedacht. Ich schwieg verdrießlich, während ich weiter heftig atmete. Die Erregung wollte einfach nicht nachlassen.

»Es ändert nichts, Grace. Nur weil du ihn gesehen hast, ändert sich nichts an der Tatsache, dass du niemals nach Hause zurückkehren wirst«, sagte er. Am liebsten hätte ich wütend mit dem Fuß aufgestampft und mit meinen Fäusten seine Brust traktiert. Lächerliche Tränen vergossen, nur um die Frustration loszuwerden, die ich in diesem Augenblick empfand – aber ich beherrschte mich. Ich funkelte ihn nur an, stand wie versteinert und stumm da, bis er ärgerlich den Kopf schüttelte und ironisch schnaubte.

»Nicht zu fassen ...«, murmelte er. Sein Blick heftete sich auf meinen Mund, kehrte dann zu meinen Augen zurück. Er schwieg einen Augenblick, dann schürzte er die Lippen und schüttelte nochmals den Kopf. Er seufzte tief, versuchte wieder meinen Arm zu packen, aber ich riss mich los. Er war stinksauer, unternahm aber nichts. »Komm«, sagte er nur.

Dann drehte er mir den Rücken zu und ging auf das Chaos zu, das immer noch auf dem Weg herrschte. Ich folgte ihm zögernd und spürte die Augen vieler Blackwing-Mitglieder auf mir, die nur auf einen Fluchtversuch meinerseits warteten. Aber diesen Gefallen würde ich ihnen nicht tun. Ich durchbohrte Haydens Rücken förmlich mit meinem Blick. Aber dann bemerkte ich die ernsten Mienen der Umstehenden. Etwa zehn Leute hatten sich um die Toten versammelt, die meisten hielten irgendwelche Waffen in den Händen. Vier Schatten lagen auf dem Boden. Keiner davon rührte sich mehr. Es waren nur noch kalte, leblose Hüllen, und ich erschauerte.

Je näher wir kamen, umso angespannter war Hayden; seine Miene war wie versteinert. Er war zwar durchaus immer noch wütend wegen unseres Streits, aber sein Gesicht spiegelte auch noch ein anderes Gefühl wider – auch wenn er es krampfhaft zu verbergen versuchte: Es war Schmerz. Während wir uns näherten, um die Leichen zu identifizieren, wandte ich den Blick keine Sekunde lang von Hayden ab. Ich hatte Angst, mir die Toten anzusehen und dort jemanden zu entdecken, der mir etwas bedeutete.

Hayden blieb neben Dax stehen, den ich erst jetzt wahrnahm, da ich mich ausschließlich auf Hayden konzentriert hatte. Überrascht stellte ich fest, wie erleichtert ich war, dass er nicht zu den Opfern gehörte. Ich kniff die Augen zu und wappnete mich innerlich.

»Wie viele waren es?«, fragte Hayden Dax ernst.

»Vier. Einer ist entkommen«, murmelte Dax. Die Welt um mich herum war dunkel. Weiter rang ich um den Mut, hinzusehen. Der Zorn und die Frustration, die ich eben noch bei meiner Auseinandersetzung mit Hayden empfunden hatte, waren der Angst gewichen.

»Weißt du, woher sie kamen?«, fragte Hayden und machte sich daran, die Leichen umzudrehen.

Ich stieß den Atem aus und öffnete die Augen, sah ein Paar Füße, die in seltsamem Winkel dalagen. Dann eine zerrissene Jeans und ein schmutziges, blutbesudeltes Shirt. Schließlich sein Gesicht, und mir entfuhr ein erleichtertes Seufzen, denn den hier kannte ich bemerkenswerterweise nicht.

Noch zwei.

»Greystone«, vermutete Dax zutreffend.

Ich folgte Hayden und Dax noch ein paar Meter weiter zum nächsten Leichnam. Die beiden waren ins Gespräch vertieft, während ich mich bemühte, Ruhe zu bewahren. Der Tote lag auf dem Bauch, sein Gesicht war mir abgewandt. Langsam umrundete ich ihn, bis es erkennbar war.

»Das war ihr Bruder. Derjenige, der entkommen ist«, sagte Hayden gerade.

Dax sog scharf den Atem ein, während ich das Opfer betrachtete. Diesen Mann kannte ich durchaus, erinnerte mich aber nicht an seinen Namen. Er war etwa fünfunddreißig, und ich hatte noch im Kopf, dass er mit einer etwa gleichaltrigen Frau zusammen war – einer Frau, die ihn nie mehr wiedersehen würde.

Noch einer.

»Hat er sie gesehen?«, fragte Dax, nachdem er sich von seinem Schrecken erholt hatte.

Ich spürte, wie die Wut von eben zurückkehrte. Wieder kam mir zu Bewusstsein, was gerade geschehen war und wo ich mich befand. In den letzten paar Tagen schien ich vergessen zu haben, wer diese Menschen waren und wozu sie fähig waren, aber der Beweis lag hier direkt vor mir auf der Erde. Ich bewegte mich auf den letzten Leichnam zu, der am weitesten entfernt lag und von einem Blackwing in Augenschein genommen wurde. Eine Woge des Zorns durchflutete mich, als ich sah, wie er dem Toten ein Messer aus der Tasche zog. »Hey!«, schrie ich und stürzte vor. Ich riss dem Mann das Messer aus der Hand, umklammerte es fest, und schon richteten sich sieben oder acht Gewehre auf meine Brust. Bevor mir überhaupt bewusst wurde, dass sie auf mich zielten, ließ ich das Messer fallen. Wütend funkelte ich den Mann vor mir an, meine Hände zitterten. »Man bestiehlt keine Toten.«

»So funktioniert das nun mal, Mädchen«, knurrte er, erwiderte meinen zornigen Blick, wagte es aber nicht, dass Messer wieder aufzuheben. »Das müsstest du doch besser wissen als jeder andere.«

»Was soll das heißen?«, blaffte ich. Obwohl ich unbewaffnet war, machte ich einen drohenden Schritt auf ihn zu.

»Du stammst doch aus diesem Drecksloch. Du bist nicht besser als alle anderen«, sagte er und grinste bedrohlich. Ich war blind vor Zorn und ballte die Fäuste, mehr als bereit, ihm seine verfaulten Zähne einzuschlagen, doch ich kam nicht dazu.

»Das reicht«, dröhnte Haydens Stimme hinter mir. Er stellte sich nicht neben mich und bewegte sich auch ansonsten keinen Zentimeter, aber seine Worte waren so gebieterisch, dass sie ausreichten. Der Mann wich ein paar Schritte zurück und senkte die Waffe. Doch nun funkelte er Hayden an.

»Wissen die, dass sie hier ist? Sind sie deshalb gekommen?«, fragte er. Er war immer noch stocksauer, aber Hayden hatte ihn offenbar eingeschüchtert.

»Niemand weiß, dass sie hier ist«, antwortete Hayden kalt. »Das hier hatte nichts mit ihr zu tun. Es war ein ganz normaler Überfall.«

Ich hörte nicht mehr zu, als Hayden die Menge beruhigte. Nachdem ich den Mann aus Blackwing daran gehindert hatte, den Toten zu bestehlen, musterte ich die Gestalt am Boden genauer. Ich sah das ergrauende Haar und die muskulösen und doch schon betagten Arme, und einen panischen Augenblick lang glaubte ich, meinen Vater dort liegen zu sehen.

Aber ein zweiter Blick sagte mir, dass er es nicht war. Dieser Mann besaß nicht die durchdringenden grünen Augen meines Vaters, sondern dumpfe, leblose braune, die bereits glasig vom Tod waren. Trotzdem kannte ich ihn. Es war Winston, einer der besten Freunde meines Vaters, und auch er war tot. Wie betäubt starrte ich sein Gesicht eine Sekunde lang an, sah das dünne, rote Rinnsal, das aus seinem Mund floss, bevor ich den Blick wieder abwandte.

Ich drehte mich auf dem Absatz um, schloss die Lider, öffnete sie wieder und sah mich den Menschen aus Blackwing gegenüber. Einige Augenpaare fixierten mich mit offenem Argwohn, obwohl ich keine weiteren Fluchtversuche unternommen und auch niemanden bedroht hatte.

»Hayden«, rief eine Stimme von weiter weg. Ich drehte mich sogleich um und entdeckte Malin, die mit ernster Miene am äußersten Rand des Rings stand. Ich sah zu Hayden hinüber: Er war totenblass geworden, blickte einen Moment lang fassungslos drein, doch dann hatte er sich gleich wieder im Griff.

»Was?«, fragte er trotz allem mit durchdringender Stimme. Malin öffnete die Lippen, brachte aber keinen Ton heraus. Sie holte nur zittrig Luft und rief ihn mit einer Kopfbewegung zu sich. Seine Schritte waren abgehackt und unnatürlich. Er stieg über einen Leichnam hinweg und ging auf Malin und den letzten Schatten auf dem Boden zu. Ohne dass ich es wahrnahm, trugen mich meine Füße ebenfalls dorthin. Ich folgte Hayden zum letzten Opfer des Überfalls – es war jemand aus Blackwing. Und die betreffende Person war definitiv von meinem Bruder getötet worden.

Hayden gelangte vor mir dorthin, beugte sich im Dunkeln nach unten und fühlte den Puls am Handgelenk, ließ den Kopf hängen, als er offensichtlich nichts spürte. Ich sah, wie er in sich zusammensackte, tief seufzte, sich mit schmerzerfüllter Geste unwirsch durchs Haar fuhr. Als er aufstand, sah ich das Gesicht einer Person, die ich zwar nicht kannte, aber wiedererkannte.

Sie war eigentlich viel zu alt, um hier zu sein, inmitten von Chaos und Gemetzel, aber dort lag sie auf dem Boden, Blut sickerte aus einem kleinen Loch in ihrer Brust, das zu winzig aussah, um wirklich tödlich zu sein. Sie war die freundliche Frau, die mich bei unserer letzten Mahlzeit angelächelt hatte – eine der wenigen, die unverhohlen freundlich zu mir gewesen waren. Wir hatten nicht miteinander gesprochen, und ich kannte ihren Namen nicht, aber sie war freundlich zu mir gewesen.

Ich betrauerte sie beinahe genauso sehr wie die Greystone-Opfer. Abgesehen von Winston kannte ich keinen von ihnen. Aber sie alle hatten ihr Leben verloren, weil sie nicht nur für sich selbst gekämpft hatten, sondern für jene, die ihnen anvertraut waren. Sie alle hatten nur ums Überleben gekämpft, und zwar auf die einzige Weise, die sie kannten. Manchmal hatte ich mich so sehr mit der grausamen Welt abgefunden, in der wir lebten, dass ich vergaß, was für eine wahre Tragödie das alles war.

Hayden presste die Handflächen auf die Schläfen und verwob die Finger über der Stirn. Er legte den Kopf in den Nacken und schloss die Augen, atmete langsam aus. Obwohl ich wütend auf ihn war, tat er mir so unendlich leid, dass es wehtat. Mir war klar, dass er ein besserer Mensch war, als die meisten seiner Zeitgenossen wussten. Und dies war nun, da der Tod dieser Menschen auf seinen Schultern lastete, umso offensichtlicher.

»Na gut«, sagte er, ließ die Hände sinken und öffnete die Augen. »Kümmern wir uns darum.«

Hayden warf mir einen angespannten Blick zu. Sein Zorn war verflogen. Er war nur noch gestresst. Jegliche Wut, die er im Streit mit mir gehabt hatte, war angesichts wichtigerer Angelegenheiten in den Hintergrund getreten – angesichts dieser Todesfälle. Ich beobachtete, wie er seinen Leuten Befehle erteilte, denen diese sofort nachkamen. Dax war anscheinend der Einzige, dem er keine Aufgabe zuwies. Ich stellte mich neben ihn.

»Wer war das?«, fragte ich ihn leise, damit Hayden mich nicht hörte.

»Helena«, antwortete Dax knapp. Ich nickte, merkte mir

den Namen. Besorgt verengte er die Augen, als er zusah, wie die Leute sanft die Leichen hochhoben, um sie fortzutragen. Die beiden Männer, die die Frau namens Helena trugen, schlugen eine andere Richtung ein.

»Was passiert jetzt mit ihnen?«, frage ich, obwohl ich mich vor der Antwort fürchtete. Ich hatte Horrorstorys über das gehört, was feindliche Camps mit ihren toten Gegnern anstellten. Es waren zwar nur Gerüchte, aber in dieser Welt schien mir nichts Böses mehr unvorstellbar zu sein.

»Helena werden sie begraben. Sogar eine Beerdigung abhalten, wenn möglich. Was die anderen drei angeht ...« Er verstummte, sah mich an, als überlege er, ob er es mir sagen sollte oder nicht. Ich presste die Lippen aufeinander, bereitete mich aufs Schlimmste vor.

»Sie werden sie verbrennen«, antwortete er.

»Oh«, antwortete ich verdutzt. Alles in allem war Einäscherung doch ein ehrenhafter Weg der Bestattung. Albtraumbilder wie die, dass man Leichname auf Feldern verwesen ließ oder sie den Hunden zum Fraß vorwarf, gingen mir durch den Kopf, Überbleibsel der Geschichten, die mein Bruder mir als Kind erzählt hatte, um mich in Angst und Schrecken zu versetzen. »So schlimm ist das doch gar nicht.«

»Das war Haydens Idee«, sagte er. Ich hatte gar nicht bemerkt, dass ich Hayden beobachtet hatte, während ich mit Dax sprach. Er half gerade, Winstons Leichnam wegzutragen, wobei er einem anderen Paar folgte, das zwischen den Bäumen verschwand. Mich würdigte er keines Blickes.

»Tatsächlich?«

Dax nickte. »Ja. Vor etwa sechs Jahren, noch bevor er

unser Anführer wurde. Früher ließen sie die Toten einfach außerhalb des Camps liegen. Theoretisch hätten die Angehörigen aus ihrem Lager auch kommen und sie begraben können, aber das tat nie irgendwer, also verwesten sie nur. Stank abscheulich ...« Er verstummte, schien sich in Erinnerungen zu verlieren, und unbewusst zog er die Nase kraus.

»Hayden fand es respektvoller, sie zu verbrennen, so gut es ging«, beendete er seinen Bericht und schüttelte die Erinnerungen ab. Da konnte ich Hayden nur zustimmen. Bedrückt schweigend sah ich zu, wie der letzte Leichnam fortgetragen wurde, sodass nur noch vereinzelte Blutlachen übrig blieben, die bereits begannen, im Staub zu versickern.

Hayden kehrte nun zwischen den Bäumen zurück, mit gesenktem Kopf zu Boden blickend.

»Er ist besser als wir alle, weißt du?«, sagte Dax so leise, dass nur ich es hören konnte. Ich ließ ihn nicht aus den Augen. Wie schwer die Last wog, die er auf seinen Schultern trug!

»Ich weiß.«

Wir beobachteten, wie er in stoischem Schweigen auf uns zukam. Einen Meter vor uns blieb er stehen, blickte endlich vom Boden auf und sah mir in die Augen. Überrascht bemerkte ich, wie ruhig er jetzt wirkte. Er hatte sich vollkommen unter Kontrolle.

»Malin ist zu Helenas Familie gegangen, um es ihnen mitzuteilen«, sagte er mit tiefer, monotoner Stimme zu Dax, der nur nickte. Plötzlich kam ich mir wie ein Eindringling vor. Dies war eine private Familienangelegenheit: Die Angehörigen trauerten um jemanden, den ich nicht einmal kannte.

»Du solltest etwas schlafen«, sagte Dax sanft angesichts der dunklen Ringe, die sich unter Haydens Augen gebildet hatten. Auch Dax' Augen lagen tief in ihren Höhlen, und ich sah wahrscheinlich nicht anders aus. Wir alle hatten einen sehr schweren Tag hinter uns, der gefühlte Jahre zu dauern schien. »Du auch«, murmelte Hayden, nickte kurz und wandte sich dann mir zu. Er hob die Hand, als wolle er wieder nach meinem Arm greifen, besann sich dann aber eines Besseren und ließ sie wieder sinken. Er stapfte an mir vorbei und gab mir kaum Zeit, Dax ein leises Auf Wiedersehen zuzuraunen, bevor ich hinter ihm hereilte.

Er verlangsamte seinen Schritt, nachdem ich ihn eingeholt hatte, mied aber meinen Blick. Mein Kopf war wie leer gefegt. Was hätte ich auch sagen sollen? Nach unserem Streit hatte uns die unerbittliche Realität des Todes eingeholt, der sogar ein Mitglied aus seinem eigenen Camp ereilt hatte. Worte schienen den Ereignissen des Tages nicht angemessen zu sein.

Ursprünglich hatte ich gar nicht genau gewusst, wo im Camp wir uns befanden, aber jetzt stellte sich heraus, dass wir Haydens Hütte relativ nah waren, denn ehe ich mich's versah, rammte Hayden seine Schulter in die Tür und trat ein. Seine Aktionen zeugten von einer seltsamen Kraft: Seine Seele litt, aber sein Körper weigerte sich aufzugeben. Ich selbst erlebte häufig etwas Ähnliches: Das waren die Momente, in denen das jahrelange Training sich bemerkbar macht: Der Körper machte immer weiter, obwohl der Geist eigentlich gar nicht mehr konnte. Die seelische Kapitulation, die auf physischen Widerstand traf.

Hayden schleuderte schnell seine Stiefel von sich und ging geradewegs auf sein Bett zu, ließ sich darauf plumpsen, ohne auch nur die Klamotten auszuziehen oder unter die Decke zu kriechen. Ich folgte seinem Beispiel und war froh, dass ich schon vorher geduscht hatte. Auch ich zog die Stiefel aus und stellte meinen Rucksack mit den Utensilien neben die Couch. Ich legte mich hin, aber sofort war mir klar, dass ich keinen Schlaf finden würde, auch wenn ich körperlich und seelisch noch so erschöpft war.

Die Realität meiner Lage traf mich nun mit voller Wucht. Als hätte ich bis zu diesem Zeitpunkt nicht wahrhaben wollen, dass das hier von Dauer sein würde. Ich hatte mir vorgemacht, dass sie mich gehen lassen würden, wenn ich kooperierte und mich gut benahm, ihnen vielleicht sogar half. Aber dazu würde es niemals kommen. Haydens brutale Worte hatten mir das deutlich vor Augen geführt. Ich kam mir so dumm vor, weil ich etwas anderes angenommen hatte.

Ich würde für den Rest meines Lebens hierbleiben, und meine Familie würde ich nie wiedersehen.

Es sei denn natürlich, sie würden Blackwing noch einmal überfallen – so wie heute Nacht –, sodass ich wieder einen flüchtigen Blick auf sie erhaschen konnte, während sie entweder um Haaresbreite entkamen oder, noch schlimmer, es nicht überlebten. Der Anblick meines Bruders heute Abend hatte mir vor Augen geführt, wie sehr ich sie und meine Heimat tatsächlich vermisste. Die seltsame Anziehungskraft, die Hayden auf mich ausübte, hatte mich von dieser Tatsache abgelenkt. Ich hatte mich zu schnell wohlgefühlt und Trost am letzten Ort gefunden, an dem ich das hätte tun dürfen. Und das war absolut nach hinten losgegangen.

Eine Hitzewelle durchflutete meinen Körper, als mir die

Erinnerung an die Augenblicke mit Hayden in den Sinn kam, die wir im Schutz der Dunkelheit miteinander verbracht hatten. Wie sein Körper sich an meinen gepresst hatte und seine Lippen federleicht über meine gestrichen waren. Das alles hatte sich fantastisch angefühlt, obwohl ich bezweifelte, dass es nach dem heutigen Abend jemals wieder dazu kommen würde. Der Überfall, den mein eigenes Camp hier gestartet hatte, würde ihn mit Sicherheit daran erinnern, wer und was ich war und warum wir uns nie wieder auf eine garagenähnliche Situation einlassen durften.

Meine Verzweiflung brachte eine weitere Erinnerung an die Oberfläche – Haydens Hände, die mich festhielten, die mich von einem Kampf abhielten, in den ich mich hatte stürzen wollen, obwohl ich unbewaffnet und unvorbereitet war. Verwirrt dachte ich daran, wie er mir seine Lippen ans Ohr gepresst hatte und mich unbedingt aus dem Sichtfeld der Angreifer hatte fernhalten wollen.

»Hayden?«, rief ich leise, denn vielleicht war er ja schon eingeschlafen. Er schwieg so lange, dass ich schon zu dem Schluss kam, dass er nicht mehr wach war. Doch dann antwortete er doch.

»Was?«

»Warum hast du das getan?« Ich presste die Lippen aufeinander und wartete schweigend, fixierte die Decke der Hütte.

»Was getan?«, fragte er. Er klang so distanziert wie noch nie.

»Warum hast du mich gesucht und mich am Kämpfen gehindert?« Ich hatte das dringende Bedürfnis, eine Antwort auf diese Frage zu bekommen, und wartete voller Ungeduld darauf. Dann wälzte ich mich unruhig auf der Couch hin und her, als er nichts sagte. So langsam riss mir der Geduldsfaden. Doch er blieb stumm.

»Nun?«, hakte ich nach, und der verzweifelte Wunsch, es zu wissen, war deutlich in meiner Stimme zu hören.

»Was meinst du?«, fragte er ausweichend.

»Hast du mich aufgehalten, damit niemand aus Greystone mich sieht und erfährt, dass ich am Leben bin, oder hast du es getan, um mich zu beschützen, weil ich unbewaffnet war?«, fragte ich und wusste nicht so genau, welche der beiden Varianten weniger schmerzhaft sein würde. Wieder sagte er nichts, aber ich hörte ihn leise in der Dunkelheit atmen.

»Hayden!« Ich schrie beinahe, frustriert, dass er sich weigerte, mir zu antworten.

»Was soll ich deiner Meinung nach darauf sagen, Grace?«, fragte er. Er klang entnervt.

»Die Wahrheit.«

»Ich habe es getan, damit dein Camp nichts von deiner Anwesenheit hier erfährt«, antwortete er in gezwungenem Ton. Mir sank vor Enttäuschung das Herz.

»Aber ...«, fuhr er überraschend fort. Und mein Magen machte einen hoffnungsfrohen Satz – trotz allem, was wir heute Nacht durchgemacht hatten und obwohl ich vorher dermaßen wütend auf ihn gewesen war.

»Aber ...?«, soufflierte ich. Mein Herz schlug schneller, und ich hatte Mühe, still liegen zu bleiben.

»Aber ich würde lügen, wenn ich behaupten würde, dass ich nicht zuallererst an deine Sicherheit gedacht habe.«

KAPITEL 14
KONTROLLE

Hayden

Ich seufzte tief, als ich mich zum gefühlt tausendsten Male im Bett herumwälzte. Ich konnte einfach nicht einschlafen. Zwar war ich physisch und geistig vollkommen ausgelaugt, aber mein Hirn ließ sich einfach nicht abschalten, damit sich das gnädige Vergessen des Schlafes über mich herabsenken konnte. Wie sehr ich mich doch danach sehnte, ein paar Stunden Ruhe vor den Prüfungen des heutigen Tages zu bekommen, aber dieses Glück blieb mir verwehrt.

Ich lag auf dem Rücken, spürte ein Kribbeln am ganzen Körper und starrte in die Dunkelheit. Meine Gliedmaßen vibrierten. Mit einem weiteren Seufzer gab ich den Versuch zu schlafen auf und setzte mich auf, schwang die Beine aus dem Bett und stellte die Füße auf den Boden. Ich stützte die Ellbogen auf die Knie und legte den Kopf in die Hände. Dann reckte ich den Rücken und erhob mich mühsam.

Behutsam bewegte ich mich durch den Raum. Nur das spärlich flackernde Licht, das von draußen durch die schmuddeligen Fenster fiel, beleuchtete meinen Weg. Ich brauchte kein Licht; ich wusste genau, wo ich hinwollte. Meine Füße trugen mich automatisch um jegliches Hinderris auf dem Boden herum zu meinem Schreibtisch. Dort entzündete ich eine kleine Kerze auf der Tischplatte und setzte mich auf den Stuhl. Ich warf Grace einen erschöpften Blick zu, stellte aber erleichtert fest, dass sie tief und fest schlief. Ihre Brust hob und senkte sich gleichmäßig und langsam.

Ich zuckte zusammen, denn das Holz des Schreibtisches knirschte, als ich die unterste Schublade öffnete, um das alte, in Leder gebundene Tagebuch hervorzuholen.

Ein weiterer schneller Blick auf Grace sagte mir, dass sie nicht aufgewacht war. Ich öffnete das Buch auf den letzten Seiten, die ich beschrieben hatte, und ließ meine Finger über die Tinte gleiten, die das abgegriffene Papier bedeckte. Meine letzte Eintragung war schon eine ganze Weile her, und ich war eigentlich gar nicht so glücklich darüber, dass sich das jetzt ändern würde.

Mehr Seiten waren beschrieben als frei, jede einzelne enthielt ein Stück von mir selbst, das ich dort enthüllt hatte. Ich zeichnete meine Erinnerungen auf, Dinge, die ich vergessen würde, wenn ich sie nicht notierte. Wenn niemand die Geschichte festhielt, wie konnten dann andere wissen, was geschehen war? Woher würden unsere Nachkommen wissen, wer wir gewesen waren und wie wir gelebt hatten, nachdem wir fort und zu Staub zerfallen waren?

Ich griff nach dem Stift ganz unten in der Schublade und begann zu schreiben. Nach so langer Zeit war die Bewegung ganz ungewohnt. Dieser Tage war Schreiben kaum von Nutzen, und etwas so Einfaches zu tun, kam mir merkwürdig vor. Es würde eine Weile dauern, bis ich wieder lockerer war. Die Worte, die ich kritzelte, waren zusammenhanglos und nachlässig. Doch nach einer Weile hatte ich mich doch wieder daran gewöhnt und schrieb wieder freier. Ich ignorierte den Schmerz in meinem Herzen, während ich die Ereignisse notierte. Um alles so genau wie möglich schildern zu können, musste ich meine Gefühle in Schach halten.

Ich hatte schon eine Weile am Schreibtisch gesessen, als mir plötzlich eine subtile Veränderung in der Atmosphäre auffiel. Der einzige andere Mensch im Zimmer atmete nicht mehr gleichmäßig vor sich hin. Ich hörte auf zu arbeiten, sah zur Couch hinüber und zuckte leicht zusammen, als ich in ein Paar grüner Augen sah, die mich beobachteten. Sie biss sich ertappt auf die Unterlippe, und plötzlich hatte ich das Gefühl, dass sie mich bei etwas sehr Privatem gestört hatte.

»Hey«, sagte sie mit sanfter und leiser Stimme. Ich räusperte mich und legte den Stift hin.

»Hey.«

»Was machst du da?«, fragte sie und setzte sich auf.

»Konnte nicht schlafen«, antwortete ich, ohne weiter auf meine Tätigkeit einzugehen. Überraschend stand sie auf und kam mit bedrückter Miene auf mich zu. Sie warf einen Blick auf das Tagebuch, das ich schnell zuklappte. Es ging sie nichts an.

»Schreiben?«, bemerkte sie und sah mir wieder ins Gesicht. Das konnte ich wohl kaum abstreiten.

»Ja.«

»Was schreibst du denn da auf?«

»Privat«, antwortete ich abweisend. Aber meine Stimme klang vornehmlich erschöpft. Sie runzelte leicht die Stirn, lehnte sich an meinen Schreibtisch und blickte auf mich herab. Es gefiel mir gar nicht, dass sie mich überragte, weil ich saß. In dieser Position kam ich mir verletzlich vor.

»Weißt du, es wird dich nicht umbringen, wenn du dich ein bisschen öffnest«, sagte sie sanft.

»Das musst gerade du sagen«, erwiderte ich herausfordernd und sah sie mit hochgezogener Augenbraue an. Wir klangen beide zutiefst erschöpft. »Außerdem kann es das sehr wohl.«

Sie verdrehte lässig die Augen und schüttelte den Kopf, als habe sie momentan einfach nicht die Kraft, mit mir zu streiten.

»Okay«, machte sie einen weiteren Ansatz. »Warum konntest du nicht schlafen?«

»Harter Tag«, antwortete ich rundheraus. Dieser Tag war mir endlos vorgekommen mit seinen fantastischen Höhepunkten und niederschmetternden Tiefpunkten.

»Zugegeben«, stimmte sie leise zu. Sie blickte wieder von mir zu dem Tagebuch herüber, das ich beschützend auf meinen Schoß zog, als könne sie durch den Buchdeckel sehen. Doch es war mir ihren Blicken immer noch zu schutzlos ausgeliefert, deshalb legte ich es in die Schublade zurück und knallte sie zu.

»Und warum bist *du* auf?«, drehte ich nun den Spieß um.

»Konnte wohl auch nicht so richtig schlafen«, sagte sie achselzuckend. Plötzlich hatte ich ein schlechtes Gewissen. Mir wurde mit einem Mal klar, wie es ihr gehen musste. Ich betrauerte einen einzigen Menschen, sie hingegen gleich drei. Und überdies hatte sie hören müssen, wie ich ihr versicherte, dass sie diesen Ort niemals verlassen würde, niemals mehr nach Hause zurückkehren würde und wahrscheinlich auch ihre Familie nie mehr wiedersehen würde. Ich hatte einen harten Tag hinter mir, aber ihrer war unzweifelhaft noch schlimmer gewesen. Außerdem war ich nicht besonders nett zu ihr gewesen.

»Tut mir ... tut mir leid, dass ich dich angeschrien habe«, murmelte ich. Die Worte fühlten sich fremd auf meinen Lippen an. Normalerweise pflegte ich mich nicht zu entschuldigen. »Vorhin, meine ich.«

Unwillkürlich verzog sie ironisch die Lippen. »Tut es dir wirklich leid?«

»Ja«, bestätigte ich und sah ihr wieder in die Augen. »Ich meine ... was ich sagte, stimmt nach wie vor – du kannst hier nie wieder weg, aber es tut mir leid, *wie* ich es gesagt habe.«

Sie nickte und sog die Lippen ein, um sie zu befeuchten. Sie sah zu Boden, die Arme lose über der Brust verschränkt. Ich war nicht sicher, ob sie meine Entschuldigung nun annahm oder nicht.

»Es ist nur ...« Sie hielt inne und runzelte die Stirn. »Bis heute war es mir noch gar nicht richtig klar. Dass ich sie nie wiedersehe. Und nie wieder nach Hause kann.«

Wieder übermannten mich Schuldgefühle. Mein Versuch, alles zum Guten zu wenden und ihr das Leben zu retten, war ins Auge gegangen. Vielleicht hätte ich sie an jenem Tag, als ich sie fand, doch besser einfach zurücklassen sollen. Statt vielleicht doch noch in ihr eigenes Camp zurückzugelangen oder zumindest Erlösung durch den Tod zu finden, saß sie nun für immer hier fest. Vielleicht wäre sie ohne mich wirklich besser dran gewesen.

»Es tut mir leid«, wiederholte ich, denn sonst fiel mir nichts ein. Angesichts meiner leeren Entschuldigung zog sie die Brauen zusammen, als sei sie immer noch nicht überzeugt. »Ist dir eigentlich klar, wie das ist? Zu wissen, dass du deine Familie niemals wiedersehen wirst?«, sagte sie, und ihre Stimme klang nun angespannt. »Du hast ja keine Ahnung.« Ich versuchte, angesichts dieser Annahme keine Bitterkeit aufkommen zu lassen.

»Doch, habe ich wohl«, antwortete ich, sodass sie mich endlich wieder ansah.

»Lauf, Hayden, lauf, so schnell du kannst!«

Ich war wieder auf der Straße, und um mich herum regierte der Schrecken. Die unheimlichen Überreste der Häuser und Menschen rasten vorüber, während ich mich bemühte, mit meinen Eltern Schritt zu halten. Überall waren Schreie zu hören, so viele, dass es unmöglich war, das Ende des einen und den Beginn des nächsten auszumachen. Bomben prasselten dröhnend auf uns nieder, während Schüsse durch die Luft pfiffen – die Hintergrundgeräusche unseres Fluchtversuchs. Meine winzigen Füße rutschten auf einer erschreckend großen Blutlache aus. Nur die Tatsache, dass meine Eltern mich festhielten, verhinderte, dass ich stürzte.

»Du schaffst das, Hayden, lauf weiter!«, spornte mich mein Vater an und sah mir, ohne anzuhalten, in die Augen.

Sein starkes Gesicht war entschlossen. Er wollte uns unbedingt hier herausschaffen, und ich glaubte mit ganzem Herzen daran, dass er es schaffen würde. Er war so tough und stark, dass ich nicht einen Augenblick daran zweifelte, bald in Sicherheit zu sein. Er nickte mir ermutigend zu und zog mich weiter, aber das war das Letzte, was ich sah, bevor sich etwas veränderte. Voller Entsetzen sah ich, wie Kraft und Entschlcssenheit plötzlich aus seinem Gesicht wichen. Die Kugel, die durch die Luft pfiff und seine Brust traf, wischte jeglichen Ausdruck fort.

»Dad!«, schrie ich. Ich konnte nicht mehr weiter. Sein Körper fiel zu Boden, sein fester Griff um meine Hand zog mich zu Boden. Durch die Kettenreaktion fiel auch meine Mutter auf die Knie, während ich auf der Brust meines Vaters zusammensank.

»Dad, steh auf!«, bat ich. Meine kleinen Hände patschten nutzlos auf seine Brust. Dicke, heiße Flüssigkeit strömte aus seiner Wunde.

»Wir müssen doch weglaufen, Dad.«

Meine Stimme war jetzt ganz schwach, brach vor lauter Tränen, die mir unkontrolliert aus den Augen strömten. Seine grünen Augen, die meinen eigenen so ähnlich waren, starrten blicklos in den Himmel über uns, während der Schrecken weiterhin auf uns herabregnete. Ich spürte, dass meine Mutter neben mir kniete, konnte mich aber vom leblosen Körper meines Vaters einfach nicht losreißen.

»Dad«, würgte ich hervor, beugte mich über ihn, als wolle ich ihn vor weiterem Schaden bewahren, obwohl ich doch kaum fünf Jahre alt war.

»Hayden, Liebling, wir müssen ihn zurücklassen«, flüsterte meine Mutter mir ins Ohr und schlang die Arme um mich. »Er ist tot, mein Herz.«

»Nein, ist er nicht«, widersprach ich schwach. Aber ich wusste, dass sie Recht hatte. Aus seinem Gesicht war jegliche Kraft von vorhin gewichen. Egal, wie sehr ich ihn anflehte, er würde nie mehr zu mir zurückkehren. Ich spürte, wie mein Körper zitterte, als meine Mutter mich in ihren Armen umdrehte und meinen Kopf zärtlich in beide Hände nahm.

»Er würde wollen, dass wir weiterlaufen, Hayden«, sagte sie mit Tränen in den Augen. Aber sie blieb stark. Ich nickte schwach, schniefte und schluckte das Schluchzen herunter, das sich Bahn zu brechen drohte.

»Das ist mein Junge. Mein starker, mutiger Junge«, sagte sie und umarmte mich innig. Dann gab sie mir einen Kuss auf die Stirn und stand auf, meine Hand fest in der ihren. »Komm jetzt, Liebling.« Mit einem letzten Blick über die Schulter zu meinem Vater wandten wir uns um und liefen los. Vor uns, ein paar Straßen weiter, lag eine große Brücke, unter der sich die Menschen zusammengedrängt hatten – ein letzter, verzweifelter Versuch, dieses Blutbad zu überleben. Wir mussten nur zu dieser Brücke gelangen, sagte ich mir. Dann waren wir in Sicherheit.

Meine kleinen Beinchen ermüdeten schnell, als wir voransprinteten, aber wir kamen immer näher. Schon konnte ich Gesichter in der Menge ausmachen – Menschen, die ich wiedererkannte. Meine Eltern hatten sich mit ihnen getroffen und über Dinge diskutiert, die ich nicht verstand. Noch mehr Gesichter tauchten auf, manche fremd und fremdartig. Wir waren noch etwa vierzig Meter entfernt, bevor ich mir gestattete, wieder Hoffnung zu schöpfen. Wir waren der Sicherheit so nah, so nah.

»Wir sind fast da«, rief meine Mutter ermutigend.

»Wir schaffen es, Mum«, rief ich, rannte, so schnell ich irgend konnte. Jetzt waren wir keine zwanzig Meter mehr entfernt, und ich sah, wie die Leute mit den Armen winkten, uns anfeuerten. Ich war beinahe sicher, dass wir es schaffen würden, als ich spürte, wie mein Arm erneut auf jene widerliche Weise zurückgezerrt wurde. Ich wandte den Kopf, betete darum, dass nicht das geschehen war, was ich befürchtete.

Mit ihrer Hand weiterhin fest in der meinen war meine Mutter zu Boden gefallen, ein klaffendes Loch in der Brust – ähnlich wie bei meinem Vater – und ihr Blut ergoss sich über den aufgeplatzten Asphalt. Zu viel Blut war bereits aus der Wunde ausgetreten; man hätte es nicht stillen können. Und so tat sie ihren letzten Atemzug. Der letzte Laut, der von ihren Lippen kam, war mein leise geflüsterter Name, der über den ohrenbetäubenden Lärm des Schreckens in der Luft kaum zu hören war.

»Hayden.«

Innerhalb weniger Augenblicke waren meine beiden Eltern gefallen und ließen mich hilflos, verängstigt und vollkommen allein zurück.

Ich schüttelte heftig den Kopf, verdrängte die schmerzhafte Erinnerung, und Graces Gesicht erschien wieder vor mir. Ihr schien nicht entgangen zu sein, dass ich die Vergangenheit noch einmal durchlebt hatte, denn sie sagte nichts, ließ mir Zeit, mich von den Bildern in meinem Kopf zu erholen.

»Du bist nicht die Einzige, die so etwas kennt«, murmelte ich und war mit einem Mal wütend auf sie. Zumindest war *ihre* Familie noch am Leben. Sie musterte mich ein paar Sekunden lang schweigsam.

»Hast du deine Familie verloren?«, vermutete sie zutreffend. Ich seufzte tief. Ich hätte lieber über etwas anderes gesprochen. Über buchstäblich alles andere, nur nicht über das.

»Meine Eltern«, antwortete ich. »Sie waren alles, was ich hatte.«

»Wann?«, fragte sie sanft. Sie wirkte verblüfft, dass ich ihr überhaupt geantwortet hatte.

»Als die Stadt fiel«, antwortete ich.

»Und du kannst dich daran erinnern?« Sie sog leise den Atem ein, als hätte sie Mitleid mit mir. Ich hasste es, wenn andere Mitleid mit mir hatten.

»Ja.«

»Das tut mir leid, Hayden«, sagte sie leise. Sie klang, als meine sie es ernst, wodurch ich mir sogar noch schwächer vorkam.

»Ist lange her«, sagte ich wegwerfend.

»Aber sie waren deine Eltern«, konterte sie.

»Es ist lange her«, wiederholte ich ausdruckslos. Ich wollte nicht weiter darüber reden.

»Und seitdem bist du allein? Wie alt warst du da? Fünf?«, fragte sie, nachdem sie kurz nachgerechnet hatte.

»Nicht allein«, sagte ich und schüttelte langsam den Kopf. »Docc fand mich, nachdem sie getötet worden waren, und nahm mich unter seine Fittiche. Und ich hatte Kit und Dax. Barrow, Maisie ... ich war nicht allein ... bin nur nicht bei einer herkömmlichen Familie aufgewachsen, denke ich.«

»Heutzutage ist nichts mehr herkömmlich«, bemerkte sie. Ich fuhr mir mit den Fingern durchs Haar, war dieses belastende Thema leid.

»Ja«, stimmte ich zu.

»Wer hat dich also großgezogen? Docc?«

»Irgendwie alle. Deshalb sind diese Menschen ... sie sind mehr als nur Menschen. Sie sind wie meine Familie, und es ist meine Aufgabe, ihr Überleben zu sichern. Ich verdanke ihnen mein Leben.«

Sie antwortete nicht. Ich fühlte mich unbehaglich unter

ihrem forschenden Blick, schwieg ebenfalls beharrlich, bis sie wieder das Wort ergriff.

»Ich habe noch nie jemanden wie dich getroffen«, antwortete sie überraschend. Dann, ebenso überraschend, griff sie nach meiner Hand auf dem Schreibtisch und strich sanft mit dem Daumen über meine Knöchel. Wie ein Stromstoß fuhr die Berührung meinen Arm hinauf und geradewegs bis in meine Magengrube.

So etwas hatte ich noch nie bei einer Frau empfunden. Malin und ich hatten es versucht, hatten geglaubt, dass unsere Freundschaft eine gute Basis war, aus der mehr erwachsen könnte. Aber es hatte nicht funktioniert. Wir waren nur zusammengekommen, weil wir einsam gewesen waren, und obwohl wir uns durchaus bemüht hatten, hatten wir uns nie ineinander verliebt. Einfache Dinge wie dieses Gefühl, das ich gerade bei Graces Berührung gehabt hatte, hatten eindeutig gefehlt.

Was für ein grausamer Streich des Schicksals, dass ich nun genau für die eine Person etwas empfand, die ich nicht haben konnte.

Ich wusste nicht, was ich erwidern sollte. Meine mangelnde Bereitschaft, über mich selbst zu sprechen, erschwerte mir jeden klaren Gedanken. Um die Wahrheit zu sagen: *Ich* hatte noch nie jemanden wie *sie* getroffen.

Sie schien zu spüren, dass mir die Worte fehlten, denn sie zog die Hand von mir zurück. Sofort war ich enttäuscht.

»Mit Kit und Dax aufzuwachsen, war sicher ... interessant«, schnitt sie mit schwachem Grinsen nun ein etwas weniger schwermütiges Thema an. Ich gluckste leise, erleichtert,

213

dieses Gespräch hinter mir lassen zu können, durch das ich mich so verletzlich fühlte.

»Sehr«, stimmte ich zu. »Dax war immer schon so wie heute. Vielleicht ist er sogar noch schlimmer geworden, aber Kit wurde im Laufe der Jahre härter.«

»Erinnern die beiden sich denn auch an früher?«, fragte sie neugierig, als läge ihr etwas daran, die beiden besser kennenzulernen.

»An dies und das. Immer nur an Bruchstücke«, antwortete ich. Ich wusste, dass Kit sich an mehr erinnerte als Dax, aber keiner von beiden wusste viel mehr als das, was wir im Laufe unserer Jugend erfahren hatten. Anscheinend war ich der Einzige, der sich die volle Erinnerung bewahrt hatte.

»Ich wette, ihr drei habt ständig Ärger gemacht«, sagte sie mit nachsichtigem Grinsen. Anscheinend fand sie die Vorstellung amüsant, dass wir drei früher in Blackwing jede Menge Mist gebaut hatten.

»Ein bisschen«, bekannte ich und musste bei der Erinnerung ebenfalls grinsen. »Wir streiften die ganze Zeit in den Wäldern umher und bekamen dauernd Ärger, weil wir ohne Erwachsene das Camp verlassen hatten oder Ähnliches – auch schon, nachdem wir ausgebildet worden waren. Als wir etwa zehn waren, stießen wir auf einen kleinen Teich, in dem wir schwimmen gehen konnten, wenn es heiß war, und danach hörten wir überhaupt nicht mehr auf die Autoritätspersonen. Ist gar nicht so einfach, die Freiheit wieder aufzugeben, wenn man sie einmal geschmeckt hat.«

»Klingt, als wäret ihr richtige kleine Scheißer gewesen«, sagte Grace lächelnd. Leise lachend sah ich zu ihr empor.

»Von klein kann keine Rede sein.«

»Dieser Teich – das klingt toll«, meinte sie wehmütig und wandte den Blick ab. »In Greystone haben wir so was nicht.«

»Ich war schon jahrelang nicht mehr da«, gestand ich ihr traurig. Als Kind und Jugendlicher war es mein absoluter Lieblingsplatz gewesen.

»Warum nicht?«, erkundigte sie sich.

»Keine Zeit. Die letzten paar Jahre war ich voll und ganz damit beschäftigt, das Camp zu leiten und für Ordnung zu sorgen. Da kann ich mich nicht einfach nur so zum Spaß an irgendeinen Tümpel absetzen, um schwimmen zu gehen.«

»Aber klar kannst du das«, widersprach sie leichthin und zuckte mit den Schultern.

»Nein, kann ich nicht.«

»Du bist der Chef, oder? Du kannst doch tun und lassen, was du willst.«

»Was ich will, ist, das Leben der Menschen hier zu sichern«, widersprach ich gleichmütig. »Außerdem sind, was ich will und was getan werden muss, oft zwei Paar Schuhe.«

»Ich will damit nur sagen«, meinte sie mit einem weiteren Achselzucken, »die Welt geht nicht unter, wenn du dir mal ein bisschen Zeit für dich selbst nimmst. Du bist immer so ernst. Schalte doch mal ein bisschen ab.«

»Die Welt *ist* schon untergegangen«, bemerkte ich mit einem Grinsen. Ihr wundervolles Lachen hallte in dem kleinen Zimmer wider.

»Dann ist Zeit für dich umso wichtiger«, sagte sie und lächelte mich zum ersten Mal in dieser Nacht breit an. Ich mochte ihr Lächeln.

215

»Du denkst also wirklich, ich sollte mal wieder dorthin zurückkehren?«, fragte ich bedächtig und hielt ihrem Blick stand. Meine Hand war der ihren gefährlich nahe, und ich konnte praktisch fühlen, wie ihre Hitze mich anzog. Ich widerstand.

»Ja, das finde ich.« Sie nickte eifrig.

»Möchtest du den Teich sehen?«, fragte ich und spürte ein Ziehen in der Magengegend. Ich zwang meine Nerven zur Ruhe, wollte unbedingt locker bleiben. Sie wirkte überrascht und verkniff sich ein leises Lächeln.

»Würde ich gern.«

»Morgen?«

»Hast du denn morgen nichts zu tun?«, fragte sie zweifelnd.

»Erst übermorgen wieder«, antwortete ich und schüttelte den Kopf. Aber vielleicht hatte sie das ja auch nur gefragt, weil sie einen Rückzieher machen wollte. Also fuhr ich fort: »Aber wenn du doch nicht willst, musst du es nur sagen. Red nicht um den heißen Brei herum.«

Sie runzelte die Stirn, weil ich plötzlich so einen verdrießlichen Ton anschlug. Im Sekundenbruchteil war meine Stimmung umgeschlagen.

»Das hab ich doch gar nicht gesagt«, verteidigte sie sich. »Du sollst dich nur nicht von mir gedrängt fühlen.«

»Als ob ich mich von dir zu irgendetwas drängen ließe«, schnaubte ich. Sie seufzte und schüttelte den Kopf, schenkte mir aber ein schwaches Lächeln.

»Du bist ganz schön störrisch«, sagte sie.

»Du doch auch«, erwiderte ich sogleich abwehrend.

Immerhin war sie nach wie vor verschlossen – stand mit vor der Brust verschränkten Armen da –, und das, obwohl unser Gespräch doch durchaus einige Tiefe gehabt hatte.

Sie zuckte mit den Schultern, machte sich gar nicht die Mühe, es abzustreiten. »Also gilt dein Angebot oder nicht? Denn ich möchte den Tümpel wirklich sehen.«

»Es gilt.«

»Okay, gut. Morgen also.«

»Gut«, antwortete ich gleichzeitig trotzig und froh. In Bezug auf sie schien ich ständig mit mir selbst im Widerstreit zu liegen.

»Gut«, wiederholte sie und verdrehte mit amüsiertem Grinsen die Augen. »Kein Grund, sich so übertrieben zu freuen.«

Sie genoss es anscheinend, mich ein bisschen aufzuziehen. Keine Ahnung, wie ich mich dabei fühlen sollte. Einerseits gefiel mir ihr Lächeln. Andererseits fand ich es ätzend, keine Kontrolle über den Verlauf eines Gesprächs zu haben. Mir war viel wohler zumute, wenn ich alles im Griff hatte, aber das war bei ihr unmöglich.

Wieder waren meine Nerven plötzlich wie zum Zerreißen gespannt, als sie die Hand wieder auf meine legte, leicht zudrückte und sagte: »Geh ins Bett, Hayden.«

Mein Herz pochte bei ihrer Berührung vernehmlich, gleichzeitig erfreut und verärgert, dass sie derlei Gefühle in mir hervorrief. Ich erhob mich vom Stuhl und ragte nun in voller Größe vor ihr auf. Schon besser! Ich hielt ihren Blick und drehte meine Hand langsam um, sodass unsere Handflächen einander berührten. Unsere Hände zeigten in entgegengesetzte Richtungen, sodass meine Finger ihr Handgelenk streiften, als ich sie zurückzog. Ich bog sie nach oben und fuhr an ihrer Handfläche bis zu ihren Fingerspitzen entlang.

»Gute Nacht, Grace«, flüsterte ich, und meine Lippen waren ihren nun ganz nah. Scharf sog sie den Atem ein. Dann drehte ich mich um und kehrte zu meinem Bett zurück, ließ sie allein dort stehen. Mein Körper vibrierte, aber ich war froh, die gewünschte Wirkung erzielt zu haben.

Wollen doch mal sehen, wer hier wirklich alles unter Kontrolle hat, nicht wahr, Grace?

KAPITEL 15
FURCHT

Hayden

Als ich aufwachte, stand die Sonne schon hoch am Himmel und zeigte mir, dass es bereits Vormittag war. Ein ersticktes Stöhnen entrang sich meiner Kehle, und ich reckte die steifen Muskeln. So lange hatte ich eigentlich gar nicht schlafen wollen, aber die Nacht war nun einmal unruhig gewesen. Nachdem ich mühsam die Lider geöffnet hatte, setzte ich mich im Bett auf und schob die Decke weit genug von mir weg, um meine Beine zu befreien.

Mein Blick landete auf der Couch, als ich mich hinausschwang. Grace schlief immer noch tief und fest. Das überraschte mich nicht, denn schließlich hatte auch sie einen anstrengenden Tag hinter sich. Ich verschwand im Bad, um mich fertig zu machen. Als ich wieder herauskam, stutzte ich, denn sie stand vor der Couch. Sie hatte mir den Rücken zugewandt und presste die Hände ins Kreuz, drehte sich nach rechts und links, als hätte sie nach ihrem unbequemen Lager Rückenschmerzen.

»Hey«, sagte ich, und sie zuckte zusammen und fuhr zu mir herum. Sie griff sich mit der Hand an die Brust, als hätte ich sie erschreckt.

»Hey«, erwiderte sie leicht atemlos. In Unterhose ging ich zu meiner Kommode hinüber. Heute würde ich nicht die üblichen Jeans anziehen, sondern Shorts. Ich spürte, wie Grace mich beobachtete, als ich das einfache weiße T-Shirt über den Kopf streifte. Ob ihr klar war, dass ich ihren Blick bemerkte? Aus irgendeinem Grund machte es mir allerdings gar nichts aus, dass sie mich dauernd in Unterwäsche sah.

»Gut geschlafen?«, fragte ich und sah sie an. Sie wandte sofort den Blick ab, was meinen Verdacht bestätigte, dass sie mich beobachtet hatte.

»Nicht besonders«, grummelte sie und beugte sich vor, um ihre Decke zusammenzufalten. Das glaubte ich gern. Diese Couch war die Hölle.

»Hmm«, murmelte ich, ging aber nicht weiter darauf ein.

»Na ja, mach dich fertig. Wir machen uns in fünf Minuten auf den Weg.«

Sie blies sich ein paar blonde Haarsträhnen aus dem Gesicht, dann nickte sie, wandte sich um und verschwand im Bad. Ich ergriff die Gelegenheit, um die 9mm-Pistole herauszuholen, die ich immer unter meinem Bett versteckt hielt. Ich ließ sie in den Bund meiner Shorts gleiten und zog das Shirt darüber, um das kühle Metall zu verstecken. Ich ging niemals unbewaffnet aus dem Haus – man konnte schließlich nie wissen.

Ich holte tief Luft und dehnte meinen Nacken nach links und rechts, versuchte mich zu entspannen und meine leichte Nervosität zu vertreiben. Mir kam der Gedanke, dass sie der erste Mensch außer Kit, Dax oder mir war, der diesen

Ort sehen würde, und ich war nicht ganz sicher, wie ich das finden sollte. Gestern Abend war mir mein Vorschlag ganz natürlich vorgekommen, aber jetzt fragte ich mich, ob die späte Stunde und die tröstliche Dunkelheit mir den Verstand vernebelt hatten. Wie auch immer, jetzt war es zu spät. Wir würden hingehen; unter keinen Umständen wollte ich einen Rückzieher machen.

Ein paar Minuten später tauchte Grace aus dem Bad wieder auf, zog ihre Stiefel an – das einzige Paar Schuhe, das sie besaß –, und wir verließen meine Hütte. In den Morgenstunden herrschte in Blackwing geschäftiges Treiben; Menschen liefen kreuz und quer über die Wege, manche mit konkretem Ziel, andere auf Patrouille, und wieder andere genossen einfach den Sonnenschein. Die wenigen Kinder, die es in Blackwing gab, waren in der Schule. Oder zumindest in unserer Version von Schule. In Wirklichkeit war es ein provisorisches Gebäude, in dem man ihnen die überlebenswichtigsten Basics vermittelte.

»Wir schauen noch in der Kantine vorbei und holen uns etwas zu essen, bevor wir gehen«, verkündete ich. »Wir haben einen längeren Fußmarsch vor uns.«

»Na gut«, sagte sie und nickte beiläufig, während sie die Menschen in unserer Umgebung beobachtete. Hätte ich es nicht besser gewusst, ich hätte glatt behauptet, dass sie bei der Aussicht auf den heutigen Tag etwas aufgeregt war.

Bei unserem Eintreten war die Kantine total überfüllt, denn viele nahmen jetzt hier einen frühen Lunch ein. Maisie stand wie üblich hinter dem Tresen und servierte den Wartenden etwas Sandwich-Ähnliches. Ich nahm die Abkürzung nach vorn und umrundete einen missmutig dreinblickenden Barrow. Dann beugte ich mich zu Maisie vor.

»Maisie, kannst du uns etwas zu essen einpacken?«, fragte ich und warf Barrow einen entschuldigenden Blick zu. Maisie nickte. Die Mahlzeiten, die sie uns sonst mitgab, bestanden in der Regel aus einem Stück Dörrfleisch, einer Flasche Wasser und dem, was sie sonst noch gerade übrig hatte. Heute waren es leicht überreife Äpfel aus unserem eigenen Anbau, die sie hastig in eine Plastiktüte stopfte.

»Da habt ihr, und jetzt raus mit euch. Ich muss die Leute hier bedienen«, sagte sie mit zärtlichem Lächeln. Ich war dankbar, dass sie nicht nachfragte, wo wir hinwollten, denn das wäre nicht so einfach zu erklären gewesen. Ich nickte ihr zu, trat aus der Schlange und gesellte mich zu Grace an der Tür.

»Gehen wir«, sagte ich und neigte den Kopf, um ihr zu bedeuten, mir wieder nach draußen zu folgen. Sie antwortete nicht, gehorchte aber. Ich führte sie über die bis zur Lagergrenze verbleibenden Wege und dann zum Camp hinaus, bis wir uns im Schutz des Waldes befanden. Wieder war ich dankbar, dass wir niemanden trafen, der vielleicht gefragt hätte, wo wir hinwollten. Die Leute sollten nicht erfahren, dass ich mich mit Grace in den Wald schlich. Moment. Wir schlichen nicht. Wir waren auf Erkundungstour. Genau.

Ich musste kurz nachdenken, bis mir der Weg zum Teich wieder einfiel, aber kaum hatten meine Füße die korrekte Richtung eingeschlagen, schienen sie sich wie von selbst zu bewegen. Vor Jahren hatten Kit, Dax und ich diesen Weg fast jeden Tag zurückgelegt. Der Teich war unser Zufluctsort vor dem Druck des Camps und dem rigorosen Stundenplan gewesen, den man uns auferlegt hatte, damit wir so geschickte Kämpfer wurden, wie wir es jetzt waren. Plötzlich kam mir ein Gedanke: Vielleicht war dieser ganze Ausflug ja für die Katz, und wir mussten gleich wieder umdrehen. »Kannst du eigentlich schwimmen?«, fragte ich sie also und sah auf Grace hinab, die neben mir her wanderte. Auf ihrer Stirn glänzten Schweißperlen vor Anstrengung und Hitze.

»Ja«, antwortete sie überraschend. Die meisten Menschen konnten nicht schwimmen, entweder mangels Gelegenheit oder weil es nicht notwendig war. »In der Nähe von Greystone gibt es ein kleines Flüsschen«, erklärte sie und strich sich das Haar aus den Augen. »Er trägt nur ein oder zwei Monate lang genug Wasser, wenn es viel geregnet hat, aber mein Bruder hat mir dort als kleines Mädchen das Schwimmen beigebracht.«

»Der Bruder, der dich zurückgelassen hat«, stellte ich klar. Der wütende Blick, den sie mir zuwarf, entging mir keineswegs.

»Ja«, antwortete sie voller Bitterkeit.

»Warum hat er das getan?« Das fragte ich mich, seit ich wusste, wer er war. Sein Gesicht tauchte immer wieder vor meinem geistigen Auge auf, seit jenem Tag, da ich sie in der Stadt gesehen hatte. Nachdem sie angeschossen worden war, hatte er sie einfach im Stich gelassen, ohne sich auch nur noch einmal nach ihr umzusehen; was für ein mieser Kerl.

»Keine Ahnung«, antwortete sie mit angespannter Stimme. Offensichtlich wollte sie nicht darüber reden. Ich verstand einfach nicht, warum sie so unbedingt zu ihm zurückwollte, wenn er doch ein so selbstsüchtiger Mensch war. Um Familienmitglieder musste man sich kümmern. Man durfte sie nicht einfach ihrem Schicksal überlassen.

»Er hätte das nicht tun dürfen«, sagte ich zu ihr. Sie antwortete mir nicht, während wir uns weiter durch die Bäume schlängelten. Anscheinend war sie tief in Gedanken versunken, und ich wünschte plötzlich, ich hätte das Thema nicht angeschnitten. Ich wollte, dass sie den heutigen Tag genoss, auch wenn mir wegen der ganzen Sache mittlerweile etwas beklommen zumute war.

Schweigend legten wir etwa anderthalb Kilometer zurück, bevor sie unser verlegenes Schweigen brach.

»Warum bringst du mich her?«, fragte sie. Ich fragte mich, wie lange diese Frage sie schon beschäftigte. Aber ganz ehrlich: Ich hatte keine Ahnung.

»Ich dachte, es würde dir gefallen«, antwortete ich schlicht.

»Okay«, meinte sie.

»Wir sind bald da. Nur noch durch diese Baumgruppe dort hindurch«, sagte ich und deutete voraus. Eine breite Baumreihe schnitt uns den Weg ab, aber man konnte sich hindurchquetschen, um zum Teich zu gelangen. Ich blieb stehen, hielt die Zweige zur Seite, damit Grace an mir vorbei konnte. Der kurze Augenblick der Nähe war sogleich wieder vorüber, denn sie kämpfte sich weiter durch die Zweige hindurch, bis sie sich aus ihrem Gewirr befreit hatte. Ich spürte ein Lächeln auf meinen Lippen, als sie leise Luft holte und die Szenerie betrachtete, die sich vor uns ausbreitete.

Der Teich war nicht sonderlich groß, aber ganz sicher

wunderschön. An der einen Seite ragten hohe Felsen empor, aus deren luftigen Höhen sich ein Wasserfall nach unten ergoss. Die restlichen Uferseiten wurden von Bäumen gesäumt, die den Teich vom Rest der Welt abschirmten. Das Gewässer war nicht sonderlich tief, konnte für Nichtschwimmer aber durchaus gefährlich sein. Dax hatte vor Jahren herausgefunden, dass sich auf dem Grund ein natürlicher Ablauf befand, durch den das Wasser in den ein paar Kilometer entfernten Fluss gelangte, sodass es immer frisch war.

»Wow«, sagte sie leise und beobachtete das klare Wasser, das sanft in dem Teich herumwirbelte. »Das hätte ich nicht erwartet.«

»Was hast du denn erwartet?«, fragte ich amüsiert. Ihr Blick leuchtete, und ein Lächeln umspielte ihre Lippen. Erstaunt riss sie die Augen auf, als sie merkte, dass ich sie beobachtete.

»Keine Ahnung. Ein fauliges, kleines Loch vielleicht?«, sagte sie leise lachend.

»Oh, tut mir leid, dass ich dich da enttäuschen muss«, antwortete ich. Derlei Geplänkel kam mir irgendwie seltsam vor. Seltsam, aber auch schön.

Sie lachte, und mein Magen machte einen Hüpfer. »Na, dann wollen wir mal!«

Sie packte den Saum ihres Shirts und zog es sich schnell über den Kopf, enthüllte den einfachen schwarzen BH darunter. Sie schien gar nicht darüber nachzudenken, was sie da tat, bis sie ihre Stiefel und Shorts ebenfalls abgestreift hatte und nur noch in Unterwäsche dastand, während ich immer noch vollkommen bekleidet war.

»Hmm«, murmelte sie und blickte an sich hinab, fuhr sich

mit einer verlegenen Geste über den flachen Bauch. Ohne nachzudenken, packte ich ihre Handgelenke. Ich wollte nicht, dass sie sich versteckte. Ihr Körper war wunderschön, und es wäre eine Schande gewesen, ihn nicht zu zeigen.

»Nicht«, sagte ich leise.

Bei der Berührung atmete sie scharf ein, sah mir in die Augen und biss sich auf die Lippe. Ich konzentrierte mich auf ihr Gesicht, ließ sie los und zog mir ebenfalls das Shirt über den Kopf, schleuderte meine Schuhe von mir. Ich holte die Waffe aus dem Bund meiner Shorts und legte sie vorsichtig auf mein Shirt. Atemlos beobachtete sie, wie ich mir mit der Hand durchs Haar fuhr und es nach hinten und mir wieder aus dem Gesicht strich.

»Du kannst also schwimmen, ja?«, fragte ich herausfordernd, und der Geist eines Grinsens huschte über mein Gesicht.

»Ja, w...«

Aber weiter kam sie nicht. Ich legte ihr die Hände gerade lang genug um die Taille, um sie ins Wasser zu werfen. Ihr Kopf tauchte komplett unter, und ich lachte laut auf. Sofort kam sie wieder an die Oberfläche, das nasse Haar klebte ihr am Kopf, und sie atmete tief ein. Erleichtert bemerkte ich das breite Lächeln auf ihrem Gesicht, bevor sie mich mit Unmengen von Wasser bespritzte. Eiskalt traf es auf meine Haut, aber in der sengenden Hitze der Sonne war das richtig erfrischend.

»Du Arsch!«, rief sie und schwamm kopfschüttelnd auf der Stelle. Ich konnte gar nicht aufhören zu lachen, und das Geräusch hallte von den Klippen auf der anderen Seite des Teichs wider.

»Sorry«, sagte ich, klang aber denkbar ungerührt. Sie bespritzte mich erneut, sodass ich zur Verteidigung die Hände in die Höhe hob.

»Wolltest du auch noch schwimmen, oder bist du nur hergekommen, um mich reinzuschmeißen?«, fragte sie anklagend. Ich erwiderte ihren Blick, hob die Arme über den Kopf, führte die Hände zusammen und tauchte kurz danach im kalten Wasser ab. Es spülte mir das Haar aus dem Gesicht und kühlte meine heiße Haut, weckte uralte Erinnerungen. Warum hatte ich mit der Rückkehr so lang gewartet?

Ich atmete tief ein, als ich wieder an die Oberfläche kam, genoss die vertrauten Empfindungen. Mit einem Mal war ich beinahe glücklich und spürte, wie meine bösen Vorahnungen sich verflüchtigten. Graces Blick ruhte auf mir, als ich die Augen wieder öffnete, aber dann wandte sie ihn schnell ab und sah zu dem winzigen Felsen hinüber, der neben dem Wasserfall emporragte.

»Willst du runterspringen?«, fragte ich.

»Kannst man das?«, fragte sie. Sie suchte die Seite des Kliffs nach einem Weg zu dem Felsvorsprung ab.

»Ja. Es gibt kleine Felsbrocken und Nischen, mit deren Hilfe man hinaufklettern kann. Das haben wir früher dauernd gemacht«, berichtete ich ihr. Der Felsen war nicht riesig, vielleicht zehn Meter, aber immerhin hoch genug, dass ein Sprung von dort oben gefährlich sein konnte. Stirnrunzelnd sah sie hinauf, als denke sie darüber nach. »Es sei denn, du hast Angst.«

»Ich habe keine Angst«, versicherte sie sofort und sah mich wieder an. Entrüstet über eine solch abwegige Vermutung. »Mach du es doch vor, wenn du so mutig bist.«

Ich zuckte mit den Schultern, sodass das Wasser um meine

Brust schwappte. »Ich hab das schon öfter gemacht. Allerdings war ich da viel jünger.«

Sie zog trotzig die Augenbrauen zusammen. »Na toll, dann zeig mir wenigstens, wie ich hochkomme.«

»Na gut«, meinte ich und grinste sie an. Ich mochte ihre Furchtlosigkeit, auch wenn mir klar war, dass sie manchmal nur so tat. Wovor sie auch Angst haben mochte, mir hatte sie es noch nicht anvertraut.

Sie schwamm an mir vorüber, wobei ihre Schulter die meine beinahe streifte. Ich folgte ihr mühelos, schwamm hinter ihr her und sah, wie das klare Wasser über ihre Haut glitt. Sie sah so seidenglatt aus. Ich fragte mich, wie es wohl sein mochte, sie zu berühren. Um den Gedanken zu vertreiben, tauchte ich den Kopf unter Wasser, sodass mir das Haar schon wieder am Kopf klebte.

Wir erreichten den Rand der Klippe und schwammen zu der Stelle, von der aus man am leichtesten hinaufklettern konnte. Ein kleiner Felsvorsprung ragte etwa einen Meter aus dem Wasser und diente als Ausgangspunkt.

»Dort«, rief ich und deutete darauf. »Von da oben aus siehst du, wo es langgeht.«

Stirnrunzelnd blickte sie empor, streckte die Arme nach oben aus, war aber zu klein. Sie konnte auf dem Grund nicht stehen, sodass sie sich mit den Füßen nicht nach oben abstoßen konnte. Also sank sie wieder herab, schnaubte frustriert und funkelte den Felsvorsprung an, als sei das ganz allein seine Schuld. Amüsiert beobachtete ich, wie sie versuchte sich hochzuhieven und scheiterte. Lautlos glitt ich auf sie zu und schwamm hinter sie.

Sie stieß ein leises Keuchen aus, als meine Hände noch einmal auf ihren Hüften landeten, diesmal länger, als es notwendig gewesen war, um sie in den Teich zu werfen. Ich musste ziemlich an mich halten, um sie nicht zu mir herumzudrehen und gegen den Fels zu pressen, aber ich widerstand. Ihre Haut fühlte sich unter meinen Handflächen warm an. Ich grub die Finger hinein und hob sie mit Leichtigkeit weit genug aus dem Wasser, dass sie den Felsvorsprung umfassen konnte. Zögernd ließ ich ihre Hüften wieder los, sodass sie sich selbst hochziehen konnte.

Sie sah auf mich herab, stand am Rande des Felsens, und glitzernde Wasserrinnsale tropften an ihrem Körper herab.

»Ich hätte es auch so geschafft«, meinte sie störrisch. Ich stieß mich ein wenig vom Felsen ab und lachte leise.

»Klar doch.«

Von dem Felsvorsprung aus erklomm sie den Rest der Felswand schnell und erreichte innerhalb weniger Sekunden den höchsten Punkt. Dann stellte sie sich genau an die Kante, klammerte sich mit den Zehen am Felsen fest. Ein paar Sekunden lang verharrte sie dort oben und starrte auf das Wasser ganz unten.

»Bist du sicher, dass es tief genug ist?«, rief sie ein wenig nervös. Ich verdrehte die Augen und grinste.

»Ich bin sicher!«, rief ich zurück. Sie zog schon wieder die Augenbrauen zusammen und blickte nach unten, und plötzlich hatte ich ein schlechtes Gewissen, weil ich sie zu der ganzen Aktion verleitet hatte. »Grace!«

»Was?«, fragte sie, sah mich immer noch nicht an und rührte sich auch nicht vom Fleck.

»Du musst das nicht machen«, sagte ich sanft. Ich wollte nicht, dass sie Angst hatte. Sie holte tief Luft, und ihre Brust hob und senkte sich heftig.

»Ich schaffe das«, sagte sie, wobei sie sich selbst genauso sehr davon zu überzeugen versuchte wie mich. Sie schloss einen Augenblick lang die Augen, dann stürzte sie sich über die Klippe, die Arme über der Brust gekreuzt. Mit fest zusammengepressten Beinen fiel sie nach unten. Ein lauter Freudenruf entrang sich mir. Ich war stolz auf sie, weil sie gesprungen war, und vergleichsweise leise tauchte sie im Wasser unter.

Ich schwamm zu der Stelle hinüber, an der sie untergegangen war, wollte ihr gleich gratulieren, sobald sie wieder auftauchte. Unter Wasser konnte ich kaum etwas erkennen, weil der Wasserfall das Wasser aufwirbelte. Aber ich schaffte es dennoch zu der Stelle, an der sie verschwunden war.

Das breite Grinsen auf meinem Gesicht begann jedoch mit jeder weiteren Sekunde, da sie nicht wieder auftauchte, zu verblassen. Ein mehr als angemessener Zeitraum verging. Furcht erfasste mich, und mein Herz klopfte wie wild.

»Grace?«, schrie ich, wirbelte verzweifelt im Wasser herum und versuchte, unter der Oberfläche etwas zu erkennen. Ich sah nichts als das um mich herumspritzende Wasser. Ich tauchte, tastete unter Wasser die Umgebung ab, bekam aber nichts zu greifen. Sehen konnte ich auch nichts.

Ich tauchte wieder auf, holte tief Luft, rief erneut ihren Namen. »Grace!«

Wieder ging es unter die Wasseroberfläche. Ich schwamm woanders hin, um sie dort zu suchen. Mein Puls hämmerte, Panik erfasste mich. Ich hatte mit einem Mal große Angst um sie. Was, wenn ihr etwas zugestoßen war? Was, wenn sie auf einen Felsen geprallt war, von dem ich nichts wusste, oder doch falsch auf dem Wasser aufgekommen war?

Verzweifelt schnappte ich nach Luft, als ich wieder an der Wasseroberfläche war, sah mich hektisch um, konnte aber nichts entdecken. Wenn sie sich jetzt verletzt hatte, nur weil ich sie angestiftet hatte, von der Klippe zu springen ...

Oder noch Schlimmeres ...

Ich schüttelte den Kopf, versuchte, den dunklen Gedanken loszuwerden, noch bevor ich ihn zu Ende gedacht hatte. Ich würde sie finden.

Aber mir gingen langsam die Ideen aus. Die Angst, sie verloren zu haben, drohte mich gerade zu überwältigen, als zwei Arme sich von hinten um meinen Nacken schlangen und mich unter Wasser zogen. Dann ließen sie mich wieder los. Ich tauchte wieder auf, fuhr mir wütend mit der Hand durchs Haar und entdeckte eine hysterisch lachende und sehr lebendige Grace, die vor mir im Wasser auf und ab wippte.

»Was zum Teufel sollte das?«, fragte ich, plötzlich total sauer auf sie. Sie lachte weiter, aber ich konnte nicht mal dieses wunderschöne Geräusch genießen, das von den Felsen widerhallte, so fuchsteufelswild war ich.

»Ach, entspann dich«, rief sie, als sie endlich wieder Atem schöpfte. »Du hättest dein Gesicht sehen sollen!«

»Das war nicht lustig«, rief ich. Ich war regelrecht verwundert, dass das Wasser in meiner Umgebung nicht kochte.

»Ein bisschen schon«, neckte sie mich und spritzte mich nass. Ich funkelte sie weiter wütend an. »Ach Mann, komm wieder runter! War doch nur ein Scherz.«

»Ein schrecklicher Scherz«, spie ich hervor und schwamm vor ihr davon. Dass sie mir folgte, wunderte mich keineswegs, aber dennoch war ich überrascht, als sie mich schnell einholte und mir eine Hand auf die Schulter legte. Ich ärgerte mich, weil ihre Berührung heiß glühende Funken durch meinen Körper sandte.

»Hayden«, sagte sie und hinderte mich am Weiterschwimmen. Ihre Miene war immer noch belustigt, wenn auch nicht so extrem wie zuvor. »Tut mir leid. Ich fand es ganz lustig.«

»Ich aber nicht«, murmelte ich. Meine Stimme war über das Rauschen des Wasserfalls, der nur wenige Meter von uns entfernt war, kaum zu hören. Ich sah, wie die Belustigung langsam aus ihren Zügen wich.

»Ich wollte dir keine Angst einjagen«, sagte sie sanft.

»Ich hatte keine Angst«, log ich mit missmutiger Miene.

Sie runzelte leicht die Stirn. Ihr Körper trieb ganz in meiner Nähe im Wasser. Und obwohl ich so wütend auf sie war, hatte ich das unbändige Verlangen, die Hand auszustrecken und sie zu berühren.

»Ach so, okay«, sagte sie leise.

Sie wandte den Blick ab und ließ sich noch ein Stück weit von mir forttreiben. Jetzt war ich noch frustrierter. Warum hatte sie mir diesen blöden Streich spielen müssen und damit beinahe den schönen Nachmittag ruiniert? Ich hatte nicht nur eine Heidenangst gehabt, dass ihr etwas zugestoßen war, jetzt hatte ich auch noch Schuldgefühle, weil ich ihr die Laune verdarb.

Ich streckte unter Wasser die Hand nach ihr aus, aber das konnte sie nicht sehen, weil sie weiter von mir fortschwamm. Sie verschwand hinter dem Vorhang des Wasserfalls. Ich stöhnte leise, tauchte noch einmal komplett ab und versuchte, mich zu entspannen. Unter Wasser atmete ich aus, beobachtete, wie die Luftbläschen vor mir aufstiegen.

Hör auf zu lügen, Hayden.

Ich kam wieder nach oben und atmete tief ein, um die Sauerstoffvorräte in meiner Lunge wieder aufzufüllen. Hinter dem Vorhang aus herabfallendem Wasser konnte ich sie nicht erkennen, aber ich wusste, dass sie dahinter war, zwischen dem Wasserfall und dem Felsen. Das Wasser prasselte auf meine Schultern, als ich ihn durchquerte und den Atem so lange anhielt, bis ich auf der anderen Seite war. Da war sie, genau wie ich erwartet hatte. Sie sah fast traurig aus, und ich bekam ein noch schlechteres Gewissen.

Ich sah ihr tief in die Augen, kam noch näher, verharrte erst, als ihre Brust nur noch dreißig Zentimeter von meiner entfernt war. Sie schwieg, aber mir war nicht entgangen, dass ihr kurz der Atem stockte, als ich in ihr Refugium eindrang.

»Ich hatte doch Angst«, flüsterte ich, wobei das Rauschen des Wassers mich beinahe übertönt hätte. Sie antwortete nicht, blickte mir aber weiter unverwandt in die Augen. Vorsichtig hob ich die Hand aus dem Wasser und ließ den Daumen über ihre Wange gleiten. Wie weich ihre Haut sich anfühlte! »Ich hatte Angst, dass dir etwas passiert sein könnte.«

Erstaunlicherweise war es eine Erleichterung, meine Angst offen zuzugeben.

»Tut mir leid, dass ich dir Angst eingejagt habe«, sagte sie leise und hielt den Atem an. Ich selbst holte tief Luft, kämpfte gegen den Instinkt an, mich zu verschließen und von ihr abzurücken.

»Du jagst mir immer wieder Angst ein ... und zwar auf mehr als nur eine Weise.«

Bei diesen Worten blieb ihr vor Staunen der Mund offen stehen. Unwillkürlich rückte ich näher an sie heran. Jetzt trennten uns nur noch wenige Zentimeter. Meine Hand lag immer noch auf ihrem Gesicht, und ich vergrub die Finger hinterm Ohr in ihrem Haar.

»Du mir ebenso«, bekannte sie atemlos. Bei diesem Geständnis flatterte mein Herz in der Brust.

»Hast du denn jetzt Angst?« Ich sah sie fragend an. Sollte ich lieber aufhören? Doch in ihren wunderschönen grünen Augen las ich nichts als stille Verletzlichkeit.

»Nein«, gab sie zur Antwort, was nicht hundertprozentig überzeugend klang. Sie atmete rasselnd ein und beobachtete mich weiter.

»Ich will nicht, dass du jemals Angst vor mir hast«, sagte ich aufrichtig zu ihr. Gerade weil dieses Gefühl in mir so frisch war, war dies das Letzte, was ich mir für sie wünschte.

»Ich habe keine Angst«, wiederholte sie flüsternd. Nun gab es keinen Abstand mehr zwischen uns; ihre Brust presste sich an meine. Meine Lippen waren ihren so nahe, dass ich beinahe explodiert wäre. Den leichten Druck ihrer Hand an meiner Hüfte verstand ich als stumme Erlaubnis, weiterzumachen. Und in meiner Magengrube ging ein ganzes Feuerwerk los, als ich diesem Kuss nachgab, der unvermeidlich schien.

KAPITEL 16
ERLIEGEN

Grace

Die Berührung von Haydens Lippen fuhr wie ein Stromstoß durch meinen ganzen Körper. Die Spannung des Nachmittags war stetig gestiegen, so viele Gefühle waren auf mich eingeprasselt. Und schließlich hatte ich das Gefühl gehabt, ich würde platzen, wenn er mich nicht küsste. Als er es dann tat, war ich überwältigt vor Glück.

Ich spürte, wie sein Körper sich fest an den meinen presste, wie er mich gegen den Felsen hinter dem Wasserfall drängte, während wir mit den Füßen Halt auf den Steinen fanden. Seine Hüften waren fest und muskulös. Ich packte sie, konnte mich nicht zurückhalten, musste ihn einfach näher zu mir heranziehen. Seine Hand auf meiner Wange schien sich durch meine Haut hindurchzubrennen, aber das war nichts im Vergleich zu der Hitze seiner Lippen auf meinen. Es war, als seien wir von Flammen eingekesselt; unsere Verbindung schürte das Feuer nur noch, bis wir drohten zu Asche zu zerfallen.

Er nahm meine Unterlippe zwischen seine Lippen und zog sie leicht zurück, dann küsste er mich weiter. Ich keuchte, als er mir langsam die Zunge in den Mund schob und meine damit liebkoste. Ich war mir seiner Hand auf meinen Rippen deutlich bewusst, seiner großen Hand, die unter Wasser auf meiner Haut lag. Und sosehr ich sie auch zu ignorieren versuchte, mein Verlangen war so überwältigend, dass ich mir inständig wünschte, sie möge weiter hinabwandern.

Wie von selbst stießen sich meine Hüften von der Felswand ab und brandeten ihm entgegen, was einen weiteren Stromstoß durch meinen Körper sandte. Er reagierte sofort: Sein Kuss wurde wilder, die Begierde immer verzweifelter. Ich ließ seine Hüften los, hob die Hände aus dem Wasser und verwob sie in seinem wilden Haarschopf. Ich krallte mich an den Strähnen fest und zog ihn zu mir heran, um ihn umso härter zu küssen.

Ein leises Stöhnen entrang sich meinen Lippen, als seine Hand an meiner Seite hinabglitt, sich langsam über meine Haut schlängelte und tief unten landete. Er presste seine Hüften an meine und stimulierte damit meine Mitte, sodass ich beinahe ins Wasser gerutscht wäre. Mein ganzer Körper vibrierte, und trotzdem wollte ich immer mehr.

Mein Gott, wie schmerzhaft war das Verlangen, ihn zu berühren.

Ich atmete tief ein, als er den Mund von meinem löste und die Lippen nun an meinem Hals entlangwandern ließ, um an der Haut unter meinem Ohr zu saugen. Ich bäumte mich ihm entgegen, und jeder feuchte Kuss an meiner Kehle ließ mich lichterloh in Flammen aufgehen. Als ich spürte, wie sein Daumen bedächtig am Bund meines Höschens entlangfuhr, pochte mein Herz umso wilder in meiner Brust.

»Grace ...«, raunte er an meinem Hals. Der Klang meines

Namens aus seinem Mund ließ mich erschauern, steigerte meine Begierde ins Unermessliche. Ich bekam kaum noch Luft, konnte nicht antworten.

Er wiederholte die Bewegung seines Daumens, diesmal etwas tiefer als beim ersten Mal. Als ich ihn nicht aufhielt, schob er mir die Hand zwischen die Beine und umfing mich über dem dünnen Stoff, der meine Mitte verhüllte. Ich keuchte, und er hob den Kopf. Seine Augen fanden die meinen, während er den Druck zwischen meinen Beinen verstärkte. Ich biss mir auf die Unterlippe, unterdrückte nur mit Mühe ein kehliges Stöhnen.

Er beobachtete meine Reaktion, suchte nach einem Zeichen, das ihn zum Aufhören bewegen würde. Mein Körper schmolz unter seinem Blick förmlich dahin, dabei hatte er mich noch nicht einmal berührt, nicht richtig jedenfalls. Als ich seine sanften Liebkosungen nicht länger ertrug, drängte ich mich voran, presste meine Lippen erneut auf seine und gab ihm damit die wortlose Erlaubnis, das zu tun, was er tatsächlich vorhatte. Er verstand meine stumme Bitte sofort, erwiderte den Kuss voller heißem Verlangen und zog die Hand zurück.

Die kurze Enttäuschung, weil er mich nicht mehr berührte, verflog auf der Stelle, als er nun die Finger unter den dünnen Stoff meines Höschens gleiten ließ. Ich keuchte in seinen Mund hinein, als ich spürte, wie sie sich den Weg in meine Mitte bahnten, langsam, bedächtig, bis er den empfindlichsten Nervenknoten erreichte. Energisch schlang ich ihm die Arme um den Nacken, presste seine Brust so fest an mich, wie es mit seiner Hand zwischen uns überhaupt möglich war.

Ein leises Wimmern entfuhr meiner Kehle, als sein Daumen meine Klitoris umkreiste, und zwar mit einem gleichmäßigen Druck, der mich in den Wahnsinn trieb. Im Gleichtakt zum Rhythmus seiner Finger stieß ich ihm die Zunge in den Mund. Nachdem er ein paar Sekunden lang meine Nerven zur Raserei gebracht hatte, spürte ich, wie er meine Öffnung umkreiste, mich sanft stimulierte, bevor seine Finger in mich eindrangen, mich ganz und gar erfüllten.

»Oh, Gott«, murmelte ich, die Worte von unserem Kuss erstickt. Das schien ihn zu ermutigen, denn seine Finger glitten ein paar Mal hinein und hinaus, weiteten mich auf köstliche Weise, krümmten sich in meinem Innern, berührten meine empfindlichste Weiblichkeit.

Wie im Nebel bäumte ich mich ihm entgegen, mein Atem ging stoßweise, als ich eine Hand aus seinem Haar löste. Geschwind ließ ich sie an seinem Oberkörper hinabwandern. Seine starken Muskeln arbeiteten, und seine Brust weitete sich. Sein Atem ging unregelmäßig. Meine Hand hatte es beinahe schon zum Bund seiner Shorts geschafft, als er unseren Kuss unterbrach.

»Nicht«, hauchte er, hielt aber kaum inne, sondern küsste mich erneut. Seine Zunge stieß heftig gegen meine, während seine Finger unaufhörlich in mich hineinstießen, und sein Daumen quälend beharrlich über meine Klitoris glitt.

»Warum nicht?«, keuchte ich, konnte nicht verstehen, warum er das nicht zulassen wollte.

»Noch nicht«, antwortete er an meinem Mund. Er sog meine Lippe noch einmal ein, dann unterbrach er den Kuss erneut und sah mich an. »Ich will dich einfach nur spüren.«

Ich atmete scharf ein, mehr als bezaubert – nicht nur von seinen Worten, sondern auch von der Art, wie seine Hand ihre Magie in mir entfaltete. Ich versuchte, seinem Blick standzuhalten. Mein Atem ging immer schneller; ich stand am Abgrund, würde es nicht viel länger zurückhalten können. Er beobachtete mich aufmerksam, während seine Finger sich in mir bewegten, schien genau nachzuhalten, was jede einzelne Bewegung mit mir machte. Anscheinend spürte er, dass ich dem Höhepunkt nahe war. Seine Lippen prallten auf die meinen, und meine Hände verwoben sich erneut mit seinem Haar. Ich spürte, wie seine Unterarmmuskeln sich anspannten, während er die Finger immer und immer wieder in mich hineinstieß. Mit einer weiteren Kreisbewegung über meinen empfindlichsten Nervenknoten trieb er mich in den Abgrund, während die Wogen über mir zusammenbrachen.

»Hayden ...« Mehr brachte ich nicht heraus, so überwältigt war ich von den Empfindungen, die meinen Körper durchtosten.

Meine ganze Gestalt erbebte zwischen ihm und dem Felsen. Ich konnte mich dem Kuss kaum mehr hingeben, so sehr rang ich um Atem. Meine Arme fühlten sich an wie aus Gelee. Ich brachte kaum die Kraft auf, sie weiter um seinen Hals zu schlingern. Seine Finger ließen eine ganze Weile immer noch nicht von mir ab, bis er seine Lippen von meinen löste und sich weit genug zurückzog, um mir ins Gesicht zu sehen. Langsam kehrte ich aus den luftigen Höhen der Lust wieder in die Wirklichkeit zurück. Ich schloss erschöpft die Lider und lehnte den Kopf an den Felsen, spürte, wie meine gesamte Haut von einer feinen Röte überzogen wurde.

»Mein Gott«, keuchte ich. Ich zuckte leicht zusammen, als ich seine Lippen erneut an meiner Kehle spürte, was eine erneute Hitzewelle durch meinen überempfindlichen Körper sandte. Dann gelang es mir endlich, die Augen zu öffnen, sodass ich seinen lodernden Blick auf mir wahrnahm.

»Alles gut?«, fragte er vorsichtig.

»Großartig«, antwortete ich aufrichtig. Ich spürte die Nachwirkungen immer noch und glaubte, dort hinter dem Wasserfall zu zerfließen und von den Fluten davongetragen zu werden.

»War dir ... war dir das so recht?«, fragte er mit flammendem Blick.

»Wenn es mir nicht recht gewesen wäre, hätte ich dich gebeten aufzuhören«, antwortete ich immer noch um Atem ringend. Er musterte mich weiterhin intensiv, schwieg ein paar Sekunden, bevor er weitersprach.

»Gut«, sagte er schlicht, seine Stimme etwas tiefer als sonst. Unverwandt blickten wir einander schweigend in die Augen. Auf seinem Gesicht stand ein sanftes, ganz leichtes Lächeln.

»Wir sollten zurückkehren«, meinte er schließlich.

Ich blinzelte, war etwas überrascht, nickte aber zustimmend.

»Ja, okay.«

Er nickte ebenfalls. Er zog die Hand aus dem Wasser, ließ sie zwischen uns in der Luft verharren, dann fuhr er mir mit dem Daumen über die Lippe. Mir stockte der Atem, als er meinen Mund fixierte und erneut schwach grinste.

»Gehen wir.«

Er ließ die Hand sinken, drehte sich um und verschwand durch die Gischt des Wasserfalls. Ich holte nochmals tief Luft und versuchte, den Nebel zu verscheuchen, der sich über mich gelegt hatte – allerdings ziemlich erfolglos. Ich hatte immer noch das Gefühl zu zerfließen, als ich ihm durch das Wasser folgte und hinter ihm herschwamm, zurück in den kleinen Teich.

Ich sah, wie seine Schultermuskeln sich an- und wieder entspannten, während er das Wasser durchpflügte. Unsere Intimität von eben schien ganz plötzlich verflogen zu sein.

Ich gelangte kurz nach ihm ans Ufer, und erst in diesem Augenblick fiel mir auf, dass wir gar keine Handtücher mitgenommen hatten. Ich runzelte die Stirn, als ich meine Kleider aufnahm. Die Aussicht auf nasse Klamotten fand ich nicht allzu prickelnd, aber in Unterwäsche ins Camp zurückzukehren, wäre mir dann doch peinlich gewesen. Sogar jetzt so vor Hayden zu stehen, war mir peinlich, bis mir plötzlich der Augenblick, bevor wir in den See gesprungen waren, wieder in den Sinn kam. Er hatte mich daran gehindert, mich zu bedecken. Er hatte mich angesehen, als fände er mich schön.

»Wir können auf dem Rückweg etwas essen«, brach Hayden nun das Schweigen.

»Okay«, antwortete ich und zog mich an. Hayden fing meinen Blick auf, wandte sich aber ab, als er bemerkte, dass ich mir das Shirt über den Kopf streifte. Auch er konzentrierte sich nun darauf, sich wieder anzuziehen. Kurz darauf war auch das erledigt. Auch seine Waffe hatte er wieder in den Bund seiner Shorts gesteckt. Er gab mir eines der Lunchpakete, und wir machten uns auf den Rückweg nach Blackwing. Auf dem Rückweg wollte ich eigentlich mit ihm reden, aber mir fiel nichts ein. Es war so seltsam, dass Hayden mich in einer Minute küssen und berühren wollte, und in der nächsten den Eindruck vermittelte, als sei er in einer komplett anderen Welt. Er schwieg, während wir den Wald durchquerten, konzentrierte sich darauf, die Umgebung nach möglichen Bedrohungen zu scannen und das Sandwich zu verspeisen, das Maisie für ihn eingepackt hatte. Auch ich aß meines auf. Erst jetzt bemerkte ich, wie hungrig ich war.

Nach einem fast einstündigen Fußmarsch, auf dem wir keine fünf Worte gewechselt hatten, hatte ich das überwältigende Bedürfnis, das Schweigen endlich zu brechen.

»Was müssen wir heute tun?«, fragte ich und zog eine Grimasse. Was für ein lahmer Versuch, Konversation zu betreiben!

»Eigentlich steht heute nichts an«, antwortete er achselzuckend. »Ich bin nur nicht gern allzu lang vom Camp weg, falls irgendetwas passiert.«

»Ist denn in deiner Abwesenheit schon mal etwas passiert?«, fragte ich. Anders konnte ich mir seine Bemerkung nicht erklären.

»Ja«, antwortete er schlicht, ohne weiter darauf einzugehen. Er sah mich an, und plötzlich schien ihm aufzugehen, dass ich nur versuchte, mich mit ihm zu unterhalten. »Tut mir leid.«

»Was tut dir leid?«, fragte ich und runzelte verwirrt die Stirn.

»Tut mir leid, dass ich darin nicht allzu gut bin.«

»Worin?«

»Im Reden.«

»Du bist sowieso am mitteilsamsten, wenn du es eigentlich gar nicht vorhast«, lachte ich. Immerhin enthüllte er das meiste von sich, wenn ich ihn unvorbereitet erwischte. Dann schien ihm gar nicht so recht bewusst zu sein, dass er etwas von sich preisgab, bis es zu spät war.

»Wenn ich es nicht vorhabe«, wiederholte er nachdenklich.

»Hmm«, bestätigte ich mit einem Nicken.

»Na ja, so mitteilsam bist du selbst aber auch nicht«, meinte er mit der Andeutung eines Lächelns auf seinem Gesicht. Er wollte mich also necken.

»Da hast du nicht so Unrecht«, lachte ich. Ich war mir sehr wohl bewusst, wie wenig ich von mir selbst erzählte. Das einzig Persönliche, das ich ihm bislang mitgeteilt hatte, war die Identität meines Bruders. Alles andere hatte er durch reine Beobachtung oder indirekt durch unsere wenigen Unterhaltungen erfahren. Er schenkte mir ein bedächtiges Lächeln, das ich erwiderte, froh, das Schweigen zwischen uns endlich gebrochen zu haben.

Wir ließen den Waldrand hinter uns, und vor uns tauchten die Hütten Blackwings auf. Erleichtert stellte ich fest, dass alles ruhig zu sein schien. Haydens Unruhe war ansteckend gewesen. Wir passierten die äußeren Hütten, dann kehrten wir ins Zentrum des Camps zurück, wo die Menschen ihren jeweiligen Alltagsbeschäftigungen nachgingen. Als wir an der Krankenstation vorüberkamen, rief jemand Haydens Namen.

»Hayden!«

Wir wandten uns um. Es war Docc, der gerade aus dem Gebäude trat.

»Docc, was ist los?«, fragte Hayden mit plötzlich besorgter Miene.

»Es geht um Kit«, antwortete der mit ernster Miene. Plötzlich bekam ich Angst. Hayden verkrampfte sich neben mir. »Er hat eine Infektion, und ich habe nicht die Medikamente, um sie zu behandeln.«

»Wie schlimm ist es?«, fragte Hayden ernst.

»Mit der richtigen Medizin könnte ich ihm helfen, aber die brauche ich so schnell wie möglich«, antwortete Docc und rieb besorgt die Hände aneinander.

»Was brauchst du denn? Ich ziehe sofort los«, antwortete Hayden sogleich.

»Antibiotika«, antwortete Docc und reichte Hayden einen Zettel. »Aber es gibt noch eine schlechte Nachricht.«

»Noch eine?«, fragte Hayden frustriert und fuhr sich mit der Hand durch das mittlerweile fast trockene Haar.

»Ich weiß sicher, dass Whetland die Stadt vollständig geplündert hat. Sie haben beinahe alles in ihrem Bunker.«

»Whetland?«, wiederholte Hayden ärgerlich. »Man braucht Stunden, um dort hinzugelangen!«

»Ich weiß!«, antwortete Docc bedrückt.

»Schafft er es denn so lang?«, fragte Hayden angstvoll.

»Das kann ich nur hoffen. Wir dürfen keine Zeit mehr ver-

lieren. Ich habe Dax bereits veranlasst, alles für einen Raubzug zusammenzusuchen. Ihr drei solltet euch auf den Weg
machen, sobald er fertig ist.«

»Okay«, antwortete Hayden und nickte bereitwillig. »Wir
beeilen uns.«

»Viel Glück. Und passt auf euch auf«, antwortete Docc und
nickte mir kurz zu, bevor er wieder in der Krankenstation
verschwand.

»Verdammt«, murmelte Hayden und fuhr sich entnervt
mit der Hand übers Gesicht. »Komm, gehen wir.«

Er wandte sich um und ging auf die Kommandozentrale
am Ende des Weges zu. Ich folgte ihm auf dem Fuße.

»Hayden«, begann ich.

»Was?«, blaffte er. Seine Gestalt war total angespannt, als
er den Pfad entlangschritt. Ich ignorierte seinen unhöflichen
Ton, denn es war nicht persönlich gemeint.

»Zeig mir mal die Liste«, verlangte ich. »Vielleicht weiß
ich ja, wo wir so etwas in der Nähe bekommen, ohne gleich
nach Whetland zu müssen.«

Whetland war ein ähnliches Camp wie Blackwing und
Greystone. Aber es lag viel weiter entfernt, und der schnellste
Weg dorthin führte mitten durch die Stadt, wodurch er
gleichzeitig auch der gefährlichste war. Ich würde tun, was
ich konnte, um uns eine solche Tour zu ersparen. Wortlos
reichte Hayden mir die Liste. Ich überflog die Antibiotika, die
Docc dort notiert hatte, kannte sie alle. Zutiefst enttäuscht
erkannte ich, dass Docc Recht gehabt hatte: Der einzige mir
bekannte Ort, an dem wir meines Wissens die Medikamente
bekommen konnten, war Whetland.

»Shit«, murmelte ich und gab sie Hayden zurück. Er beobachtete mich angespannt. Dann drängten wir uns durch die Tür in die Kommandozentrale, wo schon der kleine Stapel Hilfsmittel auf uns wartete, den Dax zusammengesucht hatte.

»Hey«, grüßte uns Dax und blickte sich über die Schulter hinweg um. Er stand vor einem Gewehrkasten und sammelte Waffen und Munition ein. Dann wandte er sich um, in der Hand zwei 9mm-Pistolen. Er wollte eine davon gerade Hayden geben, als dessen Hand nach hinten fuhr und die Pistole zückte, die er im Hosenbund verborgen hatte. Er ließ sie vor Dax hin und her baumeln.

»Na dann«, murmelte Dax und wollte sich gerade wieder umdrehen.

»Warte«, hielt Hayden ihn auf. »Gib sie Grace.«

Wollte er mir etwa endlich eine Waffe anvertrauen?

»Wie bitte?«, fragte Dax mit zusammengebissenen Zähnen.

»Kit fehlt, und ohne Waffe ist sie nutzlos«, erklärte Hayden. Erst war ich beleidigt, dass er mich als nutzlos bezeichnete, aber im Grunde hatte er Recht. Kugeln ließen sich nur schwerlich mit den Fäusten abwehren.

Dax sah uns skeptisch an, bevor er mir die Waffe reichte. Ihr Gewicht fühlte sich auf wunderbare Weise vertraut in meiner Hand an, und zum ersten Mal seit meiner Ankunft in Blackwing kam ich mir nicht so gänzlich schutzlos vor. Endlich hatte ich die Möglichkeit, mich und die Menschen, mit denen ich zusammen war, zu verteidigen. Ich blinzelte irritiert, als mir klar wurde, dass damit Hayden und Dax gemeint waren. Sie wollte ich unter allen Umständen beschützen.

»Wenn du auf mich schießt, bring ich dich um«, murmelte Dax. Sein leichtes Grinsen nahm den grimmigen Worten den ‧Stachel. »Ich hole den Truck, während ihr zusammenrafft, was ihr sonst noch braucht.«

»Klingt nach einem Plan«, sagte Hayden und nickte. Dax verließ die Kommandozentrale und ließ uns allein. Hayden musterte mich besorgt. Anscheinend überlegte er, ob es richtig gewesen war, mir eine Waffe zu geben. Ich sicherte die Waffe und steckte sie in meinen Hosenbund, wie Hayden es ebenfalls häufig tat. Das kühle Metall an meinem Rücken vermittelte mir ein beruhigendes Gefühl.

»Ich werde nicht auf euch schießen«, versicherte ich ihm und verdrehte die Augen.

»Ich weiß«, antwortete Hayden und ließ den Blick noch ein paar weitere Sekunden auf mir ruhen, bevor er sich daranmachte, sich weiteres Material zu holen. Er warf alles in zwei separate Rucksäcke, von denen er mir einen reichte. Ich spähte hinein: Munition, zwei Flaschen Wasser, etwas zu essen, eine Taschenlampe und ein kleines Erste-Hilfe-Kit. Nicht allzu viel für einen langen Marsch, aber genug, um durchzukommen.

Draußen dröhnte der Motor des Trucks. Dax war also auch schon da. Ich wollte gerade zur Tür eilen, als Hayden mich aufhielt. Leicht legte er mir die Hand auf den Unterarm und sah mir erneut in die Augen.

»Pass auf dich auf«, sagte er leise und zog vielsagend die Augenbrauen herunter. Mir stockte der Atem, als ich ihn meinetwegen so besorgt sah.

»Du auch«, antwortete ich und hielt seinem Blick stand.

Er presste die Lippen aufeinander und nickte; dann nahm er die Hand von meinem Arm und hob die Utensilien auf, die Dax auf dem Boden bereitgelegt hatte. Ich hielt ihm die Tür auf, als er sie nach draußen trug, sie in den Truck warf und seinen Platz hinterm Steuer einnahm, während Dax auf den Beifahrersitz wechselte. Ich sprang auf die Rückbank und nahm sofort den durchdringenden Geruch nach Bleichmittel wahr, was mich an das Blut erinnerte, das hier vergossen worden war. Anscheinend war der Rücksitz seit dem letzten Mal gereinigt worden.

Hayden legte den Gang ein, die Menschen machten uns Platz, und er fuhr los. Während der Fahrt sagten wir kein Wort, dazu waren wir alle viel zu angespannt. Ich versuchte, nicht daran zu denken, wie unser letzter Ausflug in die Stadt verlaufen war, aber je näher wir kamen, umso unmöglicher konnte ich den Gedanken daran verdrängen. Ich wünschte mir verzweifelt, dass es einen anderen Weg nach Whetland gäbe als durch die Stadt, aber wir hatten keine Wahl. Die Stadt zu umfahren, hätte doppelt so lang gedauert, und diese Zeit hatten wir nun mal nicht.

Eher als gedacht bemerkte ich die verfallenen Überreste der Gebäude. Wir hatten den Stadtrand erreicht. Hayden wich geschickt den Trümmerbergen auf den Straßen aus, mied die Zementbrocken und Metallträger, die überall herumlagen.

»Haltet nach Brutes Ausschau«, raunte er Dax und mir zu. Ich nickte, auch wenn er es gar nicht sehen konnte, griff nach hinten und zückte die Pistole, die man mir anvertraut hatte, um bereit zu sein. Jetzt gelangten wir ins Herz der

Stadt, wo die gefährlichsten aller Brutes lauerten. Sie waren tagsüber relativ inaktiv, da sie ihr schmutziges Geschäft vornehmlich nachts erledigten, aber die Gelegenheit, uns zu überfallen, würden sie sich auch zu einer anderen Tageszeit wohl kaum nehmen lassen.

Das Tageslicht verblasste langsam, der Abend nahte, sodass ich noch besorgter wurde, als ich ohnehin schon war. Hayden flog weiterhin durch die Straßen, und das Adrenalin pumpte umso heftiger durch meine Adern. Ich hatte zwar keine Angst, aber nervös war ich durchaus. Als wir an einer Gasse vorbeisausten, entdeckte ich drei oder vier Menschen, die sich an einer Wand zusammendrängten.

»In der Gasse da«, rief ich und wandte mich um, um mich zu vergewissern, ob sie uns folgten. »Aber sie kommen nicht hinterher.«

»Okay.« Mehr sagte Hayden nicht. Ich bemerkte, dass er die Zähne zusammenbiss und dass die Knöchel seiner Hände am Lenkrad weiß hervortraten.

Plötzlich ertönte ein lauter Knall, allerdings war es kein Schuss. Dampf schoss unter der Motorhaube empor, und der Motor trieb die Räder nicht länger an. Hayden fluchte laut und versuchte, das Auto zum Weiterfahren zu bewegen, aber ohne Erfolg. Wir verloren schnell an Tempo und rollten aus, bis wir mitten auf der Straße stehenblieben. Der Motor schepperte hörbar, bevor er vollends den Geist aufgab.

»Nein, nein, nein!«, schrie Hayden und schlug mit den Fäusten aufs Lenkrad. »Das kann doch nicht wahr sein!«

»Mist!«, murmelte Dax, beugte sich vor und musterte die Motorhaube durch die Windschutzscheibe hindurch. Ich sah mich um, sicher, dass wir jeden Augenblick von Brutes belästigt werden würden.

»Wir müssen von der Straße runter«, sagte ich und war mir des schwindenden Tageslichts schmerzlich bewusst.

Nachts mitten auf der Straße in der Stadt von Brutes erwischt zu werden, war sicher das Letzte, was wir wollten.

»Nein, wir können es reparieren und weiterfahren«, widersprach Hayden entschlossen. Er drehte den Schlüssel im Zündschloss, aber der Motor gab keinen Mucks von sich. Wieder schlug er frustriert auf das Lenkrad ein.

»Hayden, ich weiß nicht, ob ich es vor Einbruch der Dunkelheit hinkriege«, sagte Dax angespannt. »Ich weiß nicht mal, was los ist, und die Sonne ist fast schon untergegangen. Das können wir nicht riskieren.«

»Gottverdammt!«, murmelte Hayden, der wusste, dass wir Recht hatten. »Okay, schnappt euch euer Zeug, und wir ziehen uns in dieses Gebäude da zurück.«

Er deutete auf ein Haus mit mehreren Stockwerken auf der anderen Straßenseite. Dax und ich nickten und machten uns sofort daran, so schnell wie möglich unsere Gepäckstücke zusammenzuraffen.

Sosehr es uns auch missfiel, es sah so aus, als würden wir eine Nacht inmitten der Stadt verbringen. Na toll!

KAPITEL 17
NIEMALS

Grace

Wir drei sprinteten so schnell und leise wie möglich über die Straße, wobei wir unaufhörlich nach möglichen Bedrohungen Ausschau hielten. Glücklicherweise schien niemand in der Nähe zu sein, der unsere Panne beobachtet oder überhaupt mitbekommen hatte, dass wir da waren. Das Gebäude, das Hayden ausgesucht hatte, war weit genug von dem liegen gebliebenen Truck entfernt und damit keineswegs der offensichtlichste Rückzugsort, denn ein paar Behausungen lagen viel näher.

An der Tür blieb Hayden mit dem Rucksack über seinen breiten Schultern und gezückter Waffe stehen. Vorsichtig spähte er durch den Türspalt, denn die Tür war aufgebrochen worden. Anscheinend handelte es sich um ein verlassenes Bürogebäude, drei Stockwerke hoch und nicht besonders groß. Eine gründliche Durchsuchung würde nicht allzu lange dauern, was vermutlich ein weiterer Grund gewesen war, warum er es gewählt hatte.

Mit erhobener Waffe stieß er vorsichtig die Tür auf und betrat lautlos das Gebäude. Ich folgte ihm mit Dax im Schlepptau. Wir zielten mit den Waffen in verschiedene

Richtungen, während wir im Gänsemarsch hineinschlichen. Hayden deutete mit dem Kopf nach rechts, womit er uns bedeutete, dass wir das Erdgeschoss durchkämmen und nachschauen sollten, ob dort jemand lauerte, bevor wir uns nach oben begaben. Ich spürte den vertrauten Nervenkitzel: Endlich konnte ich etwas tun. Während der langen Zeit, die ich nun schon in Blackwing war, war mir gar nicht aufgefallen, wie sehr ich die Aufregung und Gefahr eines Raubzugs vermisst hatte. Trotz unserer Panne war dies der erste Überfall, den ich an Haydens Seite unternahm, bei dem ich das Gefühl hatte, die Dinge tatsächlich unter Kontrolle zu haben. Wahrscheinlich lag das zu großen Teilen an der Waffe.

Ich sah mich in dem schnell dunkler werdenden Gebäude um, streckte die Waffe auf der Suche nach Gefahrenquellen in sämtliche Richtungen. Der Rucksack auf meinem Rücken war leichter, als mir lieb war; leichter bedeutete, dass wir nicht allzu viele Vorräte dabeihatten, und eine Übernachtung hatten wir schon gar nicht geplant. Ich wusste, dass Hayden gehofft hatte, Hin- und Rückweg ohne Zwischenstopp hinter sich bringen zu können, weshalb Decken oder wärmere Kleidung unnötig gewesen waren. Der Gedanke, dass der Truck mitten in der Stadt seinen Geist aufgeben könnte, war ihm offensichtlich nicht gekommen.

Nachdem wir das schwer verwüstete Erdgeschoss inspiziert hatten, war uns klar, dass außer uns niemand da war. Mit weiterhin gezückten Waffen blieben wir stehen, während Hayden zur Eingangstür zurückkehrte. Schweigend beobachteten wir, wie er die Tür genauer untersuchte, um sie fest verschließen zu können. Stirnrunzelnd betrachtete er den nutzlos herunterbaumelnden Türriegel. Seine Armmuskeln spannten sich an, als er die Tür zuschob. Mit lautem Knall schlug die Tür gegen den verzogenen Rahmen, sodass Dax und ich vor Schreck zusammenzuckten. »Na toll«, murmelte Dax, was ihm Haydens wütenden Seitenblick einbrachte. Ich hielt nach einer Möglichkeit Ausschau, die Tür zu verriegeln. Schließlich entdeckte ich einen großen umgekippten Aktenschrank. »Helft mir«, rief ich und deutete mit einem Kopfnicken auf das große Möbelstück. Ich schob meine Waffe in den Hosenbund. Hayden tat es mir gleich, dann packte er die Seitenwand des Metallschranks und half mir, ihn vor die Tür zu schieben, sodass sie von außen nicht mehr geöffnet werden konnte.

»Gute Idee. Wenn Feinde hier drin sind, können sie uns so zumindest auch nicht entkommen und Verstärkung holen«, flüsterte er und nickte. »Jetzt lass uns den Rest des Hauses checken.«

Ich nickte und folgte ihm zu den Treppenstufen hinüber, die in den ersten und zweiten Stock führten. Im ersten Obergeschoss befanden sich noch mehr Büros, die fast genauso aussahen wie die unten. Auch hier schien sich niemand aufzuhalten. Weiter ging es ins oberste Stockwerk, das drei verschiedene Räumlichkeiten beherbergte: ein Badezimmer, ein großes Konferenzzimmer und ein Büro, das erheblich größer war als die in den darunterliegenden Stockwerken. Hier oben war es etwas sauberer, als hätten die Plünderer sich nicht die Mühe gemacht, auch hier noch nach Beute zu suchen.

Hayden stieß die Tür zum Bad mit dem Fuß auf, richtete seine Waffe auf den dunklen Bereich, aber es war niemand zu entdecken. Auch Konferenzraum und Büro waren menschenleer, sodass wir erleichtert aufatmeten. »Besser als nichts«, meinte Dax achselzuckend. Er ließ sich auf einen großen Stuhl hinter einem hübschen Holzschreibtisch plumpsen, und wir senkten zum ersten Mal, seit wir hier heraufgekommen waren, die Waffen. »Steht mir, oder?«

Er warf Hayden und mir ein zufriedenes Grinsen zu, sodass ich unwillkürlich kichern musste. Selbst in den stressigsten Situationen blieb Dax stets heiter. Er verschränkte die Hände hinter dem Kopf, lehnte sich auf dem Sessel zurück und reckte sich. Hayden hingegen ging zum Fenster hinüber, um die Straße unter uns zu beobachten.

»Was denkst du, wie lang du zur Reparatur des Trucks brauchst?«, fragte er und hielt nach Brutes oder anderen Feinden Ausschau, entdeckte offenbar aber niemanden, denn er schlug keinen Alarm.

»Kommt drauf an, was ihm fehlt«, antwortete Dax achselzuckend.

Der große Schreibtisch stand inmitten des Zimmers, zwei weitere Stühle auf der anderen Seite. Eine Vitrine mit relativ nutzlosem Trödel befand sich neben ein paar großen Aktenschränken auf der anderen Seite. Frustriert registrierte ich, dass dieses Gebäude außer dem Schutz, den es uns in dieser Nacht bot, nichts Nützliches enthielt. Es gab nicht mal eine Couch, auf der man hätte schlafen können.

Ich zuckte zusammen, als Hayden mit einem Ruck die Vorhänge zuzog und das schwindende Sonnenlicht ausschloss. Dann nahm ich auf einem Stuhl Dax gegenüber Platz, wobei ich in der Dunkelheit gegen den Schreibtisch stieß. »Au«, murmelte ich, und Dax lachte.

»Ach, halt die Klappe«, brummte ich, wenn auch mit schwachem Grinsen. Ich streifte den Rucksack ab und stellte ihn zwischen meine Füße, um nach meiner Taschenlampe zu suchen, die Hayden meines Wissens eingepackt hatte. Dax fand seine noch vor mir, denn schon bald erhellte ein dünner Lichtstrahl das Zimmer. Ich sah wie unser Anführer sich auf den verbleibenden Stuhl neben mir setzte. Der quietschte, und Hayden verzog angewidert das Gesicht.

»Und was jetzt? Können wir jetzt nichts weiter tun, als zu warten, bis die Sonne wieder aufgeht?«, fragte ich. Ich hatte noch nie über Nacht in der Stadt festgesessen, aber eins wusste ich genau: Im Dunkeln sollte man sich keinesfalls draußen aufhalten.

»Ja, ich denke schon«, antwortete Hayden. Er klang ebenfalls genervt, aber es war einfach zu gefährlich, den Truck im Dunkeln reparieren zu wollen. Dax ignorierte uns und durchstöberte die Schreibtischschubladen, die er eine nach der anderen aufzog.

»Willst du etwas essen? Hast du Hunger?«, fragte mich Hayden und deutete mit einem Kopfnicken auf meinen Rucksack.

»Alles bestens«, versicherte ich. Er sah mich an und holte tief Luft, wollte offenbar noch etwas sagen, besann sich dann aber eines Besseren.

»Jackpot!«, rief Dax plötzlich und hob den Kopf aus einer

Schublade. Er grinste breit, reckte die Faust in die Höhe, in der er eine braune Flasche hielt, die beinahe noch voll war. Whiskey.

»Damit macht dieser Raubzug doch gleich doppelt so viel Spaß«, meinte er, stellte die Flasche auf den Tisch und ließ die Hände ehrerbietig über den Flaschenbauch gleiten. »Ich hatte seit Jahrhunderten keinen vernünftigen Drink mehr.«

»Auf keinen Fall«, rief Hayden und schüttelte mit strenger Miene den Kopf. »Außerdem stimmt das nicht. Du hast letztens noch mit Kit auf der Krankenstation einen getrunken.«

»Nein, hab ich nicht. Kit hat alles allein ausgetrunken, dieser Säufer«, antwortete er und ignorierte Haydens strafenden Blick, als er versuchte, den Verschluss zu öffnen. Vor Anstrengung biss er dabei die Zähne zusammen, denn über die Jahre war er vollkommen verklebt. Ein leises Plop gefolgt von Dax' Jubel zeigte uns, dass er schließlich Erfolg hatte.

»Nein, Dax, wir müssen nüchtern bleiben«, mahnte Hayden tadelnd. »Sich mitten in der Stadt zu betrinken, ist eine echt miese Idee.«

»Ich will mich nicht betrinken. Nur einen Schluck«, widersprach Dax und zog die Flasche dichter zu sich heran, als befürchtete er, dass Hayden sie ihm wegnehmen könnte. »Wenn du keinen willst, umso besser. Grace und ich schaffen das auch allein, stimmt's Grace?«

Überraschend sah er mich an und grinste verschwörerisch.

»Äh ...«, machte ich ratlos. Einerseits war ein Drink eigentlich genau das, was ich nach einem emotional so anstrengenden Tag brauchte, andererseits wollte ich auch nicht riskieren, dass Hayden sauer auf mich war. In diesem Gebäude waren wir allerdings relativ sicher. Und ein einziger Drink konnte tatsächlich nicht schaden ...

Hayden funkelte mich an, als läse er meine Gedanken. Das besiegelte meinen Entschluss. Ich mochte vielleicht seine Gefangene sein, aber nach dem heutigen Tag galt das im Grunde nur noch eingeschränkt. Zumindest konnte Hayden nicht mehr *alles* kontrollieren, was ich tat.

»Klar, trinken wir einen, Dax«, antwortete ich und grinste ihn an. Hayden seufzte vernehmlich und widmete sich seinem Rucksack. Er kramte darin herum, bis er eine Kerze und ein Streichholzbriefchen gefunden hatte. Die Kerze stellte er auf den Schreibtisch und zündete sie an, damit Dax die Taschenlampe ausschalten konnte. Ihr sanfter flackernder Schein verbreitete sich im Raum, beleuchtete den Schreibtisch und die Umgebung, beließ den Rest aber in relativer Dunkelheit.

»Ach komm schon, Hayden, entspann dich«, meinte Dax und grinste ihn an, hob die Flasche an die Lippen und legte den Kopf in den Nacken. Die Flüssigkeit rann ihm in den Mund. Dann senkte er die Flasche wieder und verzog das Gesicht, so sehr schien es zu brennen. Er schluckte und stieß heftig den Atem aus, pfiff leise durch die Zähne und zog die Augenbrauen hoch.

»Hoffe, du verträgst ein bisschen was, Grace«, sagte er und wischte sich mit dem Handrücken den Mund ab. »Ganz schön stark, das Zeug.«

Er reichte mir die Flasche, und ich schnüffelte daran. Was ich auf der Stelle bereute, denn das feurige Aroma versengte mir die Nasenlöcher und verbrannte zumindest die oberste

Zellschicht meiner Schleimhäute. Ich spürte, dass Hayden mich nicht aus den Augen ließ, und war entschlossen, mir beim Trinken nichts anmerken zu lassen. Ich wollte schließlich nicht wie ein Schulmädchen wirken. Also hob ich die Flasche an die Lippen und legte den Kopf in den Nacken. Es schmeckte wie pure Säure, brannte mir im Magen. Trotzdem verzog ich keine Miene, als ich herunterschluckte.

»Zum Teufel, ja«, meinte Dax zufrieden, eindeutig beeindruckt, als ich die Flasche wieder senkte und an Hayden weiterreichte. Ich war verblüfft, als er sie annahm, und freute mich über seinen schockierten Gesichtsausdruck. »Komm schon, Hayden. Lass uns nicht allein trinken. Nur einen Schluck. Oder zwei«, sagte Dax.

»Ja, komm schon, Hayden«, neckte ich ihn und schenkte ihm ein schwaches Grinsen. Ein winziger, belustigter Funke glomm in seinen Augen, bevor er den Kopf schüttelte und leise lachte.

»Na toll. Ihr beide habt echt einen schlechten Einfluss auf mich«, murmelte er. Er trank einen Schluck und kam erheblich besser damit klar als Dax und ich. Die einzige Reaktion, die Hayden sich anmerken ließ, war eine winzige Grimasse, als er Dax die Flasche zurückgab und der Schnaps ihm im Magen brannte.

Dax stieß leises Triumphgeheul aus, nahm die Flasche in die Hand, hielt aber nun inne.

»Ich brauche noch einen Augenblick«, sagte er und grinste verlegen. Dann atmete er noch einmal tief aus, als müsse er sich für die nächste Runde erst noch wappnen. Anscheinend hatte sich sein Magen noch nicht beruhigt.

»Ich wusste ja, dass du es nicht bei einem einzigen Schluck belassen würdest«, murmelte Hayden und lehnte sich auf seinem Stuhl zurück.

»Einen Schluck kann man wohl kaum als Drink bezeichnen. Ohne Gläser besteht der aus mindestens ein paar Schlucken«, widersprach er leichthin. »Wir müssen immerhin ein bisschen Zeit totschlagen. Sollten wir dabei nicht wenigstens ein bisschen Spaß haben?«

»Nein«, antwortete Hayden rundheraus. »Das hier ist ein Raubzug. Der macht nun mal keinen Spaß.«

»Was hast du denn vor?«, fragte ich Dax. Allzu viel würde ich sonst von diesem Whiskey wohl kaum mehr herunterbringen, also war mir jeder Grund willkommen. Hayden funkelte mich noch einmal an, was ich ignorierte. Ich blickte im sanften Kerzenlicht zu Dax hinüber.

»Ich habe noch nie«, sagte Dax. »Hast du das schon mal gespielt?«

»Nein«, antwortete ich. »Ich habe noch nie bei irgendwelchen Spielen mitgemacht.«

»Genau darum geht es. Du sagst einfach irgendwas, was du noch nie gemacht hast, und wenn wir es schon gemacht haben, müssen wir trinken«, erklärte er.

»Klingt eigentlich nicht nach einem richtigen Spiel«, murmelte Hayden. Er schien fest entschlossen, sich nicht zu amüsieren. Angesichts unserer Situation hier in diesem Gebäude war das allerdings nur allzu verständlich.

»Versuchen wir es doch«, bat ich. Hayden seufzte und verdrehte die Augen. Dann aber beugte er sich mit nachsichtiger Miene vor.

»Gut. Dann du als Erster, Bursche«, sagte er zu Dax. Was für eine altmodische Formulierung. Ich erinnerte mich, dass mein Vater dieses Wort allerdings auch schon mal benutzt hatte, ging aber davon aus, dass nicht jeder es heutzutage noch verstand. Es wollte so gar nicht mehr in unsere Welt passen.

»Na gut«, antwortete Dax und rieb die Fingerspitzen aneinander, während er mit Verschwörermiene zwischen Hayden und mir hin und her sah.

»Ich habe noch nie in Greystone gelebt«, sagte er schließlich und sah mich demonstrativ an. Ich verdrehte die Augen.

»Ernsthaft?«

»Ernsthaft. Also trink, Kumpel«, sagte er selbstgerecht und schob mir die Flasche über den Tisch hinweg zu. Ich spürte Haydens Blick auf mir, als ich die Flasche an die Lippen führte und einen Schluck trank. Beim zweiten Mal brannte es genauso sehr wie beim ersten. Diesmal war es um meine Fassung geschehen. Ich verzog das Gesicht, schluckte und stellte die Flasche wieder auf den Tisch.

»Bin ich jetzt dran?«, fragte ich. Dax nickte. Ich zermarterte mir das Hirn, womit ich sie beide drankriegen konnte. »Ich habe noch nie ... mit einem Mädchen geschlafen.«

Dax schnaubte. Dann nahm er begeistert die Flasche hoch, trank einen Schluck und schob sie zu Hayden hinüber. Ich hatte ein mulmiges Gefühl im Bauch, als Hayden ebenfalls trank und damit bestätigte, was ich ihn nicht geradeheraus hatte fragen wollen. Er *hatte* also schon einmal mit jemandem geschlafen. Eigentlich nicht überraschend nach dem, was er heute mit mir gemacht hatte; und schließlich war auch ich schon mit anderen Männern zusammen gewesen. Meine Gedanken wanderten sofort zu den Mädchen in Blackwing. Ich zerbrach mir den Kopf, mit wem er es wohl getrieben hatte. Plötzlich kam mir der schreckliche Gedanke, dass die Betreffende vielleicht gar nicht mehr lebte. Also schüttelte ich den Kopf und zwang meine Gedanken in eine andere Richtung.

»Hayden, du bist dran«, sagte ich und nickte ihm zu.

»Na gut. Ich bin noch nie mit einem voll funktionstüchtigen Fahrzeug gegen einen Baum gefahren, weil ich glaubte, dass ich eine Spinne im Gesicht hätte«, sagte Hayden und grinste Dax über den Tisch hinweg zu.

»Das ist *ein einziges Mal* passiert, und es saß *tatsächlich* eine Spinne auf meinem Gesicht, vielen Dank«, erwiderte Dax prompt und deutete mit dem Finger auf Hayden. Dann grinste er und nahm die Flasche zögernd entgegen. »Ich möchte mal sehen, ob du cool geblieben wärst, wenn so ein Vieh auf dir herumkrabbelt.«

Zum ersten Mal seit unserer Ankunft lachte Hayden herzhaft. Er grinste breit, während er Dax beim Trinken beobachtete. Grübchen zeigten sich in seinen Wangen, und einen Augenblick lang war ich ganz fasziniert von seinem guten Aussehen. Ich wünschte, er würde häufiger lächeln.

Als ob er meinen Blick auf sich spüren könnte, sah er mir plötzlich in die Augen. Ich blinzelte und sog leise den Atem ein, weil ich erwischt worden war, wandte aber meine Aufmerksamkeit nicht ab. Sein Lächeln wurde weich, war nicht länger amüsiert, sondern zufrieden.

»Jetzt bin ich dran. Ich habe niemals insgeheim jemanden

begehrt, der eigentlich mein Gefangener war«, sagte Dax. Noch einmal sog ich die Luft ein, und mein Kopf flog zu Dax herum. Hayden ging es genauso. Dax beobachtete uns beide mit selbstgerechtem Grinsen, offensichtlich erfreut über unsere Reaktion. Wollte er uns nur provozieren, oder war er durch seine Beobachtungen wirklich zu dem Schluss gelangt, dass Hayden mich begehrte? Begehrte mich Hayden tatsächlich, oder hatte er nur einer Laune des Augenblicks nachgegeben und wollte mich eigentlich gar nicht?

Wir schwiegen, und Dax grinste uns einfach an. Hayden öffnete den Mund, um zu antworten, aber ein plötzliches lautes Scheppern auf der Straße hinderte ihn daran.

»Scheiße«, murmelte er, blies augenblicklich die Kerze aus, stand vom Stuhl auf und ging zum Fenster. Dax und ich folgten ihm und knieten uns hin, damit unsere Gesichter am unteren Rand des Fensters verblieben. Hayden schob den Vorhang gerade genug zur Seite, um hinauszublicken, und ich sah, wie das Licht sich in seinen Augen spiegelte. Dax und ich taten es ihm gleich.

Von hier aus konnten wir unseren Truck sehen, der etwa auf halbem Weg vor der nächsten Kreuzung stand. Das Licht, das sich in Haydens Augen spiegelte, stammte von Laternen, die vier stämmige, raubeinig wirkende Männer trugen. Einer wollte den Wagen aufbrechen, während die anderen drei nur dastanden und ihm zusahen.

»Brutes«, raunte ich.

Hayden nickte. Der Brute versuchte gerade, einen Kleiderbügel durchs Fenster zu schieben, um die Tür zu entriegeln, schien aber keinen rechten Erfolg zu haben. Einer der anderen schrie ihm ein paar unverständliche Worte zu. Die Männer wirkten ungeduldig und aufgeregt, sahen sich abwechselnd aufmerksam um oder beobachteten den Mann, der mit dem Türschloss kämpfte.

»Wenn sie den Wagen aufbekommen, rupfen sie alles Brauchbare raus, und wir sind am Arsch«, flüsterte Hayden. Wahrscheinlich war es gar nicht nötig zu flüstern, aber die Nähe der Brutes machte uns alle nervös.

»Geht das Fenster auf?«, fragte ich. »Wir könnten sie von hier aus erschießen.«

Dax nickte in schweigender Zustimmung. Hayden inspizierte das Fenster.

»Ich glaube schon«, sagte er, biss sich auf die Lippe und machte sich am Fensterriegel zu schaffen. Er schob ihn auf und zuckte zusammen, als er ein lautes Klacken von sich gab. Die Brutes schienen jedoch nichts gehört zu haben, sondern zankten auf der Straße unter uns weiter miteinander herum. Hayden schob die Finger unter die Kante und begann, das Fenster langsam und lautlos nach oben zu schieben.

»Wir müssen alle gleichzeitig schießen«, sagte Dax. »Und einer muss gleich zwei übernehmen.«

Ich nickte zustimmend. Wenn wir sie nacheinander erschossen, riskierten wir, dass einer entkam. Er würde Komplizen holen, und die würden uns hier aufstöbern. Wir bewegten uns lautlos, reihten uns am Fenster auf und zielten mit den Waffen auf die Straße.

»Ich nehme den ganz links, Grace du den nächsten. Dax, du die beiden rechts«, befahl Hayden mit gedämpfter Stimme, legte an, kniff ein Auge zu und kaute auf seiner Lippe herum.

»Kapiert«, flüsterte ich, und Dax nickte.

»Bei drei«, sagte Hayden ruhig. »Eins, zwei ... drei.«
Drei Schüsse hallten in der Straße wider, und die drei Ziele
fielen zu Boden. Wir hatten alle drei getroffen. Der letzte
Brute, der sich am Schloss zu schaffen gemacht hatte, fuhr
erschrocken auf und wirbelte auf der Suche nach den Feinden herum. Seine Augen waren gerade auf unserem Fenster
gelandet, als Dax erneut einen Schuss abfeuerte und ihn mitten in die Brust traf. Auch er ging zu Boden.

Hayden seufzte neben mir vernehmlich, wartete ab, ob
sich eines unserer Opfer noch einmal regte. Aber das taten
sie nicht. Er seufzte erneut, zog das Fenster wieder nach
unten und verschloss es. Er hielt auf der Straße nach weiteren Brutes Ausschau, aber es war nichts mehr zu sehen.
Sie waren selten zu mehr als zwei oder drei Leuten unterwegs und noch seltener zu viert. Deshalb war es nicht überraschend, dass niemand nach dem Ursprung der Schüsse
forschte.

Hayden zog den Vorhang wieder ganz vor die Scheibe und
kehrte zu seinem Stuhl zurück. Er setzte sich hin und fuhr
sich mit der Hand durchs Haar.

»Das ist genug für heut Abend«, meinte er vielsagend und
deutete mit einem Kopfnicken auf die Flasche. Dax widersprach nicht, sondern verschraubte sie wieder.

»Na gut«, sagte er.

Eine unsichtbare Last schien sich auf Haydens Schul-
tern herabgesenkt zu haben, wie so oft, wenn jemand sein
Leben verlor. Egal, um wen es sich handelte, egal, wie die
Umstände waren, der Tod bedrückte Hayden. Ich hatte kei-

nerlei Bedenken gehabt, die Brutes zu töten, und selbst jetzt, da sie tot waren, hatte ich kein Mitleid mit ihnen. Hayden war da anders. Trotz seiner Vormachtstellung im Camp und der unzähligen Raubzüge, an denen er teilgenommen hatte, fand er das Töten belastend.

Plötzlich fühlte ich mich schuldig, weil wir ihm diese Aufgabe zugemutet hatten. Genauso gut hätte doch ich selbst die ersten beiden erschießen können. Dann wäre es Hayden zumindest erspart geblieben, selbst Blut zu vergießen. Aber sogleich wurde mir klar, dass das auch keinen Unterschied gemacht hätte. Das, was wir gerade getan hatten, hatte alles Licht in ihm zum Erlöschen gebracht, auch wenn es überlebenswichtig gewesen war. Soeben waren vier Menschen gestorben, ohne dass Dax und ich auch nur einen Gedanken daran verschwendet hatten, während Hayden deswegen deprimiert war. Mir kamen Dax' Worte von vor ein paar Tagen in den Sinn, und ich wusste, dass er Recht gehabt hatte: Hayden war tatsächlich besser als wir alle.

»Hayden ...« Ich wollte ihn irgendwie trösten, hatte aber keine Ahnung, wie. Sein Gesicht war tiefernst, als er sich in seinem Stuhl zurücklehnte und ihn umdrehte, sodass er die Tür im Blickfeld hatte.

»Schlaft eine Runde, ihr beiden. Ich übernehme die erste Wache«, sagte er bedächtig und ignorierte mich. Ich wusste nicht, was ich hätte zu ihm sagen sollen, ohne ihn vor Dax bloßzustellen, der ja anscheinend schon mutmaßte, dass zwischen uns etwas lief.

Lief da tatsächlich was?

»Gute Nacht, Grace«, sagte Hayden, als ich mich nicht

rührte. Offensichtlich wollte er seine Ruhe. Er sah mich nicht an, aber ich wusste, dass er meine Augen auf sich spürte. Ich seufzte.

»Gute Nacht, Hayden.«

Ich ging zu Dax hinüber, der sich zwischen Schreibtisch und der Fensterwand niedergelassen hatte, also genau gegenüber von Hayden, der auf der anderen Seite des Schreibtisches die Tür beobachtete. Dax warf mir einen Blick zu, als kenne er diese Stimmung bei Hayden bereits. Ich presste als Antwort auf seinen stummen Kommentar die Lippen aufeinander und zuckte leicht mit den Schultern.

»Weck mich in zwei Stunden, Kumpel«, rief er Hayden zu, als er sich auf den Boden legte, erst die Arme über den Kopf streckte und sie dann auf seinen flachen Bauch legte. Und mir nichts, dir nichts schloss er die Augen und schlief einfach ein. Keine Bedenken, keine Geister, die ihn heimsuchten oder wach hielten, nichts. Dax war innerhalb weniger Sekunden weggedöst.

Ich lag einen Meter weit von ihm entfernt und versuchte, es mir ebenfalls auf dem Boden bequem zu machen, aber das war gar nicht so einfach. Ich lag auf einem fadenscheinigen Teppichboden, und es wurde immer kälter. Recht unbequeme Schlafbedingungen. Trotz dieses Unbehagens gewann meine körperliche Erschöpfung jedoch schon bald die Oberhand. Ich sank in die Dunkelheit des Vergessens, genau wie Dax ein paar Schritte neben mir. Mein letzter Gedanke, bevor ich mich dem Schlaf überließ, galt Hayden. Wie gern hätte ich ihm irgendwie die Last von den Schultern genommen.

Als ich leicht aus dem Schlaf gerissen wurde, wusste ich nicht, ob Minuten oder Tage vergangen waren. Ich hielt die Augen geschlossen, merkte, dass ich die Arme fest um mich geschlungen hatte in dem unbewussten Versuch, die Kälte fernzuhalten, die sich über das Zimmer gelegt hatte. Reglos lag ich auf der Seite, wusste nicht, was genau mich geweckt hatte, bis ich gedämpfte Stimmen vernahm.

»Hayden, Kumpel, komm schon. Du brauchst auch etwas Schlaf«, flüsterte Dax. Seine Stimme klang entfernt. Anscheinend war ich davon aufgewacht, dass er aufgestanden war. Ich bewegte mich nicht, wünschte mir inständig noch ein paar weitere Stunden Schlaf, obwohl ich bezweifelte, in dieser Kälte wieder einschlafen zu können. Sie ging mir durch Mark und Bein.

»Alles gut«, antwortete Hayden mit leiser, tiefer Stimme.

»Nee, sieh mal, du hast deine Schicht übernommen, und jetzt lass mich meine machen. Ist sowieso ein komisches Gefühl, neben deinem Mädchen zu schlafen«, meinte Dax.

»Sie ist nicht mein Mädchen«, antwortete Hayden etwas zu schnell. Mein Herz machte einen Satz, und ich versuchte, die Enttäuschung zu ignorieren, als ich es Hayden abstreiten hörte.

»Egal, jedenfalls bin ich jetzt dran. Jetzt geh schlafen«, sagte Dax. Ich hörte es rascheln, und vor meinem geistigen Auge sah ich, wie Dax versuchte, Hayden körperlich aus dem Stuhl zu ziehen. Bei der Vorstellung musste ich kichern. Ein dumpfes Rumsen gefolgt von einem leisen »Au« von Dax sagte mir, dass Hayden ihm wohl einen Schlag versetzt hatte. Der Stuhl quietschte trotzdem, und ich hörte Hayden erneut flüstern.

»Na gut. Aber weck mich gleich bei Tagesanbruch«, befahl Hayden.

»Mach ich«, versicherte Dax und setzte sich auf den Stuhl.

Ich hörte, wie Hayden näher kam. Leise Schritte tappten über den Teppich. Ich spürte seine Nähe, merkte, wie er neben mir stehenblieb, während ich so tat, als würde ich schlafen. Ich spannte mich leicht an, als er sich neben mir niederließ, nah genug, dass ich seine Hitze spüren konnte, aber doch nicht nah genug, dass er mich berührte. Ich bemühte mich um eine flache Atmung, damit er wirklich glaubte, dass ich schlief, und hörte ihn leise seufzen.

Ich zuckte zusammen, als ich merkte, wie er zur Seite rollte und seine Brust meinen Rücken berührte. Er legte mir den Arm um die Taille und zog mich an sich, wärmte mich sogleich innerlich wie äußerlich. Ich hatte Mühe, nicht zu keuchen, als ich seine Lippen sanft an meinem Ohr spürte.

»Darin bist du beschissen«, flüsterte er leise. Das hatte er schon einmal zu mir gesagt. »Du schaffst es einfach nicht, dich schlafend zu stellen.«

Ich antwortete nicht, aber ein schwaches Lächeln umspielte meine Lippen, bis ich belustigt und breit grinste. Ich legte meine Hand über seine, verwob meine Finger mit ihm. Ich drückte sie leicht, entspannte mich ein wenig mehr, ließ seine Wärme durch mich hindurchfluten und mich wieder in den Schlaf wiegen. Das Letzte, was ich spürte, bevor mich der Schlaf wieder in seine Tiefen hinabzog, war die sanfte Berührung seiner Lippen an meinem Nacken. Nur einmal, nur eine Sekunde lang, aber lang genug, dass sie sich für immer in meine Haut einbrannten.

KAPITEL 18
SORGE

Hayden

Warm.

Das war das Erste, was ich spürte, als ich langsam aus dem Schlaf erwachte; mir war warm. Als Zweites bemerkte ich den sanften Atemstrom, der über meinen Hals hinwegstrich, langsam und gleichmäßig, weil sie noch schlief. Grace schmiegte sich an mich, die Brust an meine gepresst und das Gesicht an meinem Hals vergraben. Wir lagen beide auf der Seite, einander gegenüber, und plötzlich merkte ich, dass ich sie im Arm hielt, als wollte ich sie vor den Schrecken der Nacht beschützen.

Ihr Kopf ruhte auf meinem Oberarm; den Unterarm hatte ich über ihren Hals gelegt und hielt sie fest, während meine andere Hand entspannt auf ihrer Taille ruhte und auch dort eine Verbindung zwischen uns herstellte. Sie hatte die Hände in den Stoff meines Shirts gekrallt, als hätte sie, ohne es zu bemerken, im Schlaf versucht, sich noch näher an mich zu kuscheln.

Ich spürte das dumpfe Pochen ihres Herzens und die Hitze ihres Körpers an meinem; einen Augenblick lang gestattete ich mir den Gedanken, dass ich so den ganzen Tag hätte liegen bleiben können – faul, zusammengekuschelt und ganz ohne Pflichten. Aber schnell fiel mir wieder ein, warum wir überhaupt so dalagen. Wir waren hier, um Kit zu retten. Ein leiser Laut von der anderen Seite des Schreibtisches ließ mich zusammenfahren. Dax war also wach. Mein Instinkt riet mir, mich von Grace zu lösen und das hier vor ihm zu verbergen. Aber ein schwächerer Teil wollte sich nicht darum scheren, was Dax davon hielt. Dieser schwächere Teil gewann, denn ich ließ Grace nicht los.

Durch die schmalen Ritzen des Vorhangs drang Tageslicht herein. Dax war ohnehin wach, und auch wir mussten jetzt aufstehen. Graces Atemrhythmus veränderte sich, ihre Muskeln spannten sich einen Moment lang an. Ich musste sie nicht wecken. Ihr fiel ein, wo sie war und wer sie in den Armen hielt. Sie entspannte sich wieder. Erst als ich tief ausatmete, merkte ich, dass ich die Luft angehalten hatte.

Ohne ein Wort hielt ich sie unwillkürlich fester im Arm, umarmte sie nun inniger als im Schlaf. Ich wollte nicht, dass Dax schon merkte, dass wir wach waren, und ich war noch nicht bereit, die tröstliche Wärme aufzugeben, die Grace mir spendete. Mein Herz setzte einen Schlag aus, als ich spürte, wie sie ihr Gesicht an meinen Hals kuschelte, die einfache Geste erwiderte und mich dadurch sogar noch mehr wärmte.

Die kleinsten Dinge hatten eine Riesenwirkung auf mich. Es war seltsam, wie viel Macht sie über mich hatte. Trotz meines inneren Widerstandes fühlte ich mich von ihr magisch angezogen, und so langsam war ich es leid, dagegen anzukämpfen. Wozu auch? Es fühlte sich gut an, sie im Arm zu halten. Warum sollte ich es also nicht zulassen? Warum sollte ich ständig innerlich dagegen ankämpfen?

Weil es dich schwach macht. Menschen, die dir am Herzen liegen, machen dich schwach.

Ich schloss die Lider, kämpfte gegen die quälenden Worte in meinem Hirn an.

Je mehr Menschen es gibt, um die du dich sorgst, umso schwächer bist du.

Ich konnte diese Überzeugung, die ein Ergebnis meines jahrelangen Trainings war, einfach nicht beiseiteschieben. Mit derlei Gedanken war ich aufgewachsen; kein Wunder also, dass sie sich auch jetzt wieder in den Vordergrund schoben. In dieser Welt war es gefährlich, Menschen zu mögen, denn früher oder später starben sie sowieso. Je weniger einem jemand am Herzen lag, umso weniger schmerzte hinterher der Verlust des Betreffenden.

Außerdem konnte man nicht alle retten.

Meine harten Gedanken wurden von einem winzigen Hitzepunkt an meiner Kehle unterbrochen, wo sich Graces Lippen für einen Augenblick auf meine Haut pressten. Ein überraschtes Keuchen konnte ich so gerade noch verhindern, aber das Prickeln, das meine ganze Gestalt erfasste, bekam ich nicht in den Griff. Meine Arme lockerten sich genug, damit sie sich leicht von mir lösen konnte. Zum ersten Mal an diesem Morgen sah ich ihr in die grünen Augen, und ihr Anblick durchfuhr mich wie ein Stromstoß.

Sie hatte einen Schmutzstriemen auf der Wange, und ihr blondes Haar löste sich aus dem nachlässigen Pferdeschwanz. Trotzdem war sie im sanften Glühen des Morgens absolut schön. Ich wollte etwas sagen und öffnete den Mund, aber Dax hinderte mich daran.

»Oh, gut, ihr seid wach«, rief er lässig und blickte über den Schreibtisch gebeugt auf uns herab. »Morgenstund hat Colt im Mund, stimmt's?«

Dann zwinkerte er uns zu und verschwand schnell wieder hinter dem Schreibtisch. Ich war erstaunt, dass er unsere eng umschlungene Haltung nicht weiter kommentierte. Nach der gestrigen Bemerkung hätte ich das eigentlich erwartet.

Dein Mädchen.

Sie war nicht mein Mädchen, und das wollte ich auch gar nicht. Das hätte meine Position geschwächt. Sie konnte mir nicht gehören, und ich redete mir ein, dass ich das auch gar nicht wollte – aber das war gelogen.

Ich wandte den Blick wieder Grace zu und spürte, wie sie seufzte, bevor sie mir wieder in die Augen sah. Sie zog eine Augenbraue hoch und zuckte leicht mit den Schultern, bevor sie sich aus meiner Umarmung löste und sich mühsam vom Boden erhob. Im Stillen verfluchte ich Dax, weil er uns unterbrochen hatte, und tat es ihr gleich, richtete mich zu voller Größe auf. Ich ignorierte den dumpfen Schmerz im Rücken und die verspannten Schultermuskeln, die eine Folge der Nacht auf dem Boden waren.

»Gut geschlafen?« Eine unschuldige Frage, aber Dax' amüsierter Unterton entging mir trotzdem nicht.

»Ja«, murmelte ich mit vom Schlaf noch ganz tiefer Stimme. Grace stand neben mir, verschränkte die Hände hinter dem Rücken und reckte sie nach hinten, um sich zu dehnen. »Dann mal los«, sagte ich und räusperte mich, weil meine Stimme immer noch belegt klang. »Wir können etwas essen, während du den Truck reparierst, Dax.«

»Ich hab schon gegessen«, verkündete er stolz. Obwohl er nur eine halbe Nacht geschlafen hatte, schien er hellwach zu sein.

»Schön für dich«, murmelte ich, sammelte meine Taschen ein und stopfte das bisschen, das ich herausgeholt hatte, wieder hinein. Grace tat das Gleiche und schwang sich dann den Rucksack wieder über die Schultern. In weniger als dreißig Sekunden waren wir startklar.

»Bringen wir's hinter uns«, rief Dax heiter und verließ uns voran das Büro, das wir für ein paar Stunden bewohnt hatten. Auf dem Flur blickte er nach links und rechts, überzeugte sich davon, dass niemand unbemerkt eingedrungen war. Dann machte er sich auf den Weg nach unten.

»Hey Grace«, sagte ich und drehte mich zu ihr herum. Ihre Augen weiteten sich bei meiner plötzlichen Bewegung vor Überraschung, aber sie erholte sich schnell wieder. »Sei ...«

»Vorsichtig«, beendete sie den Satz für mich und grinste leicht. »Ich weiß. Du auch, ja?«

Ich nickte energisch. »Mach ich.«

Sie grinste mir nochmals zu, dann deutete sie mit einem Kopfnicken auf die Tür, um mich wortlos zum Weitergehen zu bewegen. Ihre Lippen verzogen sich zu einem befriedigten Lächeln, als ich mich umdrehte und Dax die Treppe hinab folgte, die Waffe genauso gezückt, wie Dax und Grace es taten.

Nachdem wir uns leise nach unten geschlichen hatten,

landeten wir vor der Eingangstür, vor die wir den Aktenschrank geschoben hatten, der jetzt noch genauso dastand wie am Abend zuvor. Ich verstaute meine Waffe schnell in meinem Hosenbund, um Dax zu helfen, den Schrank beiseitezuschieben. Das schwere Teil gab dabei ein unangenehm lautes Geräusch von sich. Ich zuckte zusammen. Aber von der Straße aus war nichts zu hören.

Ich musste mich regelrecht an die Tür hängen, um sie aufzuziehen, sodass das Sonnenlicht in den dunklen, muffigen Raum flutete. Ich spähte durch den Spalt zwischen Tür und Türrahmen, entdeckte aber nichts.

»Kommt schon, beeilt euch«, murmelte ich, zwängte mich hindurch und trat nach draußen. Grace und Dax folgten mir auf dem Fuße. Wir sprinteten zum Truck. Die frühmorgendliche Luft war kühl. Ich atmete tief durch, und meine Lungen weiteten sich beträchtlich. Meine Muskeln arbeiteten, ich fühlte mich hellwach.

Am Truck angekommen, stießen wir auf die vier Männer, die wir am vergangenen Abend erschossen hatten. Ihre Leichen lagen unberührt auf dem geborstenen Asphalt. Die Blutlachen um sie herum waren schon längst im Schmutz geronnen. Ich versuchte, ihnen nicht in die Gesichter zu blicken, aber das war unmöglich. Blicklos starrten sie mich an, ihre bleiche Haut und ihre leblosen Züge gruben sich mir für immer ins Gedächtnis ein. So ging es mir bei jedem Toten, den ich sah.

»Hayden«, riss mich Grace mit leiser Stimme aus meinen Gedanken. Sie musterte mich mit leichtem Stirnrunzeln, als wüsste sie, welche Wirkung das Töten auf mich hatte.

»Hilf mir, sie wegzuzerren«, bat ich sie.

Sie nickte ernst und kam zu mir und dem Leichnam herüber, der dem Truck am nächsten lag. Dax verschwendete keine Zeit, öffnete die Motorhaube und machte sich an die Arbeit. Ich beugte mich vor, umfing die Handgelenke des ersten Mannes, dessen Haut kalt und fleckig war, während Grace seine Fußknöchel umfasste. Langsam und systematisch gelang es uns, alle vier Leichname vom Wagen, an dem Dax arbeitete, zu entfernen. Wir legten sie ordentlich in eine Reihe, die Glieder am Körper, zumindest so gut es die Leichenstarre zuließ, um ihnen wenigstens ein bisschen von dem Respekt zu erweisen, den jedes menschliche Wesen verdient. Sie waren Brutes – rücksichtslos, selbstsüchtig und barbarisch –, aber dennoch Menschen. Nach getaner Arbeit kehrten wir Seite an Seite zu Dax zurück. Ich zuckte leicht zusammen, als ich spürte, wie Grace mir beruhigend mit der Hand über den Rücken strich, dann ließ sie sie wieder sinken. Nach diesem blutigen Morgen war dies eine seltsam tröstliche Geste.

»Einer von euch muss sich hinters Steuer setzen. Ich muss etwas ausprobieren«, forderte Dax.

Grace nickte und öffnete die Tür, zwängte sich hinters Steuer. Sie nahm den Rucksack ab, holte ihr Sandwich heraus und aß es lässig zurückgelehnt. Sie kam mir so ungezwungen vor, dass ich nicht anders konnte, als ihre Stärke und ihren Mut zu bewundern. An Überfällen nahmen nicht allzu viele Frauen teil, und schon gar nicht blühten sie dabei so auf wie Grace. Immer wieder hatte sie sich als äußerst fähig erwiesen, war eingeschritten, sobald es notwendig war, und hatte im Hintergrund gewartet, wenn eher Unterstützung gefragt war.

»Okay, starte den Motor«, rief Dax hinter der Motorhaube. Grace beugte sich vor und drehte den Schlüssel im Zündschloss. Der Motor hustete schwach, ging dann aber wieder aus. Dax fluchte leise vor sich hin. »Hmm ... vielleicht klappt ja das hier ...«

Er murmelte unaufhörlich vor sich hin, während er im Motorraum herumbastelte. Ich überblickte die Gebäude und Straßen, hielt nach verdächtigen Bewegungen Ausschau, aber die Gegend lag vollkommen verlassen da. Der einzige Vorteil unserer Übernachtung hier bestand darin, dass wir erheblich früher unterwegs waren als die Einwohner der Stadt, die den einstürzenden Mauern trotzten.

»Okay, versuch's nochmal!«, rief Dax. Grace gehorchte, drehte den Schlüssel erneut. Diesmal hustete der Motor wieder, erwachte dann aber dröhnend zum Leben. Grace grinste breit, und Dax stieß einen leisen Freudenschrei aus. Er tauchte unter der Motorhaube wieder hervor und knallte sie zu, tätschelte sie stolz.

»Sie lebt!«, rief er strahlend. »Fahren wir los.«

»Gute Arbeit, Kumpel«, lobte ich und spürte, wie meine Stimmung sich hob. Das hatte nicht halb so lange gedauert, wie ich erwartet hatte, also hatten wir kostbare Zeit gespart und würden Kit vielleicht doch noch retten können.

Grace sprang vom Fahrersitz herunter und warf mir ein atemberaubendes Lächeln zu, bevor sie hinten einstieg. Wir warfen unsere Rucksäcke ins Auto und entfernten uns schon bald von dem Blutbad, das wir in diesem Teil der Stadt angerichtet hatten.

»Was haben wir denn jetzt genau vor?«, fragte Grace, nachdem wir zwanzig Minuten gefahren waren. Wir hatten beinahe den Stadtrand erreicht und waren bislang nicht behelligt worden.

»Sie lagern die Antibiotika vermutlich in der Nähe ihrer Krankenstation«, sagte ich. »Glücklicherweise befindet die sich am Rand ihres Camps. Es sollte also unproblematisch sein, sich dort einzuschleichen. Hoffentlich! Aber zu so früher Stunde sind sicher noch nicht viele Leute unterwegs.«

»Ich weiß gar nicht mehr, wann ich das letzte Mal in Whetland war«, überlegte Dax laut. »Ist bestimmt schon mehr als ein Jahr her.«

»Ich war erst vor zwei Monaten dort«, sagte Grace. »Ein Teil ihres Camps war überflutet, war also vieles total unbrauchbar.«

»Es wurde überflutet?«, wiederholte ich und warf ihr im Rückspiegel einen kurzen Blick zu.

»Ja, wahrscheinlich ist der Fluss nach den ganzen Unwettern über die Ufer getreten«, erklärte sie. »Selbst schuld, wenn sie ihr Camp so nah an dem verdammten Fluss bauen.«

Ich lachte leise, fand ihre geringe Toleranz, was Dummheit anging, amüsant. Aber sie hatte Recht: Es war dumm, ein Camp im Flachland in der Nähe eines Flusses zu errichten.

Wir waren beinahe an der Stelle angelangt, an der wir unseren Truck parken mussten. Von dort aus würden wir zu Fuß weitergehen. Ich spürte, wie das Adrenalin durch meinen Körper strömte. Dax wackelte auf dem Beifahrersitz unaufhörlich mit den Knien. Ihm ging es also genauso. Ich plünderte nicht gern Orte, an denen wir nicht häufig waren und uns nicht auskannten. Aber für Kit war diese Aktion notwendig, und ich hätte alles getan, um einen meiner besten Freunde zu retten.

Wir gelangten an einen alten Schuppen, der am Ufer des Flusses stand, über den wir gerade gesprochen hatten und der von ein paar vereinzelten Bäumen umgeben war. Die Bäume erstreckten sich bis zum Camp und würden uns bis Whetland minimale Deckung bieten, allerdings nicht genug – wir mussten also sehr vorsichtig sein. Sie unterschieden sich von den Bäumen um Blackwing, die belaubt waren und dicht beieinanderstanden und viel mehr Sichtschutz spendeten. Ich parkte den Truck und zog die Schlüssel heraus, befestigte sie an meinem Rucksack und sprang hinaus.

»Denkt dran, haltet euch an die Bäume, aber sorgt dafür, dass euch keiner entdeckt. Normalerweise hält hier immer jemand Wache, aber wenn ich mich recht erinnere, ist es immer nur einer. Wenn wir im Camp sind, halten wir uns südlich. Dort liegt die Krankenstation mit unseren Antibiotika. Bleibt zusammen und schießt nur, wenn jemand auf *euch* schießt, damit ihr keine Aufmerksamkeit erregt. Alles klar so weit?«, befahl ich mit leiser Stimme.

»Alles klar«, wiederholte Grace leise, und Dax nickte und überprüfte seine Pistole, ob sie geladen war.

»Also los«, sagte ich und nickte ihnen zu, bevor ich durch die Bäume hindurchjoggte. Das Licht fiel durch die spärlichen Blätter und malte leuchtende Flecken auf den Boden. Die Erde unter meinen Füßen dämpfte meine Schritte.

Grace und Dax joggten zu beiden Seiten neben mir her, ihre Schritte genauso leise wie meine.

Die Hütten kamen in Sicht. Sie bestanden vornehmlich aus Holz und Reetdächern aus dem Schilf am Flussufer. Die meisten Einwohner schienen noch zu schlafen, aber da erregte eine plötzliche Bewegung meine Aufmerksamkeit. Ruckartig kam ich zum Stehen und presste den Rücken an einen Baumstamm. Automatisch streckte ich die Hände aus, um Grace festzuhalten, zog sie zu mir heran, damit der Wachmann, den ich entdeckt hatte, sie nicht sah.

Bei der Berührung durchzuckte mich kurz ein Funke. Sie schnaubte leise, als ihre Brust auf meine prallte, und sah mir in die Augen. Ihre Pupillen waren geweitet. Auch in ihren Adern floss das Adrenalin. Sie wandte den Blick ab und spähte vorsichtig um den Baumstamm herum. Ich beobachtete sie, aber ihre Miene wirkte nicht weiter alarmiert.

»Er ist fort«, wisperte sie. »Weiter. Ich sehe schon die Krankenstation.«

Ich nickte schweigend und ließ sie los, lugte um den Baum herum, um mich ebenfalls davon zu überzeugen, dass die Luft rein war. Und tatsächlich: Nichts regte sich. Wir setzten uns wieder in Bewegung, ließen die Bäume hinter uns und huschten zu den Hütten hinüber. Endlich hatten wir das Camp erreicht. Fast waren wir auch schon an der Krankenstation angelangt, als wir eine gebieterische Stimme hörten. Flach pressten wir uns an die Hütte, während die Stimme näher kam.

»... wir haben die Leute, die in dem überfluteten Campteil saßen, in neuen Unterkünften untergebracht, aber ich weiß immer noch nicht, was wir mit dem Land machen sollen. Es ist eine Schlammwüste und vollkommen nutzlos ...«

Die Stimme verklang. Der Sprecher ging weiter, hatte von unserer Anwesenheit nichts bemerkt. Ich hatte die Luft angehalten und atmete jetzt scharf aus. Der Sprecher war groß und muskulös, ein paar Jahre älter als ich. Er unterhielt sich mit einer etwa vierzigjährigen Frau, die sehr eindrucksvoll und gebieterisch wirkte, genau wie er selbst. Ich erkannte ihn sofort.

Er hieß Renley und war der Anführer von Whetland, genau wie ich der Anführer von Blackwing war. Ich legte Wert darauf, die Anführer eines jeden Camps zu kennen. Je mehr ich über den Feind wusste, umso besser.

Renley stand in dem Ruf, absolut brillant zu sein. Sein Camp hatte als Erstes herausgefunden, wie man auf dem felsigen Boden rund um unsere Stadt herum Ackerbau betreiben konnte. Und sie waren die Ersten gewesen, die den Fluss zur Stromgewinnung nutzten. Er leitete Whetland noch nicht lange, aber in der kurzen Zeit hatte es bereits beträchtlich an Stärke gewonnen. Die Bewohner hatten nicht gerade den besten Ruf als Kämpfer oder effektive Plünderer, aber sie waren das autarkste aller Camps, was über kurz oder lang sicher auch dazu führen würde, dass sie ihre Schwäche auf anderen Gebieten überwanden.

Auch wenn es jetzt noch nicht so schien: Whetland würde mit Sicherheit schon bald zu einer Macht avancieren, mit der man rechnen musste.

Renleys Stimme war verklungen, und wieder herrschte Stille. Ich fixierte die Krankenstation, und mit jeder Minute, die wir in ihrem Camp verbrachten, wuchs meine Besorgnis. Ich sah Grace und Dax an und nickte, gab ihnen ein stummes Zeichen, bevor ich auf den Bau zusprintete. Unaufhörlich scannte ich die Umgebung, aber weder Wachen noch andere Bewohner Whetlands waren zu sehen.

An der Krankenstation angekommen, presste ich mich an die Tür, horchte angestrengt, während Grace und Dax neben mir warteten – und mit gezückten Waffen nach Feinden Ausschau hielten. Von drinnen war kein Laut zu hören, also drehte ich langsam den Knauf und stieß die Tür auf. Die Räumlichkeiten waren klein und vollkommen still. Ich öffnete die Tür noch weiter und schlüpfte hindurch, verengte die Augen, um in der Dunkelheit besser sehen zu können. Grace und Dax folgten mir und schlossen leise die Tür.

Ohne auf meinen ausdrücklichen Befehl zu warten, schoss Grace quer durchs Zimmer, geradewegs auf einen großen Schrank an der rückwärtigen Wand zu.

»Grace!«, zischte ich, folgte ihr aber sofort. Eigentlich hätte sie es besser wissen müssen. Man rannte nicht einfach so quer durch einen Raum, ohne sich vorher zu vergewissern, dass niemand in der Ecke lauerte. Sie hatte den Schrank beinahe schon erreicht, als ich sie einholte.

»Was machst du denn da?«, flüsterte ich ärgerlich.

»Die Medizin holen«, schoss sie zurück, ohne mich anzusehen, öffnete den Schrank und ging die Fläschchen und Infusionsbeutel durch, die dort lagerten.

»So erwischt es dich irgendwann. Mach das nie wieder!«, befahl ich leise.

»Uns läuft die Zeit davon«, antwortete sie, als sei das offensichtlich. Aber sie sah mich immer noch nicht an, sondern konzentrierte sich auf die Medikamente vor ihr. »Jawohl!« Sie schien gefunden zu haben, was wir brauchten, denn sie grinste froh und begann, die Utensilien in ihrem Rucksack zu verstauen. So wütend ich auch auf sie war, weil sie so übereilt gehandelt hatte, freute ich mich doch, dass wir so schnell auf die richtigen Medikamente gestoßen waren.

»Äh, Leute«, flüsterte Dax leise.

»Wir haben die Medizin, Dax«, antwortete ich und half Grace, so viel davon in ihre Tasche zu stopfen, wie sie konnte.

»Leute«, wiederholte Dax jetzt etwas drängender.

»Was?«, fragte ich, seinen angespannten Ton bemerkend, wandte mich um. Und erstarrte. In der Ecke des Raumes lag ein Mann auf einer Liege, den ich vorher gar nicht registriert hatte. Er schlief. Das sanfte Heben und Senken seiner Brust sagte mir, dass er sehr lebendig war und jeden Augenblick aufwachen und uns entdecken konnte.

»Shit«, keuchte ich und warf Grace, die ebenfalls zur Salzsäule erstarrt war, einen nervösen Blick zu. Ein seltsamer Ausdruck glitt über ihr Gesicht, als sie den Mann betrachtete. Er war dünn, sehr dünn. Die Haut hing von seinen Knochen herab, als seien seine Muskeln einfach verkümmert. Sein Gesicht war bleich und glänzte vor Schweiß, und das dunkle Haar klebte ihm am Kopf. Er mochte etwa um die dreißig sein, aber sein Körper war in einem so erbärmlichen Zustand, dass er viel älter wirkte.

»Ich brauche deinen Rucksack, Hayden«, flüsterte sie und wagte kaum, sich zu bewegen. »Meiner ist voll, und wir brauchen noch mehr.«

»Hier«, antwortete ich und behielt den Mann im Auge, während ich den Rucksack von den Schultern gleiten ließ und ihn ihr hinhielt. Sie gab mir den vollen, den ich mir sogleich auf den Rücken schwang. Ich zuckte zusammen, als die Flaschen, die sie eingesammelt hatte, laut gegeneinander klirrten. Der Mann konnte jeden Augenblick aufwachen und Alarm schlagen. Glücklicherweise schlief er jedoch weiter.

Grace sammelte noch mehr Medikamente ein, während Dax und ich hilflos dabeistanden, den Mann beobachteten und darum beteten, dass er nicht wach wurde. Nach einer gefühlten Ewigkeit der Anspannung warf sich Grace den Rucksack über die Schultern und schloss den Schrank so leise wie möglich.

»Okay, alles klar«, flüsterte sie und warf dem Mann noch einen misstrauischen Blick zu.

»Machen wir, dass wir rauskommen«, antwortete ich. Dax war zur Tür gegangen, um dort Wache zu halten. Er bedeutete uns, dass die Luft rein war, und so schossen wir zur Tür hinaus. Doch noch wollte sich keine Erleichterung bei mir einstellen. Die letzten Raubzüge, die ich unternommen hatte, waren gründlich schiefgelaufen, daher war ich pessimistisch. Die Flaschen klapperten beim Laufen in unseren Rucksäcken, aber wir liefen unbeirrt weiter.

Nach etwa einer Minute erreichten wir die Bäume. Ich war überrascht, dass keine Schüsse fielen, keine Warnrufe ertönten und niemand unsere Anwesenheit zu bemerken schien. Wir setzten unseren Weg fort, stets nach Wachen oder Zeugen unserer Aktion Ausschau haltend, aber es war nach wie vor niemand zu sehen.

Schließlich hatten wir den Truck wieder erreicht. Es war zu schön, um wahr zu sein.

Panik durchzuckte mich, als ich den Autoschlüssel nicht finden konnte. Doch Grace blieb cool und reichte ihn mir – da fiel mir wieder ein, dass wir ja die Rucksäcke getauscht hatten. Wir sprangen in den Wagen und sicherten die Taschen, damit nichts kaputtgehen konnte. Ich rechnete fest damit, dass das Fahrzeug nicht anspringen würde, dass irgendetwas schiefgehen würde, aber als ich den Zündschlüssel drehte, erwachte der Truck auf wundersame Weise zum Leben, genau wie er es nach Dax' Reparatur in der Stadt getan hatte.

Ich fuhr so schnell von Whetland fort, dass wir bis zur Stadt nur halb so lange brauchten wie sonst. Auch dort gab es keine Zwischenfälle. Es war genauso still wie am Morgen, und wir begegneten keiner Menschenseele.

Erst als wir die Stadt hinter uns gelassen hatten und uns Blackwing näherten, gestattete ich mir, Erleichterung zu empfinden. Wir hatten die Medikamente bei uns und keinen Verletzten zu beklagen. Ich grinste breit und stieß einen plötzlichen Freudenschrei aus, der Grace und Dax zusammenfahren ließ. Dax lachte und stimmte mit in mein Jubelgeheul ein. Wir waren unversehrt, und die Spannung ließ endlich nach.

Grace lachte leise, ein Laut, bei dem tausend Schmetterlinge in meiner Magengrube flatterten, und ich musterte sie voller Anerkennung. Sie hatte ihr Leben riskiert – was zugegebenermaßen eine Dummheit gewesen war –, um schneller an die erforderlichen Medikamente zu kommen. Ich würde sie deshalb später noch einmal ins Gebet nehmen müssen, aber im Augenblick war es einfach nur ein gutes Gefühl, bei einem Raubzug endlich mal wieder erfolgreich gewesen zu sein.

Schließlich kam Blackwing in Sicht. Als wir durch das Camp fuhren, begrüßten wir jede Menge vertraute Gesichter. So schnell es möglich war, ohne jemanden zu gefährden, navigierte ich das Auto durch die Straßen und eilte der Krankenstation entgegen, wollte die Medizin, so schnell es ging, zu Docc und Kit schaffen. Bis zu diesem Augenblick war es mir gelungen, die Befürchtung, nicht mehr rechtzeitig zu kommen, von mir fernzuhalten. Ich hatte mich ausschließlich darauf konzentriert, in Whetland einzudringen und unsere Beute zu sichern. Doch nun konnte ich meine Angst nicht länger verdrängen: Wenn Kit die Nacht nun nicht überlebt hatte ...

Der Truck kam vor der Krankenstation zum Stehen, und sofort sprangen wir drei mit unseren Rucksäcken hinaus. Wir rannten los, und ich bemühte mich, das Pochen meines Herzens zu ignorieren, als ich hineinstürmte und mich für den Anblick eines leblosen Kit auf dem Bett wappnete. Ich spürte Grace neben mir und widerstand dem Drang, ihre Hand zu ergreifen.

Da erschien auch schon Docc aus dem dunkleren Teil der Krankenstation und begrüßte uns.

»Lebt er noch?«, fragte ich sogleich und fürchtete mich vor der Antwort. Vor lauter Angst hatte ich einen Kloß im Hals. Ich reichte ihm den Rucksack mit den Medikamenten, und Grace tat es mir gleich.

»Ja«, antwortete Docc. »Ihr kommt gerade noch recht-zeitig.«

Mit diesen Worten wirbelte er herum, nahm die Rucksä-cke mit, um Kit die Medikamente zu verabreichen, und ließ Grace, Dax und mich im Vorraum zurück.

Ich seufzte erleichtert, so tief, dass ich geradezu körper-lich in mich zusammenfiel. Dann entfuhr mir ein Lachen, das sich allerdings beinahe wie ein Keuchen anhörte. Ohne nachzudenken, fuhr ich zu Grace herum, nahm ihr Gesicht in meine Hände und presste ihr die Lippen in einem plötz-lichen Kuss auf den Mund. Sie wirkte zwar überrascht, aber dann schmolz sie unter mir dahin. Es tat so gut, sie zu küssen, dass ich Dax erst einen Augenblick später wieder wahrnahm. Er stand kaum einen Meter von uns entfernt und beobach-tete uns, die Kinnlade beinahe auf dem Boden.

Scheiße.

KAPITEL 19

VERLEUGNUNG

Grace

Mein Herz klopfte wie wild gegen meine Rippen, nicht nur wegen dieser wunderbaren Überraschung, sondern auch durch die plötzliche Erkenntnis, dass wir beobachtet wurden. Hayden ließ die Hände abrupt wieder sinken, wich einen Schritt zurück und öffnete den Mund, um etwas zu sagen. Aber es kam kein Ton heraus, also klappte er den Mund wieder zu und beobachtete Dax, als sei er eine Bombe, die jeden Augenblick explodieren könnte. Dax hatte vor Schreck die Augen aufgerissen und starrte uns mit offenem Mund an. Anscheinend hatte er zwar häufig angedeutet, dass zwischen Hayden und mir irgendetwas lief, hatte seine eigenen Worte und Vermutungen aber selbst nicht so recht geglaubt – bis zu diesem Augenblick.

»Was zum Teufel?«, stieß er schließlich hervor und blickte zwischen Hayden und mir hin und her. Wir machten beide ein schuldbewusstes Gesicht.

»Dax«, sagte Hayden schließlich mit betont ruhiger Stimme, als wolle er ihn vor übereilten Schlüssen bewahren. »Es ist nicht das, wonach es aussieht.«

Angesichts seiner Verleugnung spürte ich einen schmerzhaften Stich in der Brust. Aber um der Wahrheit die Ehre zu geben: Ich selbst wusste auch nicht so genau, was da eigentlich zwischen uns lief. Es wirkte, als seien wir ein Paar, aber im Grunde waren wir das gar nicht. Vielmehr hatte ich den Eindruck, dass wir mit jeder Berührung nur der Laune des Augenblicks nachgaben. Wir hatten buchstäblich niemals über unsere Beziehung gesprochen, und in Bezug auf Haydens Gefühle tappte ich sowieso total im Dunkeln.

»Tatsächlich? Denn eigentlich sah es gerade so aus, als hättest du sie geküsst«, antwortete Dax. Er wirkte immer noch schockiert und perplex. Ich hielt entschlossen den Mund, wollte mich definitiv nicht einmischen, denn schließlich konnte ich auch nichts erklären. Immerhin hatte Hayden mir jede Menge widersprüchliche Signale gesendet. Sollte er die Sache jetzt also allein klären. Er hatte mich immer wieder in ein solches Wechselbad der Gefühle gestürzt, dass ich schon fast ein Schleudertrauma hatte. Allerdings fühlte ich, dass er eine gewisse, wenn auch widerwillige Zuneigung für mich empfand.

Zumindest hoffte ich das.

»Hör mal, können wir woanders darüber reden?«, meinte Hayden und blickte sich nervös um. Er wollte nicht, dass jemand unsere Unterhaltung mitbekam. Dax starrte ihn mit offenem Mund an.

»Klar, Hayden, wo möchtest du denn über deine *heimliche Beziehung* reden?«, antwortete er sarkastisch. Ich wusste nicht so recht, ob er wütend war oder nicht, obwohl ihm die Verblüffung immer noch deutlich ins Gesicht geschrieben stand.

»Es ist nicht so, wie du denkst, das hab ich dir doch schon gesagt«, versicherte Hayden frustriert. Er fuhr sich mit der Hand durchs Haar und schnaubte. »Gehen wir in meine Hütte, dann erkläre ich es dir.«

»Gut. Nach dir«, meinte Dax und deutete auf die Tür der Krankenstation. Ohne einen weiteren Blick in meine Richtung stapfte Hayden zur Tür hinaus, sodass wir ihm nur folgen konnten. Ich freute mich schon auf seine Erklärung.

Ich wusste nur eins: Mir gefiel es, wenn Hayden mich küsste, und ich empfand Dinge für ihn, die ich eindeutig nicht hätte empfinden dürfen. An jedem Tag, den wir gemeinsam verbrachten, erfuhr ich mehr über ihn. Ich hatte gemerkt, dass er nicht so tough war, wie er jedermann glauben machte, dass ihm die Menschen viel mehr bedeuteten, als er sich anmerken ließ, und dass er ein besserer Mensch war als wir alle. Er brauchte mich nur anzusehen, und schon flatterten Schmetterlinge in meinem Bauch, und ich bekam eine Gänsehaut.

Ich hatte es nicht gewollt, aber ich konnte es nicht länger abstreiten: Ich empfand etwas für ihn.

Wir kamen an seiner Hütte an. Ich war ziemlich nervös und konnte das Gefühl nicht abschütteln, dass seine Worte mich verletzen würden. Drinnen ging ich geradewegs zur Couch und setzte mich hin. Erst wippte ich unruhig mit den Knien, zwang mich dann aber zur Ruhe. Ich war wütend auf mich selbst, weil ich meine Gefühle nicht besser verbergen konnte. Dax nahm neben mir Platz, während Hayden stehenblieb, anscheinend zu erregt, um sich hinzusetzen.

»Nun?«, forschte Dax ruhig und sah Hayden erwartungsvoll an.

»Nun was?«, fragte Hayden mit verärgertem Unterton. Ich konnte förmlich sehen, wie er sich im Geiste selbst geißelte, dass er sich nicht im Griff gehabt und mich in Dax' Anwesenheit geküsst hatte.

»Was genau geht zwischen euch vor sich?«, präzisierte Dax seine Frage. Immer noch war nicht zu erkennen, ob er sauer war oder nicht.

»Nichts«, antwortete Hayden sofort, was meinem Herzen einen schmerzhaften Stich versetzte. Für den Bruchteil einer Sekunde sah er mich an, dann konzentrierte er sich wieder auf Dax. Ich versuchte, eine unbeteiligte Miene zur Schau zu stellen, hatte aber keine Ahnung, wie erfolgreich ich war.

»Nichts«, wiederholte Dax skeptisch. Er zog eine Augenbraue in die Höhe und sah erst Hayden und dann mich an. Ich mied seinen Blick und starrte zu Boden. Einen Augenblick lang herrschte angespanntes Schweigen, dann sagte Dax: »Das kann ich nicht glauben.«

»Na ja, ich war eben wirklich froh, dass alles so gut gelaufen ist und empfand ... Dankbarkeit. Grace war immerhin wirklich eine große Hilfe. Keine Ahnung, was in mich gefahren ist«, wehrte Hayden ab. Wieder drehte sich mir schmerzhaft der Magen um. Ich fragte mich, ob er die Wahrheit sagte oder Dax einfach nur anlog. Es war erbärmlich, wie sehr ich auf Letzteres hoffte.

»Du warst also dankbar«, wiederholte Dax im gleichen Ton wie zuvor.

»Hörst du jetzt endlich mal auf, alles zu wiederholen, was ich sage?«, blaffte Hayden und funkelte Dax wütend an, während er vor uns auf und ab tigerte. Falls er ihm weismachen wollte, dass ihm das alles egal war, war er nicht allzu überzeugend. »Aber ja. Dankbar.«

»Und da hast du sie geküsst?«, fragte Dax. Er sah mich stirnrunzelnd an, als seien Haydens Worte nicht so ganz schlüssig. »War dies der erste Kuss?«

»Ehrlich gesagt wüsste ich nicht, was dich das angeht«, antwortete Hayden verärgert.

»Ich finde schon, dass ich ein Recht habe zu erfahren, ob du mit deiner *Gefangenen* herummachst«, sagte er und betonte das Substantiv, um die Wirkung seiner Worte zu unterstreichen.

»Wir machen nicht miteinander herum, das hab ich dir doch gerade gesagt«, leugnete Hayden. Genau genommen war das gelogen, aber ich würde mich hüten, ihm zu widersprechen. Wieder einmal unterhielten sich die beiden miteinander, als sei ich gar nicht anwesend.

»Du magst sie also gar nicht?« Diese Frage hatte ich mir selbst schon gestellt. Angespannt wartete ich auf Haydens Antwort.

Er blieb stehen und sah uns mit grimmiger Miene an, erst Dax, dann mich. Er bemerkte meinen ängstlichen Gesichtsausdruck, den ich nicht verbergen konnte, und einen kurzen Moment lang wirkte er traurig. Plötzlich wurde mir ganz schummrig zumute.

»Nein.«

Da war es. Zu hören, wie er jegliche Gefühle für mich abstritt, schmerzte mehr, als ich je vermutet hätte. Ich biss die Zähne aufeinander und unterdrückte jede Reaktion auf seine Worte.

»Sicher?«, hakte Dax mit nach wie vor undurchdringlicher Stimme nach.

»Absolut sicher«, antwortete Hayden steif. Er biss ebenfalls die Zähne zusammen, und ein Muskel in seiner Wange zuckte leicht, bevor er wieder anfing, auf und ab zu schreiten. Ich spürte, wie Dax mich fixierte, während ich mühsam eine lässige Miene aufsetzte, als sei ich nach Haydens Worten innerlich nicht am Boden zerstört. Ich wandte den Kopf und sah Dax in die Augen, zuckte beiläufig mit den Achseln und zog die Augenbrauen hoch, als ob das, was Hayden gerade gesagt hatte, mich überhaupt nicht kümmerte. Doch seine hellbraunen Augen blickten absolut nicht verärgert drein, was mich überraschte. Im Gegenteil: Er wirkte ... besorgt. Beinahe traurig. Er musterte mich eindringlich, um meine Reaktion auszuloten. Dann holte er tief Luft und zog die Augenbrauen hoch.

»Schade«, sagte er schließlich. »Ich dachte, bei euch beiden läuft etwas, aber anscheinend lag ich falsch.«

»Ja«, bestätigte Hayden leise und wandte sich um, um sich auf dem Bett niederzulassen. »In der Tat.«

»Ich hätte gar nichts dagegen, wisst ihr?«, fuhr Dax fort, riss den Blick endlich von mir los und sah Hayden an. Ich blinzelte, überrascht von dieser Bemerkung. Viel eher hatte ich erwartet, dass er erleichtert auf die Erkenntnis reagieren würde, dass offensichtlich nichts im Busch war. Stattdessen war er enttäuscht.

»Es gibt nichts, wogegen du nichts haben könntest«, antwortete Hayden kalt und stieß das Messer damit nur noch tiefer in die Wunde. So langsam gesellte sich zu meiner Enttäuschung und dem Schmerz in meiner Magengrube allerdings auch Wut hinzu. Es war eine Sache, dass Hayden jegliche Beziehung zwischen uns leugnete, aber er verhielt sich wirklich kälter als nötig. Für mich war das alles ziemlich peinlich, denn ich war mir ziemlich sicher, dass er um meine langsam aufkeimenden Gefühle für ihn wusste. Und die rieb er mir jetzt in Dax' Beisein kräftig unter die Nase.

»Na gut, Kumpel, du musst es ja wissen«, meinte Dax und hob beschwichtigend die Hände. Dann ließ er das Thema fallen. Er erhob sich von der Couch, zog an seinem weiten grauen Shirt, damit es wieder glatt über den Schultern lag, und rieb sich die Hände. »Habt ihr Hunger?«

»Nein«, antwortete Hayden rundheraus. Ich schüttelte den Kopf. Mir war der Appetit schon vor einer ganzen Weile vergangen.

»Okay ...«, meinte Dax und runzelte die Stirn über Haydens steifen Ton. »Hey, ich überlege gerade ... dieser Typ, den wir in Whetland gesehen haben ... Ihr glaubt doch nicht, dass er was Ansteckendes hatte, oder?«

»Keine Ahnung«, sagte Hayden und klang, als sei ihm das herzlich egal. Er verhielt sich jetzt so anders als der Hayden, den ich kannte. Diese Version hier mochte ich überhaupt nicht.

»Ich frage mich, was ihm fehlte«, dachte Dax laut nach und bewegte sich zur Tür, als könne er es kaum erwarten, der spannungsgeladenen Atmosphäre im Zimmer zu entkommen.

»Er hatte Krebs«, sagte ich. Es waren meine ersten Worte, seitdem Dax Hayden und mich bei dem Kuss ertappt hatte.

Einem Kuss, der offenbar keine Bedeutung gehabt hatte. Meine Stimme klang ausdruckslos und hohl, und ich blickte zu Boden.

Die beiden Männer schwiegen, und plötzlich merkte ich, wie seltsam es war, das einfach so und ohne weitere Erklärung in den Raum zu werfen.

»Krebs?«, wiederholte Dax langsam und eindeutig verwirrt. »Aber er hatte doch noch alle Haare?«

»Die Haare fallen nach einer Chemo oder Bestrahlungstherapie aus, nicht durch den Krebs an sich«, erklärte ich. Ich hob den Kopf und entdeckte, dass die beiden mich neugierig musterten. Es juckte ihnen förmlich in den Fingern, mich zu fragen, woher ich das wusste, aber keiner traute sich.

Ich hatte ihr ausgezehrtes Gesicht wieder vor Augen. Sie war nur noch Haut und Knochen gewesen, ausgemergelt durch die Krankheit. Ich erinnerte mich, wie schwach sie am Ende war – so schwach, dass sie nicht mal mehr meine Hand halten konnte. Wir hatten nichts mehr tun können, und so war es auch bei dem Mann, den wir gesehen hatten. Die moderne Medizin stand in der Welt, in der wir lebten, nicht mehr zur Verfügung. Antibiotika waren eine Sache, aber eine Chemotherapie eine ganz andere. Ich blinzelte, um die brennenden Tränen hinter meinen Augäpfeln zurückzudrängen, und schüttelte den Kopf, um die unliebsamen Erinnerungen zu vertreiben, bevor ich mehr von mir preisgab, als ich wollte.

»Ist nicht ansteckend«, sagte ich knapp und sah Dax mit schwachem Lächeln an. Er nickte und erwiderte das Lächeln mit traurigem Blick. Dann legte er die restlichen Schritte zur Tür zurück.

»Na ja ... ich gehe jetzt jedenfalls was essen. Ihr könnt ja auch kommen, wenn ihr es euch anders überlegt«, sagte er etwas verlegen. Er winkte, dann ließ er mich mit Hayden und all den Gefühlen, die in mir tobten, allein. Schmerz, Enttäuschung, Unglauben und Wut schienen gleichermaßen um Aufmerksamkeit zu kämpfen. Eigentlich wollte ich Hayden unter keinen Umständen ansehen, scheiterte aber.

Mein Blick blieb an ihm haften, und ich spürte, wie sich meine Augen zu wütenden Schlitzen verengten. Trotzdem schwieg ich weiterhin entschlossen. Wenn er alles leugnen wollte, was zwischen uns geschehen war, würde ich ihm wohl kaum die Befriedigung geben, ihn darauf anzusprechen. Er wollte keine Gefühle haben, das konnte ich auch.

»Grace«, sagte Hayden. Er seufzte, als könne er meinen unbeabsichtigt wütenden Blick spüren, noch bevor er sich zu mir umdrehte. Ich wandte die Augen ab und lehnte mich so lässig wie irgend möglich zurück, zupfte lieber an meinen Fingernägeln herum, als ihn anzusehen.

»Was?«

Ich klang wütender, als mir lieb war, aber es fiel mir nun mal höllisch schwer, die Gefühle aus meiner Stimme zu verbannen.

»Was ich da zu Dax gesagt habe ...«

»Du musst mir nichts erklären, Hayden«, schnitt ich ihm scharf das Wort ab. Mein Zorn steigerte sich immer mehr, je länger ich seinen Blick auf mir spürte. »Du hast ziemlich deutlich gemacht, was Sache ist.«

Er schwieg eine Weile, und ich konnte nicht verhindern, dass ich ihm nun doch einen Blick zuwarf. Er beobachtete mich eindringlich und mit gerunzelter Stirn.

»Du bist sauer«, bemerkte er. Seine Stimme klang nun weniger angespannt als eben bei Dax.

»Bin ich nicht«, log ich verschlossen. Allerdings nicht besonders überzeugend, denn meine Wut war offensichtlich.

»Grace ...«, seufzte er.

»Hör auf, meinen Namen so zu sagen«, blaffte ich. Er klang, als sei er ständig kurz davor, mir schlechte Nachrichten zu überbringen, und das setzte mir zu. Ich kam mir mit einem Mal total blöd vor, weil ich geglaubt hatte, er könnte mir die gleichen Gefühle entgegenbringen wie ich ihm. Natürlich tat er das nicht. Er sah in mir nichts weiter als eine Feindin. Sämtliche Augenblicke mit ihm waren mir nur deshalb so zufällig vorgekommen, weil er sie tatsächlich nicht gewollt hatte und immer nur einer Laune des Augenblicks gefolgt war.

Nur letzte Nacht nicht, als er mich im Schlaf im Arm gehalten hatte.

Ich schüttelte den Kopf, um den Gedanken zu vertreiben. Offensichtlich war ich ihm nicht wichtig, sonst würde er mir nicht so viele widersprüchliche Signale senden und bei seinem besten Freund alles abstreiten, der immerhin deutlich gemacht hatte, dass er gar keine Einwände gegen eine Beziehung gehabt hätte. Doch selbst danach, als klar war, dass es buchstäblich keinerlei negative Konsequenzen haben würde, hatte Hayden es geleugnet.

»Was soll ich deiner Meinung nach sonst sagen, Grace?«,

fragte Hayden, und nun klang seine Stimme wieder eine Spur verärgert.

»Nichts.«

Er funkelte mich durch den Raum hinweg an. Nun war er ebenso wütend wie ich.

»Warum bist du dann so sauer? Hör auf, so zu tun, als wärst du es nicht. Ich merke es doch!«, rief er ärgerlich. »Bin ich nicht«, wiederholte ich erneut knapp. Ich hörte auf, so zu tun, als würde ich meine Nägel inspizieren, als sich meine Hände unwillkürlich zu Fäusten ballten.

»Hör auf, mich anzulügen«, knurrte er, erhob sich vom Bett und baute sich vor mir auf. Er verschränkte die Arme vor der Brust und blickte grimmig auf mich herab, sodass ich mir ganz klein vorkam. Ich erhob mich, um seinen Größenvorteil etwas zu verringern, aber er überragte mich selbst aus einem Meter Entfernung immer noch.

»Ich darf also nicht lügen, du aber schon?«, spie ich hervor. Jetzt knickte ich doch ein.

»Wann habe ich gelogen?«, fragte er doch tatsächlich und blickte ungläubig auf mich herab. Wieder schlug mein Herz schmerzhaft in meiner Brust, denn mit dieser Frage bestätigte er ja nur nochmals, dass er nicht gelogen hatte, als er vor Dax behauptet hatte, nichts für mich zu empfinden.

»Anscheinend gar nicht«, murmelte ich und machte ein paar Schritte von ihm fort, um den Abstand zwischen uns zu vergrößern. Aber ich kam nicht allzu weit, denn er packte mich am Oberarm und wirbelte mich zu sich herum. Ärgerlich riss ich mich los und starrte ihn wütend an.

»Wann habe ich gelogen?«, wiederholte er und musterte mich eindringlich.

»Empfindest du wirklich so? So wie du es Dax gegenüber behauptet hast?«, fragte ich seine Frage ignorierend. Ihm blieb der Mund offen stehen. Doch dann presste er die Lippen aufeinander und betrachtete mich aus verengten Augen. »Es ist kompliziert«, sagte er schließlich und klang jetzt wieder angespannt.

»Ist es nicht«, fauchte ich und wich einen Schritt zurück. Wenn er mir so nah war, konnte ich keinen klaren Gedanken fassen.

»Doch, ist es wohl«, widersprach er nervös. Ich war so frustriert, dass ich ihn am liebsten angeschrien hätte.

»Wieso? Weil ich deine Feindin bin? Ich habe dich auf Raubzügen begleitet, ich habe das Leben deines besten Freundes gerettet. Was muss ich noch alles tun, um zu beweisen, dass ich niemandem etwas antun will?« Ich kochte vor Zorn. War fuchsteufelswild. Ihm gingen die Ausflüchte aus, und ich war sie leid.

»Das ist nicht der Grund«, stieß er mit zusammengebissenen Zähnen hervor.

»Was ist dann der Grund, Hayden? Was ist so kompliziert?«, verlangte ich zu wissen.

»Es ist einfach so«, erwiderte er halsstarrig. Zorn durchtoste mich. Seinetwegen war ich mehr als frustriert.

»Wenn du mir gegenüber wirklich so empfindest, wie du vor Dax behauptet hast, Hayden, dann solltest du mich in Ruhe lassen. Ich kann es nicht ertragen, dass du mich in einer Sekunde küsst und mich in der nächsten komplett ignorierst«, sagte ich und hasste mich selbst dafür, dass meine Stimme brach. Ich ballte die Hände zu Fäusten, wollte wieder stark sein. Ein Funke glomm in seinen Augen, und er machte einen Schritt auf mich zu. Sofort wich ich weiter zurück, um den Abstand zwischen uns zu wahren. Ich durfte ihn nicht näher an mich heranlassen, wenn ich weiterhin klar im Kopf bleiben wollte.

»Es ist kompliziert, weil ich nichts für dich empfinden *darf*, Grace«, bekannte er schließlich. »Etwas für Menschen zu empfinden, macht einen schwach, und ich darf nicht schwach sein. Zu viele Menschen verlassen sich darauf, dass ich stark für sie bin.«

»Du redest so eine Scheiße«, rief ich ungläubig und schüttelte den Kopf über ihn.

»Wie bitte?«, fragte er scharf, aber gefährlich leise. Dann wartete er darauf, dass ich weitersprach.

»Du willst den Menschen weismachen, dass du für nichts und niemanden etwas empfindest, aber du bist bei weitem nicht so tough, wie du denkst«, sagte ich und bohrte ihm plötzlich den Finger in die Brust. Er blickte auf meine Hand hinab, dann mir wieder ins Gesicht. Und wirkte beleidigt.

»Ach wirklich?«, fragte er sarkastisch.

»Wirklich«, fauchte ich. Ich schob ihn von mir fort, versuchte, mehr Abstand zwischen uns zu bringen, denn wir schienen förmlich aufeinander zuzudriften. »Du spielst den harten Kerl, der sich für nichts und niemanden interessiert, aber es ist doch total offensichtlich, dass dir jeder Einzelne hier am Herzen liegt. *Für diese Menschen* riskierst du täglich dein Leben, und dabei willst du mir allen Ernstes erzählen, dass es dich schwach macht, etwas für andere zu empfinden. Wenn du das wirklich glauben würdest, wärst du gar nicht hier.«

Ich hatte gar nicht bemerkt, wie schwer ich mittlerweile atmete. Meine Brust hob und senkte sich mit jedem Atemzug. Ich zitterte förmlich, so wütend war ich, und irgendwie hatte sich der Abstand zwischen Hayden und mir noch weiter verringert, obwohl ich ihm immer wieder die Hände auf die Brust legte und ihn von mir fortschob. Er beobachtete mich intensiv. Auch er atmete jetzt schneller, während er meinem Wortschwall lauschte. Seine Nasenflügel weiteten sich, und sein Kinn verkantete sich.

»Ist schon gut, wenn du für mich nichts empfindest, aber erzähl mir nicht, dass *sie* dir nicht am Herzen liegen«, fuhr ich fort. Meine Stimme klang jetzt ganz gepresst, denn die Gefühle drohten mich zu überwältigen. »Etwas für andere Menschen zu empfinden, macht einen nicht schwach. Es macht einen menschlich.«

»Du irrst dich«, sagte er bedächtig.

Ich verdrehte die Augen, war es leid, mit ihm zu streiten.

»Okay, Hayden.«

»Du irrst dich sogar ganz gewaltig«, fügte er hinzu. Sofort brodelte ich wieder vor Zorn. Wieder zitterte ich.

»Klar doch. Dann erklär mir doch mal, wieso«, schäumte ich. Er funkelte auf mich herab, nicht sonderlich beeindruckt von meinem Ton.

»Würdest du mir am Herzen liegen, würde mich das schwach machen, denn ich würde dich eher schützen wollen als mich selbst«, sagte er und klang, als sei jedes einzelne

300

Wort eine Qual für ihn. Irgendwie war er jetzt wieder ganz nah, versuchte mich aus wenigen Zentimetern Entfernung mit seinem Blick einzuschüchtern. Entschlossen sah ich ihm in die Augen.

»Dann ist es ja ein Glück, dass du nichts für mich empfindest«, antwortete ich tödlich ruhig und voller Bitterkeit. Die Worte waren mir jedoch kaum über die Lippen gekommen, als der Abstand zwischen uns vollkommen aufgehoben wurde, und Haydens Lippen auf die meinen prallten. Er umfing mein Gesicht, hielt mich fest, während meine Hände den schwachen Versuch unternahmen, ihn von mir zu stoßen. Allerdings war ich nicht besonders energisch und spürte schon bald, wie ich unter seinem Kuss dahinschmolz. Die Anspannung, unter der wir gestanden hatten, schien von uns abzufallen. Wir hüllten uns in unseren eigenen Kokon ein, und ich hörte auf, gegen ihn anzukämpfen.

Seine Lippen pressten sich auf meine, und er hielt mich fest. Meine Hände stießen ihn nicht länger von sich, sondern legten sich auf seine Brust. Die Hitze seiner Lippen und Hände brannte den Zorn in mir fort. Mein Herz drohte mir den Brustkorb zu sprengen, als er den Kuss unterbrach und schwer atmend seine Stirn an die meine legte.

»Natürlich bedeutest du mir etwas«, flüsterte er leise. Seine Augen waren geschlossen, aber kurz darauf öffnete er die Lider wieder, um meine Reaktion auszuloten.

Meine Gedanken überschlugen sich, sodass mir die Antwort schwerfiel. Ich wollte nicht denken, dass seine Gefühle für mich eine Schwäche darstellten, aber er hatte sich diese Vorstellung offenbar schon so viele Jahre lang erfolgreich eingetrichtert, dass es nicht leicht sein würde, sie ihm wieder auszutreiben.

»Du musst mich nicht beschützen, Hayden«, antwortete ich. Ich hoffte, seine Überzeugung ändern zu können, indem ich ihm klarmachte, dass ich nicht schutzbedürftig war und ihn infolgedessen auch nicht schwächte.

»Ich weiß«, antwortete er leise und fuhr mit den Daumen bedächtig über meine Wangen, die Stirn nach wie vor an meiner. »Aber das bedeutet noch lange nicht, dass ich es nicht trotzdem versuchen werde.«

KAPITEL 20
VERLANGEN

Hayden

In meinem ganzen Leben hatte ich mich noch nie so verletzlich und so wenig vorbereitet gefühlt wie in diesem Augenblick. Viel zu viele unterschiedliche Gedanken gingen mir durch den Kopf. Trotz meiner festen Überzeugung, dass es gefährlich war zuzugeben, dass sie mir etwas bedeutete, und obwohl ich eigentlich unbedingt unbeteiligt bleiben wollte, konnte ich das gerade Gesagte weder zurücknehmen noch abstreiten, dass es zutraf.

Grace lag mir am Herzen, und ich wollte sie beschützen, auch wenn ich mich dadurch in Gefahr brachte.

Und das war sehr, sehr schlecht.

Sie holte zittrig Luft. Ihre Lippen waren geöffnet, und ihre Augen schienen in dem gedämpften Licht meiner Hütte zu glühen, als sie meine letzte Bemerkung aufnahm – dass ich sie zu beschützen versuchen würde, auch wenn ich es nicht musste.

»Warum hast du Dax angelogen?«, fragte sie schließlich mit leiser Stimme. Sie ließ die Hände von meiner Brust sinken, griff nach dem Saum meines Shirts und spielte gedankenverloren damit.

»Keine Ahnung«, bekannte ich wahrheitsgemäß. Ich hatte instinktiv gehandelt. Die tief verwurzelte Überzeugung, dass Gefühle für andere Menschen mich schwächten, riss mich ins Verderben.

Sie sackte bei meinen Worten leicht zusammen und wich enttäuscht einen Schritt zurück. Ich folgte ihr sofort, um den Abstand zwischen uns wieder zu verringern, löste aber die Hände von ihrem Gesicht.

»Hayden ...«, begann sie mit gepresster Stimme.

»Bitte fang nicht wieder an«, beschwor ich sie leise. »Ich bin ... ich bin einfach nicht gut darin.«

»Worin?«, fragte sie und zog nachdenklich die Augenbrauen zusammen.

»Darin«, antwortete ich, zuckte mit den Schultern und deutete mit der Hand auf sie und mich. »Ich weiß nicht mal, wie ich es nennen soll. Das hier ist nicht der Normalfall, Grace.«

»Das weiß ich«, antwortete sie und klang ein wenig beleidigt. Dann fuhr sie fort: »Ich weiß auch nicht, was das hier ist, aber ... ich muss wissen, was du willst.«

Ich sah sie mit gerunzelter Stirn an, hatte keine Ahnung, was ich darauf erwidern sollte. Was wollte ich? Die Antwort darauf war relativ einfach, aber ich hatte echt keine Ahnung, wie ich es erreichen konnte. Ich wollte ein normales Leben ohne den ständigen Stress und Druck, für die Sicherheit unzähliger Menschen verantwortlich zu sein. Ich wollte, dass alles wieder so wurde wie damals, bevor die Welt auseinanderbrach. Ich wollte abends schlafen gehen können, ohne mir Sorgen darum zu machen, dass unliebsame Feinde in den Ort einzudringen versuchten, für dessen Sicherheit ich so hart arbeitete. Ich wollte jemandem in allen Dingen vertrauen können, mich auf diese Person stützen können, wenn ich allein nicht gut genug war, lernen, wie es sich anfühlte, jemanden zu lieben.

Ich wollte Grace.

Aber das alles konnte ich nicht haben. Es war absolut nicht realisierbar oder verantwortungsvoll. Also würde ich auf genau diese Dinge im Leben wohl verzichten müssen, etwas, das ich schon vor langer Zeit akzeptiert hatte. Das Schlimmste an der Erkenntnis, dass ich etwas für Grace empfand, war die Tatsache, dass einige der Dinge, die ich mir mehr als alles andere wünschte, von denen ich aber nie zu träumen gewagt hatte, jetzt in greifbarer Nähe zu sein schienen. Und dadurch war es umso schmerzhafter zu akzeptieren, dass ich sie nie bekommen würde.

»Im Augenblick will ich einfach nur, dass du in Sicherheit bist«, antwortete ich also. »Und was willst du?«

»Ein Teil von mir möchte nach Hause«, bekannte sie aufrichtig und warf mir einen schuldbewussten Blick aus ihren grünen Augen zu. »Ich will meine Familie wiedersehen und ihr sagen, dass es mir gut geht. Aber ein anderer Teil ... ein anderer Teil von mir will hierbleiben und abwarten, was geschieht.«

Ich nickte bedächtig. Einerseits war ich heilfroh, dass sie überhaupt hierbleiben wollte, aber andererseits war ich auch enttäuscht, dass sie nach allem, was wir zusammen durchgestanden hatten, immer noch so unbedingt nach Hause wollte. Es hätte mich allerdings nicht überraschen sollen. Natürlich wollte sie lieber zu ihrer Familie zurückkehren als hierbleiben. Bei mir.

Mein Magen knurrte vernehmlich und sorgte erst einmal für Ablenkung.

»Hast du Hunger?«, fragte ich. Sie atmete tief ein, akzeptierte, dass die Unterhaltung beendet war.

»Ja, gehen wir etwas essen«, antwortete sie. Ich nickte wieder, sah ihr noch eine weitere Sekunde lang in die Augen. Dann wich ich einen Schritt zurück und strebte erneut dem Ausgang entgegen.

Sie folgte mir wortlos. Das Gewicht unseres Gesprächs drückte uns beide nieder. Es gab keine einfache Lösung für unsere Lage, und trotz meiner Gefühle konnte ich meinen inneren Widerstand nicht abstellen.

Schweigend wanderten wir durch das Abendlicht zur Kantine, von wo aus der Duft gegrillten Fleisches über das Camp hinwegwehte. Mein Magen knurrte schon wieder. In Graces Nähe schien ich einfache Notwendigkeiten wie zu essen einfach zu vergessen. Das würde mein Körper mir wohl kaum danken.

Die Kantine war relativ voll. Die Leute aßen zu Abend und unterhielten sich dabei angeregt, unbelastet von den Pflichten, die meinen Alltag bestimmten.

»Hayden!«, rief jemand aufgeregt. Ich erkannte die Stimme sofort und wandte mich um. Jett winkte mir begeistert von dem Tisch aus zu, an dem er allein saß. Ich winkte zurück, und Grace und ich gingen zur Essensausgabe, wo Maisie die Teller füllte. Heute Abend gab es augenscheinlich Wildbret, das jemand bei der Jagd geschossen hatte.

»Schön, dass du wieder da bist, Hayden«, lächelte sie mir zu, bevor sie mir meinen Teller gab. »Und du auch, Grace.« Grace wirkte etwas überrascht über Maisies freundliche Bemerkung, gestattete sich aber ein leichtes Lächeln. »Danke.«

Sie nahm ihren Teller entgegen und sah zu Boden, doch das sanfte Lächeln blieb. Ich nickte Maisie dankbar zu, froh darüber, dass sie Grace nach diesem anstrengenden Tag ein bisschen glücklich gemacht hatte. Ich sah, wie Jett praktisch auf seinem Stuhl auf und ab hüpfte und inständig hoffte, dass ich mich zu ihm an den Tisch setzte. Ich schlängelte mich also durch die Menge und erwiderte die Grüße der Menschen, an denen ich vorüberkam.

»Hayden, du bist wieder da!«, rief Jett aufgeregt aus, als ich ihm gegenüber Platz nahm. Grace setzte sich neben mich, allerdings in einem halben Meter Abstand.

»Jep«, antwortete ich lässig, bevor ich mich auf mein Essen stürzte. Ich merkte, dass Jett Grace einen bangen Blick zuwarf, bevor er weitersprach.

»Hi Grace«, sagte er. Anscheinend wollte er mutig und lässig rüberkommen, klang allerdings eher etwas verängstigt. Offensichtlich hatte er immer noch Angst vor ihr, obwohl sie ihm nach dem ersten Vorfall, als sie in Greystone das Gewehr auf mich gerichtet hatte, nichts getan hatte.

»Hi Jett«, antwortete sie und lächelte ihn freundlich an. Offenbar gefiel es ihr, dass er sie direkt angesprochen hatte. »Wie geht es dir?«

»Gut«, antwortete er automatisch und sah aus großen Augen zu mir herüber, als müsse ich beeindruckt sein, dass er überhaupt mit ihr sprach. Wahrscheinlich nahm er sie ausschließlich als Feindin wahr, die nur unter Zwang hier ausharrte. Es war also durchaus verständlich, dass er sich in ihrer Gegenwart nicht wohlfühlte.

»Hast du Kit besucht, Jett?«, fragte ich, bevor ich mir eine weitere Gabel in den Mund schob.

»Ja«, antwortete Jett aufgeregt. »Gestern Abend und heute Morgen! Aber er hat eigentlich nur geschlafen.«

»Er ist krank«, erklärte ich. Ich wusste nicht genau, wie viel Docc ihm erzählt hatte, aber eigentlich konnte er die Wahrheit vertragen.

»Wird er denn wieder gesund?«, fragte Jett mit weit aufgerissenen Augen.

»Hoffentlich. Grace, Dax und ich haben ihm heute Medikamente beschafft. Mal sehen, ob Docc ihn wieder hinkriegt.«

»Du hast dabei geholfen?«, fragte er und starrte Grace ungläubig an.

»Ja«, antwortete sie bescheiden.

»Sie hat ihn gerettet, wusstest du das nicht? Eine Kugel hat ihn in den Hals getroffen, und sie hat die Blutung lang genug zum Stillstand gebracht, dass wir ihn zu Docc zurückschaffen konnten«, erklärte ich ihm. Grace rutschte neben mir unruhig auf ihrem Stuhl hin und her, als sei es ihr unangenehm, dass ich so mit ihr prahlte.

»War doch keine große Sache«, murmelte sie leise.

»Das alles hast du getan?«, fragte Jett ehrfürchtig. Seine Augen waren immer noch groß und rund, aber nun betrachtete er Grace eher mit Bewunderung als mit Furcht.

»Ich hatte Hilfe«, antwortete sie bescheiden. Sie hatte Kit

das Leben gerettet und wollte das nicht einmal vor einem leicht zu beeindruckenden Kind zugeben.

»Wow«, hauchte Jett. Ich gluckste vor mich hin, während ich meinen Teller leerte. Außerhalb der engen Hütte und der gefühlsgeladenen Atmosphäre war mir wieder leichter ums Herz.

»Hey Jett«, sagte ich plötzlich, denn ich hatte eine Idee. »Heute Abend schon was vor?«

»Nein! Warum?«, fragte er aufgeregt und strahlte übers ganze Gesicht.

»Willst du schießen üben?«

»Wirklich? Ja, juhu!«, rief er und sprang praktisch vom Stuhl auf. Grace musste über seine Begeisterung lachen und beendete ihre Mahlzeit.

»Na gut, aber erst wird aufgegessen«, sagte ich und deutete mit einem Kopfnicken auf seinen Teller. »Mit leerem Magen kann man nicht schießen.«

»Okay!«, rief er und schaufelte sich wie ein Wilder den Rest seines Essens in den Mund.

»Du darfst auch üben«, sagte ich zu Grace und grinste sie an. Sie sah mich erstaunt an, dann lächelte sie.

»Entschuldige mal, aber ich bin eine sehr gute Schützin«, gab sie zurück. Um ihre Augen bildeten sich winzige Lachfältchen.

»Du musst es ja wissen«, antwortete ich und zog eine Augenbraue hoch. Dann erhob ich mich und brachte meinen Teller zu den Spülbecken. Jett sprang auf, den Mund noch so voll, dass er kaum alles gekaut bekam, und folgte mir. Grace tat es uns gleich, und wir verließen die Kantine.

»Lauf schon mal vor, Jett«, forderte ich ihn mit einem Kopfnicken auf.

»Ja!«, rief er aufgeregt, stieß seine kleine Faust in die Luft und rannte auf die Kommandozentrale zu, in der wir unsere Gewehre aufbewahrten. Grace und ich folgten ihm.

»Du bringst ihm das Schießen bei?«, fragte sie und sah amüsiert zu, wie er über einen Stein stolperte, sich im letzten Augenblick aber wieder fing.

»Nichts passiert!«, rief er uns über die Schulter hinweg zu und grinste breit.

»Ja, irgendwer muss es ja tun. Ich versuche es jetzt schon seit zwei Jahren, aber irgendwie kriegt er den Dreh nicht raus«, berichtete ich ihr. Jett platzte in die Kommandozentrale hinein, und man hörte ihn aufgeregt auf die Wache einreden.

»Vielleicht liegt das Problem ja beim Lehrer und nicht beim Schüler«, witzelte sie leichthin und stieß mich seitlich mit der Schulter an.

»Definitiv nicht«, lachte ich. »Ich bin ein hervorragender Lehrmeister.«

»Dessen bin ich sicher«, antwortete sie mit kaum wahrnehmbarem Sarkasmus. Ebenso belustigt wie ungläubig schüttelte ich den Kopf. »Aber einschüchternd bist du nicht«, fügte sie hinzu.

»Hmpf. Nimmst den Mund ziemlich voll«, murmelte ich lässig und betrat das Gebäude, ohne weiter auf ihre Bemerkungen einzugehen. Jett war bereits dabei, einige Pakete Munition und ein paar handbemalte Zielscheiben einzupacken, bei deren Herstellung Maisie ihm geholfen hatte.

Außerdem nahm er leere Dosen mit, die von meinen Versuchen, Jett das Zielen beizubringen, schon völlig durchlöchert waren. Er selbst hatte nur ein einziges Mal überhaupt etwas getroffen, und das war mit ziemlicher Sicherheit ein Zufallstreffer gewesen.

»Alles eingepackt, kleiner Mann?«, fragte ich und inspizierte seine Utensilien.

»Alles, außer der Waffe«, sagte der diensthabende Wachmann.

»Er wollte sie mir erst geben, wenn du da bist. Dabei ist es noch nicht mal ein richtiges Gewehr!«, schmollte Jett und funkelte den Wachmann mittleren Alters, der in der Ecke saß, wütend an. Der zuckte gelassen mit den Schultern und gab keine Antwort.

»Das war ja auch ganz richtig so«, nickte ich zustimmend. Ich ging zur Waffenkiste hinüber und nahm eine einzelne .22 Pistole heraus – eine etwas weniger leistungsstarke Waffe. Sonst wählte ich immer eine 9mm, die erheblich tödlicher war, aber eine Pistole war nun mal eine Pistole, also immer gefährlich, zumal für jemanden, der noch nicht viel Übung hatte. Ich überprüfte, ob die Waffe gesichert war, bevor ich sie in den Bund meiner Jeans steckte.

»Legen wir los, solange es noch hell genug ist«, sagte ich zu Jett. Er grinste glücklich und warf sich den Rucksack mit den wertvollen Utensilien auf den Rücken, bevor er zur Vordertür hinausschoss.

Ein paar Minuten später kamen wir auf dem Platz an, auf dem ich sonst auch immer mit Jett übte. Es handelte sich um eine kleine Lichtung kurz vor dem Camp, wo genug Platz war, um das Zielen zu üben, ohne Gefahr zu laufen, jemanden in Blackwing zu verwunden. Jett verschwendete keine Zeit und stellte Zielscheiben und Dosen auf, entschlossen, endlich auch eigene Löcher hineinzuschießen.

»Er ist ganz scharf drauf, stimmt's?«, bemerkte Grace, die beobachtete, wie Jett über die Lichtung hüpfte.

»Er denkt, wenn er Schießen lernt, nehme ich ihn auf Raubzüge mit«, antwortete ich. Mir drehte sich ein wenig der Magen um bei der Vorstellung dieses hoffnungslos ahnungslosen Jungen auf einem unserer Überfälle. Unter gar keinen Umständen würde ich das erlauben, bis ich nicht absolut sicher war, dass er dem gewachsen war. Und bei seinem Tempo konnte das gut und gern noch einige Jahre dauern.

»Er war doch schon bei einem dabei«, erinnerte sie mich. Offenbar dachte sie an die erste Nacht zurück, in der wir aufeinander getroffen waren.

»Das war aber gar nicht so gedacht«, murmelte ich. Die Sache machte mir immer noch zu schaffen.

»Du wirst es ihm nicht erlauben«, riet sie. »Du willst ihn beschützen.«

Ich gab keine Antwort. Nachdenklich beobachtete ich, wie Jett seine Vorbereitungen beendete und zu uns zurückkehrte. Ich spürte Graces Blick auf mir, ignorierte ihn aber und zog die Waffe aus dem Hosenbund.

»Okay, Jett«, sagte ich und stellte mich neben ihn. »Wie lautet die erste Regel?«

»Ziele niemals mit der Waffe auf Menschen«, rezitierte er pflichtbewusst.

»Stimmt. Und Regel Nummer zwei?«

»Achte immer darauf, dass die Waffe gesichert ist, es sei denn, du schießt gerade«, antwortete er und nickte dazu mehrfach mit dem Kopf.

»Sehr gut«, sagte ich stolz. »Und jetzt zeig mir, wie man die Pistole *falsch* hält.«

Jett hob die Hände, hielt sie zusammen und streckte den Zeigefinger aus, als hielte er eine unsichtbare Waffe. Er drehte die Hände so, dass die Handflächen parallel zu Boden und Himmel standen.

»So ist es schlecht«, sagte er und spähte mit verengten Augen an seinem Finger vorbei auf die Ziele.

»Genau. Und wie geht es richtig?«

»So«, sagte er und streckte die Hände aus, sodass die Daumen nach oben zeigten.

»Gut. Bereit für ein paar Schießübungen?«, fragte ich und hoffte, dass es diesmal besser laufen würde als die letzten paar Male.

»Ja!«, jubelte er und hüpfte auf den Fußballen auf und ab. Ich hielt den Lauf der Waffe auf den Boden gerichtet und reichte sie ihm. Er umfing sie behutsam, als hätte er Angst, dass sie bei der geringsten Berührung in die Luft flog. Ich sah, wie er schwer schluckte und seine Augen sich beim Anblick der Pistole in seinen kleinen Händen weiteten. Er konzentrierte sich und hob sie nach oben, ganz gerade, so wie er es mir eben demonstriert hatte.

»So?«, forschte er und wandte den Blick nicht vom Lauf ab.

»Ja«, versicherte ich ihm und nickte. »Und jetzt zielen. Orientiere dich an den Hilfslinien.«

Er kniff ein Auge zusammen, die kleine Zunge konzentriert zwischen die Lippen geklemmt, und zielte. Sein Finger bewegte sich leicht, um die Waffe zu entsichern. Um seiner Nervosität Herr zu werden, holte er tief Luft, wobei sich seine kleine Brust stärker als sonst weitete. Er war zu klein für sein Alter. Nahrung war halt Mangelware.

»Eins«, begann ich in der Hoffnung, der Countdown würde ein bisschen zu seiner Entspannung beitragen. »Zwei ... drei!«

Er drückte ab. Ein lauter Knall signalisierte, dass die Kugel den Lauf verlassen hatte. Seine schwachen Arme konnten den Rückstoß kaum auffangen, sodass der Lauf ein paar Zentimeter nach oben schnellte und die Kugel die Zielscheiben total verfehlte und im Staub dahinter landete.

»Verdammt«, murmelte er und ließ enttäuscht die Schultern hängen.

»Hey, war doch erst der erste Versuch«, beruhigte ich ihn. »Probier's nochmal.«

Einen Moment lang hatte ich Graces Anwesenheit beinahe vergessen, doch jetzt sah ich zu ihr hinüber. Sie beobachtete uns mit ebenso nachdenklicher wie unergründlicher Miene.

Ein zweiter Schuss zog meine Aufmerksamkeit wieder auf Jett. Er hatte sein Ziel erneut verfehlt.

»Versuch's weiter«, riet ich ihm. »Bis du keine Kugeln mehr hast. Dann laden wir nach.«

Weitere Schüsse erschallten über die Lichtung, keiner davon traf ins Ziel. Dann hörte ich ein letztes, leeres Klicken. Jett hatte also keine Munition mehr. Er sicherte die Waffe wieder und trottete zu mir herüber. Niedergeschlagen ließ er die Schultern hängen.

»Ich schaff es einfach nicht«, sagte er traurig. »Ich werde niemals treffen.«

»Aber klar schaffst du das irgendwann. Du musst nur noch mehr üben«, sagte ich. Ich wollte unbedingt selbst daran glauben. Allerdings war ich innerhalb weniger Wochen ein ganz passabler Schütze geworden, und mit Jett übte ich jetzt schon seit beinahe zwei Jahren; ganz zu schweigen davon, dass ich erheblich jünger gewesen war, als ich den Umgang mit Waffen gelernt hatte. Es war kein vielversprechender Start, und das wussten wir beide.

»Jett, hast du beim Schießen nur ein Auge offen oder beide?«, fragte Grace neugierig und trat zu uns, während ich seine Waffe neu lud.

»Hayden sagt, ein Auge«, antwortete er und warf mir einen skeptischen Blick zu, als traue er diesem Rat plötzlich nicht mehr.

»Weil du nur eines benutzen sollst«, sagte ich rundheraus.

»Hast du es schon mal mit beiden versucht?«, fragte Grace ihn, mich ignorierend.

»Nein ...«, antwortete Jett langsam, als sei ihm der Gedanke noch nie gekommen.

»Versuch's einfach mal«, antwortete sie und legte vielsagend den Kopf schief.

»Okay!«, erwiderte Jett plötzlich wieder voller Enthusiasmus, obwohl er vor wenigen Augenblicken noch so entmutigt gewesen war. Ich runzelte die Stirn und gab ihm die frisch geladene Waffe zurück. Er hüpfte wieder an seinen ursprünglichen Standort zurück und hob die Waffe. Diesmal hielt er beide Augen geöffnet, als er die Waffe entsicherte.

Er drückte ab, wieder hallte ein Knall um uns wider, als die Kugel durch die Luft pfiff. Ein winziges Loch zeigte sich am unteren Ende der Zielscheibe, die Jett anvisiert hatte. »Ja! Hast du das gesehen, Hayden?! Ich hab's geschafft!«, schrie er glücklich und wirbelte zu uns herum.

»Hey!«, rief ich und hob automatisch abwehrend die Hände, als er wild mit der Waffe vor mir herumfuchtelte. Ich hechtete zur Seite und warf mich, ohne nachzudenken, vor Grace. »Jett! Wie lautet die erste Regel?«

»Oh, nein!«, sagte er und riss die Augen auf, als ihm sein Fehler plötzlich zu Bewusstsein kam. Er richtete die Waffe auf den Boden. »Ziele niemals mit der Waffe auf Menschen.«

»Denk dran!«, schalt ich. »Trotzdem gut gemacht. Lass mal sehen, ob du es nochmal schaffst. Und versuch, die Arme anzuspannen, dann ist der Rückstoß nicht so heftig.«

Er nickte eifrig, bevor er wieder in Position ging und erneut zielte und einen weiteren Schuss abfeuerte, der die Kante der Zielscheibe streifte. Er stieß einen Freudenschrei aus und bereitete sich auf den nächsten Schuss vor. Ich warf Grace einen leicht verlegenen Blick zu, weil mein erster Instinkt mich verleitet hatte, mich zwischen sie und die Waffe zu werfen. Ich konnte nicht abschätzen, ob sie das mitbekommen hatte. Sie sah mich nur auf eigentümliche Weise an. Ich konzentriere mich wieder auf Jett vor uns.

»Hältst du ein Auge immer noch für besser?«, murmelte Grace selbstzufrieden neben mir und stellte sich dicht neben mich. Ich sah auf sie herab, verärgert, weil ihre Methode bei Jett besser funktioniert zu haben schien als meine.

»Ich hab's mit einem Auge gelernt. Und ich schieße gut«, antwortete ich halsstarrig.

»Eines ist besser bei unbeweglichen Zielen«, antwortete sie. »Aber wie oft schießen wir tatsächlich auf Dinge, die sich nicht bewegen?«

Ich seufzte und gab mich geschlagen. Sie hatte Recht. »Stimmt schon.«

Jett schoss erneut. Diesmal traf er sogar den äußeren Ring auf dem Zielkarton.

»Hayden!«, schrie er aufgeregt.

»Ich hab es gesehen, gut gemacht«, rief ich ihm ermutigend zu. Dann sagte ich wieder leiser zu Grace: »Na, da haben wir uns ja schön was eingebrockt.«

Sie stieß ein leises Lachen aus, die Augen unverwandt auf Jett gerichtet, der den letzten Schuss abgab und einem Volltreffer in die Mitte der Zielscheibe näher war denn je.

»Bald trifft er auch bewegliche Ziele. Dann hast du keine Wahl mehr und musst ihn an Raubzügen teilnehmen lassen«, antwortete sie leichthin.

»Ganz sicher nicht. Dazu ist mehr vonnöten, als ein paar Ziele zu treffen«, antwortete ich plötzlich streng.

»Schon klar«, sagte sie. Ich hörte förmlich, wie sie die Augen verdrehte. »War ein Witz.«

»Hmm«, brummte ich. Jett wandte sich um und kehrte zu uns zurück. Seine Waffe war wieder leer.

»Genug für heute Abend?«, fragte ich. Die Sonne war beinahe untergegangen; bald war es ohnehin zu dunkel, um noch irgendetwas zu erkennen.

»Noch eine Runde?«, bettelte er. »Bitte?«

»Eine noch«, räumte ich ein. »Aber jetzt musst du die Waffe selbst laden.«

Er jubelte und kramte in seinem Rucksack herum, holte die Kugeln heraus und legte sie daneben. Es fiel ihm schwer, das Magazin aus der Pistole zu ziehen, aber schließlich gelang es ihm, und er schob die Kugeln in den Schlitz, bevor er das Magazin mit leisem Klicken wieder einrasten ließ. Zufrieden stellte er sich wieder in Position, zielte und gab ein paar weitere Schüsse ab.

Diesmal traf er das Ziel jedes Mal innerhalb der Ringe. Ein Loch nach dem anderen zierte den Karton. Grace lachte leise. »Ich verkneife mir jetzt die Bemerkung, dass ich dir das ja gleich gesagt habe, aber ...« Sie verstummte und blickte sehr selbstzufrieden drein.

»Ja, ja«, murmelte ich. »Du hattest Recht. Aber gewöhn dich nicht dran.«

Jett kehrte wieder zu uns zurück, reichte mir die Waffe und stürmte davon, um die Zielscheiben einzusammeln.

»Danke, Grace, du hattest Recht!«, rief er, während er die Pflöcke, die an seiner Zielscheibe angebracht waren, aus dem Boden zog und zu uns herüberzerrte. Er hielt die Scheibe stolz in die Höhe, um uns die neuen Löcher darin zu zeigen. »Seht mal! Das hab ich geschafft!«

»Stimmt!«, pflichtete sie ihm glücklich bei. »Schön, dass ich dir helfen konnte.«

»Ich hab noch nie ein Ziel getroffen! Nur einmal, und das war Zufall«, meinte er und errötete leicht.

»Na ja, gewöhn dich dran. Jetzt hast du den Dreh raus, du kannst also nur noch besser werden«, antwortete Grace herzlich. Ich lächelte sanft, während sie ihn mit einer gewissen Zärtlichkeit betrachtete.

»Ja, das ist der schönste Tag meines Lebens!«, schrie er, warf die Faust erneut in die Luft, legte die Zielscheibe hin und zog los, um den Rest auch noch einzusammeln. Ich lachte leise, hockte mich hin und packte auch den Karton mit den Pflöcken ein.

»Danke«, sagte ich leise zu Grace. »Dafür, dass du ihm geholfen hast.«

»Kein Problem, echt nicht. Hab dir doch gesagt, dass so was meist nur am Lehrer liegt«, neckte sie mich. Ich grinste kopfschüttelnd vor mich hin. Ein behagliches Schweigen hüllte uns ein. Die Sonne war hinter den Bäumen verschwunden, und die Dämmerung senkte sich über die Lichtung herab. Ausnahmsweise war es gerade mal friedlich.

Aber plötzlich stellten sich mir die Nackenhaare auf. Es war still, aber eigentlich zu still. Kein glückliches Geplapper mehr hinter uns, kein leises Schnaufen, während Jett versuchte, die anderen Zielscheiben aus dem Boden zu ziehen. Ich sprang auf die Füße, wirbelte wild herum, und das Herz schlug mir plötzlich bis zum Hals.

Automatisch hob ich die Hand mit der Waffe und hatte ganz vergessen, dass sie ja gar nicht mehr geladen war. Mein Körper reagierte, noch bevor mir klar wurde, was los war. Ein Mann stand hinter Jett, hatte die Arme um seine Schultern geschlungen und hielt ihm ein scharfes, blitzendes Messer an die Kehle. Jetts Augen waren weit aufgerissen vor Panik. Sein Gesichtchen war ganz verzerrt, so sehr bemühte er sich, nicht in Tränen auszubrechen.

Wie versteinert standen wir da: Jett gelähmt vor Angst, dahinter sein Geiselnehmer, Grace neben mir – völlig unbewaffnet – und ich, eine nutzlose Pistole in der Hand, die ich auf unseren Feind richtete. Einen Feind, auf dessen Ärmel ein großes, rotes »W« prangte.

Ich hätte gleich wissen können, dass der Überfall heute einfach zu glatt gelaufen war. Das große »W« auf der Jacke bestätigte diesen Verdacht. Denn es konnte nur für eines stehen: Whetland.

KAPITEL 21
VERGELTUNG

Grace

Mir stockte der Atem, als ich das rote »W« auf der Jacke des Mannes sah. Sehr schnell wurde mir alles klar; er musste uns aus Whetland gefolgt sein. Dabei hatten wir geglaubt, alles sei reibungslos gelaufen. Wie sehr wir uns geirrt hatten! Ich verkrampfte mich, als der Typ das Messer fester gegen Jetts Kehle drückte, sodass die Haut dort spannte, aber noch nicht verletzt wurde. Hayden stand wie erstarrt neben mir, zielte mit der nutzlosen, leeren Pistole auf den Kopf des Mannes, der dem von Jett gefährlich nahe war.

»Lass ihn los«, knurrte Hayden, und um sein Kinn arbeitete es. Seine Armmuskeln waren stahlhart, während er die Waffe unbeirrt vor sich ausstreckte.

»Du und ich, wir wissen doch beide, wie es läuft, Junge«, spie der Mann verächtlich hervor. Er musste so um die vierzig sein; ein paar graue Strähnen durchzogen sein Haar und seinen zerzausten Bart. Eigentlich war es heutzutage normal, dass die Leute immer ein wenig verwahrlost wirkten, aber dieser Mann sah aus, als habe er seit Jahren in einem Dreckshaufen gelebt. Er bleckte die Zähne, wobei er ein paar dunkle Lücken entblößte.

»Was willst du?«, fragte Hayden unwirsch und hielt weiterhin die Waffe auf ihn gerichtet.

»Nimm erst mal die Waffe runter«, sagte der Mann. Ich befürchtete, dass Jett keine Luft mehr bekam, zumal die scharfe Klinge an seiner Kehle ihn noch zusätzlich am Atmen hinderte. Seine braunen Augen waren so weit aufgerissen, dass seine Augäpfel beinahe aus den Höhlen zu treten schienen, und er zitterte vor Angst. Mir schlug das Herz bis zum Hals. Er tat mir so leid.

»Nimm das Messer runter«, konterte Hayden, ohne sich zu bewegen.

»Hm«, machte der Mann und erhöhte den Druck der Klinge nochmals. Eine dünne, rote Linie erschien auf der Haut, aus der winzige Blutströpfchen rannen. Jett gab einen leisen Schmerzensschrei von sich, drängte sich gegen den Mann, um dem Messer zu entkommen. »Erst legst du die Waffe hin.«

Hayden schnaubte wütend. Er sah aus, als müsse er zerspringen, sobald man ihn berührte, so angespannt war er. Langsam hob er den Lauf der Pistole nach oben und hockte sich vorsichtig hin, um sie im Staub abzulegen. Sie hätte uns sowieso nicht allzu viel genützt, hatte aber zumindest die Illusion aufrechterhalten, dass wir uns verteidigen konnten.

Der Blick des Mannes glitt zu mir hinüber. Er betrachtete meine leeren Hände und die defensive Körperhaltung.

»Bist du bewaffnet, Blondie?«, schnaubte er in spöttischem, herablassendem Ton, als glaube er nicht eine Sekunde daran, dass ich gefährlich war. Ich kochte vor Wut und war jetzt umso entschlossener, Jett zu retten.

Es geschah nicht zum ersten Mal, dass mich jemand unterschätzte. Doch meist war das das Letzte, was die Betreffenden taten.

»Nein«, knurrte ich. Plötzlich war ich mir der Waffe an meinem Rücken deutlich bewusst. Nachdem ich sie stundenlang auf der Haut getragen hatte, war das Metall nun warm. Noch immer steckte nämlich die Pistole, die ich bei dem Überfall benutzt hatte, im Bund meiner Shorts. Diese Waffe war vielleicht unsere Rettung. Ich musste sie nur rechtzeitig zücken, bevor der Mann Jett die Kehle aufschlitzen konnte.

»Was willst du?«, spie Hayden hervor. Der Mann sah ihn wieder an. Jett wimmerte, als der Mann sich etwas bewegte und das Messer noch tiefer in seine Haut trieb.

»Ist ziemlich einfach«, begann er langsam und packte Jetts Schultern noch fester. »Ihr habt Whetland bestohlen, und das kann nicht ohne Vergeltung bleiben. Für das, was ihr getan habt, müsst ihr bezahlen.«

»Bist du allein?«, fragte Hayden und durchbohrte ihn förmlich mit seinen Blicken. Er gab keine Antwort, sondern musterte Hayden nur höhnisch. »Bist du allein?!«

Haydens Stimme hallte zwischen den Bäumen wider. Sie dröhnte dem Mann entgegen, und ihr Echo schien sich sekundenlang zwischen den Bäumen zu halten.

»Er ist allein«, sagte ich, denn ich hatte seine Mimik genau beobachtet. Jetzt wirkte er verärgert und bestätigte damit meinen Verdacht. Wenn er irgendwo Verstärkung gehabt hätte, dann wären die anderen mittlerweile aufgetaucht, um sich davon zu überzeugen, dass ich tatsächlich unbewaffnet war, oder sie hätten uns gleich den Garaus gemacht. Hayden nickte mir für den Bruchteil einer Sekunde zu, bevor er sich langsam einen Schritt vorwagte.

»Na, na, na«, schalt der Mann Hayden und schüttelte den Kopf. »Noch einen Zentimeter, und das Blut des Jungen spritzt in den Dreck.«

»Warum sollten sie uns nur einen einzigen Mann hinterherschicken? Was für einen Zweck hätte das?«, fragte Hayden barsch. Wieder gab der Mann keine Antwort. Seine Augen waren seltsam gelblich. Da machte es bei Hayden offenbar klick, und ich verstand ebenfalls.

»Sie haben dich gar nicht geschickt«, überlegte er laut. Er runzelte heftig die Brauen und ballte die Fäuste an seiner Seite, als müsse er sich krampfhaft zurückhalten, um sich nicht auf den Mann zu stürzen.

Haydens Vermutung bestätigte sich, als der Mann höhnisch auflachte, so laut, dass sich mir der Magen umdrehte. Ein seltsamer Mensch. Ich fragte mich, ob er verrückt war. Das »W« auf seiner Jacke wies ihn eindeutig als Bewohner Whetlands aus. Auch das war merkwürdig, denn bei Überfällen achtete jeder darauf, den eigenen Abstammungsort geheim zu halten.

»Was willst du?«, knurrte Hayden wieder. Seine Frustration wuchs mit jeder Sekunde, weil der Mann sich weigerte zu sprechen und keine Informationen preisgab. Ich blickte zu Jett hinüber, der mir in die Augen sah. Er war starr vor Schreck, während ihm Tränen über die Wangen rannen. Vor lauter Angst um ihn pochte mein Herz schmerzhaft gegen meine Rippen.

Er beobachtete mich aufmerksam, flehte mich stumm an,

ihn zu retten. Ich spähte dem Mann ins Gesicht. Er konzentrierte sich voll und ganz auf Hayden. Wieder nahm ich Blickkontakt zu Jett auf und neigte den Kopf fast unmerklich nach links. Er verstand mich nicht, was mich total frustrierte. Ich wiederholte die Bewegung, wobei ich sie noch ein bisschen übertrieb. Mit der Hand mimte ich eine Waffe und ließ meinen Daumen zurückschnellen, als entsichere ich die Waffe für einen imaginären Schuss. Schließlich kapierte er. Seine Augen weiteten sich einen Augenblick lang noch mehr. Ich nickte unmerklich, bedeutete ihm stumm, zu warten.

»Was ich will?«, wiederholte der Mann nun Haydens Frage. »Ich will, dass du mich dort hinbringst, wo ihr eure Medikamente aufbewahrt und dass ihr sie zurückgebt.«

»Niemals«, antwortete Hayden und schüttelte den Kopf.

»Dann fürchte ich, dass dein kleiner Freund hier ...« Der Mann sprach nicht weiter, sondern bohrte das Messer noch tiefer in Jetts Haut, sodass ein dickerer Blutstrom über die Klinge floss. Jett wimmerte, und sein tränenüberströmtes Gesicht war schmerzverzerrt. »... dafür bezahlen muss.«

»Nein!«, schrie Hayden und machte einen weiteren Schritt nach vorn. Die Spannung, die auf dieser Lichtung herrschte, war so greifbar, dass ich sie förmlich auf meiner Haut fühlte. Dem Mann traten bei Haydens Bewegung beinahe die Augen aus dem Kopf, und ich wusste, dass ich handeln musste, bevor es zu spät war. Jetts feuchte Augen sahen mich an, als ich den Kopf ein weiteres Mal zur Seite zucken ließ, ihm damit ein Zeichen gab.

Plötzlich überschlugen sich die Ereignisse. Jett lehnte sich ganz weit nach rechts, sodass das Messer seine Haut noch weiter aufschlitzte. Der Mann war überrascht, sah zu Jett hinunter und versuchte, ihn an weiteren Bewegungen zu hindern. Hayden erstarrte und blieb stehen, um Jett nicht noch weiteren Schaden zuzufügen. Und schließlich glitt meine Hand pfeilschnell an meinen Rücken. Ich packte die Waffe und zog sie heraus.

In weniger als einer Sekunde richtete ich Kimme und Korn auf die Stirn des Mannes aus. Ohne zu zögern, drückte ich ab, sodass ein lauter Knall um uns herum ertönte. Als die Kugel ihr Ziel traf, hörte man ein widerlich feuchtes, dumpfes Geräusch, und roter Sprühnebel erhob sich aus der Wunde.

Der Mann fiel zu Boden, ein winziges, beinahe gar nicht tödlich aussehendes Loch mitten in der Stirn, aus der nur ein schmales Blutrinnsal floss. Sein Griff um Jett lockerte sich im Sturz, und das Messer landete mit dumpfem Aufprall auf der Erde. Seine Klinge war benetzt mit Jetts Blut. Hayden fuhr zu mir herum, entdeckte die Waffe in meinen Händen und meine Angriffshaltung, bevor er wieder zu Jett hinübersah.

Kaum hatte er die Arme ausgebreitet, als Jett sich auch schon hineinstürzte. Er prallte gegen Hayden, der ihn fest umarmte, und brach in lautes Schluchzen aus. Er klammerte sich an Hayden, als fürchte er, dass der Mann aufstehen und ihn wieder packen könnte. Hayden hielt ihn fest, bis der Junge sich so weit beruhigt hatte, dass er leise auf ihn einreden konnte.

»Hey, alles gut ...«, sagte er leise und strich ihm über den Rücken. Jett schluchzte noch ein paar Sekunden lang an seinem Bauch, dann packte Hayden ihn sanft und schob ihn von sich, um sich seinen Hals anzusehen. »Geht es dir gut?«

Eine dünne Linie verlief über seine Haut. Die Wunde blutete zwar, war aber nicht allzu tief. Die Klinge hatte zwar seine Haut verletzt, aber keine Arterie getroffen. Nach einem kurzen Besuch bei Docc würde Jett wieder fit sein.

»Ich-ich glaub schon«, stammelte Jett und versuchte, sich die Tränen abzuwischen. Er schniefte laut. Dann plötzlich machte er sich von Hayden los und rannte zu mir herüber. Ich spürte, wie er auch mir die dünnen Ärmchen um die Taille schlang und mich fest umarmte. Ich brauchte einen Augenblick, um mich von meinem Erstaunen zu erholen, dann legte ich ihm verlegen den Arm um die Schultern.

»Danke, Grace«, sagte er und blickte zu mir empor.

»Gern geschehen«, antwortete ich, immer noch verblüfft über diese plötzliche Zurschaustellung von Dankbarkeit. Mit seinem tränenüberströmten Gesicht wirkte er viel jünger als zehn. Er lächelte mir zittrig zu, dann sah er zu dem Mann hinüber, der auf der Erde zusammengebrochen war.

»Er muss uns vom Wald vor Whetland aus gefolgt sein«, überlegte Hayden und musterte den Leichnam mit grimmiger Miene. »Ich wette, Renley wusste nicht mal, dass er hier war.«

»Wer ist Renley?«, forschte Jett. Er schniefte noch einmal und berührte vorsichtig seinen Hals, erbleichte, als er Blut an den Fingerspitzen entdeckte. Er wischte sie an seinen Shorts ab und wartete auf Haydens Antwort.

»Der Anführer von Whetland, weißt du noch? Hab ich dir doch erzählt«, erklärte Hayden geduldig.

»Ich dachte, der heißt Celt?«, fragte Jett.

Ich hätte mich beinahe verschluckt, als der Name meines

Vaters fiel, was beiden glücklicherweise jedoch entging. Sie wussten nicht, wer mein Vater war, und ich hatte nicht die Absicht, es ihnen zu erzählen, denn das hätte meine Lage wohl kaum verbessert.

»Nein, der leitet Greystone«, antwortete Hayden und warf mir einen Blick zu. Anscheinend fiel ihm jetzt erst wieder ein, dass ich von dort stammte.

»Du bist doch auch aus Greystone«, meinte Jett und sah mich an.

»Ja«, antwortete ich nur.

»Gehst du irgendwann zurück?«, fragte er weiter und sah mich mit großen Augen an.

»Nein, ich kann nicht«, sagte ich langsam und mied Haydens Blick, wollte sein Mienenspiel jetzt nicht sehen.

»Na ja, ich freue mich jedenfalls, dass du bleibst«, meinte Jett, als sei das meine eigene Entscheidung. »Ohne dich wäre ich tot!«

»Nein, wärst du nicht«, widersprach ich kopfschüttelnd. »Wäre ich nicht gewesen, hätte Hayden dich irgendwie gerettet.«

»Aber du bist diejenige, die es getan hat«, mischte sich Hayden in unsere Unterhaltung ein. »Anscheinend wird das jetzt zur Gewohnheit.«

»Was denn?«, fragte ich irritiert.

»Dass du Leute rettest, die eigentlich ich retten sollte«, erklärte Hayden bedächtig, und sein Blick brannte sich in meinen. »Zuerst Kit, dann Jett ... Wir stehen in deiner Schuld.«

»Ist schon gut, wirklich ...«, antwortete ich tödlich verlegen. Ich war es nicht gewohnt, gelobt zu werden, schon gar nicht von jemandem, für den ich, wie ich mir endlich eingestanden hatte, etwas empfand. Was für ein seltsames Gefühl, in der Tat. Ich wechselte das Thema.

»Sollen wir, äh, du weißt schon?«, sagte ich und deutete auf den Leichnam. Vor Jett wollte ich es nicht aussprechen, aber wir mussten ihn wegschaffen. Hayden schüttelte den Kopf, und Jett wich unwillkürlich noch ein paar Schritte vor dem Mann zurück.

»Nein, ich schicke jemanden her. Lass uns heimgehen«, sagte Hayden und legte Jett die Hand auf den Rücken. Er beugte sich vor, um die verbleibenden Gegenstände aufzusammeln, die Jett nicht mehr eingepackt hatte, und stopfte sie in den Rucksack. Dann schlang er ihn sich über die Schulter. Jett holte tief und zittrig Atem, was in der Stille des Waldes sehr laut klang. Er wirkte ziemlich mitgenommen.

»Wir schauen bei Docc vorbei, damit er sich deinen Hals ansieht, Kumpel«, sagte Hayden zärtlich zu Jett. Der nickte.

»Ich muss doch nicht etwa genäht werden, oder?«, fragte er erschrocken.

»Kann ich mir nicht vorstellen«, antwortete ich und musterte die Wunde scharf. Sie musste gesäubert und verbunden werden. Mehr war nicht nötig. Aber das würde ich Docc überlassen.

»Okay, gut«, meinte Jett eindeutig erleichtert.

Hayden blieb einigermaßen schweigsam, als wir uns durch das Camp auf die Krankenstation zubewegten. Er war tief in Gedanken. Jett schwatzte vor sich hin, behauptete plötzlich, eigentlich gar keine so große Angst gehabt zu haben. Ich sprach beruhigend auf ihn ein, stimmte ihm zu und versicherte, dass er ausgesehen habe, als hätte er alles unter Kontrolle. Kaum in der Krankenstation angelangt, stürmte Jett davon und machte sich auf die Suche nach Docc. Hayden und ich waren allein.

»Du musst ihn nicht anlügen, weißt du.« Hayden klang amüsiert.

»Was meinst du damit?«

»Du hast ihm bestätigt, dass er souverän wirkte, dabei hat er sich beinahe in die Hose gemacht. So was kannst du ihm sagen, weißt du? Er muss lernen, sich selbst richtig einzuschätzen«, erklärte Hayden leise.

»Wie soll er je mutig werden, wenn man ihm dauernd erzählt, dass er es nicht ist«, widersprach ich.

»Hmpf«, murmelte Hayden und gab keine weitere Antwort. Mittlerweile waren wir im Hauptteil des Gebäudes angelangt. Überrascht sah ich Kit in seinem Bett sitzen. Er wirkte viel fitter als bei meinem letzten Besuch hier. Seine Verbände waren sauber, seine Gesichtsfarbe sah gesünder aus, und soweit ich erkennen konnte, zeigte er weder Anzeichen für Fieber noch für eine Infektion. Die Antibiotika, die wir ihm verschafft hatten, wirkten offenbar Wunder.

»Hayden, Grace«, begrüßte er uns erstaunt. »Was zum Teufel ist denn mit Jett passiert? Als er hier vorbeikam, blutete er am Hals und war total überdreht.«

»Ein Typ aus Whetland ist uns gefolgt. Er hat ihm das Messer an die Kehle gesetzt, aber Grace hat ihn erschossen«, fasste Hayden die Ereignisse zusammen. Kit nickte, als sei er nicht weiter überrascht.

»Bei euch denn so weit alles klar?«, fragte er und warf uns

beiden einen Blick zu. Ich nickte, und Hayden bestätigte es ebenfalls leise.

»Gut«, sagte Kit.

Ein Muskel an seinem Kinn zuckte, als er aufstand. Aber das war auch der einzige Hinweis darauf, dass er noch ziemliche Schmerzen hatte. Es würde sicher noch eine Weile dauern, bis er wieder voll einsatzfähig war. Er kam zu mir herüber und legte mir den Arm um die Schultern. Schon die zweite überraschende Umarmung innerhalb weniger als einer halben Stunde.

. Einen Augenblick war ich starr vor Schreck, aber dann erwiderte ich den Druck seiner Umarmung. Als er sich von mir löste, blickte ich sofort zu Hayden hinüber. Der funkelte Kit wütend an, die Augen zu Schlitzen verengt, das Kinn verkantet. Mein Herz machte einen kleinen, glücklichen Satz. War er etwa eifersüchtig?

»Ich habe mich dir gegenüber wie ein Arschloch verhalten, und das tut mir leid«, sagte Kit nun. Seine Worte überraschten mich sogar noch mehr als seine Umarmung. »Du warst stets hilfsbereit, und es war nicht richtig, an dir zu zweifeln. Aber wir sind nun mal so erzogen worden, weißt du?«

Er grinste mich entschuldigend an. Doch dann wurde er blass – die geringe Anstrengung war bereits zu viel für ihn, sodass er sich wieder aufs Bett setzen musste.

»Ich verstehe das vollkommen«, antwortete ich. Und das tat ich tatsächlich. Ich war ja schließlich genauso aufgewachsen – mit der Gewissheit, dass man sich nur auf die eigenen Leute verlassen konnte. Ich gehörte nicht zu diesem

Camp. Also war es kein Wunder, dass sie mir nicht trauten. Ich konnte Kit keinen Vorwurf daraus machen, dass er sich von seiner lebenslangen Überzeugung hatte leiten lassen. »Mach dir deshalb keine Gedanken.«

»Super«, antwortete Kit mit breitem Lächeln. Hayden räusperte sich neben mir lautstark, und ich sah ihn an. Deutlich angespannter, als der Situation angemessen gewesen wäre, trat er einen Schritt vor.

»Genau, na ja, schön, dass es dir wieder besser geht, Kit«, sagte er verkrampft. Angesichts seiner offensichtlichen Eifersucht musste ich mir ein Lächeln verkneifen. Plötzlich hatte ich Lust, einen lauten Siegesschrei auszustoßen. Wie aufs Stichwort erschien Jett von dort, wo immer er mit Docc gewesen war, einen frischen Verband um den Hals, genau wie ich vorausgesehen hatte.

»Leute! Bin nicht genäht worden!«, jubelte er und deutete mit breitem Grinsen auf seine Kehle.

»Ja, Glück gehabt ...«, murmelte Kitt und lachte leise. »Jetzt kriegen wir beide Narben am Hals, kleiner Mann.«

»Wow! Das stimmt!«, rief er aufgeregt. »Toll!«

Kit grinste und zerzauste ihm das Haar.

»So langsam müssen wir los«, verkündete Hayden, vergrub die Hände in den Taschen und trat den Rückzug an.

»Okay«, sagte Jett, entzog sich Kits Hand und hüpfte zur Tür.

»Bis bald, Kit«, rief Hayden und folgte Jett. Ich winkte ihm zum Abschied zu. Die Umarmung war mir zwar noch immer peinlich, trotzdem war ich hocherfreut, dass sie Hayden eine solche Reaktion abgerungen hatte.

Eine kühle Brise fuhr durch das Camp, das nun vollkommen im Dunkeln dalag.

»Hayden, können wir eine heiße Schokolade trinken?«, fragte Jett plötzlich und schlang die Ärmchen um seinen Oberkörper. »Es ist ganz schön kalt!«

»Jett ...« Hayden klang erschöpft.

»Bitte! Ich bin heute beinahe umgebracht worden!«, sagte er und deutete noch einmal auf seinen Hals.

»Jetzt willst du mich damit schon erpressen?«, fragte Hayden mit leisem Lachen. Jett strahlte ihn an, ließ in stummer Bitte die Zähne blitzen. »Na gut. Eine Tasse, aber dann musst du nach Hause und Maisie erzählen, was passiert ist.«

»Ja!«, rief Jett, hüpfte aufgeregt auf und ab und sauste dann über den kurzen Pfad zur Küche.

»Willst du auch eine heiße Schokolade?«, fragte Hayden und warf mir im Gehen einen Blick zu.

»Was ist das denn?«, fragte ich unsicher. Hayden starrte mich mit offenem Mund an.

»Du weißt nicht, was heiße Schokolade ist?«

»Nein ...« Plötzlich kam ich mir ganz dumm vor. Hayden unterdrückte ein Lachen, während wir Jett in das dunkle Gebäude folgten, in dem Küche und Kantine untergebracht waren.

»Soso«, sagte er geheimnisvoll. »Dann lass dich mal überraschen.«

»Die schmeckt soooo gut«, rief Jett. »Hayden macht die beste!«

»Ja, Hayden macht die beste!«, wiederholte Hayden, sprach von sich nicht nur in der dritten Person, sondern imitierte auch Jetts überdrehten Tonfall. Ich lachte und ließ mich von ihnen nach hinten in die Küche führen, zu der normalerweise sonst nur Maisie und ihre Helfer Zugang hatten. Dort stand ein kleiner Tisch mit vier Stühlen. Jett entzündete eine Kerze darauf, deren flackerndes Licht uns in einen sanften Schein tauchte.

»Na, hoffentlich ist sie wirklich so gut«, witzelte ich und setzte mich hin.

»Oh, das ist sie«, versicherte Hayden. Er durchquerte die Küche, zog Schränke auf und holte ein paar Gegenstände heraus. Ich konnte nicht genau sehen, was es war, aber ich hörte das leise Zischen einer Kochplatte, die eingeschaltet wurde. Er füllte einen großen Topf mit Wasser aus dem Bottich in der Ecke und stellte ihn auf die Heizplatte. Mit sicheren Handbewegungen füllte er geheimnisvolle Zutaten in drei Becher.

»Mit Milch schmeckt es noch besser, aber die ist hier nun mal Mangelware ...«, sagte Hayden leise.

Jett nahm neben mir Platz und beobachtete Hayden gebannt. Schon bald begann das Wasser zu dampfen. Hayden nahm den Topf von der Kochplatte und goss das heiße Wasser in die Tassen, rührte mit einem Löffel um und trug dann zwei davon zu Jett und mir an den Tisch.

»Erst abkühlen lassen, Jett«, befahl er. Es klang, als hätte er das schon häufig gesagt, sei aber auch genauso oft ignoriert worden. Dann holte er auch seinen eigenen Becher und stellte ihn vor sich hin auf den Tisch. Ich blickte auf meine eigene Tasse hinab, in der eine braune, dampfende Flüssigkeit zu sehen war.

»Probier mal, Grace!«, rief Jett aufgeregt und grinste mich erwartungsvoll an.

Ich hob die Tasse hoch und hielt sie mir vorsichtig an die Nase. Der schokoladige Duft war köstlich und rief eine uralte Erinnerung in mir wach. Celt hatte damals ein paar Schokoriegel gefunden, die Jonah und ich uns teilen sollten. Kaum war Celt allerdings wieder verschwunden, musste Jonah sie natürlich an sich nehmen und mich zwingen, ihm beim Essen zuzusehen, ohne auch nur einen einzigen probieren zu dürfen. Nur der Duft hing noch in der Luft, aber schon allein dadurch war mir das Wasser im Munde zusammengelaufen.

Ich nippte daran. Die Flüssigkeit war so heiß, dass ich mir die Zungenspitze daran verbrannte. Trotzdem: Es schmeckte köstlich.

»Oh, mein Gott«, murmelte ich. Süßigkeiten waren eine Rarität, weshalb ich die heiße Schokolade beinahe für flüssige Magie hielt. Hayden beobachtete mich aufmerksam und lächelte.

»Schmeckt es dir?«

»Köstlich!«, versicherte ich.

»Das hat meine Mum immer gemacht, bevor ... vor dem allen hier«, sagte er und wirkte mit einem Mal niedergeschlagen. Aber schnell hatte er sich wieder im Griff. »Schön, dass es dir schmeckt.«

Er tat mir leid. Wieder kam mir der Gedanke, wie tragisch es war, dass er sich an derlei Dinge erinnern konnte, nur um zu wissen, dass sie für immer verloren waren. Er hatte schon in jungen Jahren so viel Leid erfahren, dass es mir das Herz brach.

»Wirklich lecker«, wiederholte ich. Jett konnte sich nicht länger zurückhalten. Er nippte ebenfalls an seinem Gebräu, ließ ihm keine Zeit mehr zum Abkühlen. Er gab ein leises »Au« von sich, als er sich die Zunge verbrannte, und Hayden schüttelte ohne jegliche Überraschung den Kopf.

»Ich hab doch gesagt, du sollst warten«, belehrte Hayden ihn.

»Ich weiß, ich weiß«, murmelte Jett und winkte ab. Dann widmete er sich voll und ganz seiner heißen Schokolade, ignorierte Hayden und mich und schien nichts anderes mehr wahrzunehmen als die süße Flüssigkeit.

»Ich wollte dich schon länger etwas fragen ...«, begann Hayden. Er stützte sich auf seinen Ellbogen und beugte sich über den Tisch hinweg zu mir herüber.

»Was denn?«, fragte ich und hatte plötzlich Herzklopfen.

»Der Typ, den wir in Whetland gesehen haben, woher wusstest du, dass er Krebs hat?«, fragte er langsam, als fürchte er, mich mit der Frage auf dem falschen Fuß zu erwischen. Er beobachtete mich wachsam und wartete auf meine Antwort. Ich holte zittrig Luft, ignorierte den Schmerz in meiner Brust, als ich plötzlich wieder ihr Bild vor Augen hatte. Er hatte mehr von sich preisgegeben, als ich je für möglich gehalten hatte, da war es nur fair, wenn ich auch etwas von mir selbst enthüllte.

»Meine Mum ist an Krebs gestorben«, antwortete ich leise. Ich konnte meinen Blick nicht von ihm losreißen. »Ausgerechnet ... sie sah genauso aus, bevor sie starb.«

»Das tut mir leid«, antwortete Hayden aufrichtig. Seine Hand bewegte sich vorsichtig über den Tisch hinweg auf mich zu, als wollte er sie auf meine legen. Doch dann zog er sie zurück und blickte zu Jett hinüber, der uns allerdings gar nicht beachtete.

»Ist schon eine Weile her.« Ich zuckte mit den Schultern, tat das Ganze ab wie immer.

»Aber es schmerzt nach wie vor, stimmt's?«, fragte er, als suche er Bestätigung, dass es normal war, den Tod eines Angehörigen auch noch Jahre später zu betrauern. Ich wusste in diesem Augenblick, dass er an seine eigenen Eltern dachte. Wir hatten beide Menschen verloren, die wir sehr geliebt hatten.

»Ja, es schmerzt nach wie vor«, stimmte ich leise zu. Diesmal fuhr er mit dem Daumen dann doch ganz leicht über meine Fingerknöchel. Nur ein einziges Mal, dann zog er die Hand erneut zurück, aber dieses eine Mal sandte heiße Schockwellen meinen Arm hinauf, die mir direkt ins Herz fuhren.

»Deine Mum ist also tot …«, sagte er und schrak bei seinen eigenen Worten leicht zusammen. »Deinen Bruder hast du noch. Sonst noch jemand?«

»Meinen Dad«, antwortete ich, und mir drehte sich plötzlich der Magen um. Je mehr ich von mir preisgab, umso schwerer würde es sein, mich zu schützen.

»Wow«, sagte Hayden, als sei er überrascht, dass noch so viele Mitglieder meiner Familie am Leben waren. Heutzutage war so etwas tatsächlich selten. In was für einer Tragödie wir lebten! »Wie ist dein Dad denn so?«

Interessiert beugte er sich vor. Da er selbst keine Angehörigen mehr hatte, wollte er wahrscheinlich in Erfahrung bringen, wie es war, wenn man noch eine Familie hatte.

»Er ist …« Ich sprach nicht weiter, war einen Augenblick lang ratlos. »Er ist fantastisch. Freundlich, liebevoll, witzig, selbstlos. Ich könnte mir keinen besseren Vater wünschen.« Ein sanftes Lächeln umspielte Haydens Lippen. Dann lehnte er sich entspannt zurück. »Scheint so.«

Seine Miene wurde unergründlich. Er schwieg, war mit einem Mal ganz in Gedanken. Doch ich sollte keine Gelegenheit haben, ihn in aller Ruhe zu mustern, denn neben uns erklang ein leises Schnarchen. Ich fuhr zusammen, dann kicherte ich leise beim Anblick des fest schlafenden Jett, der beide Arme auf den Tisch gelegt und seinen Kopf darauf gebettet hatte.

»Der Kleine kann überall schlafen«, murmelte Hayden. Anscheinend geschah das nicht zum ersten Mal. Er trank seine Tasse aus und fuhr sich mit der Hand durchs Haar, bevor er sich aufraffte und aufstand. Ich tat es ihm gleich, trank den Rest meiner köstlichen heißen Schokolade und erhob mich. Hayden ging um den Tisch herum und nahm Jett mit Leichtigkeit auf den Arm, ohne ihn zu wecken. Jetts Kopf baumelte schlaff hin und her, bis er auf Haydens Schulter zur Ruhe kam, wo er leise weiter schnarchte.

»Komm«, sagte Hayden leise. »Machen wir Schluss für heute.«

KAPITEL 22
KAMPF

Hayden

Jetts Kopf lag auf meiner Schulter, als wir den dunklen Pfad entlanggingen, und sein Körper spendete meinem in der kühlen Nachtluft Wärme. Außer seinem sanften Schnarchen hörte man nur das leise Knirschen unserer Stiefel im Staub. Wir waren auf dem Weg zu der Hütte, in der er mit Maisie lebte. Ich spürte Graces Blick auf mir, aber sie sagte nichts. »Wir sind fast da«, flüsterte ich leise und mit tieferer Stimme als sonst. Wir passierten unzählige Hütten, die allesamt sehr ähnlich aussahen und nur durch Kleinigkeiten wie ramponierte Blumentöpfe oder handbemalte Schilder zu unterscheiden waren.

Schließlich kam Maisies Hütte in Sicht. Sie kennzeichnete eine Holzblume, die Jett zu schnitzen versucht hatte. Ich deutete mit einem Nicken auf die Hütte, um Grace zu signalisieren, wohin wir wollten. Sie bog vom Weg ab und hob die Hand, um leise an die Tür zu klopfen. Drinnen hörte man Füße schlurfen, die Tür öffnete sich, und vor uns stand eine sehr müde aussehende Maisie. Wahrscheinlich hatte sie gar keine Ahnung, was heute Abend passiert war, sonst hätte sie Jett sicher viel eher zu sich geholt.

Sie lächelte uns schläfrig an, warf einen Blick auf den schnarchenden Jett und entdeckte den Verband um seinen Hals. Ihre Augen weiteten sich.

»Maisie ...«, begann ich.

»Was ist mit ihm passiert?«, fragte sie eindringlich, trat vor und ließ die Finger an seinem Hals entlanggleiten. Rasch blickte sie zwischen Jett und mir hin und her.

»Es geht ihm gut«, versicherte ich ihr und packte ihn fester, weil er an meinem Oberkörper nach unten zu rutschen drohte.

»Wie ist das geschehen?«, forschte sie ernst.

»Uns ist jemand aus Whetland bis hierher gefolgt. Er überraschte uns bei unseren Schießübungen«, erklärte ich. »Er hat ihn mit dem Messer an der Kehle bedroht, doch Grace hat ihn erschossen.«

Sie blickte zu Grace hinüber, die schweigsam neben mir stand.

»Du hast ihn gerettet?«, fragte sie. Grace öffnete den Mund und schloss ihn gleich wieder. Sie verzog die Lippen zu einem verlegenen Lächeln und nickte langsam.

»Ich glaube schon«, antwortete sie bescheiden. Sie fühlte sich offensichtlich nicht ganz wohl in ihrer Haut, wenn ihr so viel Anerkennung zuteilwurde wie heute. Maisie umarmte sie zwar nicht, wirkte aber dennoch zutiefst dankbar.

»Der Tag, an dem es dich nach Blackwing verschlagen hat, war offensichtlich unser Glückstag«, sagte sie im Brustton der Überzeugung. Ich konnte ihr im Stillen nur zustimmen. Grace wirkte überfordert, murmelte etwas vor sich hin und errötete.

»War doch selbstverständlich ...«, meinte sie und flehte mich mit stummem Blick an, ihr eine weitere Unterhaltung zu ersparen. Auch wenn sie mir tausendmal vorwarf, dass ich zu schweigsam war: Sie selbst war nicht viel besser.

»Soll ich ihn zu Bett bringen?«, lenkte ich Maisies Aufmerksamkeit von Grace ab.

»Ja, bitte«, antwortete Maisie und trat einen Schritt zurück, um mich hereinzulassen. Drinnen herrschte gedämpftes Licht. Diese Hütte war sogar noch kleiner als meine. Mit den zwei Betten, zwei Stühlen und der Kommode war der einzelne Raum fast voll. Ein paar von Jetts Habseligkeiten standen ordentlich aufgereiht auf der Kommode – Schätze, die er im Laufe seiner Kindheit gesammelt hatte. Lächelnd bemerkte ich den kleinen Spielzeug-Helikopter, der in der Mitte stand. Ich trug Jett zum Bett an der Wand, das, wie ich wusste, ihm gehörte. Immerhin brachte ich ihn nicht zum ersten Mal tief und fest schlafend nach Hause.

Er wachte nicht auf, als ich ihn sanft aufs Bett legte, und sein Kopf fiel auf dem Kissen zur Seite. Überraschend tauchte Grace neben mir auf und breitete eine Decke über seinen mageren Körper. Ich warf ihr ein winziges Lächeln zu, dann kehrten wir zu Maisie zurück, die an der Tür wartete.

»Danke, dass ihr auf ihn aufpasst«, sagte sie zu uns beiden. »Wie immer.«

»Kein Problem«, antwortete ich lässig. »Aber jetzt müssen wir gehen. Es ist schon spät.«

»Natürlich. Wir sehen uns«, antwortete Maisie, als wir hinausgingen. Sie winkte uns noch kurz zu, dann schloss sie die Tür, ließ uns in der Nachtluft erneut allein. Automatisch setzten meine Füße sich in Bewegung, und ich machte mich mit Grace an meiner Seite auf den Rückweg nach Hause.

»Weißt du, du machst dich zwar gerne wegen meiner Schweigsamkeit über mich lustig, aber du tust dich auch ziemlich schwer mit Reden«, bemerkte ich amüsiert. Erst funkelte sie mich wütend an, doch dann musste sie lächeln.

»Absolut nicht. Ich unterhalte mich gern mit anderen Menschen«, verteidigte sie sich. Meine Hütte war bereits in Sicht.

»Aha«, schnaubte ich. »Nur mit Komplimenten und Dank kannst du nicht umgehen.«

Sie lachte leise. »Erwischt.«

»Und warum nicht?«, fragte ich wie nebenbei.

»Keine Ahnung. Warum bist du so schlecht darin, zu sagen, was du wirklich meinst?«, feuerte sie zurück und zog eine Augenbraue hoch. Doch sie ersparte mir die Antwort.

»Wir haben alle unsere Fehler, Hayden«, fügte sie nur hinzu.

»Hmm«, brummte ich zustimmend. Doch dieser Fehler, wenn man ihn überhaupt so nennen wollte, war tatsächlich der einzige, den ich bis jetzt bei ihr erkennen konnte. In meinen Augen war ihre Bescheidenheit sogar ein weiterer Vorzug.

Wir langten an meiner Hütte an, und sie wartete darauf, dass ich die Tür öffnete. Plötzlich sah sie zu der Baumreihe hinter der Hüttenzeile hinüber und blinzelte in die Dunkelheit.

»Was ist los?«, fragte ich. Sie wandte den Blick nicht ab und schwieg ein paar Sekunden lang, die Muskeln angespannt.

»Nichts«, antwortete sie schließlich langsam. »Ich dachte, ich hätte etwas gehört, aber vielleicht war es nur ein Kaninchen.«

»Ich gehe lieber kein Risiko ein«, sagte ich, und schon wieder brauste das Adrenalin durch meine Adern. »Gib mir deine Waffe.«

Sie zog die Pistole aus dem Hosenbund und reichte sie mir schweigend. Ich richtete den Blick auf die Stelle, die sie fixiert hatte, sah aber nichts als Dunkelheit. Ich schlich um die Ecke meiner Hütte herum näher heran.

»Bleib hier«, befahl ich, ohne sie anzusehen, während ich mich vorsichtig und mit erhobener Waffe voranbewegte.

»Hayden ...«

»Bleib hier!«

Glücklicherweise gehorchte sie und blieb, wo sie war. Schließlich hatte ich die Baumreihe erreicht. Mit zusammengekniffenen Augen spähte ich in den Wald, aber außer den dunklen Umrissen der Bäume war nichts zu erkennen. Ich rückte noch tiefer vor und zielte mit der Waffe in sämtliche Richtungen, suchte nach der Quelle des Geräuschs und erwartete, jeden Augenblick auf einen wie auch immer gearteten Feind zu stoßen, aber es blieb still. Keine Bewegung in Sicht.

Es war niemand da.

Nachdem ich mich noch einmal vorsichtig umgesehen hatte, zog ich mich wieder aus dem Waldstück zurück. Grace stand noch genau an der gleichen Stelle wie eben und rang ängstlich die Hände. Sie stieß einen erleichterten Seufzer aus, als sie mich wieder auf sie zukommen sah.

»Irgendetwas Verdächtiges?«, fragte sie und blickte noch einmal zu den Bäumen hinüber.

»Nichts«, antwortete ich achselzuckend. Sie seufzte noch einmal tief.

»Okay, gut.«

Mit einem Kopfnicken öffnete ich die Tür, tappte durch die Dunkelheit, bis ich die Streichholzschachtel gefunden hatte und ein paar Kerzen anzünden konnte. Grace schloss die Tür hinter sich und folgte mir. Zum ersten Mal registrierte ich die Schmutzspur auf ihrer Wange, die Blutspritzer auf ihrer Haut und andere Flecken, die der Tag ihr so eingebracht hatte. Wahrscheinlich sah ich nicht viel besser aus.

»Willst du, ähm, willst du vielleicht duschen?«, bot ich unsicher an. Dann legte ich die Waffe auf meinen Schreibtisch.

»Darf ich?«, fragte sie hoffnungsfroh.

»Natürlich«, sagte ich und kam mir übertrieben höflich vor. Meine Gedanken wanderten zum ersten Mal zurück, da sie hier geduscht hatte. Kühn hatte sie ihre Kleider abgestreift und war mir unter den Wasserstrahl gefolgt. Damals hatte ich sie zum ersten Mal geküsst – trotz meines Widerstrebens, trotz der Bedenken. »Hmm, geh du zuerst, und wenn dann noch Wasser übrig ist, dusche ich auch.«

Sie blinzelte, runzelte ganz leicht die Stirn, dann nickte sie. »Okay.«

Sie schritt zur Kommode hinüber, zog einige der Klamotten heraus, die ich ihr beschafft hatte, dann lief sie in das kleine Badezimmer. Im Vorbeigehen warf sie mir noch ein winziges Lächeln zu und schloss dann die Tür hinter sich.

Ich hatte ein seltsames Déjà-vu, und ließ – wie so oft in ihrer Gegenwart – die Gedanken schweifen.

Egal, worüber wir sprachen oder was wir taten, sie überraschte mich immer wieder. Ich entdeckte ständig etwas Neues an ihr, nur bislang noch keinen Fehler. Sie war stark, mutig, selbstlos und gut. Mehr als einmal hatte sie alles gegeben, um einen anderen Menschen zu retten, der ihr doch eigentlich nichts hätte bedeuten sollen. Sowohl Kit als auch Jett waren im Grunde ihre Feinde. Doch sie hatte sich, ohne groß nachzudenken, für sie eingesetzt. Schwer zu glauben, dass es in Greystone einen zweiten Menschen gab, der sich so verhalten hätte.

Was mich aber noch mehr verblüffte, war ihre Fähigkeit, mich ganz und gar zu verstehen. Sie hatte mir vorgeworfen, dass meine harte Schale nichts weiter als Show war. Noch nie zuvor hatte jemand hinter die Maske geschaut, die ich so mühevoll vor mir hertrug. Ja, ich war in der Tat tough, gefährlich und mutig, aber meine beharrliche Behauptung, dass mir nichts und niemand am Herzen lagen, war eine Lüge. Und die hatte sie im Handumdrehen enttarnt. Ich war mit der Überzeugung aufgewachsen, dass mich Gleichgültigkeit härter und stärker machen würde, hatte meine Empfindungen aber niemals wirklich ganz abschalten können. Wie sehr ich auch dagegen ankämpfte, die Menschen in meiner Umgebung bedeuteten mir etwas. Und ich fühlte mich verletzlich, weil sie das bemerkt hatte.

Die ganze Situation war so merkwürdig, so fremd, so ungewiss. Ich hatte keine Ahnung, was ich da tat, was ich wollte oder was sie wollte. Nein, ich wusste eigentlich sehr wohl, was ich wollte, aber nicht, wie ich vorgehen sollte. Ich wollte Grace und wollte das mir und ihr gegenüber auch voll und ganz zugeben können, aber trotzdem konnte ich den inneren Kampf, der von jeher in mir tobte, nicht abstellen. In Augenblicken chaotischster Verletzlichkeit gab ich ihr gegenüber das meiste von mir preis. Meine wahren Gefühle und Empfindungen drangen durch die Risse, die meine Fassade bekommen hatte. Dann erwiderte sie meine Gefühlsäußerungen, akzeptierte sie, und das war ein gutes Zeichen. Dennoch hatte ich immer noch absolut keine Ahnung, wo wir standen, eine Tatsache, die durch die Welt, in der wir lebten, noch zusätzlich erschwert wurde. Konnten zwei Menschen überhaupt darauf hoffen, etwas halbwegs Normales in einer eindeutig abnormalen Welt zu haben?

Graces Auftauchen aus dem Bad unterbrach meine Gedanken. Tropfnasses Haar umrahmte ihr Gesicht, und die Haut unter dem weißen Tanktop und den schwarzen Shorts war noch feucht. Sie rubbelte sich das Haar flüchtig mit einem Handtuch trocken und warf mir ein Lächeln zu. Entschlossen konzentrierte ich mich auf ihr Gesicht, um den Blick nicht in andere Regionen schweifen zu lassen.

Dass sie so verdammt schön war, trug nicht gerade dazu bei, meinen inneren Kampf zu beenden.

»Die Hälfte des Wassers ist sicher noch da«, sagte sie und fuhr sich mit den Fingern durchs Haar.

»Danke«, murmelte ich. Erst als ich selbst ins Bad ging, kam mir zu Bewusstsein, dass ich vorher unaufhörlich auf und ab getigert war. Ich musste dringend für Klarheit in meinem Kopf sorgen, sonst schnappte ich noch über.

»Ich bin gleich wieder da«, rief ich und schloss die Tür hinter mir. Ich zog mich schnell aus, schob den Bund meiner Jeans über die Hüften, bevor ich den Ausschnitt meines Shirts packte und es mir über den Kopf zerrte. Das Wasser, das aus der Dusche herabströmte, war kalt, tropfte über meinen vernarbten Rücken und beruhigte meine Haut. Ich zwang mich, jeglichen Gedanken an Grace aus meinem Hirn zu verbannen, während ich mich wusch, entschlossen, schnell zu duschen und ein paar Momente der Ruhe und des Friedens zu genießen, bevor ich wieder mit ihr konfrontiert wurde.

Aber allzu schnell war kein Wasser mehr da. Das nasse Haar klebte mir in dicken Strähnen auf der Haut; ich strich es mir aus dem Gesicht, schüttelte mich wie ein Hund, der das Wasser aus seinem Fell loswerden will. Während ich mich flüchtig mit einem Handtuch abtrocknete, fiel mir ein, dass ich vergessen hatte, frische Klamotten mitzunehmen. Deshalb wandte Grace auch schnell den Blick ab, als ich das Hauptzimmer wieder betrat. Ich musste leicht grinsen, erfreut, dass ich sie erwischt hatte.

Entschlossen hielt sie den Blick abgewandt, während ich zu meiner Kommode hinüberging und ein Paar Boxershorts und darüber normale Shorts anzog – das T-Shirt ließ ich weg. Mein Handtuch fiel zu Boden, und ich hob es auf und hängte es an einen Haken neben Graces Handtuch. Sie hatte sich schon unter ihre Decke gekuschelt, wirkte aber immer noch sehr wach. Ich hatte ein schlechtes Gewissen, weil ich sie so lange auf dieser Couch hatte schlafen lassen, und plötzlich kam mir ein Gedanke, bei dem mir vor Nervosität ganz heiß und kalt wurde.

Außer einer einzigen Kerze versank das Zimmer in Dunkelheit. Ich setzte mich auf die Bettkante.

»Hey Grace?«, sagte ich langsam.

»Ja?«, antwortete sie und sah mich jetzt endlich wieder an.

»Willst du, äh, willst du bei mir im Bett schlafen? Dort ist es viel bequemer als auf der Couch ...« Ich sprach nicht weiter, sauer auf mich selbst, weil ich so nervös war. Schweigend dachte sie über mein Angebot nach.

»Du hast nichts dagegen?«, fragte sie vorsichtig.

»Nein«, antwortete ich aufrichtig. Nach der Nacht, die wir in der Stadt verbracht hatten, sehnte ich mich nach einer weiteren Gelegenheit, ihre Brust an der meinen zu spüren und ihrem regelmäßigen Atem zu lauschen.

»Hm, na gut«, antwortete sie und schob langsam ihre Decken von sich.

Sie stand auf und durchquerte das Zimmer, ohne mich anzusehen. Behutsam schlug sie die Decke auf der anderen Bettseite zurück, bevor sie sich hineinlegte. Ich beugte mich vor, um die letzte Kerze auszupusten, sodass wir nun in vollkommener Finsternis dalagen. Mein Herz pochte unnatürlich laut. Der Abstand zwischen uns war zu groß, um ihre Wärme zu spüren.

»Viel besser als die Couch«, sagte sie leise lachend und löste damit die Spannung, die sich wieder einmal über uns gelegt hatte. Ich gluckste und versuchte mich zu entspannen. Allerdings ohne Erfolg. Das Bedürfnis, ihre Nähe zu spüren, wurde immer intensiver.

»Hab ich dir ja gleich gesagt«, antwortete ich. Mein Körper

schien zu vibrieren; ich fand einfach keine bequeme Liege-
position. Auch ohne sie zu berühren, schien jede einzelne
Körperzelle auf sie zu reagieren. In der Dunkelheit konnte
ich sie nicht mal richtig sehen, aber ich fühlte ihre Nähe,
hörte ihr flüsterleises Atmen.

»Du kannst wirklich gut mit Jett umgehen, hat dir das
schon mal jemand gesagt?«, meinte sie plötzlich.

»Wie kommst du jetzt darauf?«, fragte ich mit leisem
Lachen. Dass sie das ausgerechnet jetzt ansprach ...

»Keine Ahnung. Ich habe das vorhin schon gedacht und
wollte es dir einfach sagen. Nicht jeder kann so gut mit Kindern umgehen.«

»Hmm«, machte ich unsicher, wie ich darauf reagieren
sollte. In Wirklichkeit war Jett das einzige Kind, mit dem
ich jemals richtig zu tun gehabt hatte. Die meisten anderen
hatten anscheinend viel zu viel Angst vor mir, um sich mir
zu nähern. Jett ging das nicht so. Seit er laufen konnte, hatte
er versucht, mit Kit, Dax und mir mitzuhalten. Er hatte sich
einfach an unsere Fersen geheftet, und wir hatten nichts
dagegen (gehabt).

Ich schrak zusammen, als ich spürte, wie ihre Hand leicht
über meinen Unterarm strich. Ihre Berührung verblüffte
mich. Ich wandte ihr den Kopf auf dem Kissen zu, aber mehr
als ein dunkler Schatten war nicht zu erkennen. Sie ließ
die Hand weiter an meinem Arm auf und ab gleiten, sodass
ich eine Gänsehaut bekam. Mein Herz pochte noch etwas
schneller.

»Ich bin froh, dass du da bist, Grace«, bekannte ich leise.

Für den Bruchteil einer Sekunde hielt sie in der Bewegung

inne und nahm meine Worte in sich auf. Dann streichelte sie mich weiter. »Ich weiß, du wärst wahrscheinlich lieber daheim bei deiner Familie. Daraus kann ich dir keinen Vorwurf machen. Wenn ich eine Familie hätte, wollte ich ebenfalls bei ihr sein. Aber ich für meinen Teil ... ich bin froh, dass du hier bist.«

»Ich vermisse meine Familie tatsächlich«, antwortete sie leise. »Aber ich bin auch froh, hier zu sein. Bei dir.«

Bei diesem Bekenntnis sog ich leise den Atem ein. Ich hob die Schultern vom Bett und rollte mich auf die Seite, um sie besser sehen zu können. Jetzt spürte ich die Hitze ihres Körpers doch, denn er war nur noch wenige Zentimeter von mir entfernt. Auch sie lag mir zugewandt auf der Seite. Ich legte meine Hand auf die ihre, die sanft an meinem Arm auf und ab glitt, ließ sie meinerseits über ihren Arm, ihre Schulter und an ihrem Kiefer entlangwandern, erspürte ihre Haut in der Dunkelheit. Ich fühlte, wie ihr Kinn leicht erzitterte, als sie Luft holte.

Trotz der Finsternis wollte ich jede Einzelheit ihres Gesichts in mich aufnehmen; ich wollte mir den Schwung ihrer Lippen einprägen und jeden Quadratzentimeter ihrer Haut an ihren weichen Wangen. Ich wollte mich in diesem Augenblick dunkler Verletzlichkeit fallen lassen und mich ganz und gar auf sie einlassen. Ich wollte außer ihr alles vergessen und sie in mein Herz lassen, und zwar wirklich. Doch das war gar nicht so einfach, denn die Mauern, die ich darum errichtet hatte, wollten sich nicht einreißen lassen.

Sie sagte nichts, als ich erneut den Daumen über ihre Lippe gleiten ließ, doch ich spürte ihren Atem, ungleichmäßig und warm. Ich wusste, dass ihr Herz ebenso heftig pochte wie meines, dass sie unsere Verbundenheit genauso genoss wie ich. Ohne dass ich es bemerkt hatte, war ich noch näher an sie herangerückt.

»Hayden«, hauchte sie leise, und ich hielt in der Bewegung inne. Ich hatte die Fingerspitzen mit ihrem Haar verwoben, und meine Hand umfing ihr Kinn.

»Ja?«, antwortete ich. Meine Stimme klang tief und leise.

»Ich habe ziemliches Herzklopfen«, flüsterte sie. Die Luft zwischen uns war so elektrisch aufgeladen, dass sie die Worte beinahe zu verschlucken schien. Ich rückte noch dichter an sie heran, sodass unsere Körper sich berührten, was einen Stromstoß durch mich hindurchsandte.

»Ich auch«, bekannte ich und genoss das heftige Pochen gegen meine Rippen. Einen Rausch dieser Art hatte ich noch nie erlebt. Ich konnte mich kaum beherrschen, spürte aber, dass meine Selbstkontrolle mit jedem Schlag meines Herzens weiter nachließ.

»Küss mich, Hayden«, hauchte sie so leise und sanft, dass ich schon glaubte, mir ihre Worte eingebildet zu haben. Doch eine unmerkliche Bewegung ihres Körpers unterstrich die geflüsterte Bitte. Sie presste sich an mich. Ohne weiter zu zögern, holte ich tief und zittrig Luft und beugte mich in der Dunkelheit vor. Mit Leichtigkeit fanden meine Lippen die ihren.

Es war, als ob die Welt um uns herum einfach verschwände. Funken stoben von meinen Nervenenden in alle Richtungen meines Körpers, erweckten jede einzelne Körperzelle zum Leben. Jeder Zentimeter meiner Haut an der ihren schien vor Erregung zu vibrieren. Nun, da ich einmal schwach geworden war, war es unmöglich, mich wieder von ihr zu lösen. Meine Haut sehnte sich nach der ihren, die einzige Linderung meines brennenden Verlangens, ihr nahe zu sein, bestand in der tatsächlichen Berührung.

Sämtliche Versuche, meine Gefühle zu unterdrücken, zerfielen in dem Augenblick zu Staub, da ich sie küsste. Trotz meines Seelenkampfes, trotz meines Entschlusses, stark zu bleiben, riss sie Stück für Stück meine Mauern ein, und es gab absolut nichts, was ich dagegen unternehmen konnte.

KAPITEL 23
LEIDENSCHAFT

Grace

Mein Herz hämmerte so heftig in meiner Brust, dass mein Körper unter jedem Schlag erbebte. Die Hitze seiner Lippen schmolz den Stress des Tages hinfort. Unweigerlich riss der Strom des Verlangens uns mit sich. Das Blut in meinen Adern schien sich in flüssige Lava zu verwandeln, sobald er sich nur an mir regte. Es gab kein Entrinnen. Jeder einzelne Augenblick, den ich mit ihm verbrachte, zog mich nur noch mehr in seinen Bann.

Etwas Derartiges hatte ich noch nie empfunden. Die intimen, gefährlich unbedachten Worte zwischen uns hatten eine wundervolle Spannung aufgebaut, die mich bis ins Mark erschütterte. Wie ein Stromstoß spürte ich seinen Kuss in sämtlichen Gliedmaßen. Es geschah so selten, dass er seine wahren Gefühle zeigte oder aussprach, was ihm durch den Kopf ging. Sein Bekenntnis, durch das er sich mir schutzlos ausgeliefert hatte, war deshalb umso unglaublicher.

Auch wenn wir uns beide schwertaten, es zuzugeben: Auf seltsame und unvorstellbare Weise fühlten wir uns magisch voneinander angezogen.

Seine Lippen bewegten sich langsam, bedächtig. Hauchzart umfing seine Hand meine Wange. Er ließ den Daumen über meinen Wangenknochen gleiten, sodass auch meine Haut schon bald lichterloh in Flammen stand. Gegen meinen Willen drängte sich mein Körper gegen den seinen.

Alles an ihm war so vertraut und doch neu; ich hatte das Gefühl, ihn schon seit Jahren zu beobachten, jede seiner Bewegungen zu kennen und ihn doch so selten berührt zu haben. Seine Brust war fest und warm. Ganz sacht erwiderte er den Druck meines Körpers und presste seine Hüfte gegen meine.

Ich sog den Atem ein, als der Kuss inniger wurde und er mit der Zunge sanft über meine Unterlippe fuhr. Als er mit der Zunge dann sacht gegen meine stieß, war es um meine Selbstbeherrschung vollends geschehen. Wie von selbst legten sich meine Hände um seinen Nacken. Mit unkontrollierter Begierde klammerte ich mich an ihn. Er jedoch beharrte darauf, es langsam und stetig angehen zu lassen, was wiederum die Spannung, die ich in jeder Zelle meines Körpers fühlte, nur noch steigerte.

Sacht knabberte ich an seiner Unterlippe, sog sie zwischen die Zähne und hörte sein leises Stöhnen, als ich sie wieder losließ. Ermutigt senkte er wieder den Kopf, fieberhaft verschmolzen seine Lippen mit meinen, tauchte seine Zunge erneut in meinen Mund. Ich war selbst überrascht, als mein Bein sich um seine Hüfte schlang. Wir lagen immer noch beide auf der Seite, und ich zog ihn, wenn überhaupt möglich, noch dichter zu mir heran.

Ein leises Keuchen entfuhr mir, als er wieder stöhnte. Unsere Nähe schien ihn zu überwältigen, und er riss die Lippen von meinen los, drehte mich auf den Rücken und legte sich über mich. Sofort vergrub ich die Hände in seinem Haar, zerrte ihn zu mir herab, seine Lippen auf den meinen, sein Körper zwischen meinen Schenkeln. Allein sein Gewicht auf mir brachte mein Innerstes in Wallung.

Er hatte mich nicht einmal berührt, und ich stand bereits kurz vor dem Abgrund.

Geschickt hob er die Hüften an und ließ seinen Körper langsam über meinem hinwegbranden, rieb sich auf köstlichste Weise an mir. Ich wimmerte, als er mich erneut küsste. Dann löste er sich von mir und beschrieb einen glühenden Pfad aus Küssen meinen Hals hinab. Ich schloss die Augen, genoss das Gefühl seiner Lippen an meiner Kehle; sie öffneten sich leicht, um die Haut zu befeuchten, bevor sie weiter hinabwanderten.

Meine Muskeln gehorchten mir nicht mehr, sondern schienen sich nur noch im Rhythmus seiner Küsse anzuspannen und wieder zu entspannen. Meine Finger waren nun vollends mit seinem Haar verwoben, zerrten leicht an den Strähnen, während meine Schenkel seine Hüften fester umfingen. Es kostete mich ein ungeheures Maß an Selbstbeherrschung, ihm nicht in diesem Augenblick einfach sämtliche Kleider vom Leib zu reißen.

Ein heißer Kuss auf mein Schlüsselbein und ich bäumte mich von der Matratze auf, stieß ihm meine Hüften entgegen, was mir ein weiteres Stöhnen von Hayden einbrachte. Irgendwie gelang es mir, meine Hände aus seinem Haar zu lösen und sie an seinem Rücken entlangfahren zu lassen. Es versetzte mir einen Stich, als ich die unebene Oberfläche unter den Fingerspitzen fühlte: diese unzähligen Narben und Wunden. Ich spürte, wie er leise einatmete, als er bemerkte, dass ich seinen Rücken berührte, innehielt, als sei er sich nicht sicher, ob ich ihn angesichts dieser Verletzungen immer noch begehrte.

Mein Gott, *wie sehr* ich mich nach ihm sehnte.

Meine Hände wanderten weiter abwärts, erspürten die Narben sanft und ohne zu zögern, ließen die Finger über die starken Muskeln gleiten. Erst als ich in seinem Kreuz angelangt war, nahm auch er seine Bewegungen wieder auf, war wohl zu dem Schluss gekommen, dass seine Narben mich nicht abschreckten. Er presste die Lippen in die Höhlung meiner Kehle, dann fand er erneut meine Lippen, teilte sie sanft und küsste mich wieder innig.

Mein Blut kochte. Langsam wogten seine Hüften über mir, trieben mich in den Wahnsinn. Es gab so viel zu überdenken, so viel Verwirrung. Aber in diesem Augenblick interessierte mich nur eines: Hayden.

Ich hakte die Daumen in seinen Hosenbund und ließ sie langsam nach vorn wandern, bis ich nicht mehr weiterkam, weil dort unsere Körper einander berührten. Ich holte tief Luft, dann zog ich ihm den Bund über die Hüften. Mein Herz pochte schneller denn je, seit ich in Blackwing war, gleichzeitig verängstigt und beschwingt.

Ich hatte seine Shorts nur wenige Zentimeter nach unten gezogen, als er aufhörte, mich zu küssen, seine Stirn an meine legte und tief seufzte.

»Grace ...«, sagte er, und bei seinem Tonfall erfasste mich eine Woge aus Verlegenheit und Enttäuschung. Er hielt die

Augen geschlossen. Dann öffnete er sie, und ich versuchte den schmerzhaften Stich zu unterdrücken, den mir die Zurückweisung versetzte. Meine Hände wanderten wieder nach oben, blieben auf seinen Hüften liegen. »Tut mir leid«, murmelte ich. Meine Wangen brannten. »Muss es nicht«, sagte er leise und setzte sich auf, um mich besser ansehen zu können. Sein Gesicht schwebte nur wenige Zentimeter über meinem, und ich zuckte leicht zusammen, als ich spürte, wie er mir ein paar Haarsträhnen aus dem Gesicht schob. Ich brachte es nicht über mich, ihm in die Augen zu sehen, während ich vor Demütigung beinahe im Boden versunken wäre. Ich war zu weit gegangen.

»Hey, wirklich!«, sagte er und neigte den Kopf, damit ich ihm in die Augen sehen musste. »Du hast keine Ahnung, wie sehr ich mir das wünsche, okay? Ich ... das geht mir einfach zu schnell.«

»Klar«, murmelte ich, immer noch zu verlegen, um seinen Worten Glauben schenken zu können. Ich hatte versucht, den nächsten Schritt zu machen, und er hatte mich ausgebremst, hatte mich geradewegs in eine rapide Abwärtsspirale aus Selbstzweifeln gestürzt.

»Ich meine es ernst, ja? Ich ... mein Gott, Grace. Ich begehre dich so sehr. Aber du bedeutest mir zu viel, um die Dinge zu übereilen und damit womöglich alles zu ruinieren«, sagte er sanft. Er klang absolut aufrichtig, wodurch die Zurückweisung etwas weniger schmerzte. Ich fragte mich, ob ihm so etwas schon einmal passiert war.

»Also ist es nicht ... meinetwegen?«, fragte ich und war befangener denn je.

»*Nein*, überhaupt nicht. Du bist so wunderschön, Grace.«

Bei seinen Worten sog ich kurz den Atem ein. Sie klangen so aufrichtig, dass sie wie der Blitz in mein Herz einschlugen. Ich spürte, wie der Schmerz der Verlegenheit und Zurückweisung langsam verschwand, und sah ihm in die unerschütterlich dreinblickenden Augen, fing langsam an, ihm zu glauben. Als könne er meinen inneren Seelenkampf sehen, ließ er vorsichtig den Kopf sinken und berührte meine Lippen federleicht mit den seinen, doch es war genug, um einen Stromstoß meine Wirbelsäule hinabzuschicken und mein Blut erneut in Wallung zu bringen.

»Tut mir echt leid«, flüsterte ich. Ich hatte keine Ahnung, was ich auf sein Kompliment erwidern sollte. Mit so etwas tat ich mich ja ohnehin immer schwer.

»Hör auf, dich zu entschuldigen«, sagte er mit der Andeutung eines Lachens.

»Okay, okay, sorry«, sagte ich, bevor mir klar wurde, dass ich es schon wieder tat. Ich musste leise kichern, und meine restliche Verlegenheit verflog. Hayden grinste auf mich herab, und sein atemberaubendes Gesicht leuchtete auf.

»Du solltest jetzt schlafen, Grace«, sagte er leise und fuhr mit dem Daumen über meine Unterlippe, bevor er von mir herabglitt. Er legte sich neben mich, rollte sich auf den Rücken und ließ die Arme zu beiden Seiten sinken. Ich blieb reglos liegen, starrte an die Decke und überlegte, ob ich mich an ihn schmiegen sollte oder nicht. Er seufzte leise und schlang mir einen Arm um den Nacken, zog mich an seine Seite.

Ich ließ ihn gewähren, legte meinen Kopf auf seine Schulter und schlang ihm vorsichtig einen Arm über den Bauch.

Sein Arm wanderte über meinen Rücken. Er hielt mich sanft fest und zog die Decken, die wir nach unten geschoben hatten, wieder über uns.

»Gute Nacht, Hayden«, flüsterte ich und schmiegte mich nun vollends an ihn.

»Gute Nacht, Grace«, erwiderte er sanft. Ich spürte, wie seine Finger meinen Rücken kraulten, eine tröstliche Geste, bei der sich jede Menge Schmetterlinge in meinem Bauch regten.

Mein Herz hatte endlich wieder seinen normalen Rhythmus gefunden, obwohl ich immer noch die Hitze in meinen Adern spürte, sobald ich mich an ihn kuschelte. Die Verlegenheit und das Gefühl der Zurückweisung waren verschwunden, aber die Enttäuschung blieb. Ich konnte nicht abstreiten, dass sich jede Menge Energie in meinem Körper angestaut hatte, und ich war frustriert, dass ich sie nicht abbauen konnte.

Noch nie hatte ein Mann mich so zappeln lassen, und wahrscheinlich war er sich dessen noch nicht mal bewusst.

Trotz der Anspannung meines Körpers verschmolzen Haydens ruhige Atemzüge und sein gleichmäßiger Herzschlag zu einem perfekten Schlaflied. Ich schlief tief und fest, wieder einmal erschöpft vom Tag und wohlig an Haydens warmen Körper geschmiegt.

Stunden später wurde ich durch ein Klopfen an der Tür aus dem Schlaf gerissen. Ich stöhnte und presste mein Gesicht auf meine wie auch immer geartete Unterlage, die sich als Haydens Arm entpuppte. Irgendwann im Laufe der Nacht hatten wir uns offenbar umgedreht, und Hayden lag jetzt hinter mir, hielt mich mit dem Arm um meine Taille an sich gedrückt. Sein Atem raschelte sanft an meinem Ohr vorbei und wehte mir ein paar Haarsträhnen über die Wange. Ich kniff ganz fest die Lider zu und hoffte, dass, wer immer da so beharrlich klopfte, irgendwann verschwinden und uns noch eine Weile in Ruhe lassen würde, aber die geheimnisvolle Person hörte meine stumme Bitte nicht, sondern klopfte erneut. Hayden holte hinter mir scharf Luft. Er war also wach. Es schien ganz normal für ihn zu sein, morgens durch ein Pochen an der Tür geweckt zu werden, denn seit meiner Ankunft war das jetzt schon häufiger passiert. Manchmal vergaß ich eben, dass er der Anführer eines ganzen Camps war.

»Moment noch«, rief Hayden mit heiserer und wahnsinnig tiefer Morgenstimme. Mit der Nase stupste er sanft meinen Hals an, dann flüsterte er leise: »Morgen.«

»Morgen«, antwortete ich leichthin, und ein sanftes Lächeln umspielte schon wieder meine Lippen. Unsere Begrüßung fiel allerdings kurz aus, denn er machte sich von mir los und kroch aus dem Bett. Dann streckte er die Arme vor sich aus, streckte und dehnte seine Rückenmuskulatur, bevor er die Arme wieder senkte und die Schultern straffte. Ich konnte den Blick nicht von ihm abwenden, als er ein Hemd aus seiner Kommode zog – kastanienbraun und rot kariert mit abgerissenen Ärmeln. Er schloss nur ein paar Knöpfe, bevor er zur Tür hinüberging. Er streckte die Hand nach dem Griff aus, aber dann hielt er inne und wandte sich zu mir um.

»Ähm«, sagte er etwas verlegen und sah mich an. Dann

wanderte sein Blick beinahe entschuldigend zur Couch hinüber.

»Oh, na klar«, sagte ich, denn auch mir war bewusst, dass es wahrscheinlich nicht allzu gut für mich aussehen würde, wenn man mich in seinem Bett ertappte. Ich ignorierte die sachte Traurigkeit, die mich durchflutete. Ich verstand, warum ich aufstehen musste, obwohl ich die Decken, die immer noch warm von seinem Körper waren, eigentlich nicht verlassen wollte. So schnell wie möglich lief ich zur Couch hinüber und deckte mich zu, damit es so aussah, als sei ich gerade erst aufgewacht. Er nickte einmal kurz und warf mir noch einen entschuldigenden Blick zu, bevor er die Tür öffnete.

Helles Tageslicht strömte ins Zimmer, sodass wir beide blinzeln mussten, als der Besucher Hayden fröhlich begrüßte. Nachdem sich meine Augen an die Helligkeit gewöhnt hatten, erkannte ich Maisie.

»Sorry, dass ich euch aufwecke«, sagte sie und musterte Haydens verschlafene Gestalt.

»Schon gut«, murmelte Hayden und rieb sich die Augen, um wacher zu werden. »Was ist denn los?«

»Wir haben heute Morgen den Rest vom Wild verbraten«, sagte sie. »Wir brauchen unbedingt bald neues, sonst kriege ich die Leute nicht mehr satt.«

»Ist schon wieder alles weg?«, fragte Hayden nach und sah stirnrunzelnd auf sie hinab. Ich fand es total interessant, die Funktionsweise eines Camps auch mal aus dieser Perspektive zu erleben. In Greystone hatte Celt Haydens Stellung inne, aber von seinen tagtäglichen Aufgaben hatte ich trotzdem immer nur wenig mitbekommen. Nun erst, da ich Hayden ständig in der Rolle des Beschützers, Versorgers und obersten Anführers Blackwings erlebte, erkannte ich, wie viel Last auf seinen Schultern ruhte. Mit jedem einzelnen Problem, das in Blackwing auftauchte, wandte man sich an ihn, damit er es löste.

»Ich fürchte schon«, sagte Maisie bedauernd.

Hayden seufzte und fuhr sich mit der Hand übers Gesicht, wobei er am Kinn innehielt und mit Daumen und Zeigefinger über die Unterlippe strich.

»Na gut. Dann müssen wir wohl auf die Jagd gehen.«

»Danke. Soll ich Dax schon mal Bescheid sagen?«, bot sie an. Erst in diesem Augenblick sah sie zur Couch herüber und warf mir ein leichtes Lächeln zu, bevor sie wieder Hayden fixierte.

»Nein, Grace und ich schaffen das schon allein«, sagte er und sah ebenfalls kurz zu mir herüber. Ich rutschte unter meinen Decken unruhig hin und her, versuchte, weiterhin lässig zu erscheinen.

»Okay«, antwortete Maisie und nickte. »Schaut doch vorher noch eben in der Kantine vorbei, dann gebe ich euch etwas zu essen mit. Die übliche Menge?«

»Ja«, antwortete Hayden. »Danke.«

»Kein Problem«, antwortete Maisie lächelnd, dann wandte sie sich um und war schon bald verschwunden. Hayden schloss die Tür und fuhr sich geistesabwesend mit der Hand durchs Haar, bevor er sich wieder mir zuwandte.

»Warst du schon mal auf der Jagd?«, fragte er und sah mich an. Ich stand von der Couch auf.

»Eigentlich nicht«, antwortete ich. Vermutlich unterschied sich eine Jagd nicht nennenswert von einem Raubzug. Nur dass die Ziele dabei nicht zurückschossen.

Hayden nickte. »Na ja, pack ein paar Sachen ein. Klamotten für ein oder zwei Tage und was du sonst in dieser Zeit vielleicht noch brauchst. Die anderen Sachen holen wir aus dem Lager, bevor wir gehen.«

»Ein oder zwei Tage? So lange?«, fragte ich überrascht. Wenn die Leute in Greystone auf die Jagd gingen, kehrten sie normalerweise am selben Tag wieder zurück.

»Normalerweise brauchen wir zwei Tage. Die Tiere kommen nicht nah genug ans Camp, wir müssen also ziemlich weit ins Landesinnere. Dann errichten wir ein Zeltlager und warten, bis sie wieder herauskommen. Das braucht seine Zeit. Aber vielleicht haben wir ja Glück. In Ausnahmefällen geht es manchmal auch schneller.«

»Oh«, antwortete ich nur. »Verstehe.«

Hayden gab keine Antwort, sondern begann, verschiedene Gegenstände aus seiner Kommode zu ziehen und sie in eine größere Tasche zu stopfen, die er unter seinem Bett hervorgezogen hatte. Ich tat es ihm gleich, zog ein paar Kleidungsstücke aus der mir zugewiesenen Schublade, bevor mir aufging, dass ich ja gar keine Tasche hatte, in der ich sie unterbringen konnte. Der Rucksack mit meinem Vorrat an weiblichen Utensilien war noch immer voll und sowieso schon in der Nacht zerrissen worden, als ich ihn bekommen hatte.

»Hier«, meinte Hayden, der mein Dilemma mitbekam. Er warf mir einen mittelgroßen Rucksack zu, der anscheinend neben seiner Tasche gelegen hatte.

»Danke.« Dankbar stopfte ich alles hinein.

Wenige Augenblicke später hatten wir alles zusammengepackt, verließen die Hütte, und Hayden ging in Richtung Lagerhaus voran. Drinnen bediente er sich an den Regalen und legte ein Zelt, zwei Schlafsäcke, eine Laterne, ein Erste-Hilfe-Kit, Gerätschaften zum Feuermachen, einen Wasserkessel, einen Messersatz und verschiedene andere Gegenstände auf dem Boden zurecht.

»Fahren wir mit dem Wagen?«, fragte ich, denn so langsam machte mir die Menge unserer Ausrüstungsgegenstände doch Sorgen.

»Ja, wir nehmen den Truck«, antwortete er, nahm sich noch eine Taschenlampe aus dem Regal und stopfte sie in seine Tasche. »Ich werde ihn holen, dann kannst du die Sachen ja schon mal rausschaffen, ja?«

»Klar«, antwortete ich, ohne nachzudenken. Doch dann traf mich die Erkenntnis, dass er mich damit zum ersten Mal komplett allein ließ, seit ich in Blackwing angekommen war, und sei es auch nur für ein paar Augenblicke. Trotzdem dachte ich keineswegs an Flucht, sondern genoss vielmehr die angenehme Überraschung, dass er mir so sehr vertraute.

Er nickte und ging hinaus, joggte zur Garage, während ich unsere Ausrüstung nach draußen schaffte. Es war immer noch früh am Morgen; die Sonne ging gerade erst auf und tauchte das Camp in ihren warmen Schein. Auf der Straße waren außer uns keine anderen Menschen zu sehen, und alles war ruhig. In der Ferne hörte ich das leise Brummen des Motors, das immer lauter wurde, je näher Hayden kam.

Nachdem er den Wagen vor mir geparkt hatte, stellte ich

überrascht fest, dass sich bereits einige Taschen im Fahrzeug befanden. Ich packte unsere Ausrüstung hinein und erkannte, dass es sich unter anderem um den Proviant handelte, den Maisie uns versprochen hatte. Hayden half mir bei den restlichen Gegenständen, dann sprangen wir in den Wagen und fuhren den kurzen Weg zur Kommandozentrale, um uns dort unsere Waffen zu holen.

Ich freute mich, als Hayden mir auch diesmal eine Waffe anvertraute – die gleiche, die ich gestern benutzt hatte und die er wohl aus seiner Hütte mitgenommen hatte. Dann packte er noch ein Gewehr und – zu meiner Überraschung – eine Armbrust ein.

»Warum die Armbrust?«, fragte ich. Er schnappte sich noch eine Tasche mit Munition und schlang sie sich um die breiten Schultern, wobei der Riemen der schweren Tasche ihm in die Muskeln schnitt.

»Um nicht so viel Munition zu verschwenden«, erklärte er achselzuckend. »Ich schieße nicht mit Bleikugeln auf zukünftige Mahlzeiten.«

Er gab mir die Armbrust, damit ich sie zum Truck tragen konnte. Schließlich hatten wir alles aufgeladen und konnten losziehen. Hayden kletterte hinters Steuer, ich setzte mich auf den Beifahrersitz und freute mich, ausnahmsweise nicht hinten sitzen zu müssen. Schnell ließen wir Blackwing hinter uns, Hayden fuhr uns tiefer und immer tiefer in die Wälder hinein, die das Camp umgaben. Mehr als einmal war ich überzeugt, dass wir zwischen den Baumstümpfen feststecken bleiben würden, während Hayden das Fahrzeug durch die winzigsten Lücken zwängte.

»Was jagst du denn normalerweise so?«, fragte ich neugierig. Ich hatte in Blackwing häufiger Fleisch gegessen, allerdings ohne zu wissen, was genau es war.

»Hoffentlich Wild. Aber das ist nicht immer so leicht aufzutreiben, deshalb nehmen wir eigentlich alles. Truthahn, Ente, Biber ...«

»Biber?!«, rief ich plötzlich. Voller Abscheu zog ich die Nase kraus.

»Ja«, bestätigte Hayden lachend. Er sah mich kurz an, dann richtete er den Blick wieder auf die Straße. »Schmeckt besser, als du denkst. Versprochen.«

»Na, ob ich dir das glauben kann!«, lachte ich.

»Ist immerhin essbar«, sagte er achselzuckend. »Ich hoffe nur, dass wir uns nicht auch noch auf Eichhörnchen stürzen müssen oder Ähnliches.«

»Brr, bitte nicht. Celt hat uns gezwungen, Eichhörnchen zu essen, als wir noch klein waren«, rutschte es mir heraus. Doch sogleich bemerkte ich meinen Fehler. Ich verstummte und sah nervös zu Hayden hinüber. Hatte er es bemerkt?

»Celt?«, sagte er tatsächlich langsam und runzelte die Stirn. »Du kennst Celt?«

»Äh, ja«, antwortete ich und wusste nicht recht, was ich jetzt sagen sollte. »Er ist ... er war immer da. Jeder kennt Celt.«

Das war genau genommen nicht mal gelogen. Celt *war* immer zugegen, immer mit den Kindern und den anderen Mitgliedern Greystones zugange. Nur die Tatsache, dass er mein Vater war, verschwieg ich auch weiterhin.

»Oh«, antwortete Hayden nur. »Okay.«

Ich musste unbedingt das Thema wechseln, um nicht doch noch unversehens irgendwelche Informationen preiszugeben. Es machte mich ganz nervös, dass ich der Wahrheit nun schon so nahegekommen war.

»Also, hmm, wie läuft so eine Jagd denn nun genau ab? Wir übernachten im Zelt und warten darauf, dass Tiere vorbeikommen?«, fragte ich in der Hoffnung, ihn abzulenken.

»Ja, im Grunde schon«, antwortete er. Im Stillen seufzte ich erleichtert. »Deshalb dauert es ja manchmal so lange – sie hören uns kommen und ziehen sich zurück. Meistens dauert es dann etwa einen Tag, bis sie sich wieder beruhigt haben und aus ihren Schlupflöchern kommen. Und dann schnappen wir sie uns.«

»Strategisch geschickt«, witzelte ich und lächelte ihn an. »Und was ist mit Bären? Werden Camper nicht auch gern mal von Bären angegriffen?«

»Bären?«, wiederholte Hayden. Er stieß ein dröhnendes Lachen aus und musterte mich mit hochgezogenen Augenbrauen. »In diesen Wäldern gibt es keine Bären.«

»Woher willst du das wissen?«, widersprach ich, musste aber über seinen entrüsteten Ton kichern.

»Weil ich hier schon beinahe mein ganzes Leben verbracht habe und noch nie einen gesehen habe«, erklärte er. Sein Lachen verebbte langsam wieder.

»Vielleicht sind die Bären ja einfach klüger als du.«

»Kann ich mir nicht vorstellen.«

»Du hast keine Angst vor großen, furchteinflößenden Bären, die dich im Schlaf überfallen? Ich schon!«, neckte ich ihn.

»Ich habe vor gar nichts Angst«, versicherte er, richtete sich auf und blähte die Brust. Dann lachte er.

»Ah, na gut. Alles klar, Herkules«, gluckste ich.

»Hmm. Das passt«, sagte er und nickte nachdenklich.

»Ach ja? Also, Herc. Dann musst du deinem Namen ab sofort alle Ehre machen. Du musst vollkommen furchtlos sein, Monstern die Köpfe abschlagen und Jungfrauen in Not retten«, erklärte ich und grinste sein Profil an.

»Jungfrauen in Not, na prima. Ich bin also Herc?«, fragte er. Ein Grübchen erschien in seiner Wange.

»Wenn du der Rolle gerecht wirst, dann bist du Herc«, sagte ich kichernd.

»Deal«, antwortete er und schüttelte belustigt den Kopf.

»Du findest Bären also angsteinflößend, hmm? Finde ich unlogisch.«

»Bären sind wild, oder nicht? Also ist es vollkommen berechtigt, Angst vor ihnen zu haben«, antwortete ich nur halb im Scherz. Ich erwartete nicht wirklich, von einem Bären angegriffen zu werden, aber die Vorstellung gefiel mir trotzdem nicht.

»Eigentlich bist du selbst wie ein Bär«, überlegte er laut.

»Ich? Warum?«

»Na wild, tödlich, irgendwie angsteinflößend, aber auch ... stark und tough«, antwortete er. Die Tiefe seines Kompliments überraschte mich. Er nickte, als sei er zu einer Entscheidung gelangt. »Wenn ich Herc bin, bist du Bär.«

Ich spürte, wie meine Lippen sich zu einem noch breiteren Lächeln verzogen und Schmetterlinge in meinem Bauch umherflatterten.

»Das gefällt mir«, bekannte ich und sah ihn scharf an. Er aber konzentrierte sich weiterhin auf die Fahrt. Fältchen bildeten sich in seinen Augenwinkeln, und das Grübchen war tiefer denn je, umrahmt von der markanten Linie seines Kinns.

»Mir auch, Bär. Mir gefällt das auch.«

KAPITEL 24
JAGD

Hayden

»Grace, gib mir mal den Stab da«, sagte ich und hockte mich auf die Erde, während ich die Zelthaken an der langen, wackeligen Zeltstange befestigte. Ich streckte meine Hand aus, und schon legte Grace den kleinen Metallstift hinein, den ich in die Zeltstange schob, bevor ich ihn in den Boden hämmerte, damit sie hielt. Jetzt stand zumindest schon mal das Gerüst, und nur noch das Außenzelt musste an der Konstruktion befestigt werden.

»Soll ich dir helfen?«, bot sie an und ging zur anderen Seite hinüber.

»Ja, das wäre prima.«

Ich beugte mich nach unten und griff nach zwei Ecken des etwa drei mal drei Meter großen Zeltes. Eine leichte Windbö fegte über die Lichtung, sodass der Stoff sich in meinen Händen bauschte. Grace packte die andere Seite und half mir, ihn an den Zeltstangen zu befestigen. Schon bald waren wir fertig und konnten unser Zelt beziehen.

»Sieht ganz gut aus, was, Bär?«, fragte ich. Ich war schon den ganzen Nachmittag lang gelöster Stimmung gewesen, denn das pausenlose spielerische Geplänkel zwischen Grace und mir sorgte für eine fröhliche Zeit. Sie lachte leise, als sie ihren Spitznamen hörte. Er schien ihr zu gefallen, auch wenn er für eine Frau vielleicht etwas ungewöhnlich war.

»Auf jeden Fall, Herc«, antwortete sie strahlend. Wir hatten jetzt eine Stunde gebraucht, um unser Lager aufzubauen, Holz zu sammeln und uns hier häuslich einzurichten. Was vor einer Stunde noch eine leere Lichtung gewesen war, beherbergte nun unseren Truck, ein kleines Zelt, eine provisorische Feuerstelle und einen Baumstumpf, den wir hergerollt hatten und der uns als Sitzmöbel diente. Unsere Utensilien lagen auf dem Boden verstreut und warteten darauf, im Zelt verstaut zu werden.

Ich beobachtete schweigend, wie Grace sich vorbeugte, um unsere Ausrüstungsgegenstände aus dem Gras einzusammeln und ins Zelt zu schaffen. Ihr Shirt rutschte leicht nach oben, als sie sie in die Arme nahm, und enthüllte einen schmalen Streifen ihres Bauches. Ich sah ein bis zwei Sekunden länger als nötig hin, dann wandte ich den Blick wieder ab.

Seitdem ich dem Einhalt geboten hatte, was sich zu etwas sehr Ernstem hätte entwickeln können, hatte ich meine Gedanken nicht mehr so recht im Griff. Es war, als ob mein Körper und mein Hirn eine Schlacht miteinander ausfochten; ich bemühte mich beständig, an etwas anderes zu denken als an Grace und daran, wie sie sich an mich presste. Aber mein Körper rief mir dieses Gefühl immer wieder ins Gedächtnis. Zurückhaltung war mittlerweile eine Folter für mich – zumal wir schon wieder allein waren.

Geschäftig wuselte Grace im Zelt herum, um alles einzuräumen, während ich über die Nacht nachdachte. Sie war über meine Reaktion im Bett enttäuscht gewesen, doch was ich gesagt hatte, war die Wahrheit. Unter gar keinen Umständen wollte ich mich übereilt auf etwas Körperliches einlassen. Schließlich hatte ich mir meine Gefühle für sie gerade erst selbst eingestanden. Was auch immer verdammt nochmal da zwischen uns vorging, ich wollte es nicht vermasseln, bevor es richtig begonnen hatte. In unserer Welt gab es ohnehin meist Komplikationen. Nur wenn man es langsam anging, hatte man eine Chance, größere Katastrophen zu vermeiden.

Die Geschichte erinnerte mich teilweise an meine Erfahrung mit Malin. Allerdings waren Malin und ich zunächst Freunde gewesen, was man von Grace und mir nun wirklich nicht behaupten konnte. Die erotische Ebene war erst später hinzugekommen. Wir waren beide einsam gewesen, wollten gebraucht werden, sehnten uns nach einer emotionalen Bindung. Aber es hatte nicht funktioniert. Obwohl wir miteinander geschlafen hatten, hatten wir uns nicht ineinander verliebt, weshalb unsere Beziehung auch nie eine Chance gehabt hatte. Sie war rein körperlicher Natur gewesen, und hinterher fühlte ich mich leerer als zuvor.

Die Erinnerung daran belastete mich. Ich befürchtete, dass übereilter Sex Grace und mir die Gelegenheit nehmen würde, wahre Empfindungen füreinander zu entwickeln. Grace vermittelte mir ein Gefühl von Wärme. Bei ihr fühlte ich mich gebraucht und lebendig. Das hatte ich noch nie bei einem anderen Menschen empfunden, und ich wollte es nicht verlieren, indem ich meine früheren Fehler wiederholte.

»Hayden?«, riss Grace mich aus meinen Tagträumen.

»Ja?«, antwortete ich und ging zum Zelt hinüber. Minutenlang hatte ich mich jetzt nicht vom Fleck gerührt. Ich hob die Zeltklappe und steckte den Kopf hinein, um ihr Werk zu begutachten. Zwei Schlafsäcke lagen ausgerollt auf der Erde. Unsere jeweiligen Taschen mit den Kleidungsstücken standen jeweils am Fußende. Die Laterne hatte sie dazwischengestellt, und die restlichen Ausrüstungsgegenstände säumten die Zeltwand. Unsere Waffen, auch meine Armbrust, lagen in der Mitte, jederzeit fertig zum Gebrauch.

»Ist dir das so recht? Ich wusste nicht, wie genau du es haben willst, oder ...« Sie verstummte und sah mich mit hochgezogener Augenbraue fragend an.

»Ja, alles gut«, sagte ich und fixierte die getrennten Schlafsäcke. Eigentlich wollte ich ihren Reizen widerstehen, trotzdem schwelte die Hoffnung in mir, dass wir auch diese Nacht wieder eng umschlungen verbringen würden. Ich wusste jetzt, wie schön es war, sie in den Armen zu halten, und wollte nicht mehr allein schlafen müssen.

Wie erbärmlich das war. Ich schüttelte den Kopf.

Reiß dich zusammen, Hayden.

Sie lächelte mich an, freute sich, dass ich zufrieden war. Bei ihrem Anblick stockte mir der Atem: Sie schien im sanften Licht des Zelts förmlich von innen heraus zu glühen. Ein feiner Schweißfilm benetzte ihre Schultern und ihre Brust, sodass ihre Haut taufeucht und aufreizend schön wirkte. Das Grün ihrer Augen, das von den zahllosen verschiedenen Grüntönen des Waldes noch betont wurde, kam mir noch leuchtender vor als sonst. Ich blinzelte und holte tief Luft.

Es fiel mir immer schwerer, in ihrer Gegenwart einen klaren Gedanken zu fassen.

»Bereit, etwas über die Jagd zu lernen?«, fragte ich und machte mich daran, die Waffen einzusammeln. »Vielleicht haben wir ja Glück und erlegen heute schon das ein oder andere Tier. Man kann nie wissen«, fügte ich hinzu.

»Ja, definitiv«, antwortete sie und nahm die Pistole zur Hand, die sie nun schon kannte. Nach kurzem Zögern griff sie auch nach dem Gewehr und legte sich den Riemen um. Dann erhob sie sich – die Armbrust überließ sie mir. Ich schulterte den Köcher mit den Pfeilen und langte nach der Waffe, die ein beträchtliches Gewicht hatte. Als ich das Zelt verließ, folgte Grace mir auf dem Fuße.

»Also«, begann ich und hob die Armbrust in die Höhe, um ihr zu demonstrieren, wie sie funktionierte. »Du ziehst an diesem Seil hier, um zu spannen.«

Ich spannte die Sehne rechts und links vom Schaft, bis sie im Abzug einrastete. Sie nickte und beobachtete mich gebannt. Ich griff nach hinten, um mehrere unterschiedliche Pfeile zu zücken und ihr die Unterschiede zu erklären.

»Siehst du die verschiedenen Größen der Pfeile? Die kleineren treffen genauer. Davon haben wir mehr. Du lädst die Armbrust, indem du den Pfeil hier einlegst, aber achte darauf, dass er direkt an der Sehne anliegt, sonst funktioniert es nicht. Wenn wir draußen sind, zeige ich dir, wie man zielt, aber jetzt hast du schon mal einen ersten Eindruck, wie es funktioniert, nicht wahr?«

»Ja, zumindest ungefähr«, sagte sie, fixierte die Armbrust noch einen Augenblick länger, nickte und sah mich dann an.

»Na gut«, meinte ich und lächelte herausfordernd. »Bereit? Können wir los?«

»Ich bin bereit, wenn du es bist«, antwortete sie und rückte den Riemen ihres Gewehrs über der Schulter zurecht. »Dann mal los. Versuch, dich so leise wie möglich zu bewegen, damit wir keine Tiere verscheuchen«, befahl ich mit gedämpfter Stimme. Sie nickte und folgte mir. Gemeinsam verschwanden wir zwischen den Bäumen.

Die wenigen Sonnenstrahlen, die das dichte Blätterdach durchdrangen, trafen heiß auf meinen Nacken, und sofort brach mir der Schweiß aus. Ich war froh, dass ich ein Hemd ohne Ärmel gewählt hatte, sodass wenigstens eine leichte Brise durch die Armlöcher dringen konnte. Trotzdem schwitzte ich. Auch Grace schien die Hitze zu spüren, denn sie wischte sich den Schweiß von der Stirn, beklagte sich aber nicht. Schon bald klebte mir das Haar im Nacken. Wie blöd, dass ich weder Hut noch Bandana mithatte, um es darunter zu verbergen.

Beinahe lautlos bewegten wir uns weiter, das jahrelange Training für unsere Raubzüge kam uns bei der Jagd jetzt zugute. Die einzigen Geräusche, die man hörte, waren die Stimmen der Vögel, die in den Bäumen sangen, das leise Rascheln unbekannter Kreaturen, die sich durch das Unterholz bewegten, und das sachte Flüstern des Windes, der die Blätter bewegte. Trotz der erdrückenden Hitze war es ein wunderschöner Tag.

Wir waren etwa anderthalb Kilometer gelaufen, als ich die Hand ausstreckte, um Grace zu signalisieren, dass sie langsamer werden sollte. Dabei stieß mein Unterarm ganz leicht an ihre Schulter. Sie blieb stehen und sah mich an. Dann blickte sie sich um, versuchte herauszufinden, warum wir anhielten. Ich hob den Finger an die Lippen, damit sie auch weiterhin schwieg, dann deutete ich voraus nach links, wo ein kleiner Teich inmitten einer Lichtung zu sehen war. Hier jagten wir häufiger, denn an heißen Tagen wie diesem diente er den Tieren als Trinkwasserquelle.

Grace nickte stumm und sah zu, wie ich mich hinter einen Busch hockte. Ich legte mich bäuchlings auf den Boden, machte es mir auf der Erde bequem, um mich so unsichtbar wie möglich zu machen. Sie tat es mir gleich und sah ganz aufgeregt aus. Ihre Augen weiteten sich, als ich ihr die Armbrust reichte, und unwillkürlich musste ich über ihre Unsicherheit lächeln.

»Bereit zu lernen?«, flüsterte ich leise.

»Schon«, antwortete sie fast unhörbar und stützte den Ellbogen auf die Erde, um die Armbrust aufzunehmen. Ich holte einen Pfeil aus dem Köcher und gab ihn ihr. Sie legte ihn ein und lächelte triumphierend, als es leise klick machte. Ihre grünen Augen, die nur wenige Zentimeter von mir entfernt waren, leuchteten. »Und jetzt?«

»Jetzt ...«, begann ich und warf einen Blick auf ihre Hände und deren Haltung. Ich rückte näher, legte ihr den Arm um die Schulter. Meine Brust presste sich an ihren Rücken, und sachte stieß ich ihre Hand an, um ihren Griff zu korrigieren. »Halte die Hände so; dann kannst du besser zielen.«

Wir waren einander so nah, dass mein Herz schon wieder zu rasen anfing, aber ich versuchte es zu ignorieren. Doch auch sie hielt den Atem an, als ich den Kopf neben ihrem herabsenkte und am Schaft des Pfeils entlangblickte, um ihr zu zeigen, wie man zielte. Meine Lippen waren nur wenige Zentimeter von ihrem Ohr entfernt, während ich ihr Instruktionen gab.

»Wenn du ein Tier im Visier hast, dann peile einen Punkt an, der zwei bis fünf Zentimeter über dem ist, den du treffen willst. Je weiter dein Ziel entfernt ist, umso höher musst du zielen.«

Sie nickte bedächtig, hob die Armbrust zwei Zentimeter an und zielte auf einen Baumstumpf, der etwa viereinhalb Meter entfernt stand. Bei dieser Bewegung berührte ihr Ohr ganz sacht meine Lippen, und es durchfuhr mich wie ein Stromschlag. Sie atmete ebenfalls scharf ein, und ich sah, wie ihr Blick eine Sekunde lang zu mir herüberhuschte, bevor sie sich wieder auf den Baumstumpf konzentrierte.

»Nicht zucken, wenn du abdrückst«, flüsterte ich und umschloss ihre Finger am Abzug. Meine Brust, meine Arme, meine Hände ... ich berührte sie überall. Mein Atem streifte ihren Nacken, und ich widerstand der Versuchung, mit den Lippen ihre zarte Haut zu liebkosen.

»Bereit?« Meine Stimme war kaum mehr als ein Flüstern. Sie hielt den Atem an, bereitete sich auf den Schuss vor, stabilisierte ihre Hände. Ich selbst fixierte nun nicht mehr ihr Ziel, sondern ihr Gesicht. Ihre Wimpern warfen einen Schatten auf ihre Haut, aber die Hitze verlieh ihrem Gesicht eine gesunde Röte, die sie ungeheuer lebendig wirken ließ. Sie hatte die Luft angehalten, doch nun öffnete sie ganz leicht die Lippen und atmete aus.

Als spüre sie, dass ich sie musterte, warf sie mir noch

einen Blick zu, der diesmal an meinen Lippen hängen blieb, die nur wenige Zentimeter von ihren entfernt waren. Sie holte mühsam Luft, ihre Augen verharrten auf meinem Mund, und ich spürte, wie der Schauer, der sie durchlief, auch meine Gestalt erfasste. Ich wünschte mir nichts sehnlicher, als den Abstand zwischen uns zu überbrücken. Unsere kleine Lektion im Schießen war beinahe vergessen, denn ich stand lichterloh in Flammen. Meine Selbstbeherrschung und mein Widerstand waren dahin. Ich näherte mich ihren Lippen, die nun nur noch einen Zentimeter von meinen entfernt waren. Mein Blut rauschte durch meine Adern, meine Haut prickelte. Doch plötzlich hörten wir ein Rascheln vor uns. Unsere Köpfe fuhren herum, und wir hielten nach der Quelle des Geräuschs Ausschau. Der Augenblick war vorbei, hinterließ ein Gefühl leichter Enttäuschung. Unser Fokus lag nun auf dem Störenfried.

Grace hielt die Armbrust in die Höhe, bewegte sie ganz leicht, um auf den wilden Truthahn zu zielen, der jetzt in unser Blickfeld kam. Seine runden Augen entdeckten uns über die Lichtung hinweg nicht, und er schien unsere Anwesenheit auch nicht zu spüren, als er auf die offene Fläche hinausstolzierte.

»Langsam und ruhig, Grace«, flüsterte ich und duckte mich, so tief es ging, hinab, um den gleichen Blickwinkel zu haben wie sie. Ich spürte, wie ihr Finger sich am Abzug anspannte. Sie zielte, bereitete sich auf ihren allerersten Schuss mit der Armbrust vor. Sie holte leise Luft und hielt sie an wie zuvor, wobei sie ihre Hände nochmals stabilisierte.

Dann drückte sie ab. Der Pfeil surrte leise flüsternd davon. Er segelte für den Bruchteil einer Sekunde durch die Luft und landete mit einem dumpfen Geräusch in der Brust des Truthahns, sodass er beinahe sofort zu Boden ging. »Ja!«, jubelte sie leise und grinste breit. Sie wollte sich gerade erheben, doch ich hinderte sie daran.

»Warte, oft sind da noch mehr«, flüsterte ich. Sie ging also erneut in Stellung, meine Arme immer noch um ihre Schultern. Und tatsächlich: Wenige Sekunden später erschien ein zweiter Truthahn aus dem Gebüsch, der offenbar gar nicht bemerkt hatte, dass Grace den anderen gerade getötet hatte.

Ich spürte, wie ihre Schultern sich an meiner Brust bewegten, als sie die Armbrust wieder bereit machte und einen weiteren Pfeil hineinschob. Wieder beobachtete ich ihr Gesicht beim Zielen, die Lippen leicht geöffnet, den Blick unverwandt auf den Vogel gerichtet. Ihre Finger zogen langsam am Abzug und schickten den Pfeil geradewegs in den Hals des Tieres.

Jetzt grinste sie noch breiter, freute sich über ihren Triumph und ihr Naturtalent im Armbrustschießen. Mich überraschte ihr Erfolg nicht wirklich, denn immerhin hatte sie jede Menge Erfahrung mit Waffen. Aber ich erfreute mich an ihrer heiteren Miene. Ohne nachzudenken, presste ich ihr die Lippen auf die Wange. Ihr stockte kurz der Atem, ebenso verblüfft darüber wie ich selbst.

»Du hast es geschafft, Bär«, rief ich leise und konnte mir ein Grinsen nicht verkneifen.

»Hatte einen guten Lehrmeister«, flüsterte sie und sah

mich aufgeregt an. Mir wurde ganz warm ums Herz, weil sie so selig war. Ich musste meine ganze Kraft aufbieten, um meinen Arm von ihr zurückzuziehen und wieder meine ursprüngliche Position neben ihr einzunehmen.

»Offensichtlich«, sagte ich leichthin. »Und jetzt pass auf, damit dir nichts entgeht.«

Sie nickte schweigend, verbiss sich das Lächeln und richtete den Blick wieder nach vorn auf der Suche nach einer weiteren Jagdbeute. Ich beobachtete sie glücklich, vollkommen fasziniert und bezaubert.

Der Nachmittag ging schnell vorüber, und binnen kürzester Zeit hatten wir so viele Tiere geschossen, dass wir sie kaum bis zum Zelt zurücktragen konnten. Grace hatte sage und schreibe sieben Truthähne erlegt, die wir an unserer Seite ablegten, nachdem wir die Pfeile herausgezogen hatten. Ich selbst hatte eine Beutelratte und zwei Enten erwischt. Die Sonne ging bereits unter, als wir Schluss machten, mehr als zufrieden mit unserer Ausbeute.

Nachdem wir ein paar Kordeln um die Hälse der Tiere geschlungen hatten, machten wir uns auf den Rückweg. Grace schleppte das eine Bündel, ich die beiden anderen. Die Armbrust hatte ich mir über die Schulter geschlungen, während Grace die Waffen trug, um gegen etwaige Angreifer gewappnet zu sein.

»Ganz schön erfolgreicher Tag, würde ich sagen«, meinte sie froh. Sie hüpfte förmlich durch den Wald, und ihr Ton war beschwingter denn je. Die toten Vögel schaukelten an ihrer Seite, während sie sich durchs Unterholz bewegte, und ich musste unwillkürlich lachen.

»Du bist ein Naturtalent«, stimmte ich zu. Strahlend sah sie zu mir auf. Sie war überglücklich.

»Danke, danke«, sagte sie und nickte mir spielerisch zu.

»Nicht, dass ich überrascht wäre; immerhin bist du hervorragend ausgebildet, aber dennoch: Eine Armbrust ist schon etwas anderes als ein Gewehr.«

»Ich schieße gern damit«, antwortete sie nachdenklich. »Die Waffe ist so ... mechanisch. Mit einer Pistole oder einem Gewehr muss man nur zielen und schießen, aber bei der Armbrust ist mehr erforderlich. Macht Spaß.«

»Spaß«, wiederholte ich und lachte erneut. Bis zu diesem Tag hatte ich die Jagd immer nur als Aufgabe betrachtet, die erledigt werden musste – eine Notwendigkeit, durch die ich das Überleben meiner Leute sicherte. Aber mit einem Mal hatte auch ich das Gefühl, dass die Jagd mit der Armbrust Spaß machen konnte. »Wahrscheinlich hast du Recht.«

Glücklicherweise war unser Zeltplatz unversehrt. Nachdem die Sonne hinter dem Horizont verschwunden war, war es erheblich kühler geworden, aber die Erde hatte die Hitze des Tages gespeichert. Wir banden unsere Beute an einen Ast im Baum, um sie vor Aasfressern zu schützen.

»Ich mache ein Feuer, holst du unser Essen heraus?«, schlug ich mit einem Blick auf Grace vor.

»Klar«, antwortete sie und verschwand im Zelt.

Ich ging zu einem Holzstapel hinüber, den wir zuvor errichtet hatten, holte ein Streichholz aus der danebenliegenden Schachtel. Streichhölzer hatten wir in Blackwing glücklicherweise im Überfluss. Vor ein paar Jahren hatten Barrow und Kit bei einem Überfall den Jackpot geknackt. Sie hatten dort genug Kartons mit Streichhölzern gefunden, dass Blackwing Jahre damit auskommen konnte. Ich riss das Streichholz an, entzündete eine Flamme und hielt es in die Höhlung, um das Anmachholz unter den Holzscheiten in Brand zu setzen. Ich beugte mich hinab und blies leicht hinein, formte die Lippen dabei zu einem »O«.

Das Feuer begann gerade zu prasseln, als Grace wieder draußen erschien, in den Armen der Proviant, mit dem Maisie uns versorgt hatte: zwei Portionen Dörrfleisch, zwei Flaschen Wasser, zwei Äpfel. Als das Feuer vernünftig brannte, setzte ich mich auf den Baumstamm, der uns als Bank diente. Grace nahm neben mir Platz und gab mir meinen Anteil zu essen. Mittlerweile war es fast ganz dunkel, und der sanfte Schein des Feuers war unsere einzige Lichtquelle. Die flackernden Flammen ließen ihre Haut schimmern und spiegelten sich in ihren Augen.

»Weißt du, was ich mich schon die ganze Zeit frage?«, sagte sie und biss in ihr Dörrfleisch.

»Was denn?«, erwiderte ich. Bei Fragen bekam ich immer gleich ein mulmiges Gefühl.

»Wie bist du eigentlich zum Anführer von Blackwing geworden?«, fragte sie. Ich fixierte das Feuer vor uns, wusste nicht so recht, ob ich ihr antworten wollte oder nicht.

»Du musst es mir nicht sagen«, fügte sie sanft hinzu. Meine Reaktion war ihr nicht entgangen.

»Nein, schon gut«, versicherte ich. Das Feuer fraß sich in das Holzscheit vor uns, verzehrte das Holz, um selbst zu leben. Ich wandte den Blick ab, als vor meinem geistigen Auge ein tausend Mal größeres Feuer erschien, das Dinge wie

Häuser, Geschäfte und – am schlimmsten von allem – Menschen verzehrte. Ich schüttelte den Kopf, um die grässlichen Bilder zu vertreiben.

»Vom ersten Tag an wurden Kit, Dax und ich von den Gründern Blackwings ausgebildet. Sie wussten, dass sie eines Tages neue Anführer brauchen würden, daher begannen sie mit uns, weil wir keine Familie mehr hatten. Wir trainierten zusammen und lernten alles, was wir heute wissen, aber bis zum heutigen Tag weiß ich nicht, warum sie mir den Vorzug vor den beiden gaben. Vorher war eine Frau namens Melinda die Anführerin, aber sie wurde bei einem Überfall auf unser Camp getötet ... ich war noch keine achtzehn, als sie mich auswählten«, erklärte ich. Ich wandte die Augen nicht vom Feuer ab, obwohl ich spürte, dass Grace mich eindringlich musterte, während sie meinem Bericht lauschte. Jetzt war ich einundzwanzig, aber ich fühlte mich viel älter. So viel Zeit schien seit meiner Ernennung zum Anführer vergangen zu sein.

»Wer sind ›sie‹?«, fragte sie sanft. Ich holte tief Luft, während ich mich bemühte, meine Erinnerungen zu verdrängen.

»Vornehmlich die Menschen, die hier die Verantwortung tragen. Wie Barrow, Maisie. Andere, die du noch nicht kennengelernt hast. Manche waren dagegen, einen so jungen Mann wie mich an die Spitze des Camps zu wählen, aber ... keine Ahnung ... es lag nicht in meiner Hand. An einem Tag war ich noch ein Junge, der sich nur um sich selbst kümmern musste, und am nächsten hatte ich plötzlich die Verantwortung für all diese Menschen ... Genau an dem Tag beschloss ich auch, erwachsen zu werden«, erklärte ich.

Meine Gedanken wanderten automatisch zu Malin. Unsere gemeinsame Zeit hatte Monate, bevor mir dieses Amt übertragen wurde, geendet, aber mein Aufstieg an die Spitze untermauerte nur meine Überzeugung, dass ich mich nicht wieder in eine solche Lage bringen durfte. Als Anführer des Camps musste ich mir den Respekt der Menschen verdienen, für die ich die Verantwortung trug.

Ich schüttelte den Kopf, seufzte tief, bevor ich weitersprach.

»Ich kapiere wirklich nicht, warum sie mich gewählt haben. Warum nicht jemand anders? Barrow, Kit, Dax? Barrow war älter, erfahrener ... Kit hätte alles Notwendige ohne Bedenken getan. Und Dax ... na ja, der wäre vielleicht eine Katastrophe gewesen, aber dafür ist er total beliebt.«

»Ich weiß, warum sie dich gewählt haben«, sagte sie sanft.

Erst da konnte ich den Blick von den Flammen losreißen und sie ansehen. Sie schwieg eine Weile, und ich wartete darauf, dass sie fortfuhr.

»Die Tatsache, dass du es selbst nicht erkennst, beweist es nur umso mehr ... Du bist einfach ... besser, Hayden. Jeder Einzelne hier liegt dir wirklich am Herzen, und du tätest alles für die dir anvertrauten Menschen. Dir ist es wichtiger, das zu tun, was für alle gut ist, als etwas für dich zu tun, und so etwas ist heutzutage selten. Du bist ehrlich, selbstlos, loyal ... Sie haben Kit, Dax oder sogar Barrow nicht gewählt, weil sie nicht die gleichen Eigenschaften haben wie du. Du bist alles, was ein Anführer sein sollte, und du bist einfach ... ein guter Mensch.«

Sie hielt viel zu große Stücke auf mich, schrieb mir Eigenschaften zu, die ich gewiss nicht hatte. Ich wusste nicht, was ich darauf antworten sollte. Nur eins war mir klar: dass sie sich irrte. Ich hatte viel zu viele Fehler und war nicht annähernd so großartig, wie sie es empfand. Sie hielt meinem Blick im flackernden Licht stand und schien mit sich zu ringen und dann zu einem Entschluss zu gelangen. Sie atmete tief ein, dann öffnete sie den Mund und ersparte es mir, auf ihre unzutreffende, wenn auch schmeichelhafte Einschätzung zu antworten.

»Hayden ... ich muss dir etwas sagen«, meinte sie leise. Ich mochte mich täuschen, aber wirkte sie plötzlich schuldbewusst? Vor Nervosität drehte sich mir der Magen um.

»Was denn?«

Sie senkte einen Augenblick die Lider und blickte schuldbewusst auf ihre Knie hinab. Mein Herz pochte laut in meiner Brust, doch ich wartete geduldig.

»Ich hätte es dir schon viel eher sagen sollen, aber ... Celt ist mein Vater.«

KAPITEL 25

VERTRAUEN

Hayden

»Ich hätte es dir schon viel eher sagen sollen, aber ... Celt ist mein Vater.«

Grace beobachtete mich aufmerksam und schwieg. Sie biss die Zähne aufeinander, nachdem sie die Bombe hatte platzen lassen. Ich hatte mit einem Mal einen Kloß im Hals und war sprachlos vor Schreck. Mein Kinn verkantete sich. Sie saß stocksteif neben mir. Im Feuerschein, der über ihre zarte Haut glitt, sah sie mit jeder Sekunde angespannter aus. »Was?«, stieß ich schließlich in scharfem Ton hervor. Ihr Blick flackerte zwischen meinen Augen hin und her. Sie versuchte, meine Reaktion einzuschätzen.

»Celt ist ...«

»Dein Vater ist der verdammte Anführer von Greystone?«, blaffte ich, und so langsam ging mir die ganze Tragweite ihrer Worte auf. Sie wollte etwas sagen, aber dann verkniff sie sich die Antwort und seufzte.

»Ja«, sagte sie nur.

Meine Gedanken wirbelten durcheinander, gingen in tausend verschiedene Richtungen. Nacheinander prasselten unzählige verschiedene Gefühle auf mich ein. Die Wut setzte sich durch, und ich klammerte mich daran fest. Stirnrunzelnd sah ich sie an.

»Warum zum Teufel hast du mir das nicht gesagt?«, verlangte ich zu wissen. Der Verrat war eigentlich am schlimmsten. Wie oft hatte sie mich angelogen! Ich sprang auf, brauchte Abstand. Sie blieb auf dem Baumstamm am Feuer sitzen, während ich mich ein paar Schritte entfernte. Jetzt ragte ich über ihr empor, sodass mein Schatten über sie fiel.

»Ich wusste nicht, wie«, antwortete sie langsam, ihre Stimme ernst, aber fest, ohne sich von meinem Zorn einschüchtern zu lassen. Weiterhin beobachtete sie mich aufmerksam, während ich wütend auf sie herabfunkelte.

»Ach nein? Wie wäre es mit dem Mal gewesen, als ich dich geradeheraus gefragt habe, woher du Celt kennst? Vor ein paar Stunden erst?«, fauchte ich und ließ mich jetzt vollends vom Zorn hinreißen.

»Keine Ahnung, Hayden ...«

»Du hast mich angelogen«, schnitt ich ihr anklagend erneut das Wort ab. Frustriert fuhr ich mir mit der Hand durchs Haar. Ich fühlte mich seltsam verletzlich und fragte mich, in welcher Hinsicht sie mich sonst noch belogen haben mochte. Ich hatte das Gefühl, dass das Vertrauen, das ich zu ihr gefasst hatte, einfach zu Staub zerfiel.

»Ich weiß«, gab sie zu und atmete tief ein, als versuche sie krampfhaft, Ruhe zu bewahren. Ich hingegen schaffte das nicht so einfach. Ich steigerte mich immer mehr in meine Gefühle hinein. Mein Blut kochte. Wut, Verrat, Schmerz, Verwirrung und Scham schienen allesamt um die Vormacht zu kämpfen.

»Mehr als einmal«, betonte ich.

»Ich weiß.«

»Warum?«, fragte ich. Ich war sauer, dass sie sich auf keinen Streit mit mir einließ. Ich wollte sie anschreien. Ich wollte, dass sie sich zur Wehr setzte. Ich wollte, dass sie sich verteidigte, aber sie saß einfach nur da. Sie schwieg ein paar Sekunden lang, dann senkte sie den Blick und sah ins Feuer, versuchte, sich abermals zu sammeln. Zitternd vor Ungeduld wartete ich auf eine Antwort.

»Warum?«, wiederholte ich unendlich frustriert. Ihre Augen schnellten bei meinem Tonfall zu mir empor. Sie sprang auf die Füße, kam aber nicht näher. Anscheinend ließ ihre Selbstbeherrschung jetzt doch langsam nach.

»Schrei mich nicht an«, zischte sie und runzelte wütend die Augenbrauen.

Gut. Endlich würde ich also den Streit bekommen, den ich mir wünschte. Der Masochist in mir ritt sich immer tiefer hinein. Ich spürte, wie ein Muskel an meinem Kiefer zuckte, weil ich die Zähne fest zusammenbiss, um sie nicht schon wieder anzuschreien.

»Was hättest du denn getan, wenn du in jener Nacht, als du mich fandest, gewusst hättest, dass ich die Tochter des Anführers bin, hm?«, fragte sie und funkelte mich über das Feuer hinweg an.

»Nichts«, antwortete ich aufrichtig. Selbst wenn ich es damals gewusst hätte, hätte ich sie nicht töten können. Die Tatsache, dass sie Celts Tochter war, hätte nichts daran geändert, dass ich ihr etwas schuldig war.

»Ja, du vielleicht nicht, aber kannst du das Gleiche von den anderen behaupten? Von Dax? Von Kit?«, fuhr sie fort und sah mich mit hochgezogener Augenbraue an.

»Nein«, gab ich widerwillig zu. Meine Wut wollte nicht nachlassen, aber trotzdem hatte sie Recht. Von mir hatte sie vielleicht nichts zu befürchten und mittlerweile auch nicht mehr von Kit oder Dax, aber es gab andere in Blackwing, für die ich die Hand nicht ins Feuer gelegt hätte.

»Genau«, spie sie hervor und verschränkte die Arme vor der Brust. »Wenn ich es dir damals erzählt hätte, wäre ich jetzt vielleicht tot. Oder gefoltert worden oder so etwas. Jedenfalls wäre es eine Riesendummheit gewesen, dir reinen Wein einzuschenken.«

»Damals vielleicht«, antwortete ich und kämpfte weiterhin gegen das schmerzhafte Gefühl an, verraten worden zu sein. »Aber was ist mit jetzt? Warum hast du bis zum heutigen Tag gelogen?«

»Ich *habe* es dir doch gerade erzählt«, widersprach sie in mühsam beherrschtem Ton.

»Nachdem du mich vor wenigen Stunden noch angelogen hast!«, knurrte ich und hob ungehalten die Hände. Ich hatte mich jetzt nicht mehr unter Kontrolle. Keine Ahnung, worüber ich mich mehr aufregte: über ihre Lügen oder über ihre Enthüllung an sich.

»Mein Gott, Hayden, ich habe es dir schließlich gerade gebeichtet! Was soll ich denn sonst noch sagen?«, fragte sie erbittert. Meine Brust hob sich, dann atmete ich zornig wieder aus, versuchte, einen klaren Gedanken zu fassen. Was wollte ich von ihr hören? Ich hatte keine Ahnung. Ich war fuchsteufelswild und konnte nicht mehr geradeaus denken.

»Weißt du eigentlich, was das heißt, Grace? Sind dir die Folgen eigentlich klar?«, fragte ich in feindseligem Ton und durchbohrte sie förmlich mit meinem Blick, sodass sie schließlich das Gesicht abwandte. »Nichts hat sich verändert, Hayden. Ich war die ganze Zeit schon Celts Tochter«, wagte sie zu sagen.

»Alles hat sich verändert! Weißt du eigentlich, wie gefährlich es für dich ist, hier zu sein? Meinst du etwa, dein kostbarer Vater wird dich für immer hier herumlungern lassen, wenn er deinen Aufenthaltsort spitzkriegt?«, blaffte ich und wartete wutschäumend auf ihre Antwort. Sie erwiderte meinen hitzigen Blick, biss die Zähne heftig aufeinander. Ihre Nasenflügel bebten. Nun konnte sie ihren eigenen Verdruss nicht länger verbergen.

»Nein«, stieß sie mühsam hervor.

»Nein«, wiederholte ich sauer. »Er wird eine ganze verdammte Armee schicken, wenn er herausfindet, wo du bist. Dass du hier bist, bringt die Menschen, für die ich die Verantwortung trage, in umso größere Gefahr.«

Meine Worte trafen sie offenbar wie ein Hammerschlag; sie gab keine Antwort. Ihre Brust hob und senkte sich krampfartig. Meine Empörung steigerte sich ins Unermessliche. Mir kamen immer mehr Komplikationen in den Sinn, die sich aus diesem Szenario ergeben konnten.

»Und du«, polterte ich, schnaubte höhnisch und schüttelte langsam den Kopf. »Ist dir eigentlich klar, was sie dir antun werden, wenn sie herausfinden, wer du bist? Mit dem Hintergrund kannst du niemals dazugehören. Sie werden dir das Leben zur Hölle machen. Falls sie dich nicht vorher umbringen. Von meiner Seite droht dir keine Gefahr, und auch von Kit und Dax nicht, aber hier gibt es genug Leute, die es einen Dreck schert, was du getan hast. Sie werden dich als Staatsfeind Nummer eins betrachten und als Informationsquelle, sonst nichts. Im Moment sind die Leute vielleicht nett zu dir, aber sobald sie herausfinden, wer du bist, werden sie nicht zögern, alles Notwendige zu veranlassen, um wichtige Details aus dir rauszukriegen. Verstehst du, was ich damit sagen will?«

Ohne es zu bemerken, hatte ich begonnen, auf und ab zu schreiten. Meine Stimme klang mit jeder Sekunde erregter – geradezu rasend. Je mehr ich redete, umso deutlicher wurde mir, wie verheerend sich das alles auswirken konnte. Ihre Identität war nicht nur ein Risiko für mein Camp, weil Greystone angreifen konnte, sondern Grace selbst war ebenfalls in Gefahr, von meinem eigenen Camp attackiert zu werden.

»Ja«, sagte sie bitter. Sie war verstimmt, weil ich Recht hatte.

»Und wenn du irgendwie wieder nach Greystone gelangst, wärst du ein großes Risiko. Du hast hier alles gesehen ... Ganz sicher wäre dein Vater mehr als begeistert über so viele neue Informationen.«

Ich konnte nicht aufhören, immer neue Schreckensszenarien zu entwerfen, ließ mich von meinen eigenen Tiraden mitreißen. Das hier konnte tatsächlich alles zerstören.

»Das täte ich nie«, sagte sie. Ihre Stimme klang jetzt nicht mehr empört, sondern gekränkt. Ich schnaubte.

»Würde ich nicht!«, wiederholte sie, als klar wurde, dass ich ihr nicht glaubte. Vor ein paar Stunden hätte ich keine

Sekunde an ihr gezweifelt, aber jetzt ...»Ich würde dich niemals so in Gefahr bringen. Oder Jett. Oder Dax oder Kit oder Docc ... das brächte ich nicht fertig.«

Ihre Worte trugen nur wenig dazu bei, den Schmerz zu lindern, den ich wegen ihrer Lügen empfand. Aber den ließ ich mir nicht anmerken. Äußerlich war ich weiterhin nichts als stocksauer.

»Ich kann dir in keiner Hinsicht mehr vertrauen«, grollte ich.

»Hayden, das ist doch jetzt eine Überreaktion«, rief sie und schüttelte ungläubig den Kopf.

»Überreaktion?«, wiederholte ich ärgerlich. »Grace, ich habe gerade erst herausgefunden, wie gefährlich es für dich ist, hier zu sein, also erzähl mir nicht, dass das alles eine Überreaktion ist.«

»Es ändert doch nichts! Ich bin immer noch derselbe Mensch wie vorher, nur dass du jetzt weißt, wer mein Vater ist«, konterte sie energisch.

»Und was passiert, wenn andere es auch herausfinden, hm? Was passiert, wenn die anderen erfahren, wer dein Vater ist und wen sie da vor sich haben?«

Immer wieder ballte ich die Hände zu Fäusten und tigerte unermüdlich auf und ab. Neben dem Feuer hatte ich bereits eine schmale Spur in der Erde hinterlassen.

»Niemand wird es herausfinden, wenn du es ihnen nicht sagst!«, widersprach sie unwillig.

»Werden sie doch!«, versicherte ich ihr und schüttelte langsam den Kopf. »Früher oder später kommt alles ans Licht. Geheimnisse lassen sich unmöglich auf lange Sicht bewahren.«

Sie atmete scharf aus, und ich glaubte, sie mit dem Fuß aufstampfen zu hören, konnte sie aber nicht ansehen. Ich hätte es nicht ertragen, wenn ihre grünen Augen sich in meine eingebrannt hätten in dem Versuch, mich den Armen des Zorns zu entreißen, der mich fest umklammert hielt, während sie versuchte, ihren eigenen zu zügeln. Offensichtlich hatte ich genauso reagiert, wie sie es befürchtet hatte, weshalb sie wahrscheinlich so lange mit ihrer Enthüllung gezögert hatte.

»Ich werde es niemandem sagen«, versicherte sie, ihre Stimme weiterhin zur Ruhe zwingend. »Ich werde ... mich verstecken, wenn Greystone uns überfällt, ich werde besonders vorsichtig sein bei unseren eigenen Raubzügen ... niemand wird es herausfinden, Hayden.«

Ich schüttelte den Kopf und biss mir auf die Lippe. Aber zu fest, sodass Blut kam. Als ich den bitteren, metallischen Geschmack auf der Zunge spürte, verfluchte ich mich im Stillen selbst.

»Das kannst du versuchen, aber ganz ehrlich ... es ist nur eine Frage der Zeit, bis jemand es herausfindet«, murmelte ich. Ich fuhr mir wieder mit der Hand durchs Haar und dann frustriert übers Gesicht. Der Stress brannte in meinem Körper, meine Muskeln waren angespannt, mein Magen verkrampft.

»Ich wusste, dass du wütend werden würdest«, sagte sie vorsichtig und verschränkte wieder die Arme vor der Brust.

»Was du nicht sagst«, knurrte ich und warf ihr über das Feuer hinweg einen erbosten Blick zu. Sie erwiderte ihn gereizt.

»Ich weiß, jetzt bist du wütend, aber ... über kurz oder lang wirst du wahrscheinlich erkennen, dass es doch gar nicht so schlimm ist.«

»Nein, werde ich nicht. Für dich bringe ich meine Leute in Gefahr, Grace. Für dich.«

»Warum bringst du mich dann nicht einfach um und ersparst dir den ganzen Stress?«, schlug sie rundheraus in sarkastischem Ton vor. Ihre Augen loderten. Ich wandte ihr den Rücken zu und presste die Hände auf die Schläfen.

»Du weißt, dass ich das nicht kann«, antwortete ich.

Ich fühlte mich schwach, verletzlich. Ich fand es ätzend, dass die Sicherheit meiner Leute von diesem einen Menschen abhing und dass ich einfach nicht die Kraft hatte, mich ihrer zu entledigen. Meine Gefühle für sie machten es mir unmöglich, zu tun, was hätte getan werden müssen, und zwar vom ersten Augenblick an. Genau davor hatte ich von Anfang an Angst gehabt ..., dass mein selbstsüchtiges Verlangen, sie bei mir zu behalten, letztlich ein Risiko für meine Leute werden würde. Nun, da ich wusste, wer sie war, war diese Möglichkeit ins Unermessliche gewachsen.

Wenn ich es von Anfang an gewusst hätte ...

Ich schüttelte den Kopf, um den Gedanken zu vertreiben. Ich hätte sie niemals umbringen können, noch nicht mal am ersten Tag. Das hatte ich nun davon, weil ich einmal meinen eigenen Wünschen nachgegeben hatte, statt zu tun, was erwiesenermaßen richtig gewesen wäre, und mich von ihr fernzuhalten. War ja nicht anders zu erwarten gewesen – eine kranke, ausgleichende Gerechtigkeit.

»Das ist ... alles so ... jetzt ist alles vermasselt«, sagte ich.

Meine Worte klangen dramatisch, aber das war mir gleichgültig. Mir war nun mal schleierhaft, wie die ganze Geschichte jemals gut ausgehen konnte. Sie hatte mein Vertrauen missbraucht und würde sich ganz schön anstrengen müssen, um es wiederzuerlangen. In dieser Welt war Vertrauen etwas sehr Gefährliches, womöglich das Gefährlichste überhaupt. Langsam, ohne dass es mir bewusst geworden war, hatte ich jedoch trotzdem Vertrauen zu ihr gefasst.

Aber damit war es jetzt vorbei.

»Ach, Hayden, komm schon«, bat sie. Zum ersten Mal klang sie jetzt nicht mehr wütend, nur noch traurig. Ich drehte mich zu ihr um, merkte, dass sie einen winzigen Schritt auf mich zugemacht hatte. Ihre Lippen waren leicht geöffnet, und sie beobachtete mich aufmerksam.

»Du hast mich angelogen«, wiederholte ich meine Worte von vorhin, allerdings mit weniger Überzeugung. Bislang war ich vornehmlich sauer und fassungslos gewesen, jetzt war ich nur noch verletzt. Bedauern zuckte einen Augenblick lang über ihr Gesicht, und sie machte einen weiteren Schritt auf mich zu, blieb dann aber unsicher stehen. Ich bewahrte eine steinerne, ausdruckslose Miene, damit sie hoffentlich nicht mitbekam, was in mir vorging.

»Ich weiß«, wiederholte sie gefasst. Ihre Atmung hatte sich beruhigt, und sie verschränkte die Arme auch nicht mehr vor der Brust oder ballte die Hände zu Fäusten.

»Ich habe dir vertraut«, sagte ich langsam, gab dem Schmerz nach, den ich bis jetzt hatte in Schach halten können.

»Du kannst mir immer noch vertrauen.«

»Ich weiß nicht, was ich tun soll«, bekannte ich rundheraus.

»Ich weiß nicht, was ich sagen soll«, erwiderte sie. Sie
stand jetzt näher bei mir als während der gesamten Auseinandersetzung, aber immer noch zu weit entfernt, als dass
ich sie hätte berühren können.

»Du könntest dich entschuldigen«, gab ich vorwurfsvoll
zurück, verärgert, weil sie noch nicht mal versucht hatte,
wegen ihrer Lüge um Verzeihung zu bitten. Überrascht
hörte ich, wie sie schnaubte, und mein Blick schnellte zu ihr
hinüber. Wieder musterte sie mich mit verengten Augen.

»Ich habe nicht um das hier gebeten, Hayden«, schoss sie
zurück, und ihre Stimme brach vor Wut. »Glaubst du, ich
wollte das? Glaubst du allen Ernstes, dass ich hier sein will?«

Es war, als hätte sie mir einen Dolch geradewegs ins Herz
gestoßen. Meine Schultern sackten einen Augenblick lang
nach vorn, und ich schnaubte scharf und ungläubig. Ich
presste die Lippen aufeinander, nickte und stieß ein selbst-
ironisches, freudloses Lachen aus.

»Stimmt ja, so war's«, blaffte ich. Natürlich wollte sie
nicht hier sein. Hatte sie das nicht von Anfang an immer wieder betont? Ich hatte mir selbst vorgemacht, dass es ihr hier
gefiel, dass dies ihre Heimat werden konnte. Ich hatte mir
eingeredet, dass sie gern bei mir war. Offensichtlich hatte
ich mich getäuscht. Ihre Augen weiteten sich etwas, als ihr
klar wurde, was sie da gesagt hatte.

»Warte, Hayden ...«

»Nein, schon gut. Ich habe verstanden.«

Ich beugte mich vor, um die paar Utensilien, die wir noch

drauß gelassen hatten, aufzuheben, und vermied es dabei bewusst, sie anzusehen, während ich mich in der Dunkelheit bewegte.

»Hayden«, sagte sie einfach meinen Namen, damit ich stehenblieb und sie ansah. Ich ignorierte sie.

»Kommst du jetzt rein, oder nicht?«, fragte ich schneidend, öffnete den Reißverschluss des Zeltes und warf ihr nun doch einen kurzen Blick zu. Sie runzelte die Stirn. Selbst jetzt, so kalt, verletzt und wütend, wie ich war, tat es mir weh, sie so außer sich zu sehen, aber ich war viel zu sehr in meinen eigenen Gefühlen gefangen, um etwas dagegen zu unternehmen. Sie seufzte tief und sah mir in das angespannte Gesicht.

»Ja.«

Ich nickte knapp, wandte mich um und betrat das Zelt. Ich hörte das Scharren ihrer Stiefel, als sie Erde ins Feuer trat, wodurch es sofort ausging und uns in komplette Dunkelheit tauchte. Ich machte mir nicht mal die Mühe, die Laterne anzuzünden, sondern warf mich nur auf meinen Schlafsack – mit dem Gesicht zur Zeltwand, sodass ich ihr den Rücken zukehrte. Ein paar Sekunden später hörte ich, wie sie ins Zelt kam und den Reißverschluss zuzog. Sie sagte kein Wort, sondern legte sich ebenfalls auf ihren eigenen Schlafsack auf der anderen Seite des Zeltes.

Ich lag in der Dunkelheit und konnte einfach nicht einschlafen. Ich grübelte, ging immer wieder die Fakten und unsere Unterhaltung durch. An der Tatsache, dass sie Grace Cook war, Tochter von Celt Cook, dem Anführer Greystones, konnte ich nun mal nichts ändern. Ich hätte nie etwas daran ändern können, egal, wie früh ich davon erfahren hätte. Aber das war es eigentlich auch gar nicht, was mich so aus der Fassung gebracht hatte.

Nun, da ich Bescheid wusste, regte ich mich über die mögliche Gefahr auf. Als Celts Tochter stellte sie für jeden, für den ich die Verantwortung hatte, für jeden, der mir am Herzen lag, ein extremes Risiko dar. Wenn jemand aus ihrem eigenen Camp herausfand, dass sie hier war, würden sie uns womöglich mit allen Mitteln angreifen, um sie zurückzuholen. Wenn jemand aus Blackwing erfuhr, wer sie war, lief Grace Gefahr, entweder gefoltert zu werden, um ihr Informationen zu entlocken, oder getötet zu werden. Wenn sie irgendwie wieder nach Greystone gelangte, war das eine Bedrohung für ganz Blackwing, da sie so ungeheuer viel über uns wusste. Selbst wenn sie nicht bereitwillig alles verriet, kannte man in Greystone sicher auch Mittel und Wege, um ihr Informationen zu entlocken.

Die einzige Möglichkeit, um das Risiko für jedermann zu minimieren, bestand in Geheimhaltung. Niemand durfte wissen, wer sie war oder dass sie hier war, eine Aufgabe, die ich für beinahe unmöglich hielt. Wie dicht waren wir schon einmal davor gewesen, dass jemand aus Greystone sie entdeckte? Erst vor kurzem hatten Leute aus Greystone Blackwing überfallen und sie um nur wenige Sekunden verfehlt. Es war mehr als wahrscheinlich, dass die gleiche Situation noch einmal eintreten würde, allerdings mit vollkommen anderem Ergebnis.

Außerdem war es für ein Blackwing-Mitglied nicht schwer herauszufinden, dass der Anführer Greystones seine Tochter vermisste. Und man musste kein Genie sein, um eins und eins zusammenzuzählen.

Die Schuld lag einzig und allein bei mir – indem ich Grace nach Blackwing gebracht hatte, hatte ich unser aller Schicksal besiegelt. Wenn irgendjemandem etwas Schlimmes zustieß, war das einzig und allein meine Schuld.

Derlei Überlegungen waren an sich schon belastend genug, trotzdem war das, was mich am tiefsten traf, was am meisten schmerzte, die Tatsache, dass Grace mich angelogen hatte. Das tat mehr weh, als es hätte wehtun dürfen. Ich wusste, dass ich etwas übertrieb, aber in dieser Welt war Vertrauen nun mal eine Seltenheit. Und bislang war mir nicht mal aufgefallen, wie sehr ich ihr vertraut hatte. Ich nahm es ihr übel, dass sie das zerstört hatte, und ich hasste mich selbst, weil ich es ihr verübelte.

Ich steckte fest; meine Gedanken drehten sich unaufhörlich im Kreis. Unmöglich, sich zu beruhigen. Derweil hörte ich, wie sie sich in ihrem Schlafsack regte. Einen Augenblick glaubte ich, sie würde aufstehen und zu mir kommen, aber dann hörte es wieder auf zu rascheln. Ich verspürte eine seltsame Mischung aus Erleichterung und Enttäuschung, als sie nicht neben mir auftauchte.

»Es tut mir leid«, flüsterte sie, die Stimme voller Bedauern und Trauer. Ihre Worte schwebten in der Luft zwischen uns, warteten darauf, dass ich sie entweder akzeptierte oder ihr um die Ohren schlug. Ich holte tief Luft, versuchte, die Entschuldigung anzunehmen, flehte mich förmlich selbst an, brachte es aber nicht über mich.

Nicht heute Nacht, jetzt noch nicht.

Das Schweigen breitete sich zwischen uns aus, zu lang, um die Worte noch zu akzeptieren, sodass sie nutzlos zu Boden sanken. Ein leises Seufzen von der anderen Seite des Zeltes sagte mir, dass Grace verstanden hatte. Ich spürte die Worte auf meinen Lippen, doch ich brachte es einfach nicht über mich.

Schon gut, Bär.

Ich wollte es sagen.

Ich wollte es fühlen.

Ich wollte diese Worte hervorbringen und vergessen, dass es diesen Streit jemals gegeben hatte, aber ich konnte nicht. Das Schweigen breitete sich aus, erstickte ihre Entschuldigung und jede Möglichkeit, das erdrückende Gewicht von uns zu nehmen, das sich über uns gelegt hatte.

KAPITEL 26
FAIR

Hayden

Eigentlich wollte ich noch gar nicht aufwachen. Doch das Sonnenlicht und das Vogelgezwitscher rissen mich langsam aus den wohltuenden Tiefen des Schlafes. Nur dort schien ich Trost und Erholung von dem Stress und dem Druck meiner Entdeckung und der sich daraus ergebenden Konsequenzen finden zu können.

Offenbar hatte ich mich in der Nacht keinen Millimeter bewegt. Immer noch lag ich auf der Seite mit dem Gesicht zur Zeltwand. Fest hatte ich die Arme über der Brust gekreuzt und die Schultern zusammengezogen. Wie hatte ich in dieser Position nur die ganze Nacht ausharren können? Mein Körper war ganz steif.

Ich kniff die Lider zu, schloss das beharrlich helle Tageslicht aus und lauschte dem leisen Gesang der Vögel in den Bäumen. Ich hörte das unablässige sanfte Rascheln der Blätter und das sachte Rütteln des Windes am Zelt.

Ruckartig öffnete ich die Lider, als mir klar wurde, dass ein ganz bestimmter Laut, an den ich mich mittlerweile gewöhnt hatte, fehlte. Man hörte nur den Atem eines einzigen Menschen, und zwar meinen eigenen.

Sogleich setzte ich mich auf, und mein Körper protestierte schmerzhaft. Trotzdem drehte ich mich um und ließ den Blick durchs Zelt wandern. Mir sank das Herz in die Magengrube, als ich den Schlafsack sah, in der Mitte etwas zerwühlt, aber eindeutig leer.

Natürlich.

Sie war fort.

Grace

Ich presste die Handballen gegen die Augen und atmete tief ein. Kleine weiße Blitzlichter erschienen vor mir in der Dunkelheit. Ein Knoten von Tellergröße hatte sich in meinem Magen gebildet und rumorte dort bei jedem einzelnen Gedanken vor sich hin, sodass mir jede Bewegung schwerfiel. Ich stützte den Ellbogen auf die Knie, beugte mich vor und legte den Kopf in die Hände, ein armseliger Versuch, die Welt auszuschließen.

Eine kühle Brise wehte über meine Haut hinweg. Nach der glühenden Hitze des gestrigen Tages war es an diesem Morgen empfindlich kühl. Die Witterung schien sich meiner Stimmung anzupassen.

Noch nie im Leben hatte mich eine Auseinandersetzung so mitgenommen. Normalerweise reagierte ich bei so etwas vornehmlich mit Wut. Aber nachdem ich ein paar Schießübungen gemacht oder ein paar Trainingsrunden absolviert hatte, pflegte sich dieses Gefühl auch schnell wieder zu verflüchtigen. Hier war das anders. Eine ganze Reihe von Empfindungen stürmte auf mich ein: Wut, Trauer, Scham, Schmerz, Mitgefühl, alles. Sie hatten mich durchtost wie ein Tornado, sodass ich mich jetzt wund und schutzlos fühlte. Ich musste raus aus diesem Zelt, ertrug seine Nähe nicht. Dass er meine Worte ignoriert hatte, quälte mich genauso wie unsere restliche Unterhaltung. Ich hatte das Gefühl, vom Wirbelwind der Emotionen erstickt zu werden, war unerträglich angespannt. Ich musste fort, brauchte Abstand, musste versuchen, wieder einen klaren Gedanken zu fassen. In Haydens Anwesenheit und angesichts seines eisigen Schweigens schien mir das unmöglich zu sein.

Es war in jeder Hinsicht Haydens gutes Recht, sich so aufzuregen. Mein Verhalten war vornehmlich vom Selbsterhaltungstrieb bestimmt worden. Das war bei Hayden anders. Ob er es nun zugab oder nicht: Haydens Priorität war immer und überall die Sicherheit der Menschen, die ihm etwas bedeuteten. Ich verstand, warum er so erbost war, und konnte ihm daraus keinen Vorwurf machen.

Aber ändern konnte ich auch nichts. Durch meine Identität bedeutete ich eine Gefahr für Hayden, sein ganzes Camp, jeden Einzelnen, der ihm am Herzen lag. Ich war schon einmal gefährlich dicht davor gewesen, in Blackwing entdeckt zu werden. Mein eigener Bruder, der mich – die totgeglaubte Schwester – sofort erkannt hätte, war nur wenige Meter von mir entfernt gewesen. Es war mehr als wahrscheinlich, dass es zu einer solchen Situation noch einmal kommen konnte. Wie leicht konnte ich entdeckt werden!

Wenn mein Vater herausfand, wo ich mich aufhielt, würde

er zweifellos Himmel und Hölle in Bewegung setzen, um mich zurückzuholen, was in der Tat ein großes Risiko für Haydens Schutzbefohlene darstellte. Allerdings war auch ich selbst in Gefahr. Nicht auszudenken, was passieren konnte, wenn ein Blackwing-Mitglied bei einem Beutezug in Greystone mitbekam, dass der Anführer Celt vor ein paar Wochen seine Tochter verloren hatte. Jeder wusste, dass Greystone meine Heimat war. Innerhalb von drei Sekunden würde der Betreffende dann eins und eins zusammenzählen und schlussfolgern, dass ich die Vermisste war. Hayden hatte gewiss Recht damit, dass einige Leute in seinem Camp aus dieser Information ihren Vorteil schlagen, mir Schaden zufügen oder mich bösartig als Waffe einsetzen würden, mit deren Hilfe sie das feindliche Lager unterwandern konnten.

Offen gestanden bereitete mir diese zweite Möglichkeit nicht allzu viel Kopfzerbrechen. Ich war bis jetzt schon egoistisch genug gewesen. Wahrscheinlich hatte ich es nicht anders verdient, als von den Menschen in Blackwing erwischt zu werden. Besser, ich wurde verletzt als einer von ihnen.

Die einzige Einschätzung Haydens, mit der ich nicht konform ging, war die Befürchtung, dass ich eine Gefahr für sie darstellte. Ich würde ohnehin nie wieder nach Hause zurückkehren können, aber selbst wenn, hätte ich nicht im Traum daran gedacht, meinen Leuten Informationen über Blackwing zu geben. Trotz meines Widerstrebens lagen mir diese Menschen mittlerweile am Herzen. Ich konnte sie nicht einfach ans Messer liefern, um meiner gewalttätigen Heimat einen Gefallen zu erweisen. Das hätte ich niemals über mich gebracht.

Die Dinge waren total außer Kontrolle geraten. Wie ein Wirbelwind hatte diese Sache alles niedergewalzt, einschließlich der Gefühle, die Hayden womöglich für mich hatte. Und dies, so gestand ich mir ein, schmerzte am meisten. Ich hatte gerade erst einen Vorgeschmack darauf bekommen, wie es war, mit ihm zusammen zu sein, doch noch bevor wir uns richtig darauf einlassen konnten, hatte ich ihn schon wieder verloren.

Ich hätte es ihm früher sagen sollen. Zu Anfang war es sicher durchaus berechtigt gewesen, ihm nichts zu verraten. Aber spätestens als ich Gefühle für ihn entwickelt hatte, hätte ich es ihm beichten sollen. Ich vertraute ihm damals schon genug, um zu wissen, dass er mich weder töten noch mir etwas antun würde. Wenn ich es ihm früher erzählt hätte, wäre ich jetzt vielleicht noch mit ihm zusammen im Zelt, würde mich an ihn schmiegen, statt hier allein im Wald herumzusitzen.

Ich presste die Handballen noch fester auf die Augen, um die Erinnerung zu vertreiben, wie Hayden mich angesehen hatte. Aber es funktionierte nicht. Ich konnte machen, was ich wollte: Ständig hatte ich Haydens verletztes und enttäuschtes Gesicht vor Augen. Schuldbewusst dachte ich daran, wie er nach meiner Äußerung, dass ich nicht hier sein wollte, dreingeblickt hatte. Sein Verhalten hatte sich geändert. Die Wut war verraucht, und zurückgeblieben war nur eine ausdruckslose, hohle Hülle seiner selbst. Ätzend! Ich hasste mich für diese Aussage, denn schließlich wusste ich selbst am allerbesten, dass ich es nicht so gemeint hatte.

Ein plötzliches Rascheln hinter mir riss mich aus meinen

Grübeleien. Ruckartig drehte ich mich um, und das Herz schlug mir vor Schreck bis zum Hals. Bei seinem Anblick stockte mir der Atem. Er versuchte, seine Erleichterung hinter einer grimmigen Miene zu verbergen.

Hayden.

»Du bist noch da«, murmelte er mit tiefer Stimme und ausdruckslosem Gesicht.

»Wo sollte ich denn sonst sein?«, fragte ich leise und resigniert.

Es war mir egal, ob mein Stolz verletzt war, ich wollte diesen Streit einfach nur beenden. Irgendetwas sagte mir jedoch, dass das gar nicht so leicht sein würde und dass ich mich ziemlich ins Zeug würde legen müssen, um diese Scharte wieder auszuwetzen. Vertrauen entschied in dieser Welt über Leben und Tod, bestimmte über jegliche Handlung und jede Entscheidung. Es wurde leicht enttäuscht und nicht so leicht gewonnen. Vertrauen war Hayden immens wichtig, und ich hatte es enttäuscht – so einfach war die Sache.

Er antwortete nicht und zuckte nur mit den Schultern, stellte sich auf die andere Seite der behelfsmäßigen Feuerstelle. Er hockte sich nieder und begann, die Flammen zum Leben zu erwecken. Ich beobachtete die geschickten Handbewegungen, mit denen er die Holzscheite über dem Anmachholz so aufschichtete, dass das Feuer beinahe augenblicklich loderte. Er blies sanft hinein, den Blick unverwandt auf die Flammen gerichtet.

Ich wollte mit ihm reden, das in Ordnung bringen, was kaputtgegangen war, aber ich wusste nicht, wie. Statt sich neben mich auf den Baumstamm zu setzen, hockte er weiter vor dem Feuer, starrte unverwandt und gedankenverloren hinein. Ich biss mir auf die Lippen, um die Worte zurückzuhalten, die mir auf der Zunge lagen. Aber nach einer buchstäblich durchwachten Nacht voller Scham und Bedauern war meine Selbstbeherrschung dahin.

»Ich hätte es dir beichten sollen«, sagte ich leise. »Sobald ich anfing, dir ... zu vertrauen. Da hätte ich es dir erzählen sollen.«

Er sagte nichts, sah mich auch nicht an, trotzdem entging mir das leise Zucken seiner Augenbraue nicht. Er hatte mich durchaus verstanden. Ich seufzte tief und fuhr mir mit der Hand durchs Haar, blieb aber in meinen widerspenstigen Strähnen hängen. Wie es schien, hatte ich mir jetzt auch schon Haydens Geste zu eigen gemacht.

»Ich weiß, dass du nicht darüber reden willst, ist schon gut ...«, begann ich, und meine eigene Verwundbarkeit war mir verhasst. »Aber ich will dir unbedingt sagen, dass du Recht hast. Ich hätte es dir beichten sollen, und du hast jedes Recht der Welt, darüber verärgert zu sein.«

»Ach wirklich?«, fragte er plötzlich und sah mich an. Er wirkte frustriert. »Verstehst du wirklich, warum ich verärgert bin?«

»Natürlich, Hayden«, antwortete ich und schüttelte langsam den Kopf. »Ich stelle für jeden, der dir am Herzen liegt, ein Risiko dar. Es ist nicht meine Schuld, dass ich bin, wer ich bin, und man kann auch nichts daran ändern, das wissen wir beide, aber du hättest zumindest Bescheid wissen müssen.«

»Jeder, der mir am Herzen liegt«, wiederholte er nachdenklich und ließ den Blick wieder sinken.

407

»Ja«, sagte ich nur. »Und es tut mir leid.«

Ich hielt den Atem an, während ich auf seine Antwort wartete, betete darum, dass er die Entschuldigung annahm. Es würde nichts ändern, aber es wäre ein kleiner Schritt.

»Ich habe verstanden, warum du mir zunächst nichts verraten hast«, sagte er, womit er meine Entschuldigung schon wieder ignorierte.

»Und?«, forschte ich sanft.

»Und ich mache dir daraus keinen Vorwurf. Ich wünschte nur, du hättest mich früher eingeweiht. Wir können tatsächlich nichts an deiner Identität ändern, aber ich wäre erheblich vorsichtiger gewesen, wenn ich von Anfang im Bilde gewesen wäre.«

»Wir hatten Glück«, überlegte ich laut. Seltsam, dass immer wieder das Wort »wir« fiel, bei dem mir das Herz jedes Mal aufging. Vielleicht gab es ja doch einen kleinen Hoffnungsschimmer.

»Es gibt in dieser Welt kein ›Glück‹, Grace. Menschen leben und sterben. Das war's.«

Er verlagerte sein Gewicht, sodass er nun eher auf dem Boden saß, als zu hocken. Er setzte sich also lieber auf die Erde als neben mich. Seine Worte wogen so schwer und waren so düster, dass mir die Kälte bis ins Mark fuhr. Bedrückt bemerkte ich, dass die Last auf seinen Schultern, die durch seine Position in Blackwing ohnehin schon immens war, noch größer geworden war.

»Zu leben bedeutet mehr, als nur zu existieren und zu sterben«, sagte ich bedächtig. Ich hasste seine Trübsal. Sie war eine Folge der vergangenen Nacht.

»Was denn zum Beispiel?«, fragte er bitter. Seine Stimmung schien mit jeder Sekunde düsterer zu werden, und unwillkürlich sah ich ihn stirnrunzelnd an.

»Zum Beispiel ... Freunde. Familie, ob sie nun blutsverwandt ist oder nicht. Diejenigen zu ehren, die wir verloren haben. Lachen, Hoffnung auf die Zukunft ... Liebe.« Ich hielt inne, musste plötzlich Atem schöpfen. Ich spürte, dass meine Wangen rot wurden. Wie ernst dieses Gespräch war! »In dieser Welt gibt es immer noch viele schöne Dinge, Hayden. Du musst nur zulassen, dass du sie siehst.«

»Das ist das Problem, Grace.«

Mir klopfte das Herz bis zum Hals. Mein Körper reagierte auf seine Worte, obwohl ich sie nicht verstand. »Was meinst du damit?«, fragte ich verwirrt.

Er seufzte schwer und fuhr sich mit dem Daumen über die Unterlippe. Dann schüttelte er langsam den Kopf.

»Ach, egal.«

Ich presste die Lippen aufeinander, um ihn nicht zu bedrängen, hatte aber gleichzeitig mit meiner eigenen Enttäuschung zu kämpfen.

Eine gefühlte Ewigkeit lang, die wahrscheinlich nur Minuten dauerte, sagte keiner von uns etwas. Dann erhob sich Hayden plötzlich ohne ein weiteres Wort und begann, über dem Feuer ein schnelles Frühstück zuzubereiten. Wir verspeisten es ebenfalls schweigend. Dann verstauten wir unsere Ausrüstung im Truck. Von dem leichten Geplänkel des gestrigen Tages waren wir meilenweit entfernt. Schließlich hatten wir auch noch die letzten Teile auf dem Rücksitz verstaut. Das Wild, das glücklicherweise noch nicht zu verwesen begonnen hatte, hatten wir im Kofferraum untergebracht. Wir verließen unseren vorübergehenden Zeltplatz, und ich hoffte inständig, dass Hayden auch seine gedrückte Stimmung dort zurücklassen würde. Ich wünschte mir, dass wieder der Hayden zum Vorschein kommen würde, den ich bislang kennengelernt hatte – jener freundliche, selbstlose, gute Mensch, der er trotz seiner Versuche war, unbeteiligt und hart zu erscheinen. Jener Hayden, in den ich mich zu verlieben begonnen hatte. Er war immer noch da, lauerte hinter dem ganzen Stress, der neuerdings auf ihm lastete, und ich wünschte mir nichts sehnlicher, als ihn zu befreien.

Viel schneller als ich gedacht hätte, kamen wir wieder im Camp an. Ich war so sehr in Gedanken, dass die Fahrt wie im Flug vergangen war. Als Hayden den Truck vor der Küche parkte, um Maisie das Wild zu übergeben, erwartete uns eine Überraschung.

»Kit«, rief ich leicht erschrocken. Ich hätte nicht erwartet, dass er schon aus der Krankenstation entlassen worden war.

»Willkommen zu Hause«, erwiderte er mit breitem Grinsen. Er ging zum Kofferraum hinüber, um ihn zu öffnen, und ich trat neben ihm. »Ihr hattet also Glück bei der Jagd, wie ich sehe.«

»Ja, sieht so aus«, sagte ich geistesabwesend. »Bist du sicher, dass du schon auf sein und herumlaufen solltest?«

»Mir geht es gut«, versicherte er. Er klang etwas beleidigt, gluckste aber trotzdem vor sich hin. »Docc sagte, je eher ich aufstehe und mich bewege, umso schneller werde ich ge-

sund. Du willst doch wohl Doccs Einschätzung nicht in Frage
stellen, oder?«

»Nein«, räumte ich mit schwachem Lächeln ein, dem ersten Lächeln seit einer gefühlten Ewigkeit. Er half mir, das
Fleisch in die Küche zu tragen. Hayden ignorierte uns, lud
den Rest unserer Ausrüstung aus und zerrte sie über den
Weg zum Lagerhaus.

»Was hat der denn?«, fragte Kit leise, dem Haydens Laune
nicht entgangen war. Wir begaben uns in den hinteren Teil
des Gebäudes, wo die Kühltruhen standen. Die Küche war
eines von drei Gebäuden in Blackwing, die mit einem Generator ausgestattet waren, sodass kleinere Nahrungsmengen
eingefroren werden konnten.

»Nichts«, antwortete ich betont lässig. Wir warfen die Vögel in die Kühltruhe und verschlossen sie schnell wieder, damit nicht zu viel kalte Luft entwich. »Wahrscheinlich ist er
nur erschöpft von der Jagd.«

»Hmm«, machte Kit stirnrunzelnd. Er kaufte es mir nicht
ab, stellte aber keine weiteren Fragen. Draußen stellte ich
fest, dass der Truck verschwunden war. In der Ferne hörte
ich ihn noch brummen. Dann wurde der Motor abgeschaltet.
Hayden hatte ihn also wieder in der Garage untergebracht.

Kit sagte nichts, sondern kratzte sich nur leicht an dem Verband an seinem Hals. Mir fiel nichts ein, was ich noch hätte
sagen können, also hielt ich den Mund und sah Hayden entgegen, der wieder auf uns zukam.

»Entspann dich, Kumpel«, meinte Kit ruhig, als er fast bei
uns war. So ruhig hatte seine Stimme noch nie geklungen.
»Du siehst aus, als hättest du einen Höllentrip hinter dir.«

Beinahe hätte ich ein bitteres Lachen von mir gegeben. Aber ich konnte mich im letzten Moment noch zurückhalten. »Ja«, antwortete Hayden ausdruckslos. »Langer Jagdausflug, sorry. Ich bin nur müde.«

Kit nickte, zumal Haydens Geschichte auf wundersame Weise mit meiner übereinstimmte.

»Dann ruh dich mal ein bisschen aus. Wenn irgendwas los ist, kümmere ich mich darum«, meinte Kit. »Dax macht ebenfalls seine Runde, und du hast dir Ruhe verdient.«

Hayden widersprach nicht, sondern seufzte nur tief. Dann nickte er. »Na gut. Aber hol mich auch wirklich, wenn irgendwas passiert.«

»Nichts für ungut, Grace, aber du siehst auch aus, als hättest du seit Tagen nicht geschlafen.«

»Haha.« Aber ich war nicht beleidigt, denn er hatte Recht. Er grinste mir noch einmal flüchtig zu, dann verabschiedete er sich und entfernte sich. Hayden schwieg nach wie vor, während wir den Pfad entlangwanderten. Seine Schultern waren total verkrampft, als rebellierten seine Muskeln gegen den Rest seines Körpers.

Sofort, nachdem wir seine Hütte betreten hatten, ging Hayden zu seinem Bett hinüber und setzte sich auf die Bettkante, sodass ich verlegen inmitten des Raumes stand und mich fragte, wie ich mich verhalten sollte. Er legte den Kopf auf die Seite und fuhr zusammen. Anscheinend hatte er sich den Nacken verspannt. Er schloss die Augen, streckte die Arme aus und zog sich das Shirt von hinten über den Kopf, enthüllte seinen schlanken Oberkörper mit den unzähligen Tattoos.

Die Augen still geschlossen, ließ er den Kopf kreisen, um seine Muskeln zu lockern. Ich trat vorsichtig einen Schritt auf ihn zu, zögerte, dann setzte ich meinen Weg fort.

»Lass mich das machen ...«, bot ich an, kletterte vorsichtig auf sein Bett und kniete mich hinter ihn. Er antwortete nicht, aber der vorwurfsvolle Blick, den er mir zuwarf, als ich näher rückte, entging mir nicht. Behutsam legte ich meine Hände auf seine vernarbte Haut. Er wich zunächst vor mir zurück, dann fing er sich wieder, und ich bemühte mich, nicht eingeschnappt zu reagieren. Immerhin berührte ich ihn gerade zum ersten Mal seit unserem Streit.

Seine Haut fühlte sich warm an. Ich ließ die Hände seinen Rücken hinaufwandern, glitt über jeden Muskel, über jede gezackte Narbe, bevor ich an den Schultern anlangte. Ich knetete sie mit den Fingern. Er sog scharf die Luft ein, als ich mit den Daumen einen besonders großen Muskelknoten genau über dem Schulterblatt bearbeitete, ließ mich aber gewähren.

»Weißt du noch, was du vorhin gesagt hast?«, meinte er mit einem Mal. Ich knetete weiter seine Muskeln, und so langsam lösten sich die Verspannungen.

»Was meinst du?«, fragte ich sanft. Mit dem Daumen fuhr ich über eine besonders lange Narbe, die von seiner Schulter herabführte, und widerstand dem Impuls, sie zu küssen.

»Dass jeder, der mir am Herzen liegt, in Gefahr ist«, antwortete er mit bedächtiger, tiefer Stimme.

»Ja, das weiß ich noch.«

Er hielt inne, wich plötzlich vor mir zurück, als ich einen enormen Knoten in der unteren Nackenmuskulatur ertas-

413

tete. Er schwieg so lange, dass ich schon dachte, das Gespräch sei für ihn schon wieder beendet.

»Du weißt, dass dich das mit einschließt, oder?«, sagte er endlich. Für den Bruchteil einer Sekunde verharrten meine Hände reglos auf seinen Schultern, und mir schlug das Herz bis zum Hals. Einen Moment lang rührte ich mich nicht und versuchte, mich zu sammeln. Dann erst antwortete ich ihm. »Das hatte ich gehofft«, bekannte ich. Wobei ich keineswegs wollte, dass er sich Sorgen um mich machte. Aber dass ich ihm etwas bedeutete, das wünschte ich mir durchaus.

»Ich will nicht, dass sie herausfinden, wer du bist. Ich will nicht, dass sie dir irgendwas antun.«

Ich hätte jetzt so gern sein Gesicht gesehen, wagte aber trotzdem nicht, ihn zu unterbrechen und diesen Augenblick dadurch zu zerstören. Meine Finger lockerten den letzten Knoten an seinen Schultern, was ihm einen erleichterten Seufzer entlockte. Ich ließ die Finger leicht seinen Rücken hinabwandern, fuhr über seine Narben, nahm die Schönheit jener Wundmale in mich auf, die ein Zeichen für die Opfer waren, die er in den vergangenen Jahren für seine Leute gebracht hatte.

»Wir werden uns vorsehen. Keiner wird es herausfinden«, versprach ich. Meine Stimme war nicht mehr als ein Flüstern. Ich ließ die Hände tief auf seinem Oberkörper ruhen und strich mit den Daumen langsam über seine Haut.

»Ich will dir vertrauen, Grace«, meinte er langsam.

»Das kannst du. Ich würde nie etwas tun, das dir oder jemand anderem schadet«, versicherte ich aufrichtig. Ich war schon jetzt viel zu sehr mit dieser Gemeinschaft verwachsen, um einem von ihnen ein Leid antun zu können. Und dann konnte ich mich nicht mehr zurückhalten. Wider besseres Wissen presste ich einen sanften Kuss auf sein Schulterblatt. Meine Lippen verharrten auf seiner Haut, während ich darauf wartete, dass er mich abschüttelte.

Aber das tat er nicht.

»Es wird wiederkommen ... nicht sofort. Dazu hat mich das alles zu sehr getroffen, aber eines Tages ...« Er verstummte. Dann ließ er den Kopf sinken, richtete den Blick auf den Boden zu seinen Füßen, die vom Bett herunterbaumelten. Seine Hände lagen auf der Matratze, die Finger trommelten in unregelmäßigem Rhythmus, ohne dass er sich dessen bewusst zu sein schien.

»Das ist nur fair«, stimmte ich leise zu. Wieder legte ich ihm meine Lippen auf die Schultern, presste sie sanft auf seine Haut, wartete darauf, dass er weitersprach. Aber er sagte nichts mehr, sondern hörte auf zu trommeln und hob die Hand. Langsam legte er sie über meine an seiner Seite, nahm sie sanft auf und zog sie an seine Lippen. Ich atmete scharf ein, als er meine Handfläche küsste und dann seine Finger mit meinen verwob. Ganz sicher konnte er am Rücken spüren, dass mir das Herz bis zum Halse schlug.

»Hab Geduld mit mir, Bär.«

Er wandte ganz leicht den Kopf, sodass ich sein Profil sah, seine tief herabgezogenen Augenbrauen und den verletzlichen Gesichtsausdruck. Er war immer noch zutiefst verstört. Seine Worte enthüllten lediglich einen Bruchteil des Sturms, der in ihm toste.

»Natürlich, Herc.«

KAPITEL 27
FREI

Grace

Haydens Rücken lag immer noch an meiner Brust, und meine Lippen verharrten auf seinem Schulterblatt, während er meine Hand vorn festhielt. Eine Mischung aus Erleichterung und Freude durchflutete mich. Innerlich jubelte ich über seine leisen Worte. Er hatte sich zwar immer noch nicht ganz geöffnet, aber ich spürte, wie er mich ganz langsam einließ, Stück für Stück. Sein schroffes Äußeres bekam immer mehr Risse, unter denen jene Verletzlichkeit sichtbar wurde, die er so sehr zu verbergen versuchte.

Ich schlang die andere Hand um seine Taille, um ihn nun ganz und gar von hinten zu umarmen. Die Haut seines nackten Rückens fühlte sich an meiner Wange warm und rau an. Ich spürte, wie ein Funken meinen Arm hinaufschoss, als er die Finger federleicht darübergleiten ließ.

»Hayden«, sagte ich leise, meine Worte durch seine Schulter gedämpft. Ich spürte, wie seine festen Bauchmuskeln sich unter meinen Händen weiteten, weil er Luft holte.

»Hmm?«

»Als ich sagte, dass ich nicht hier sein wollte ... das habe ich nicht so gemeint«, sagte ich leise und hätte ihm dabei so gern ins Gesicht gesehen. Er regte sich, drückte ganz leicht meine Hand und löste meine Arme von seiner Taille. Er schwang die langen Beine aufs Bett hinauf und wandte sich zu mir um. Dann streckte er die Beine zu beiden Seiten meiner Hüften aus, sodass ich mich nun genau zwischen seinen Knien befand. Ich saß im Schneidersitz, wobei meine Knie auf seinen Schenkeln ruhten, während er sich nach hinten auf die Hände stützte.

»Ach nein?« Seine Miene war unergründlich. Mit verengten Augen musterte er mich und runzelte ganz leicht die Stirn.

»Nein, ich ... natürlich vermisse ich mein Zuhause und meinen ... Vater«, sagte ich und wand mich etwas, als ich es aussprach. »Sogar meinen Bruder.«

Sein Stirnrunzeln vertiefte sich, als sei er durch meine Worte entmutigt, aber er sagte nichts.

»Aber hier zu sein, bei dir ... das ist etwas anderes. Ich fühle mich ... frei.«

Das war die Wahrheit; hier hatte ich ein Gefühl der Freiheit, diejenige zu sein, die ich war, ohne die Erwartungen erfüllen zu müssen, die an Celts Tochter gestellt wurden. Ich konnte ausnahmsweise einmal Entscheidungen auf der Basis meiner eigenen Wünsche treffen, ohne dem, was mein Vater oder Bruder taten, Beachtung schenken zu müssen. Und das alles, obwohl ich genau genommen eine Gefangene war. Objektiv betrachtet war ich alles andere als frei, aber ich fühlte mich trotzdem so.

»Frei«, wiederholte er nachdenklich, und sein Gesicht wurde weicher. Sein Blick wanderte zu meinen Händen hinab, die ich auf seine Schenkel gelegt hatte. Er erwiderte meine Berührung nicht, wimmelte sie aber auch nicht ab.

»Ja, angesichts der Umstände ist das eine gewisse Ironie«, antwortete ich und stieß eine Mischung aus Lachen und Seufzen aus. Wieder antwortete er nicht sofort. Er behauptete, nicht besonders gut im Reden zu sein, aber tatsächlich war ich selbst auch nicht viel besser. Sein eindringlich forschender Blick gab mir das Gefühl, nackt, bloß und verletzlich zu sein.

»In der Tat eine ziemliche Ironie«, antwortete er schließlich mit der Andeutung eines Lächelns. Mein Herz machte einen Satz.

»Ich hätte das nicht sagen sollen. Ich war wütend, deshalb ist es mir herausgerutscht ... ich habe es nicht so gemeint. Ich möchte, dass du das weißt«, sagte ich. Ich geriet ins Faseln, wiederholte immer das Gleiche, ohne allzu viel auszusagen. In meinem Kopf wirbelte alles durcheinander; ich brachte einfach keinen zusammenhängenden Gedanken zustande. Ich holte tief Luft und fuhr fort: »Und es tut mir leid.«

Er hielt meinen Blick, genauso intensiv wie zuvor. »Heute Morgen befürchtete ich schon, du wärst verschwunden.«

»Ich habe nur vor dem Zelt gesessen«, bemerkte ich sanft. Als führten sie ein Eigenleben, glitten meine Daumen langsam über seinen Oberschenkel, der sich unter dem Stoff sengend heiß anfühlte.

»Ich weiß, aber als ich aufwachte und du nicht mehr im Zelt warst, befürchtete ich, du hättest die Gelegenheit zur Flucht ergriffen«, erklärte er, und einen Augenblick lang wirkte er deprimiert. »Obwohl ich so wütend auf dich war, wollte ich nicht, dass du gehst. Das machte mich ... traurig.«

Ich atmete bei diesem Bekenntnis scharf ein. Der selbstsüchtige Teil meines Ich freute sich außerordentlich, dass ihm die Vorstellung meines Verschwindens nicht gefallen hatte. Doch andererseits missfiel es mir, dass er traurig gewesen war.

»Ich werde nicht weggehen, Hayden«, versicherte ich sanft. Zwei Worte fehlten noch, blieben mir aber im Hals stecken: von dir. Ich werde nicht *von dir* weggehen, Hayden. »Das möchte ich auch nicht.«

Zu meinem Erstaunen beugte er sich vor, löste die Hände von der Matratze und legte mir eine auf die Wange. Seine Finger schlängelten sich in mein Haar, während die Handfläche meinen Kiefer umfing. Ich war so atemlos, dass ich nicht mehr antworten konnte. Mein Herz pochte so wild, dass sein Dröhnen jeglichen anderen Laut abgesehen von Haydens Stimme erstickte. Er war jetzt zu nah, zu dicht bei mir, um überhaupt noch denken zu können. Ich sah ihm in die Augen.

»Ich weiß nicht, was das zwischen uns ist, Grace, aber ... ich spüre es. Etwas Vergleichbares habe ich noch nie empfunden«, sagte er mit leiser und tiefer Stimme, die angesichts meines ohnehin schon labilen Gemütszustandes umso gefährlicher war.

»Geht mir genauso, Hayden«, flüsterte ich. »Du ... bedeutest mir etwas.«

Ein winziges Lächeln umspielte bei meinen Worten seine Lippen, als sei er amüsiert.

»Etwas«, sagte er. Diese Wiederholungen waren auch so eine Angewohnheit von ihm.

»Du weißt, was ich meine ...«, sagte ich errötend. »Du bist einfach ... etwas.«

Seine Belustigung war jetzt offensichtlich.

»Du bist auch etwas für mich, Grace«, antwortete er leise. Dann fuhr er erneut mit dem Daumen über meine Wange. Er hob die andere Hand, tat das Gleiche auf der anderen Seite und umfasste mein ganzes Gesicht ganz zart. Ich konnte gerade noch Luft holen, bevor seine Lippen sich sengend heiß auf die meinen herabsenkten.

Alles schien über mir hereinzubrechen, schien mich unter sich begraben zu wollen. Ich konnte es kaum glauben, dass er das Gleiche empfand wie ich. Ich konnte die unerklärliche Anziehungskraft, die er auf mich ausübte, obwohl genügend Gründe dagegensprachen, nicht ignorieren. Genauso wenig wie die Überzeugung, dass er viel zu gut für diese Welt war, und den dringenden Wunsch, diejenige für ihn zu sein, mit der er die Last der Verantwortung teilen konnte. Ich wollte diejenige sein, bei der er sich anlehnen konnte, wenn er das Gefühl hatte, nicht mehr zu können, und ich wollte dazu beitragen, dass er erkannte, was für ein unglaublicher Mann er tatsächlich war. Es machte mich richtig fertig, dass er sich dessen so gar nicht bewusst war.

Mein Herz pochte wie wild, als unsere Lippen einander berührten, als seien sie ganz und gar füreinander geschaffen. Und während seines Kusses hielt er mein Gesicht weiterhin fest, und meine Hände wanderten von seinen Schenkeln zu seiner nackten Brust empor.

Er zog mich weiter zu sich hin, sodass ich ihm jetzt noch näher war. Ohne nachzudenken, löste ich die Beine und schlang sie ihm um die Hüfte. Meine Schenkel ruhten auf seinen, sodass ich ihn dichter an mich ziehen konnte. Unser Kuss war sinnlich, zärtlich und langsam, so vollkommen anders als beim letzten Mal, bei dem wir beinahe so weit gegangen waren, dass es kein Zurück mehr gab. Jetzt spürte ich die Worte, um die wir eben noch gerungen hatten. Wir mussten sie nicht aussprechen, sondern übermittelten sie uns durch unseren Kuss. Keiner von uns beiden war besonders gut darin, Gefühle zum Ausdruck zu bringen, aber die Art, wie er mich küsste, machte ziemlich deutlich, wie er empfand. Auch er wollte für mich ein besonderer Mensch sein.

Überrascht registrierte ich, wie Haydens Hände sich von meinem Gesicht lösten. Sachte ließ er die Handflächen an meinen Seiten hinabgleiten, dann legte er sie wieder aufs Bett und zog uns auf die Matratze, weiter hinauf bis zum Kopfende, während ich mich mit den Beinen weiter an ihn klammerte. Schließlich lehnte er sich ans Kopfende, und ich saß rittlings auf ihm. Ohne seinen langsamen, bedächtigen Kuss zu unterbrechen, ließ er die Hände an meine Hüften zurückkehren, wo sie mir beinahe ein Loch in meine Kleidung brannten.

Ich war schon mit anderen Männern zusammen gewesen, aber niemals mit jemandem, der mir so viel bedeutete. Niemals mit jemandem, der behauptete, dass ich ihm wichtig war. Ich wusste, was ich auf körperlicher Ebene vom Zusammensein mit einem Mann zu erwarten hatte, hatte aber keine Vorstellung, wie es war, wenn tiefere Gefühle im Spiel waren. Mit Hayden würde es anders sein. Die emotionale Bindung zwischen uns war so tief, dass man sie nicht ignorieren konnte, und ich wusste, das würde alles verändern.

Aber Haydens Hände, die sich unter mein Shirt schoben und sich mir ins Kreuz legten, unterbrachen meine Überlegungen. Glühend heiß lagen seine Handflächen auf meiner Haut, und seine Fingerspitzen gruben sich in mein Fleisch. Er zog mich an sich. Ich legte ihm die Arme um den Hals, vergrub die Hände in seinem Haar, und sein Kuss wurde inniger. Seine Zunge drang tiefer in meinen Mund vor, und ich spürte, wie er sich an mich presste, um mich ganz und gar zu spüren.

Unwillkürlich ließ ich die Hüften an ihm kreisen. Ein leises Stöhnen entrang sich seiner Kehle, das jedoch von unserem Kuss gedämpft wurde. Seine Hände wanderten weiter, blieben auf meinem Hintern liegen, führten meine Hüften noch einmal abwärts, sodass sie sich an ihm rieben. Die Berührung sandte einen Stromstoß durch meinen ganzen Körper, und mit einem Mal erinnerte ich mich an das erste und einzige Mal, da er mich wirklich berührt hatte, und mich mit den Fingern allein in den Abgrund gestürzt hatte.

»Grace ...«, murmelte er, die Stimme voller Verlangen. Keine Ahnung, ob er sonst noch irgendetwas sagen wollte, aber er sprach nicht weiter. Ich liebte die Art, wie er in der Hitze des Augenblicks meinen Namen aussprach.

Als ich meine Hüften erneut an ihm kreisen ließ, spürte ich die Wölbung, die sich unter mir gebildet hatte. Ich wollte die Dinge wirklich nicht übereilen, besonders nicht angesichts der peinlichen Wendung, die es beim letzten Mal genommen hatte, aber ich sehnte mich verzweifelt danach, ihn zu spüren.

Ich keuchte leise, als er die Lippen mühsam von mir löste, um dann einen heißen Pfad aus Küssen meinen Hals hinab zu beschreiben. Seine Küsse wurden immer fieberhafter und drängender. Unsere Körper waren zum Leben erwacht. Was langsam und emotional begonnen hatte, war plötzlich leidenschaftlich und voller Verlangen. Ich neigte den Kopf zur Seite, als er an meiner Kehle knabberte, sein Atem heiß an meiner Haut. Ein leiser Seufzer entrang sich mir, als er leicht mit der Zunge über die dumpf schmerzende Stelle leckte, die seine Zähne hinterlassen hatten.

Die Wölbung unter mir war nun noch viel offensichtlicher. Ich schob meine Hüften erneut nach unten, was mir ein weiteres leises Stöhnen von Hayden einbrachte. Meine Hände lösten sich aus seinem Haar, wanderten seine Brust hinab, wo seine Haut zu glühen schien.

Als ich den Bund seiner Jeans erreicht hatte, löste er die Lippen von meinem Hals. Ich hatte es nicht bemerkt, aber unser beider Atem ging nun stoßweise, je heißer unsere Küsse wurden. Er ragte wenige Zentimeter vor mir auf, die Lippen leicht geöffnet, flach atmend. Seine Augen waren dunkel, sein Haar von meinen Händen zerzaust, was ihm ein wildes Aussehen verlieh. Seine Augen zeugten von seinem inneren Kampf, während ich langsam seine Jeans öffnete. Ich biss mir auf die Unterlippe, hielt seinem Blick stand, wartete darauf, dass er mich zum Aufhören auffordern würde.

Aber das tat er nicht, und schließlich hatte ich mit seiner Jeans Erfolg. Ich langte nach unten, streichelte ihn mit der Hand. Die Wölbung unter dem Stoff zwischen uns war hart. Es war, als befreie ihn meine Berührung von seinem Seelenkampf, und die Seite, die ihm geraten hatte aufzuhören, hatte verloren. Seine Lider flatterten, und wieder küsste er mich, gab mir schweigend die Erlaubnis fortzufahren. Das Atmen fiel mir schwer, während er mich härter küsste denn je. Seine Zunge drängte sich in meinen Mund, seine Hände hielten mein Gesicht fest. Ich erwiderte den Kuss, versuchte, die Spannung, die sich in meiner Magengrube aufbaute, zu ignorieren, und zerrte die Jeans, so gut es ging, herunter, während ich mich mit dem ganzen Gewicht auf meine Schenkel zurücklehnte. Seine Größe, die beeindruckende Länge, raubte mir den Atem, doch mein Keuchen wurde von seinen Lippen erstickt.

Ohne zu zögern, umschloss ich seinen Schaft, um die warme, seidige Haut dort zu spüren. Bei der Berührung drang ein tiefes Stöhnen aus Haydens Kehle. Heiß und dick lag er in meiner Hand. Langsam ließ ich die Hand hinabgleiten, beobachtete, wie die Haut der Bewegung meiner Hand zu folgen schien, und bemerkte die subtile Veränderung in Haydens Kuss.

Es war so seltsam und doch unglaublich, ihn so zu sehen, so offen und schutzlos, während ich ihn berührte. Seine Bewegungen waren grob und drängend, passten zum Rhythmus meiner Hand, die an ihm auf und ab glitt. Ich ließ den Daumen ein paar Mal über die Eichel gleiten, wischte den winzigen Tropfen ab, der dort austrat. Wieder ein leises

Stöhnen, als ich ihn fester umfasste. Ich spürte, wie seine Hüften sich unwillkürlich regten.

»Oh, Gott«, murmelte er, und sein Tonfall elektrisierte mich.

Noch ein paar weitere Male ließ ich die Hand um seinen Schaft auf und ab gleiten. Ich löste unseren Kuss und beschrieb mit den Lippen einen Pfad seinen Hals hinab. Er legte den Kopf in den Nacken, die Augen geschlossen, die Lippen halb geöffnet. Dann vergrub ich die Zähne leicht an seiner Kehle und fuhr mit der Zunge über seine Haut. Sein Atem ging nur noch flach und unregelmäßig, und sein Herz pochte wie wild. Die Haut an seiner Brust nahm eine hellrosa Färbung an – er war also kurz davor.

Er vergrub die Hände in meinem Haar, zerrte leicht an den Strähnen. Meine Hand bewegte sich unterdessen von der Wurzel seines Penis bis hinauf zur Spitze und dann wieder hinab. Immer und immer wieder führte ich diese Bewegung aus. Sein Stöhnen war jetzt lauter denn je. Ich ließ nicht von ihm ab.

»Lass los, Hayden«, hauchte ich flüsterleise. Ich spürte, dass er sich widersetzte, seinem Körper die Erleichterung nicht gestattete, dabei wünschte ich mir doch so sehr, dass er das hier genoss.

Seine Lippen prallten auf meine, obwohl wir so schwer atmeten. Er stöhnte ein letztes Mal auf, bevor ich spürte, wie sein Körper sich anspannte. Warme Flüssigkeit benetzte meine Hände. Ich hatte es also geschafft: Der Knoten war gelöst. Sein Saft machte es mir noch leichter, meine Hände an ihm auf und ab gleiten zu lassen. Ich ließ nicht von ihm ab, bis er ganz und gar losgelassen hatte, strich ein letztes Mal über ihn hinweg, und erst dann löste ich die Hand von seiner empfindlichen Männlichkeit.

Haydens Lippen lagen noch immer auf meinen, aber er hatte aufgehört, mich zu küssen. Er hatte die Lider fest geschlossen und die Hände immer noch auf meinen Wangen und begann, langsam wieder auf den Boden der Tatsachen zurückzukehren Sein Atem ging nach wie vor schwer, und er lehnte sich wieder zurück. Ich hatte nicht einmal gemerkt, dass er sich vorgebeugt hatte, aber anscheinend war unser Verlangen so heftig, dass wir einander noch näher gekommen waren.

»Mein Gott«, keuchte er, die Augen nach wie vor geschlossen. Ich kicherte leise, betrachtete sein glühendes Gesicht. Seine Lippen waren tiefrot, leicht geöffnet, und er atmete jetzt gleichmäßiger.

Ich schrak leicht zusammen, als ich merkte, wie er meine Schenkel nach oben schob, denn ich hatte noch nicht erwartet, dass er sich so bald schon wieder regen würde. Mir stockte der Atem, als seine Finger sanft über meine Mitte strichen. Er schien sich mittlerweile weit genug erholt zu haben, um sich vorzubeugen und mir einen Kuss auf den Hals zu geben. Mein Körper wand sich hemmungslos über ihm, während er mich mit der Hand zwischen den Beinen lichterloh entflammte.

»Mach dich sauber und komm wieder«, raunte er leise und küsste nun die andere Seite meines Halses. Meine Lider schlossen sich flatternd.

»Okay.«

Ich stieß die Tür mit der Schulter auf; dann verschwand ich im Bad, entzog mich seinem intensiven Blick. Drinnen griff ich nach ein paar Papiertaschentüchern und wischte mir die Hände ab. Anschließend warf ich das verschmutzte Tuch in die provisorische Latrine. Ich klatschte mir ein bisschen Wasser aus der Schale in die Hände und wusch sie ab. Ich wollte gerade wieder ins Zimmer zurückkehren, als ich den dumpfen Schmerz in meinem Unterleib wahrnahm. Mir war gleich klar, was das bedeutete. Frustriert ballte ich die Hände zu Fäusten. Ich wollte nichts davon wissen, war viel zu erregt. Ausgerechnet jetzt musste ich meine Periode bekommen! Im Stillen stieß ich eine Vielzahl leiser Flüche aus und betete gleichzeitig darum, dass ich mich täuschte.

Unglücklicherweise stellte sich bei weiterer Untersuchung heraus, dass ich mich nicht geirrt hatte. Die Blutung hatte gerade erst begonnen. Gott sei Dank war meine Unterhose noch nicht beschmutzt, sodass ich die Utensilien zücken konnte, die ich im Bad untergebracht hatte. Mit einem tiefen Seufzer versorgte ich mich im Badezimmer und kehrte dann in den Wohnraum der Hütte zurück. Sogleich sah ich, dass Hayden sich seiner Klamotten vollständig entledigt hatte. Seine Jeans war verschwunden, und er hatte schwarze Sportshorts übergestreift. Er glühte noch immer, was mich umso tiefer traf, weil er mich nicht würde berühren können.

»Hey«, sagte er und kam von der Kommode aus auf mich zu. Sofort landeten seine Hände auf meinen Wangen und seine Lippen auf meinen. Im Vergleich zu seinem hungrigen Kuss von eben war dieser hier sanft. Ich spürte ihn wie einen

Stromstoß im ganzen Körper. Er führte mir nochmals deutlich vor Augen, was ich nicht haben konnte. Es erforderte meine ganze Selbstbeherrschung, ihm die Hände leicht auf die Brust zu legen und ihn von mir zu schieben.

»Äh, jetzt ist nicht ... der richtige Zeitpunkt«, sagte ich, und vor Verlegenheit wurden meine Wangen ganz rot. Er sah auf mich hinab, war kurz verwirrt, bevor ihm aufging, was ich meinte.

»Oh«, sagte er nur und blinzelte. »Na gut.«

Seine Hände umfingen weiterhin mein Gesicht, und er fuhr mir mit den Daumen über die Wangen. Enttäuscht seufzte ich, als seine Lippen sich wieder auf meine pressten, und ich verfluchte meinen Körper wegen des schlechten Timings.

»Mein Gott, du bist dermaßen verführerisch, Grace«, flüsterte er. Ich war ganz aus dem Häuschen, dass er sich ebenso verzweifelt nach mir sehnte wie ich mich nach ihm.

»Ich weiß, was du meinst«, antwortete ich mit leisem Lächeln. Auch seine Mundwinkel verzogen sich ganz leicht, bevor ich fortfuhr. »Hey, es gibt, hmm, es gibt da etwas, das ich tun muss.«

Er runzelte verwirrt die Augenbrauen und zögerte mit der Antwort. Mir war klar, wieso.

»Ich gehe nicht fort, das hab ich dir doch schon gesagt«, versicherte ich ihm. Er atmete leise aus, dann nickte er langsam. »Du kannst mir vertrauen.«

»Mein Vertrauen musst du dir erst wieder verdienen ... aber na schön. Tu, was du tun musst. Ich muss sowieso mal zu Kit und Dax«, antwortete er und ließ die Hände sinken.

»Nur ... sprich mit niemandem, den du nicht kennst. Tu, was du tun musst, und komm dann gleich wieder her, okay?«

»Mache ich«, antwortete ich und nickte eifrig. Ich war überrascht, dass er beschlossen hatte, mich allein losziehen zu lassen, nachdem ich sein Vertrauen schon dermaßen enttäuscht hatte. Ich merkte, wie sehr es ihm widerstrebte, aber mein Versprechen, auf jeden Fall zu bleiben, trug dazu bei, dass er sich überwand. »Ich bin bald zurück.«

»Ich weiß«, antwortete er leichthin und hielt meinen Blick, bis ich ihm noch ein sanftes Lächeln zuwarf, mich abwandte und zur Tür ging. Ich öffnete sie und schlüpfte mit einem letzten Gruß hinaus.

Mein Magen krampfte sich vor Nervosität zusammen, als ich den Pfad entlangging. Ich grübelte unruhig darüber nach, was ich sagen sollte. Soeben hatte ich einen Vorgeschmack auf das bekommen, was zwischen uns geschehen würde, und ich wollte vorbereitet sein. Ich hatte mich an Malins Worte erinnert und ertappte mich jetzt bei der Hoffnung, dass Docc meine Gedanken würde lesen können, damit ich sie nicht laut aussprechen musste.

Viel zu schnell langte ich an der Krankenstation an. Es war immer noch hell, weshalb ich hoffte, dass er drinnen sein würde. Allein. Ich stieß die Tür auf und stellte erleichtert fest, dass das Gebäude anscheinend vollkommen leer war. Also machte ich mich auf den Weg zu Doccs provisorischem Büro. Und tatsächlich saß er dort und las ein Buch. Er sah nicht auf, als ich mich näherte, und auch nicht, als ich vor seinem Schreibtisch stehenblieb. Verlegen stand ich vor ihm und wartete darauf, dass er mir seine Aufmerksamkeit zuwandte.

»Hey, Docc ...«

»Warte«, sagte er und hielt, ohne mich anzusehen, einen Finger in die Höhe. Seine Augen überflogen die Seite, die er gerade las. Ich schloss die Lippen und verschränkte die Hände vor meinem Körper und zwang mich zum Stillstehen, wartete. Die Sekunden schienen sich endlos in die Länge zu ziehen, während er weiterlas. Schließlich schloss er das Buch und sah zu mir auf.

»Grace«, begrüßte er mich freundlich. »Du bist allein, wie ich sehe.«

»Äh, ja«, antwortete ich verlegen. »Hayden wollte etwas mit Kit und Dax besprechen.«

»Ah«, antwortete Docc seelenruhig und nickte. »Was kann ich für dich tun?«

»Na ja, es ist irgendwie ... peinlich, und ... bitte verrate es niemandem«, begann ich, und mein Gesicht war mit Sicherheit tomatenrot. Das war sicher das Letzte, was Docc hören wollte.

»Ein Arzt untersteht der Schweigepflicht, Mädchen«, antwortete er geduldig. Er sah mich über seinen Schreibtisch hinweg an. Anscheinend hielt er es nicht für nötig aufzustehen, sodass ich betreten vor ihm stand, als wollte ich ein Referat halten.

»Stimmt ja. Na ja, also, äh, ich habe mich vor einer Weile mit Malin unterhalten, und sie hat mir von dieser Spritze berichtet ... zur Empfängnisverhütung«, murmelte ich, unfähig, seinem stetigen Blick zu begegnen. Ich konzentrierte mich auf seinen hölzernen Schreibtisch, fühlte mich denkbar unbehaglich.

»Ja, so etwas habe ich«, antwortete er, ohne eine Miene zu verziehen.

»Äh, ich habe mich gefragt, ob du mir eine solche Spritze geben könntest. Damit ich seltener meine Periode kriege«, log ich in der Hoffnung, dass er mir Glauben schenkte. Aber eigentlich war mir klar, dass er mich durchschaute.

»Natürlich«, antwortete er. »Wann hattest du deine letzte Menstruation? Du musst nach dem ersten Tag innerhalb von fünf Tagen damit beginnen.«

»Ähm, ich hab sie gerade«, antwortete ich, erleichtert über das glückliche Timing.

»Wunderbar«, antwortete Docc. Ich blickte zu ihm empor und sah, dass er freundlich lächelte. Er erhob sich und ging zu einem Schrank hinter dem Schreibtisch, öffnete ihn und holte eine Spritze und eine kleine Ampulle heraus. Er winkte mich mit einem Kopfnicken zu sich herüber.

»Die brauchst du dann alle drei Monate«, erklärte er, führte die Nadel in die Ampulle ein und zog die Lösung auf. »Nach einer Weile hast du wahrscheinlich gar keine Periode mehr, aber das ist normal. Beim ersten Mal dauert es fünf Tage, bis sie empfängnisverhütend wirkt, aber die Folgespritzen sind sofort wirksam.«

»Ist nur wegen meiner Periode«, platzte ich heraus – zu schnell.

»Ja, natürlich. Ich sage das nur vorsichtshalber«, antwortete er mit leichtem Lächeln. Ich war überaus erleichtert, dass er mich weder verurteilte noch missbilligte, obwohl er meine wahre Motivation zu erahnen schien. Er war einfach fair und unvoreingenommen, wie alle Ärzte es sein sollten.

Kalt und feucht traf der mit Alkohol getränkte Watte-
bausch auf meine Haut am Oberarm, mit dem er die Stelle
desinfizierte. Er ließ sie ein paar Sekunden trocknen, dann
setzte er die Nadel an.

»Eins, zwei, drei«, zählte er mit gleichmäßiger Stimme,
dann stieß er die Nadel hinein. Die Arznei brannte ganz
leicht, als sie injiziert wurde, aber ehe ich mich's versah, zog
er die Spritze wieder heraus. Docc setzte den Deckel auf die
Nadel und warf sie fort. Dann klebte er ein winziges Pflaster
über das Löchlein.

»Schon fertig«, verkündete er mit sanftem Lächeln.
»Komm vorbei, wenn du Probleme hast, aber eigentlich sind
keine zu erwarten.«

»Danke, Docc. Ich weiß deine ... Diskretion zu schätzen«,
antwortete ich lahm.

»Jederzeit, Mädchen. Du hast es dir verdient, so sehr, wie
du mir geholfen hast.«

»Nochmal danke«, wiederholte ich und ging auf die Eingangstür zu. »Wir sehen uns.«

Er nickte gelassen, wobei sich seine Augen einmal kurz
schlossen. Schnell verließ ich die Krankenstation wieder.
Obwohl Docc so verständnisvoll reagiert hatte, war mir die
ganze Sache immer noch unangenehm. Ich hatte mich kaum
einen Meter weit von der Tür entfernt, als ich auf dem Pfad
zufällig mit jemandem zusammenprallte. Eine Brust stieß
gegen meine Schulter, und ich schnappte leise nach Luft, als
ein dumpfer Schmerz meinen Arm hinabzuckte. Ich hob den
Kopf und blickte überrascht in ein sehr bekanntes, grünes
Augenpaar.

»Hayden«, rief ich verblüfft.

»Hey«, sagte er ebenso verdutzt. In den Händen hielt er ein Blatt Papier, bei dem es sich um eine Liste handelte. Deshalb hatte er mich auch nicht bemerkt und beinahe über den Haufen gerannt. Listen bedeuteten selten etwas Gutes.

»Was ist das?«, fragte ich ihn in der Hoffnung, dass es nur ein paar mögliche Menüvorschläge für heute Abend waren, was ich allerdings stark bezweifelte.

»Einige unserer Vorräte werden knapp«, antwortete er mit leichtem Stirnrunzeln. »Morgen müssen wir wieder in die Stadt.«

KAPITEL 28
EIGENMÄCHTIG

Grace

Ich erinnerte mich gar nicht, eingeschlafen zu sein. In einer Sekunde hatte ich mich noch mit Hayden über den bevorstehenden Überfall unterhalten, und in der nächsten wachte ich in seinem Bett auf. Ich war angenehm überrascht, seinen Arm über meiner Taille zu spüren und seinen Atem, der meinen Nacken kitzelte.

Ich gestattete mir ein paar Sekunden lang, die Ruhe zu genießen, die sich über uns gelegt hatte, genoss die Wärme seiner Brust an meinem Rücken und das sanfte Glühen in meiner Magengrube. Dieses Glühen wurde jedoch leicht gedämpft durch den dumpfen Schmerz im Unterbauch, der unfreundlichen Erinnerung an das extrem ungünstige Timing der Natur. Entweder wollte mein Körper mich dadurch ermahnen, mich wieder in den Griff zu kriegen, oder Mutter Natur hatte einen echt schrägen Sinn für Humor.

Mit einem tiefen Seufzer und langsamen, vorsichtigen Bewegungen gelang es mir, mich Haydens Griff zu entwinden und aus dem Bett zu schlüpfen. Ich fuhr zusammen, als das Bett unter mir quietschte, denn eigentlich hatte ich ihn nicht aufwecken wollen. Tief schlafend sah er viel jünger aus. Die Trostlosigkeit der Welt lastete ein paar glückselige Stunden nicht auf ihm, bevor sie sich wieder auf ihn herabsenken würde.

So leise wie möglich schlich ich ins Bad und grinste froh, weil ich es geschafft hatte, die Tür zu schließen, ohne ihn aufzuwecken. Drinnen holte ich meine Utensilien heraus und widmete mich der Körperpflege: Ich putzte mir die Zähne, kämmte mir das verfilzte Haar aus und – am wichtigsten – kümmerte mich um das große Ärgernis, das uns gestern die Tour vermasselt hatte.

Auch wenn es so abrupt enden musste, war es der glücklichste und unwirklichste Augenblick meines Lebens gewesen. Es kam mir unfassbar vor, dass der Mann, der gerade da draußen im Bett lag, den die Welt so hart gemacht hatte und der so verschlossen im Hinblick auf seine Gefühle war, sich mir so geöffnet und so verletzlich gezeigt hatte. Mein Magen machte einen Satz bei der Vorstellung, ihn zu berühren und zu sehen, wie er reagierte. Allein der Gedanke versetzte meinen Körper in Wallung und verursachte mir eine Gänsehaut.

Ein leises Klopfen an der Tür ließ mich zusammenfahren. Versehentlich stieß ich mit der Hand an die Zahnbürste, die auf dem Rand des Waschbeckens lag, sodass diese mit lautem Gepolter zu Boden fiel. Doch dann hatte ich mich wieder im Griff.

»Grace?«, rief er leise. Seine Stimme klang noch ganz verschlafen.

»Ja?«, antwortete ich.

»Kannst du, äh, in zehn Minuten fertig sein? Wir müssen langsam los und uns mit den anderen treffen«, sagte er.

Seine gedämpfte Stimme hinter der Tür klang noch heiser vom Schlaf.

Ich stopfte meine Sachen wieder in das kleine Täschchen, das ich im Bad aufbewahrte, und holte tief Luft. Dann öffnete ich die Tür, vor der ein zerzaust aussehender Hayden stand. Sein dunkles Haar stand an einer Seite ab, und seine Haut war etwas rosiger als sonst, als sei ihm noch warm vom Schlaf. Er blinzelte mich aus glasigen Augen an, versuchte, wach zu werden.

»Ja, muss mich nur noch umziehen«, antwortete ich und lächelte verhalten. Er wollte das Lächeln wohl erwidern, doch dann blendete ihn das Licht, das in die Hütte strömte, und er blinzelte nur.

»Toll«, antwortete er und trat einen Schritt zur Seite, damit ich aus dem Bad konnte. Ich ging zur Kommode hinüber, während er die Badtür hinter sich schloss.

Keine zehn Minuten später wanderten Hayden und ich den mittlerweile vertrauten Pfad auf die Kommandozentrale zu. Davor stand der Truck, an dem eine erheblich größere Gruppe als sonst wartete. Ich hatte nur mit Dax gerechnet, weshalb ich überrascht war, dass sowohl Kit als auch Malin, Docc und Jett sich ebenfalls eingefunden hatten.

»Kommen die alle mit?«, fragte ich Hayden und zog besorgt die Augenbrauen zusammen. Mehr als vier Leute waren meiner Erfahrung nach bei Raubzügen nicht sinnvoll. Und dass Jett uns begleiten sollte, bereitete mir noch mehr Bedenken. Aber die lösten sich gleich wieder in Luft auf, denn mir fiel ein, dass Hayden das niemals zugelassen hätte.

»Nein, Docc und Jett bleiben hier«, antwortete er leise.

»Docc geht niemals mit auf Raubzüge. Er ist viel wertvoller für uns, wenn er hier in Sicherheit bleibt.«

Daran bestand wohl kaum ein Zweifel. Durch sein medizinisches Wissen rettete Docc sicherlich mehr Leben vor Ort, als er retten würde, wenn er uns auf Überfallaktionen begleiten würde.

»Aber Malin kommt mit?«, hakte ich verblüfft nach. Hayden hatte ja bereits erwähnt, dass sie nicht lange fackelte und im Zweifel auch mich umbringen würde. Trotz seiner Warnung war sie bislang allerdings immer nur nett zu mir gewesen.

»Sieht so aus«, antwortete Hayden achselzuckend. Wir hörten auf, miteinander zu flüstern, als wir die Gruppe erreicht hatten. Aus der Nähe war leicht zu erkennen, wer tatsächlich mitkommen würde, denn die Betreffenden hatten sich bis an die Zähne bewaffnet. Messer in Scheiden hingen an Kits, Dax' und Malins Gürtel, der Riemen eines Gewehrs prangte über Kits Brust, und jeder von ihnen hatte Pistolen in der Hand.

Auf dem Boden lagen die Waffen, die für Hayden und mich gedacht waren. Ohne zu zögern, beugte sich Hayden hinab, um seine 9mm-Pistole an sich zu nehmen und ein Springmesser in seiner hinteren Hosentasche zu verstauen. Als Nächstes schlang er sich einen Rucksack um, in dem das Klirren von Munition zu hören war, und warf mir einen bedeutungsvollen Blick zu. Ich blinzelte, dann tat ich es ihm gleich und rüstete mich auf ähnliche Weise zum Kampf.

»Hayden, ich habe geholfen, die Waffen vorzubereiten«, rief Jett stolz und unterbrach damit die leise Unterhaltung zwischen Kit, Dax, Malin und Docc. Er hüpfte auf den Fußballen auf und ab und wartete darauf, dass man ihn lobte.

»Hast du dafür gesorgt, dass jede Waffe korrekt geladen ist?«, forschte Hayden und wölbte die Augenbraue.

»Klar!«, antwortete er glücklich.

»Ich hab auch nochmal drübergeschaut«, raunte Kit leise und warf Jett ein winziges Lächeln zu. »Hat der Kleine gut gemacht.«

»Heißt das, ich darf mitkommen?«, fragte Jett aufgeregt.

»Nein«, antwortete Hayden entschieden, und die Andeutung jenes Lächelns, das vorher seine Lippen umspielt hatte, verschwand.

»Aber Hayden ...«

»Hör zu, Junge, wie wäre es, wenn du mir heute bei meinen Aufgaben in der Krankenstation zur Hand gehst? Na, wie hört sich das an?«, fragte Docc gelassen und hatte sofort Jetts Aufmerksamkeit. Im Nu wich sein enttäuschter Gesichtsausdruck einer enthusiastischen Miene.

»Echt?«, fragte er begeistert.

»Echt«, wiederholte Docc und lächelte ihn liebevoll an, bevor er Hayden bedächtig zuzwinkerte. Hayden nickte in stummem Dank, und Docc schob Jett von dem Kreis fort.

»Wir sehen uns, wenn ihr wieder da seid, Leute!«, rief Jett aufgekratzt und winkte uns eifrig noch einmal zu, bevor er sich von Docc davonführen ließ. Wir verabschiedeten uns von ihm und wandten uns dann Hayden zu, um genauere Instruktionen zu erhalten.

»Nun, furchtloser Anführer, wie lautet der Plan?«, fragte Dax und lehnte sich lässig gegen die Motorhaube des Trucks.

Kit und Malin standen uns gegenüber und warteten schweigend.

»Kit, bist du sicher, dass du schon fit genug dafür bist? Wäre keine Schande, zu warten, bis du wieder ganz hergestellt bist«, sagte Hayden, die Antwort auf Dax' Frage hinauszögernd.

»Mein Gott, mir geht's gut! Ihr tut ja alle so, als wär ich aus Zucker«, antwortete Kit genervt. Mich beschlich das Gefühl, dass ihm diese Frage nicht zum ersten Mal gestellt wurde, ein Verdacht, der sich bestätigte, als er Malin einen bedeutungsschweren Blick zuwarf. Sie verdrehte die Augen, als hätten sie sich deshalb schon mehrfach gestritten.

»Na gut, egal. Du bist schließlich derjenige, dem man in den Hals geschossen hat, nicht ich«, meinte Hayden und hob ergeben die Hände.

»Der Plan also?«, soufflierte ich, um uns wieder auf Kurs zu bringen.

»Wir haben eine ganze Liste von Bedarfsgütern – Batterien, Baumaterial, ein paar Kleinigkeiten – aber vor allem Treibstoff«, sagte Hayden und runzelte die Stirn. Auch die anderen blickten besorgt drein, und ich wusste auch, wieso. Benzin war immer Mangelware und nicht so leicht aufzutreiben. Nicht nur die Fahrzeuge in Blackwing wurden damit betrieben, auch die drei Generatoren, die ein paar der Gebäude mit Strom versorgten, einschließlich der Küche. Treibstoff war also überlebenswichtig.

»Wo gehen wir dafür hin? Jeder Ort, den wir in den letzten paar Monaten auszurauben versucht haben, war praktisch wie leer gefegt«, fragte Kit stirnrunzelnd.

»Ich weiß«, pflichtete Hayden ihm bei. »Ich dachte an die Vororte? Wir könnten ihn aus den Autos abzapfen.«

Alle nickten, sie waren einverstanden. Auf etwas Besseres konnten wir nicht hoffen. Und wenn wir das Stadtzentrum mieden, hatten wir vielleicht Glück und blieben unbehelligt von Feinden.

»Na gut, dann stürzen wir uns mal ins Getümmel«, rief Dax herzhaft und rieb sich die Hände, bevor er auf den Beifahrersitz sprang. Kit und Malin kletterten auf den Rücksitz und ließen mir noch ein kleines Stück Platz hinter Hayden, und zwar zwischen dem Mittelplatz, auf dem Malin saß, und der Außenwand des Wagens. Für fünf Personen war das Ganze etwas eng, was ich gewöhnungsbedürftig fand. Der Kofferraum war voller leerer Kanister und Taschen, dazu die vielen Menschen: Ich kam mir vor wie eine Ratte im Käfig.

Hayden fuhr los, und schnell ließen wir Blackwing hinter uns. Es war ziemlich unbequem, denn Malins Schenkel presste sich gegen meinen, und bei jeder Unebenheit auf der Fahrbahn drückte ihre Schulter mich gegen die Autotür. Sie schien kein sonderlich großes Interesse an mir zu haben, hatte mir nur kurz hallo gesagt, hatte bei meinem Auftauchen ein ebenso verwirrtes wie überraschtes Gesicht gezogen und sich anschließend vornehmlich mit Kit unterhalten. Dax schwatzte fröhlich mit Hayden auf dem Vordersitz, lachte über etwas, das ich über das laute Motorengeräusch hinweg nicht verstehen konnte.

Einen Augenblick lang fühlte ich mich daran erinnert, dass ich hier die Außenseiterin war. Ich gehörte nicht zu diesen Menschen, war nicht mit ihnen aufgewachsen. Dadurch, dass sie einander schon so lange kannten, reichte ihr Band viele Jahre zurück, ein Band, das mit jedem Tag stärker und durch jene Art von Vertrauen gefestigt worden war, das größer wurde, je häufiger man es unter Beweis stellte. Ein eifersüchtiger Stich durchfuhr mich, als mir klar wurde, dass diese Leute etwas besaßen, das ich nicht hatte: Freundschaft.

Ich hatte eigentlich nur eine einzige gute Freundin in Greystone gehabt, und schuldbewusst registrierte ich, dass ich erst jetzt an sie dachte, weil ich von dieser Freundesgruppe umgeben war. Leutie war von Kindesbeinen an meine beste Freundin gewesen, was sich auch im Erwachsenenalter nicht änderte. Doch vermutlich hielt sie mich sowieso für tot. Sie war so vollkommen anders als ich – liebenswert, warmherzig, selbstlos, wunderschön. Alle liebten sie, und während sie viele Freunde hatte, war sie *meine einzige* Freundin gewesen. Denn sogar meinen eigenen Bruder konnte ich, was das anging, vergessen. Bei dem Gedanken an Leutie wurde mir klar, dass ich sie nie wiedersehen würde, und eine Woge der Trauer überkam mich.

Doch ein grünes Aufblitzen im Rückspiegel riss mich aus meinen trübseligen Gedanken: Hayden. Er warf mir ein zärtliches Lächeln zu und verscheuchte das Gefühl, ausgeschlossen zu sein, das ich noch wenige Sekunden zuvor gehabt hatte, und ersetzte es durch ein sanftes Glühen in meinem Herzen.

Vielleicht war ich ja doch nicht vollkommen allein.

Ich hatte gar nicht mitbekommen, dass wir schon seit längerem durch die Ruinen der Stadt fuhren. Jetzt wurden wir langsamer und hielten an ein paar liegen gebliebenen

Fahrzeugen in den Straßen eines Vorortes. Ich scannte die mir unbekannte Umgebung. In den Vororten war ich nicht allzu oft gewesen, sondern eher im Zentrum dieser Millionenstadt. Dort kannte ich mich aus.

Schließlich wurde der Motor abgeschaltet, Türen wurden geöffnet, ich stieg aus dem engen Wagen und konnte endlich wieder durchatmen. Wir hoben automatisch unsere Waffen und sahen uns in sämtliche Richtungen um, aber nirgends regte sich etwas.

»Na gut«, sagte Hayden, ohne seinen Blick von der Straße abzuwenden. Wir sahen ihn an. »Kit, Malin, ihr arbeitet die Liste ab.«

Er zog das Blatt aus seiner Tasche und reichte es Kit. »Dax, du bist der Elektronikexperte. Hol dir alles, von dem du glaubst, dass wir es brauchen könnten – das kannst du schließlich am besten beurteilen«, sagte er. »Grace und ich machen uns daran, das Benzin abzuzapfen. Wenn ihr irgendjemanden entdeckt, kennt ihr ja unser Signal.«

Alle nickten, akzeptierten die ihnen zugewiesenen Aufgaben, teilten sich auf und schlugen unterschiedliche Richtungen ein. »Das Signal«, so hatte ich erfahren, waren einfach nur zwei leise Pfiffe, mit denen die anderen vor drohender Gefahr gewarnt wurden. Nachdem wir ein paar leere Kanister aus dem Auto geholt hatten, folgte ich Hayden die Straße entlang. Lautlos und gewandt umrundete er den herumliegenden Schutt. Vermutlich hatte sich hier seit dem Tag, an dem die Bomben fielen, nicht viel verändert. Immerhin gab es niemanden mehr, der sich mit den Aufräumarbeiten hätte befassen können.

Dann fiel mir Haydens Schweigsamkeit auf. Besser gesagt: Er war noch wortkarger als sonst. Zugegeben, wirklich redselig war er nie; aber heute hatte er – außer den Instruktionen, die er uns erteilt hatte – keine zwei Worte gesprochen. Ich sah die Erinnerungen, die ihm durch den Kopf gingen, förmlich vor mir und wünschte mir inständig, ihn aus seiner düsteren Stimmung zu befreien. Ich wollte, dass er an irgendetwas anderes dachte als an die Ruinen eines Vorortes, die Ruinen des Lebens der Menschen, die hier gewohnt hatten. Ich war mir sicher, dass er an jenen Tag dachte, an dem das ihm bis dahin bekannte Leben geendet hatte, und der Gedanke versetzte meinem Herzen einen schmerzhaften Stich.

Hayden

Es fiel mir schwer, mich auf die anstehende Aufgabe zu konzentrieren, während wir uns durch die zerstörten Überreste meiner Heimat bewegten. Alle paar Schritte entdeckte ich etwas, das mir vage vertraut vorkam und doch anders war. Alles war bis zur Unkenntlichkeit verwüstet. Beinahe. Auf der Straße verstreut entdeckte ich die Kinderspielgeräte, die meine Nachbarn im Garten gehabt hatten. Ein Grill, auf dem einst so viele duftende Hamburger gebrutzelt hatten, lag als geschmolzener Klumpen auf einem von Unkraut überwucherten Rasen. Das Fahrrad, auf dem das Nachbarskind immer herumgefahren war, war verbogen und verkohlt im Rinnstein gelandet – das Kind lebte nicht mehr.

»Hayden«, sagte Grace sanft. Ich zuckte zusammen, als ich spürte, dass sie vorsichtig meine Hand berührte. Unwillkürlich zuckte mein Arm zurück, bevor mir klar wurde, dass sie es war. Ich sah sie an. Sie musterte mich mit besorgter Miene.

»Sorry«, murmelte sie angesichts meiner instinktiven Reaktion.

»Nein, ist schon gut«, antwortete ich leise, zu vertieft in meine Erinnerungen, um mich allzu sehr konzentrieren zu können. So ging es mir in den Vororten immer, und natürlich ganz besonders, wenn ich in die Gegend kam, in der ich aufgewachsen war. Beziehungsweise angefangen hatte aufzuwachsen.

Ich schüttelte den Kopf in dem Versuch, die Gedanken zu vertreiben. Da entdeckte ich ein Auto. Mein Magen krampfte sich schmerzhaft zusammen: Er stand genau vor den Überresten meines Elternhauses. Ich schloss unwillkürlich die Augen und stieß den Atem aus, versuchte die Erinnerungen loszuwerden, die auf mich einstürmten.

»Hey«, sagte sie sanft. Diesmal berührte sie mich am Unterarm und ließ ihre Hand dort liegen. Ich öffnete die Augen wieder und sah auf sie herab. »Zeigst du mir mal, wie man das macht?«

»Du weißt nicht, wie man Benzin abzapft?«, fragte ich skeptisch. Sie schüttelte langsam den Kopf. Ihr Blick wirkte seltsam entschlossen.

»Nein.«

»Na, dann versuchen wir es mal mit dem hier«, sagte ich und blieb an dem Auto genau vor meinem Elternhaus stehen. Ich bemühte mich nach Kräften, mich einzig und allein auf Grace zu konzentrieren und den Blick nicht schweifen zu lassen. Sie wartete, bis ich meinen Rucksack abgenommen und den Reißverschluss geöffnet hatte. Dann zog ich ein Stück Plastikschlauch und einen Lappen hervor. »Okay, dann mach mal den Tank auf.«

Sie tat wie geheißen. »Gut, und jetzt?«

»Führ den Schlauch in den Tank ein und verschließe das Loch drum herum mit dem Lappen«, sagte ich und beobachtete ihre Bewegungen aufmerksam. Ich hockte mich hin, um einen der leeren Kanister auf den Boden unter den Schlauch zu stellen.

»So?«, fragte sie und blickte mit verengten Augen zwischen dem Tank und mir hin und her. Sie hatte das Tuch ordentlich verknotet und den Benzintank dadurch perfekt versiegelt. Ich nickte.

»Hmm. Und jetzt blas in dieses Ende des Schlauchs. Das sorgt für Druckausgleich, sodass das Benzin aus dem Schlauch fließt«, sagte ich und deutete auf das Stück, das sie in Händen hielt. »Und dann musst du den Schlauch sofort in den Kanister einführen, sonst hast du kurz darauf Benzin im Mund.«

»Okay«, sagte sie nickend und gehorchte. Sie legte die Lippen um den Schlauch, blies kräftig hinein und ließ ihn in den Kanister fallen. Beinahe sofort ergoss sich ein Benzinrinnsal hinein. Sie grinste stolz auf die Gallone herab, wirkte aber nicht allzu überrascht. Das war ein bisschen zu einfach gewesen.

»Irgendwie glaube ich, dass du doch schon wusstest, wie

man das macht«, bemerkte ich mit gleichmütiger Stimme. Sie grinste schuldbewusst und zuckte mit den Schultern. »Vielleicht. Ich versuche nur, dich von deinen düsteren Gedanken abzulenken«, antwortete sie aufrichtig und beobachtete mich eindringlich. Ich runzelte ganz leicht die Stirn, und ein warmes Gefühl breitete sich in meiner Brust aus. Sie hatte nicht nur meine Stimmung bemerkt, sondern hatte auch etwas dagegen unternehmen wollen. Tatsächlich hatte sie mich genug abgelenkt, dass mich die Erinnerungen wenigstens für ein paar Sekunden losgelassen hatten. Sie überraschte mich erneut, indem sie einen kleinen Schritt auf mich zumachte und mir einen sanften Kuss aufs Kinn gab, der heiß auf meiner Haut brannte.

Dann zog sie sich wieder zurück, lächelte zärtlich und beugte sich hinab, um den Schlauch kurz abzuknicken und in einen anderen Kanister zu stecken, nachdem der erste voll war.

»Natürlich weiß ich, wie man Benzin abzapft«, meinte sie mit leisem Glucksen, und ihre Stimme klang gespielt beleidigt. Ich stieß etwas aus, das halb Seufzer, halb Lachen war, während ich ihr zusah, wie sie den Rest des Benzins aus dem Auto holte. Der zweite Kanister war jetzt ebenfalls fast voll.

»Ich hätte mich deinetwegen auch geschämt, wenn du es nicht gewusst hättest«, neckte ich sie. Meine Stimmung hob sich dank ihrer Bemühungen etwas, aber mir war immer noch schwer ums Herz. Mein Blick landete auf einem weiteren Auto auf der anderen Straßenseite, und ich deutete mit einem Kopfnicken darauf, bevor wir hinübergingen. Grace folgte mir, nachdem sie unsere Hilfsmittel aus dem nun leeren Benzintank geholt hatte.

»Soll ich dir mal was sagen?«, fragte ich sie, den Blick unverwandt auf das nächste Fahrzeug gerichtet.

»Ja«, antwortete sie.

Automatisch machte ich mich daran, das Benzin aus dem zweiten Wagen abzuzapfen. Jetzt war ich an der Reihe. Sie stand neben mir, ebenso wie zwei weitere leere Kanister. Ich sah sie beim Reden nicht an, entschlossen, ruhig und gelassen zu bleiben.

»Das da war mein Elternhaus«, sagte ich beiläufig und deutete mit einem Kopfnicken auf die andere Straßenseite, mied aber weiter ihren Blick. Ich hörte sie leise keuchen und nahm aus den Augenwinkeln wahr, wie sie sich umdrehte und ihr Blick automatisch auf die Überreste des Hauses fiel. Ich wusste genau, wie es aussah, und musste es mir nicht noch einmal ansehen. Es stand nur noch der steinerne Kamin, umgeben von einem Meer aus Trümmern. Meine Habseligkeiten waren unauffindbar verschüttet.

»Oh, Hayden«, sagte sie fast unhörbar, überwältigt von dieser unerwarteten Information. Ich wusste, dass sie versuchte, sich anhand der Überreste vorzustellen, wie mein Leben vorher gewesen war. »Ist es ... ist es schwer für dich, hier zu sein?«

»Ja«, bekannte ich. Entschlossen konzentrierte ich meinen Blick auf den Wagen. Das Benzin rann langsam den Schlauch hinab und in den Kanister. Sie schwieg eine Weile, als wäge sie ihre nächsten Worte genau ab.

»Warum hier, Hayden? Warum gehen wir ausgerechnet

hier auf Raubzug, warum kommst du zurück?« Ihre Worte klangen weder anklagend noch skeptisch, nur vorsichtig und wissbegierig. Ich spürte, dass sie mich nun fixierte, aber ich weigerte mich immer noch, ihren Blick zu erwidern.

»Keine Ahnung«, gestand ich. Ganz ehrlich, ich hatte nicht einmal gewusst, dass ich hier landen würde, bis wir tatsächlich in meine Straße eingebogen waren. Es gab keinen wirklichen Grund herzukommen. Die ganze Stadt war voller liegen gebliebener Autos; wir hätten nicht ausgerechnet hierherfahren müssen.

»Bist du je hineingegangen?«

»Du meinst in die Ruine?«, witzelte ich lahm. Meine Stimme klang so gar nicht nach Scherzen. Sie warf mir einen ernsten Blick zu, und schließlich sah ich sie doch an. Ich seufzte tief. Es war wirklich armselig, wenn ich weiterhin so tat, als mache mir das alles nichts aus.

»Nein, bin ich nicht«, antwortete ich schließlich. Einmal war ich bis auf den Bürgersteig davor gelangt, hatte aber dort doch auf dem Absatz kehrtgemacht und war wie ein Feigling davongerannt. Näher war ich nie gekommen. Ich hatte es mehrfach versucht, stets mit dem gleichen Ergebnis. Ich hatte einfach nicht die Kraft, mich der Vergangenheit zu stellen. »Ich kann nicht.«

Bei diesem Bekenntnis kam ich mir schwach vor, aber zum ersten Mal war mir das gleichgültig. Warum auch immer, aber ich wusste, dass Grace mich verstehen würde. Sie würde erkennen, wieso es so schwer für mich war, denn sie war mitfühlender als jeder andere in meiner Umgebung. Kit und Dax konnten nicht nachvollziehen, warum ich es nie weiter als bis zum Bürgersteig geschafft hatte, und sonst hatte ich sowieso niemandem davon erzählt. Warum eine Schwäche enthüllen, wenn ohnehin keiner kapierte, worum es ging? Niemand außer Grace zumindest.

»Kann ich mir vorstellen«, antwortete sie sanft. Sie wandte den Blick keine Sekunde lang ab, und schließlich gab ich es auf und befasste mich nicht länger mit dem Benzin. Ihre Stimme klang weder verurteilend noch begütigend und auch nicht bemüht traurig, sondern nur verständnisvoll. Eine Woge der Dankbarkeit erfasste mich, und ich war erleichtert, dass ich es ihr erzählt hatte. Es war so ein seltsames Gefühl, derlei Empfindungen mit einem anderen Menschen zu teilen – schwierig, anstrengend und fremdartig –, trotzdem gefiel es mir.

»Komm schon«, wechselte ich das Thema. »Gehen wir weiter.«

Ich schraubte den Deckel auf den Kanister, den ich gefüllt hatte. Einen leeren hatten wir noch. Sie nickte stumm, akzeptierte, dass die Unterhaltung beendet sein sollte. Wir ließen die Überreste meines Elternhauses hinter uns, aber mir entging nicht, wie sie abermals einen Blick darauf warf. Ich selbst fixierte ausschließlich ein weiter entfernt stehendes Auto, dem wir uns jetzt näherten. Ihre Augen jedoch blieben auch weiterhin auf den Trümmern haften. Sie wandte sich sogar um und reckte den Hals, bis sie gezwungen war, wieder nach vorn zu sehen. Ihre Miene war gleichzeitig nachdenklich und entschlossen, und ich glaubte, die Andeutung von etwas anderem in ihren Augen zu sehen. Schweigend gingen wir weiter, um endlich auch noch den letzten Kanister zu füllen.

Plötzlich bewegte sich etwas auf der anderen Seite des Fahrzeugs. Überrascht wich ich zurück, als drei bis an die Zähne bewaffnete Männer – mit Messern, provisorischen Knüppeln und einem Gegenstand, der wie ein Bleirohr anmutete – auftauchten und uns über die Motorhaube hinweg höhnisch anfunkelten. Instinktiv packte ich Graces Handgelenk.

»Grace, lauf!«, schrie ich, wich einen weiteren Schritt zurück und zog sie mit mir. Einer der Männer stieß ein knurrendes Lachen aus, bevor er mit Leichtigkeit über die Motorhaube des fraglichen Fahrzeugs hinweghechtete. Grace war einen Augenblick lang wie erstarrt, dann machte sich ihre Ausbildung bezahlt. Sie wandte sich zur Flucht. Sie jagten uns durch die mit Trümmern übersäten Straßen, lachten unheilverkündend und schleuderten uns ihre Flüche hinterher. Ihre schweren Schritte trommelten auf dem zerborstenen Asphalt. Mein Körper vibrierte mittlerweile vor Adrenalin. Die Luft zerriss meine Lungen, und meine Muskeln streckten und beugten sich unermüdlich. Ich hielt Graces Handgelenk weiterhin fest und lief nur so schnell, wie sie Schritt halten konnte.

»Warte«, schrie Grace plötzlich und entriss sich, noch bevor ich sie aufhalten konnte, meinem Griff. Blitzschnell drehte sie sich auf dem Absatz um und sprintete in die Richtung zurück, aus der wir gerade gekommen waren.

»Grace!«, schrie ich. Ich war wie erstarrt. Mein Instinkt schrie, dass ich weiterrennen sollte, während mein Herz mich dort festhielt. Verzweifelt sah ich zu, wie sie sich immer weiter von mir entfernte.

»Grace!«

Schreckerfüllt sah ich, dass sie geradewegs auf die Männer zulief, jeder Schritt brachte sie näher an die drei heran. Sie grinsten hämisch wie Hyänen, deren Beute ihnen zum Abendessen geradewegs in die Arme lief. Egal, wie oft ich ihren Namen rief, sie blieb nicht stehen.

»Grace, stopp!«, schrie ich und konnte mich immer noch nicht bewegen, während mein Herz schmerzhaft gegen meine Rippen schlug.

Aber sie hörte mich nicht. Weiter und weiter lief sie, meine Bitte, anzuhalten, verhallte ungehört, fiel auf den zerborstenen Asphalt und blieb wie Staub dort liegen.

KAPITEL 29

BEKLEMMUNG

Hayden

Meine Füße schienen am Boden festzukleben, meine Beine waren schwer wie Blei. Trotz meiner jahrelangen Ausbildung war ich angesichts dieser unerwarteten Wendung wie gelähmt. Entsetzt verfolgte ich, wie sie den drei Männern immer näher kam, die sich ihrerseits auf sie stürzen wollten. Ich kannte keinen von ihnen, fragte mich aber, ob Grace sie kannte. Sie wurde nicht langsamer, auch nicht, als sie praktisch schon bei ihnen angelangt war.

Erst als sie sich unter dem Bleirohr duckte, das einer der Männer in ihre Richtung schwang, erwachte ich aus meiner Trance; ihr Defensivmanöver sagte mir, dass sie diese Männer tatsächlich nicht kannte. Ich sprintete los, stürzte ihr hinterher und stieß einen kehligen Laut aus, der halb Stöhnen, halb Schrei war. Ich kam schnell näher, aber nicht schnell genug. Alle bewegten sich dermaßen geschwind, dass ich es nicht wagte, meine Waffe zu benutzen – aus Angst, Grace zu treffen.

Sie selbst war anscheinend doppelt so fix wie ihre Angreifer, dennoch waren Letztere nun mal in der Überzahl. Jedes Mal, wenn sie einem Schlag des einen auswich, holte ein anderer aus. Ihre barbarischen Waffen waren mehr als wirkungsvoll. Trotz ihrer Ausweichmanöver traf das Bleirohr sie mehr als einmal, ebenso wie der provisorische Knüppel. Das Messer ritzte ihre Haut. Sie blutete, schien aber bislang keine ernsthaften Verletzungen davongetragen zu haben.

Ich war jetzt ganz nah, sah, wie sie einem Messerstich des einen Mannes auswich und dem anderen das Knie in die Rippen rammte, sodass er zu Boden ging. Sie duckte sich seitwärts, wich einem zweiten Mann aus, der sich auf sie stürzte. Wieder stieß sie mit dem Fuß gegen den auf den Boden liegenden Mann, ein widerwärtiges Knirschen ertönte, als sie seine Nase traf. Er hörte auf, sich zu bewegen, offensichtlich bewusstlos, während ihm das Blut aus der Nase strömte.

Der dritte Mann, der mit einem Messer bewaffnet war, warf ihr anzügliche Blicke zu und provozierte sie, indem er es um die Finger drehte. Der zweite nutzte ihre momentane Ablenkung, stürzte sich auf sie und warf sie zu Boden. Dann hob er den provisorischen Knüppel und zielte genau auf ihr Gesicht. Er wollte den Arm gerade niedersausen lassen, als ich sie erreichte. Mein Körper prallte auf seinen, und er stürzte auf den Asphalt.

Ich landete mit einem gewaltigen Rums auf ihm, und der faulige Gestank eines ungewaschenen Menschen stieg mir in die Nase. Er verschwendete keine Zeit und wollte mich abwerfen, aber ich konnte ihn weiter festhalten, zog die Faust zurück und schmetterte sie gegen sein Kinn. Immer und immer wieder schlug ich auf ihn ein, meine Muskeln angespannt. Der Schmerz der Schläge strahlte von meinen Fingerknöcheln bis in meinen Arm hinauf. Überraschend landete er einen Hieb gegen mein Kinn. Meine Lippe platzte auf, und ich spürte ein kleines Blutrinnsal.

»Hübsche kleine Mieze hast du da«, höhnte er, und die Augen traten ihm förmlich aus dem Schädel. Wieder traf meine Faust auf sein Gesicht. Sein Kopf schnellte zur Seite, er spuckte etwas Blut, lachte aber weiterhin hämisch. Ich sah, wie sein Blick zur Seite flackerte. Dort kämpfte Grace gegen den letzten der Männer. Sie wich dem Messer erneut aus. Dann rammte sie den Ellbogen nach unten gegen seinen Arm, sodass ein weiteres widerliches Knacksen zu hören war.

Ein kehliger Schmerzensschrei entfuhr ihm. Sein Arm war gebrochen, und er ließ die Waffe fallen.

»Du blöde Bitch«, fluchte er. Grace antwortete nicht, sondern hob das Bein, um dem Arm des Mannes einen weiteren Tritt zu versetzen. Er schrie erneut auf und brach dann auf dem Boden zusammen.

»Ganz schön temperamentvoll, die Kleine. Kann gar nicht abwarten, sie zu ficken«, wagte der Mann unter mir zu sagen. Als diese Worte auf mein Hirn trafen, schien irgendwas in mir zu platzen. Ich hatte keine Kontrolle mehr über meine Fäuste, die mit lautem Knall und hohlem Klatschen auf jeglichen Körperteil in meiner Reichweite trafen.

»Denk.«

Knall.

»Nicht Mal.«

Klatsch.

»Dran, sie anzusehen!«

Knirsch.

Meine Brust hob und senkte sich, als ich bemerkte, dass der Mann sich nicht mehr bewegte und bewusstlos auf dem Asphalt unter mir lag, während ihm Blut aus allen möglichen Wunden in seinem Gesicht strömte. Meine Hände waren mit Blut besudelt, das nicht mir gehörte, und schmerzten dumpf von den zahllosen Schlägen. Ich zitterte am ganzen Körper, als ich auf mein Werk hinabblickte, schämte mich gewissermaßen sogar, weil ich dermaßen die Kontrolle verloren hatte.

Ich stieß mich vom Boden ab und wirbelte herum, bemerkte, dass ich allein neben den drei bewusstlosen Männern stand. Grace war fort – schon wieder.

Jedenfalls dachte ich das, bis eine blitzartige Bewegung zu meiner Rechten mich eines Besseren belehrte. Sie tauchte scheinbar aus dem Nichts auf, joggte auf mich zu und hielt irgendetwas in Händen. Auch sie war blutbesudelt, doch ich konnte nicht erkennen, ob es ihr eigenes war oder nicht. Doch sie hatte allzu viele Schläge einstecken müssen, um vollkommen unverletzt zu sein. Der Gedanke, dass ihr etwas zugestoßen war, entsetzte mich. Mein Herz pochte so heftig, dass ich das Gefühl hatte, es müsse gleich meine Brust sprengen, und ich keuchte noch von der Anstrengung des Kampfes.

»Was zum Teufel sollte das?«, verlangte ich zu wissen. Ich war wütend auf sie, weil sie sich so blind und anscheinend grundlos in offensichtliche Gefahr begeben hatte. Ich stürmte ihr entgegen. Aus der Nähe konnte ich ein Veilchen über ihrem Wangenknochen und mehrere Platzwunden in ihrem Gesicht erkennen, die heftig bluteten.

»Das waren nur irgendwelche Brutes, Hayden«, sagte sie, so ruhig sie es trotz ihrer eigenen Atemlosigkeit vermochte.

Schweiß strömte ihr Gesicht hinab, vermischte sich mit dem Blut. Mein Kinn verkantete sich, und ich funkelte zornig auf sie herab.

»*Nur Brutes*. Sie hatten Waffen, und es waren drei! Warum zum Teufel bist du einfach so zu ihnen hingerannt?« Ich schrie beinahe. Ich war fuchsteufelswild, weil sie dermaßen leichtsinnig gewesen war.

»Ich hatte alles unter Kontrolle«, antwortete sie. Sie sah mich mit verengten Augen an, als sie bemerkte, dass ich ganz außer mir war.

»Du darfst so eine Scheiße einfach nicht machen! Das war total gefährlich«, zeterte ich. Und gleichzeitig war es mir verhasst, ihr Vorwürfe zu machen.

»Ach, tatsächlich! Das wusste ich ja gar nicht!«, antwortete sie sarkastisch. Sie verdrehte die Augen. Dass sie das alles so lässig abtat, machte mich stinksauer. Sie hatte sich in Gefahr gebracht, wäre beinahe getötet worden, und es schien ihr beinahe egal zu sein. Allein der Gedanke an diese Möglichkeit durchfuhr mich wie ein Schwerthieb.

»Kapierst du das denn nicht? Menschen *sterben* hier draußen, Grace«, rief ich. Der Schmerz in meiner Stimme verdrängte den Zorn. »Sie sterben und kehren nie zurück.«

»Ich weiß«, erwiderte sie, und ihre Miene wurde ganz sanft. »Ich habe ... einfach nicht nachgedacht.«

»Na ja, du *musst* aber nachdenken. Du hattest ein Gewehr, aber das hast du nicht mal benutzt. Du kannst nicht einfach tun, was du willst, und dich verhalten, als wärst du unbesiegbar, denn das bist du nicht, Grace. Du bist gut, ja, aber nicht unbesiegbar.«

Sie musterte mich ein paar Sekunden lang. Nicht ein einziges Mal hatte ich den Blick von ihr abgewandt; als sei ich rein physisch nicht in der Lage, die tiefe Verbindung zwischen uns zu lösen.

»Du blutest«, wechselte sie abrupt das Thema. Ihr Blick fiel auf meine geborstene Lippe, und tatsächlich brannte es plötzlich, als ob ich erst wieder fühlen konnte, nachdem sie es bemerkt hatte.

»Du auch«, konterte ich. Mein Magen zog sich krampfhaft zusammen, als ich ihre Wunden betrachtete. Mir wurde ganz unbehaglich zumute, denn wahrscheinlich war sie erheblich schwerer verletzt, als ich sehen konnte.

»Du hättest mir nicht folgen sollen«, sagte sie langsam. »Ich wollte nicht, dass du verletzt wirst.«

»Hast du wirklich geglaubt, ich würde dich allein lassen? Dass ich zulassen würde, dass dir von den dreien hier der Arsch versohlt wird?«, fragte ich und wölbte skeptisch eine Augenbraue.

»Keine Ahnung, was ich gedacht habe«, bekannte sie. Sie zuckte mit den Schultern und fuhr zusammen, überspielte es aber.

»Wo bist du verletzt?«, fragte ich sie, denn ich kaufte ihr die unbeteiligte Miene nicht ab.

»Mir geht es gut«, sagte sie, schüttelte den Kopf und wandte den Blick ab. Sie log.

»Nein, tut es nicht«, widersprach ich frustriert. Es ging ihr offensichtlich nicht gut, aber ich wusste, dass sie es niemals zugeben würde.

»Hör zu, *dich* kümmert es vielleicht einen Dreck, wenn du

verletzt wirst, aber *mich* schon, okay? Also, wo bist du verletzt?«, rief ich aufgebracht. Ich hatte kaum bemerkt, dass mir dieses Bekenntnis herausgerutscht war, aber ihr war es nicht entgangen. Sie blinzelte langsam, dann hatte sie sich wieder im Griff.

»Hayden, mir geht es gut!«, protestierte sie laut. Sie holte tief Luft und sah mich stirnrunzelnd an. »Wirklich.«

Ich sah ungläubig auf sie herab, beschloss aber, das Thema vorläufig fallenzulassen.

»Willst du mir jetzt endlich mal sagen, was zum Teufel das sollte?«, hakte ich erneut nach. Ich verschränkte die Arme vor der Brust und starrte sie erwartungsvoll an, ignorierte das Pulsieren in meinen Knöcheln, die sich gegen meine Arme pressten.

Grace öffnete den Mund, um etwas zu sagen, schloss ihn aber wieder, entschied sich gegen eine Erklärung. Sie sah auf ihre Hände hinab, und zum ersten Mal bemerkte ich, dass sie immer noch etwas festhielt. Sie seufzte leise, streckte es mir mit leicht zitternden und blutbesudelten Händen entgegen.

Ich spürte meinen Herzschlag in der Magengrube, als mir klar wurde, was es war. Die Kanten waren verkohlt, und Wasser schien eingedrungen zu sein, aber es war noch vollständig. Als sie es mir reichte, fühlte es sich viel zu schwer an, als ob das emotionale Gewicht sich auch auf physischer Ebene bemerkbar machte. Wir schwiegen beide, während ich das Objekt in beide Hände nahm.

Ich fuhr zärtlich mit der Hand über den verkohlten Buchdeckel, spürte die leichten Rillen, die das Feuer beinahe verzehrt hatte. Meine Finger glitten über den Rücken, meine

Hände zitterten leicht. Als ich klein war, hatte es immer am gleichen Platz gelegen – auf dem Couchtisch im Wohnzimmer. Ich hätte es überall erkannt: unser Familien-Fotoalbum.

Der Schmerz, den ich immerzu im Herzen trug, schien sich nun in meinem ganzen Körper auszubreiten, hüllte mich im Chaos jener Gefühle ein, die ich mühsam immer unter Verschluss zu halten versucht hatte. Vorsichtig glitten meine steifen Finger unter den Buchdeckel. Ich versuchte, sie nach oben zu zwingen, spürte, dass Grace jede meiner Bewegungen beobachtete, brachte es aber nicht über mich, ihr in die Augen zu sehen. Meine Aufmerksamkeit war ganz und gar von dem gefesselt, was ich da in Händen hielt.

Langsam, als könnte es mich beißen, hob ich das Cover nun doch an und begann, das Album zu öffnen. Obwohl ich reglos dastand, ging mein Atem schnell, und mein Herz pochte heftig gegen meine Rippen. Meine Augen landeten auf der ersten Seite, doch schon beim Anblick des ersten Fotos klappte ich das Album hastig wieder zu. Ich presste die Hand auf den Einband, als könne er sich spontan von selbst wieder öffnen.

»Das hättest du nicht tun sollen, Grace«, sagte ich leise, und immer noch konnte ich den Blick nicht von dem Album lösen. Ich betrachtete es genau, spürte seine unebenen Kanten, dieses Buch, das ich für immer verloren geglaubt hatte.

»Wahrscheinlich nicht, aber ich hab es getan, und ich bedauere es nicht«, antwortete sie leise. Mein Kopf fuhr in die Höhe, und ich sah sie an. Das Dröhnen in meinen Ohren schien die Welt um uns herum auszublenden.

»Du darfst so etwas nicht tun, Grace. Du darfst dich meinetwegen nie in Gefahr bringen.«

»Ich wollte es für dich holen«, sagte sie sachlich. Mein Herz machte einen Satz, aber ich weigerte mich, glücklich darüber zu sein.

»Es war gefährlich«, wiederholte ich. »Und sinnlos. Ich kann es mir einfach nicht ansehen.«

»Sicher kannst du ...«

»Nein, kann ich nicht. Es gibt einen Grund, warum ich mich nicht an alles erinnern will. Es gibt einen Grund, warum ich nicht in mein Haus gehen kann. Es ist ... es ist einfach leichter, wenn ich es nicht tue.«

»Die Dinge sind nicht immer leicht, aber trotzdem oft lohnenswert«, widersprach sie mir leise. Ihre grünen Augen blickten in meine, als ob sie meine Gedanken zu lesen versuchte. Sie machte einen kleinen Schritt auf mich zu und bedeckte meine geschundene Hand mit der ihren, sodass sie nun beide auf dem Fotoalbum zwischen uns ruhten. »Du musst es dir ja nicht jetzt gleich ansehen ... aber behalt es einfach, okay? Vielleicht überlegst du es dir ja irgendwann anders.«

»Wenn ich es behalte, versprichst du mir dann, dich nie wieder in so eine Todesfalle zu begeben?«, drängte ich sie und zog eine Augenbraue in die Höhe. Ein geisterhaftes Lächeln umspielte ihre Lippen.

»Ich versprech's.«

»Vergiss es nicht. Ich hab es dir schon mal gesagt: Ich will nicht, dass dir etwas zustößt, und das meine ich ernst«, betonte ich nun mit leiserer Stimme. Ich hatte mich langsam wieder beruhigt. Ohne dass es mir bewusst geworden war, hatte sich mein Ärger über sie in eine Art angespannte Sorge verwandelt. Die Befürchtung, dass sie ernsthaft verletzt war, hatte allerdings nun, da sie leibhaftig vor mir stand, wieder etwas nachgelassen.

»Ich vergesse es nicht, auch das verspreche ich«, versicherte sie ernsthaft und hielt meinem Blick stand. Ich nickte langsam und stieß einen Seufzer aus, während ich das Fotoalbum mit einer Hand an meine Brust drückte. Meine andere Hand hob sich automatisch und fuhr über ihre Unterlippe, die geschwollen war, nachdem einer der nun bewusstlos auf dem Boden liegenden Männer ihr einen Schlag versetzt hatte.

Gespannt sah sie mich an, während ich mit besorgtem Stirnrunzeln ihr Gesicht musterte. Der Augenblick zog sich in die Länge, wurde mit jeder Sekunde greifbarer, raubte uns den Atem. Die Zeit schien stillzustehen, und noch einmal ließ ich meinen Daumen über ihre Unterlippe fahren, um danach meine Finger an ihrem Nacken in ihrem Haar zu vergraben.

»Mein Gott, was hast du nur mit mir gemacht, Bär?«

Meine Stimme war kaum mehr als ein Flüstern, als ob ich mich vor der Antwort fürchtete. Erst in Momenten wie diesen ging mir auf, wie fest sie mich im Griff hatte, denn ihre Sicherheit war mir mittlerweile wichtiger als meine eigene. Die Erkenntnis, wie viel sie mir mittlerweile bedeutete, traf mich überraschend und mit voller Wucht.

»Was immer es ist, du hast es auch mit mir gemacht«, antwortete sie mit plötzlich zitternder Stimme. Ich sah ihr in die Augen, entdeckte, wie verwundbar sie sich durch dieses

Geständnis mit einem Mal fühlte. Sie war wie eine Droge – ich konnte ihr nicht widerstehen. Trotz meines inneren Widerstandes zog sie mich magisch in ihren Bann. Ich gab den Kampf auf, umfing ihre Wange und berührte ihre Lippen federleicht mit den meinen.

Die Wärme des sanften Kusses schien den Schmerz, den ich an allen möglichen Stellen in meinem Körper spürte, zu lindern, und mein Herz pochte heftig in meiner Brust, so lang und intensiv, dass ich mich fragte, ob das noch gesund war. Die Wärme hüllte mich ein, strömte in meinen Adern dahin, erfüllte meinen ganzen Körper. Mit einem leisen Seufzer löste ich mich von ihr und lehnte meine Stirn an ihre. Sie schloss die Augen und schmiegte sich an mich. Das Fotoalbum, das sie ergattert hatte, hielt ich noch immer in meiner anderen Hand zwischen uns.

»Ich werde dich beschützen, Grace. Du musst es nur zulassen.«

Schlagartig öffneten sich ihre Lider, und sie sah mir aus nächster Nähe in die Augen. Sie atmete tief ein und ließ meine Worte auf sich wirken.

»Du hast ebenfalls jemanden verdient, der dich beschützt«, flüsterte sie dann. Ich lächelte verhalten und lehnte mich ein paar Zentimeter zurück, um sie eindringlicher zu betrachten.

»Ich beschützte dich, und du beschützt mich, meinst du das?«, fragte ich und versuchte, meine leise Belustigung zu verbergen.

»Ja«, versicherte sie ernsthaft. »Genau das meine ich.«

»Wenn du dein Versprechen hältst, nichts Dummes oder

Leichtsinniges mehr zu tun, lasse ich mich auf diesen Deal ein«, versicherte ich langsam. Immerhin war das ein Riesenfortschritt. Schließlich hatte sie sonst immer versichert, keinen Schutz zu brauchen. Zugegeben, sie war tatsächlich durchaus in der Lage, sich selbst zu verteidigen, dennoch würde sie mich nie davon abhalten können, so gut wie möglich auf sie aufzupassen.

»Gut«, sagte sie und grinste. »Deal.«

Wie seltsam diese Unterhaltung war! Genauso seltsam wie die Umgebung. Wir standen inmitten der Trümmer jenes Vorortes, in dem ich meine Kindheit verbracht hatte, waren umgeben von zerstörten Häusern und Erinnerungen. Diese früher normale, ruhige Gegend war heute ein Friedhof; der einzige Beweis, dass das Leben hier früher einmal einfach gewesen war, waren die überall verstreut herumliegenden, kaputten Besitztümer der ehemaligen Bewohner.

Zwei leise Pfiffe rissen mich aus meinen Gedanken. Der Laut wehte vom anderen Ende der Straße zu uns herüber. Graces Augen weiteten sich, als sie das Signal erkannte. Wir wandten uns um und liefen dem Pfiff entgegen. Doch im letzten Augenblick fiel mir wieder ein, warum wir ursprünglich hergekommen waren.

»Warte«, sagte ich und hielt sie mit einer Armbewegung auf. »Das Benzin.«

»Ach ja«, sagte sie und blinzelte überrascht. Auch sie schien es einen Moment lang vergessen zu haben. Hastig sah sie sich um und entdeckte die Kanister in wenigen Metern Entfernung. Wir joggten hinüber, nahmen die Kanister und eilten dann erneut in Richtung unseres Signals.

Als wir uns den bewusstlos daliegenden Männern näherten, merkten wir, dass derjenige, dessen Arm gebrochen war, so langsam wieder zu sich kam. Er stöhnte leise und rollte sich auf die Seite, das Gesicht zu einer schmerzhaften Grimasse verzogen. Er wirkte desorientiert. Grace und ich rannten zu ihm hinüber, und überrascht sah ich, wie Graces Fuß vorschoss und auf das Gesicht des Mannes traf. Ich hatte den Überblick verloren, wie oft ich heute schon dieses charakteristische Knirschen gehört hatte, aber offensichtlich hatte sie ihm schon wieder einen Knochen gebrochen – diesmal die Nase. Bewusstlos sank er wieder auf den Boden zurück. Ohne auch nur eine Sekunde lang stehenzubleiben, rannte sie unverdrossen neben mir weiter, ganz lässig, als habe sie nur mal eben jemandem zum Abschied zugewunken.

»Dieses Schwein«, murmelte sie und verzog einen Moment lang grimmig das Gesicht. Ich staunte über ihre Zähigkeit.

»Erinnere mich daran, dass ich dich niemals so richtig sauer machen sollte«, sagte ich leichthin. Wir wurden schneller, als unser Signal erneut ertönte. Plötzlich machte ich mir Sorgen. Meine Beinmuskeln arbeiteten wir Kolben. Die körperliche Anstrengung trieb mir einen Teil des Schmerzes aus dem Körper.

»Das hast du doch schon getan, und du wirst es wieder tun«, bemerkte sie kopfschüttelnd und grinste verhalten. Ich lachte leise. Weiter ging es, bis der Truck in Sicht kam.

Erleichtert atmete ich auf, denn die drei anderen erwarteten uns schon und lungerten gelassen um das Fahrzeug herum. Ich entdeckte keine offensichtlichen Verletzungen, obwohl wir immer noch zu weit entfernt waren, um das mit Sicherheit sagen zu können. Schweiß rann mir den Nacken hinab, als wir endlich anlangten und kurz vor den anderen stehenblieben.

»Was ist denn mit euch passiert?!«, fragte Dax und riss bei unserem Anblick die Augen auf. Einen Moment lang hatte ich vergessen, dass wir beide voller Schrammen und Blut waren. Aber alle anderen außer Grace und mir waren glücklicherweise tatsächlich unversehrt.

»Brutes«, erklärte ich kurz angebunden. »Drei Stück.«

»Geht es euch gut?«, fragte Kit und nahm stirnrunzelnd den Zustand meiner Knöchel und die diversen anderen Verletzungen in Augenschein.

»Alles in Ordnung«, versicherte Grace ihm. Ich musste daran denken, wie sie sich gegen die Brutes zur Wehr gesetzt hatte. Beeindruckt gestand ich mir ein, dass sie genauso gut, wenn nicht gar besser gekämpft hatte als manch ein Mann.

»Weshalb habt ihr das Signal gegeben?«, fragte ich, nachdem ich mich davon überzeugt hatte, dass tatsächlich alles in Ordnung war.

»Ich habe ein paar Straßen weiter ein paar Brutes entdeckt und hielt es für ratsam, dass wir so langsam die Biege machen«, erklärte Kit.

»Und so wie ihr beiden aussieht, lungern wahrscheinlich noch mehr hier herum«, fügte Malin hinzu und musterte uns besorgt. Sie war noch nicht so häufig wie die anderen an Überfällen beteiligt gewesen, weshalb die ganze Situation ihr mehr zusetzte.

»Na gut, machen wir, dass wir wegkommen«, sagte ich und nickte. Alle waren einverstanden und halfen Grace und mir, unsere Beute in den Truck zu laden. Ihre eigenen Sachen hatten sie bereits eingepackt. Während ich darauf wartete, dass alle sich ins Fahrzeug zwängten, sah ich mich ein letztes Mal argwöhnisch um. Wieder nahmen wir die gleichen Positionen ein wie auf der Hinfahrt, auch Grace pferchte sich klaglos auf den Sitz hinter mir.

Wenige Minuten später rasten wir zur Stadt hinaus und zurück nach Blackwing. Nachdem wir die Grenzen der Stadt hinter uns gelassen hatten, atmeten alle auf. Kit, Malin und Dax schwatzten miteinander und lobten den Erfolg des Beutezugs, während ich in zufriedenes Schweigen verfiel. Im Rückspiegel versuchte ich Graces Blick auf dem Rücksitz aufzufangen, aber erfolglos.

Sie saß nach vorn gebeugt da, hatte die Unterarme auf meine Rückenlehne gelegt und ihren Kopf darauf gebettet. Ihr Rücken hob und senkte sich langsam. Eine böse Vorahnung erfasste mich. Plötzlich wurde mir klar, dass sie nur deshalb ständig betont hatte, dass es ihr gut ging, damit ich den Mund hielt. Aber offensichtlich litt sie große Schmerzen, und das ängstigte mich zu Tode.

»Grace, alles in Ordnung mit dir?«, fragte ich urplötzlich und unterbrach jegliche Unterhaltung im Wagen. Ihr Kopf fuhr hoch, sie blinzelte und fing meinen Blick im Rückspiegel auf. Sie versuchte, mir zuzulächeln, brachte aber lediglich eine Grimasse zustande.

»Hmm, ja, alles klar«, antwortete sie wenig überzeugend. Wir fuhren über einen Buckel, und sie verzog das Gesicht noch mehr. »Versuch … versuch einfach nur, die Hubbel zu meiden.«

Ich nickte, runzelte bedrückt die Augenbrauen. Dann biss ich die Zähne zusammen und spürte, wie ein Muskel in meiner Wange zuckte. Ich musste sie zurück zu Docc schaffen, bevor die Schmerzen schlimmer wurden. Anscheinend war ihr meine Besorgnis nicht entgangen, denn sie versuchte noch einmal, mich anzulächeln, diesmal mit echtem Erfolg.

Vor Angst drehte sich mir der Magen, und eine Woge unerklärlicher Schuldgefühle erfasste mich. Je eher wir zurück waren, umso besser.

»Halt durch, Grace. Wir sind gleich da.«

BONUSKAPITEL

Docc

Das Chaos tobte. Bombe um Bombe machte London dem Erdboden gleich. Flugzeuge donnerten über unsere Köpfe hinweg und schossen Kugeln auf alles ab, was sich bewegte. Jedes Mal, wenn die Erde bebte, stieß die Menge um mich herum Schreckensschreie aus. Die Menschen klammerten sich aneinander, um sich Kraft zu geben. Die Brücke, unter der wir uns versammelt hatten, bot uns eine gewisse Deckung, aber lang würden wir dort nicht ausharren können.

Dies war unser Treffpunkt, falls etwas Derartiges geschehen würde.

Bislang hatten nur ungefähr dreißig Menschen es bis hierher geschafft.

Und dabei sollten es über tausend sein.

Mit verengten Augen suchte ich die zerstörte Straße ab, hielt verzweifelt nach mehr Leuten aus unserer Gruppe Ausschau. Da! Ich heftete den Blick auf zwei Gestalten, die gerade um die Ecke bogen. Sie bewegten sich schnell: eine Erwachsene und ein Kind. Hinter ihnen detonierte eine Bombe. Sie duckten sich, blieben aber nicht stehen. Erst als sie sich hastig das Haar aus dem Gesicht schob, erkannte ich sie.

Es war Sophie Abraham, und der Kleine neben ihr konnte nur ihr Sohn sein: Hayden.

Doch der Dritte im Bunde fehlte. Und bei dieser Erkenntnis spürte ich ein schmerzhaftes Ziehen in der Brust. Sophies Ehemann und Haydens Vater – Noah – war nicht dabei. Mir war klar, was das bedeutete, und das Herz wurde mir schwer. Noah war einer meiner Vertrauten, auf den ich am meisten baute und auf den ich mich im zunehmenden Chaos am ehesten hatte verlassen können. Sein Tod war nicht nur ein großer Verlust für seine Familie, sondern für die ganze Gruppe.

Auch die Menschen in meiner Umgebung hatten Sophie und Hayden nun entdeckt, die der sicheren Brücke schon so nahe waren. Ich winkte, trieb sie voran, als mit einem Mal Sophie zurückgerissen wurde, stehenblieb und zu Boden sackte, Hayden mit sich riss. Entsetztes Keuchen aus der Gruppe. Auch ich atmete entsetzt ein. Sophie war ebenfalls tot.

»Der Junge lebt«, sagte jemand neben mir. Ich wandte den Kopf. Neben mir stand Barrow, ein junger Mann, der etwa in Noahs und Sophies Alter war.

»Wir müssen ihn holen«, rief ich hastig. Mein Blick richtete sich wieder auf Hayden, der sich über seine Mutter beugte, ein leichtes Ziel für die Kugeln, die auf ihn herabregneten.

Ohne ein weiteres Wort schoss Barrow aus dem sicheren Refugium der Brücke hervor und sprintete die kurze Strecke auf Hayden zu.

Innerhalb weniger Sekunden hatte er ihn erreicht. Sie waren so kurz davor gewesen.

Ich sah zu, wie Barrow Hayden hochhob, keine Zeit verschwendete, sondern sich sogleich wieder aufrichtete und zu uns zurückeilte. Hayden wand sich in seinen Armen, wollte seine Mutter offensichtlich nicht verlassen und streckte hinter Barrow die Hände nach ihr aus. Er war zu jung, um die Endgültigkeit dessen, was gerade geschehen war, zu begreifen.

Erleichtert atmete ich auf, als Barrow wieder da war. Hayden schrie nach seiner Mutter, wollte unbedingt zu ihr zurück. Barrow tätschelte ihm den Rücken und versuchte, ihn zu beruhigen, wobei er ihn weiterhin beschützend festhielt. Ich blickte an ihnen vorbei, hielt nach weiteren Überlebenden Ausschau, aber außer den beständigen Explosionen und dem Chaos, das die Stadt beherrschte, konnte ich niemanden entdecken.

»Wir können nicht länger warten!«, rief ich der Gruppe mit lauter Stimme zu. Angsterfüllt sahen die Menschen mich an. »Wenn wir hierbleiben, schafft es keiner von uns hier raus.«

»Du hast Recht.« Barrow nickte. »Alle in den Bus!«

Sofort wandten sich die Menschen um und eilten zu dem Bus hinüber, den wir vor ein paar Wochen unter der Brücke geparkt hatten. Er wirkte abgewrackt, weshalb sich niemand darum gekümmert hatte, seit wir ihn hier abgestellt hatten.

Die Menschen zwängten sich hinein, während ich mich duckte und den schmalen Spalt unter dem Fahrzeug suchte, in dem ich schließlich auch den dort versteckten Schlüssel fand. Erleichtert richtete ich mich auf und stieg ein, startete den Motor. Ich fing Barrows Blick auf, der immer noch einen vollkommen aufgelösten Hayden im Arm hielt. Er nickte zustimmend.

Bislang waren unsere Pläne aufgegangen, wenn auch nur für einen Bruchteil der Menschen, die wir mitzunehmen gehofft hatten.

Bei der Fahrt gab der Motor rumpelnde Geräusche von sich. Ich schlingerte, um Löcher in der Straße und verstreute Trümmerhaufen zu umgehen. Schreie erhoben sich, als eine weitere Bombe die Erde erzittern ließ, sodass die Fenster des Busses klirrten.

»Köpfe runter!«, rief ich, kurz bevor ein Kugelhagel das Dach durchlöcherte. Ich hörte einen Schmerzensschrei, wagte es aber nicht, den Blick von der Straße abzuwenden. Immer noch fielen die Bomben, und die Straße war voller Hindernisse. Aber je länger wir fuhren, umso weiter schienen wir das Chaos hinter uns zu lassen. Schließlich erreichten wir den Stadtrand und preschten über eine staubige Straße auf ein kleines Waldgebiet außerhalb Londons zu. Der Bus rumpelte durchs Gelände, und mittlerweile hatten sich die Menschen weit genug beruhigt, dass zumindest ihre Schreie verebbt waren. Nur das gedämpfte Stöhnen des Verletzten war zu hören.

Nachdem wir die Bäume erreicht hatten, drangen wir nur wenige Meter in den Schutz der Zweige vor; dann mussten wir stehenbleiben. Für die Waldwege war der Bus einfach zu groß; ab hier mussten wir zu Fuß weiter.

»Weiter kommen wir nicht«, rief ich und drehte mich zu den Businsassen um. »Diejenigen von euch, die schon mal hier draußen waren, kennen den Weg. Wer ihn nicht kennt, hält sich dicht an die anderen. Es ist nicht weit von hier.«

Die Menschen hingen mir an den Lippen und folgten meinem Beispiel, als ich ausstieg. Ich trat zur Seite, bis alle den Bus verlassen hatten. Ich erkannte diverse Gesichter wieder – mit manchen hatte ich mich schon unzählige Male getroffen, um unsere Flucht zu planen, falls der unvermeidliche Krieg auch London erreichte. Andere Gesichter wiederum waren mir unbekannt – sie schienen den Organisatoren unserer Flucht zu vertrauen. Ich hoffte, dass später noch Zeit blieb, um sich miteinander bekannt zu machen.

»Gehen wir«, befahl ich und schritt einen unbefestigten Pfad entlang.

Neben mir tauchte nun Barrow auf. Er hatte Hayden mittlerweile abgesetzt, ließ seine Hand jedoch nicht los. Hayden hatte aufgehört zu weinen und gehorchte schweigend. Beim Gedanken an Noah und Sophie erfasste mich eine erneute Woge der Trauer.

»Glaubst du, dass noch mehr Leute es geschafft haben?«, fragte Barrow mit leiser Stimme.

»Ich hoffe es.«

Schweigend zogen wir weiter. Hinter uns unterhielten sich die Menschen leise und mit zitternden Stimmen.

»Glaubst du ... Noah?«, murmelte Barrow nach ein paar Minuten und warf Hayden einen schnellen Seitenblick zu, als hoffe er, dass der Kleine ihn nicht verstand.

»Ich habe ihn nicht gesehen«, bekannte ich traurig. »Er wäre hier, wenn es ihm möglich gewesen wäre.«

Barrow seufzte und nickte. Er war sowohl mit Noah als auch mit Sophie eng befreundet gewesen.

Danach sagten wir nichts mehr. Nach etwa einer Stunde erreichten wir eine bekannte Lichtung und den hoch aufragenden Turm, der – mitten in der Natur – früher ein beliebtes Ausflugsziel für Familien gewesen war. Von oben aus hatte man einen hervorragenden Ausblick auf die Stadt und die Umgebung. Er würde uns fortan als Wachturm dienen.

Außerdem befanden sich hier ein paar verstreute kleinere Gebäude, die offensichtlich vernachlässigt waren, aber wenigstens noch standen. Nur in einem gab es Strom. Es war einst ein kleines Café gewesen. Erfreut stellte ich fest, dass das Gebäude unversehrt war, und war sogar noch erfreuter, als ich eine Frau namens Melinda entdeckte. Sie gehörte zu jenen, mit denen ich mich schon unzählige Male zuvor getroffen hatte. Sie fing meinen Blick auf und nickte ebenso traurig wie entschlossen.

Ich beobachtete, wie sie auf das nächste Gebäude zuging und die Tür aufstieß, den Innenraum inspizierte, bevor sie zur Gruppe zurückkehrte.

»Wir haben Glück. Unsere Vorräte sind noch da«, verkündete sie. Eine Welle der Erleichterung erfasste die Menge.

»Läuft also alles nach Plan«, fügte sie hinzu.

Barrow nickte zustimmend.

»Okay, alle mal herhören«, rief Melinda. Alle wandten sich ihr zu. »Wenn ihr jetzt hier seid, dann habt ihr diesen Ort entweder mit geplant oder kennt jemanden, der an der Planung beteiligt war. Wir hatten zugegebenermaßen gehofft, dass mehr Leute es schaffen würden, aber vielleicht treffen ja später noch welche ein. Diejenigen, die nicht zum Treffpunkt an der Brücke kommen konnten, wissen, wo wir sind. Wenn sie können, werden sie es hierher schaffen.«

Mein Blick landete auf einer jungen Frau, Maisie, die sich gerade die Tränen trocknete. Eine ältere Frau hatte ihr den Arm um die Schultern gelegt. Eigentlich gab es mindestens noch drei Menschen, die bei ihnen hätten sein müssen. Möglicherweise waren sie voneinander getrennt worden, sodass die anderen später noch auftauchten.

Vielleicht würden sie es auch niemals schaffen.

»Unterdessen ist es unsere Aufgabe, die Dinge hier am Laufen zu halten. In jedem dieser Gebäude findet ihr Werkzeug und Vorräte, aber es ist nicht allzu viel, also geht sparsam damit um. Wenn sich alles beruhigt hat, können wir hoffentlich in die Stadt zurückkehren und uns Nachschub holen, aber vorerst sollten wir so tun, als sei das alles, was wir je bekommen können. Wir müssen also mit allem haushalten.«

Die Menschen nickten zustimmend. Sie fuhr fort.

»Viele von euch wissen das, aber ich betone trotzdem: Vorerst dürft ihr euch nicht aus dem Lager entfernen, denn es ist nicht sicher. Was in der Stadt geschieht, kann niemand vorhersagen. Außerhalb gibt es sicher auch andere Gruppierungen wie unsere. Doch die müssen wir wohl oder übel als unsere Feinde betrachten. Ich bin überzeugt, dass auch davon einige überlebt haben. Wir wissen nicht, wo sie sich niederlassen wollen und wie viele es sind, also seid auf der Hut. Vertraut jedenfalls grundsätzlich nur denen, die ihr kennt.«

Entschlossen ließ Melinda den Blick über die Menge

schweifen. Sie sah mir in die Augen und nickte. Ich räusperte mich und trat vor.

»Mein herzliches Beileid denen unter euch, die heute einen geliebten Menschen verloren haben. Mir ist klar, dass das alles jetzt nicht leicht ist, aber wir müssen uns auf unser Überleben konzentrieren. Wir haben Vorsorgemaßnahmen für diesen Tag getroffen, von dem wir hofften, dass er niemals eintreten würde, aber nun ist er da. Wir müssen uns an unseren Plan halten, dann werden wir es schaffen.«

Die Menge schwieg, und ein paar Leute nickten entschieden.

»Also los. Beginnt mit dem Aufbau.«

Sofort machten sich alle an die Arbeit. Werkzeuge, die in den Gebäuden verstaut worden waren, wurden herausgebracht und aufgeteilt, um alles so praktisch wie möglich zu organisieren. Diejenigen, die mit mir zusammen unsere Flucht organisiert hatten, verteilten die Aufgaben. Nach einiger Zeit nahm das Camp langsam Form an.

Wir arbeiteten viele Stunden lang, errichteten Zelte, entzündeten Feuer, verteilten Zubehör und Vorräte. Die ganze Zeit über hörten wir das leise Wummern der Bomben, das von dem Blutbad in der Stadt zeugte. Ich versuchte, das Geräusch auszublenden, und kümmerte mich um die wenigen medizinischen Versorgungsgüter, die ich hierher hatte schaffen können.

Als der Abend nahte, hörte der Bombenhagel auf. Ein leises Blätterrascheln, mehr war nicht mehr zu hören. Das Chaos war verebbt. Ich seufzte erleichtert, hoffte, dass es nun wirklich vorbei war.

Es war beinahe dunkel, als die ersten Überlebenden uns erreichten. Unwillkürlich musste ich lächeln, als ich eine Gruppe von etwa zwanzig Personen auf die Lichtung kommen sah. Es waren bekannte Gesichter, blutüberströmt und verletzt, aber am Leben.

Während der darauffolgenden Stunden tauchten immer mehr Menschen auf. Immer noch weniger, als wir vorgesehen hatten, aber als der Morgen graute, waren wir beinahe fünfhundert. In ein paar der größeren Zelte wurden die Kinder zur Ruhe gebettet, von denen einige jetzt Waisen waren, genau wie Hayden. Die Erwachsenen blieben wach, arbeiteten unerbittlich weiter, um in unserer neuen Heimat alles zum Laufen zu bringen.

Nach ein paar Tagen war der Strom der Überlebenden versiegt. Also waren jetzt alle da. Während dieser Zeit hatte sich unser Camp verändert. Die Menschen besannen sich auf die Fähigkeiten, die sie im normalen Leben erworben hatten, um unsere Lebensbedingungen zu verbessern. Jene mit Kenntnissen im Bauwesen befassten sich mit der Errichtung von Hütten. Wer etwas von Elektrizität verstand, bemühte sich, so viele Gebäude wie angesichts der begrenzten Ressourcen möglich mit Strom zu versorgen. Ein paar meldeten sich zur Essensausgabe, inventarisierten und rationierten die Mahlzeiten, so gut es ging.

Sehr schnell fand jeder seinen Platz. Der verzweifelte Kampf ums Überleben zwang die Menschen, das zu tun, was sie am besten konnten. Sehr schnell wurde jedem einzelnen eine bestimmte Rolle zugewiesen, was auch notwendig war, wenn wir überleben wollten.

Am schwierigsten war die Lage der Kinder. Sie verstanden nicht, was da gerade passierte, insbesondere jene, die ihre Eltern verloren hatten, taten sich schwer. Die Erwachsenen passten abwechselnd auf sie auf, versuchten sie von den Geschehnissen abzulenken, aber das funktionierte nicht immer, und manch ein Kind stellte Fragen. Ich beantwortete sie aufrichtig, denn es hatte keinen Zweck, ihnen Lügenmärchen zu erzählen.

An einem warmen Tag, etwa zwei Monate nachdem wir unser Lager im Wald aufgeschlagen hatten, stieß ich auf drei kleine Jungen, alle im Alter von fünf oder sechs. Sie hatten sich von den anderen Kindern abgesetzt, und einer malte mit einem Stock in der Erde herum. Hayden. Ein trauriges Lächeln umspielte meine Lippen, als ich auch die beiden anderen Jungen erkannte, die jetzt ebenfalls Waisen waren. Sie hießen Kit und Dax.

»Was treibt ihr Jungs gerade?«, fragte ich und schreckte sie damit auf. Schuldbewusst blickten sie zu mir empor.

»Nichts«, versicherte Hayden schnell und beugte sich vor, um sein Staubgemälde vor mir zu verbergen.

»Lass mal sehen«, forderte ich sanft.

Es war ein grober Plan von unserem Camp. Die Gebäude wurden durch kleine Vierecke symbolisiert, ein großes Dreieck stand für den Turm, der in der Mitte aufragte. Seit dem ersten Tag unserer Ankunft hatte sich hier extrem viel verändert, und das hatte er durch diese Skizze eingefangen. Wir hatten ein paar Mal in die Stadt zurückkehren können, hatten unsere Ausrüstung und unsere Vorräte ergänzt und unser Camp erweitern und verbessern können.

»Blackwing?« Ich musste mich immer noch an den Namen gewöhnen, den wir uns selbst gegeben hatten.

Hayden nickte, und Dax pflückte verlegen an einem Grashalm herum, der im Staub vor ihm wuchs.

»Warum braucht ihr denn eine Karte?«, fragte ich leise und musterte ihn.

»Ich weiß gern, wo alles ist«, antwortete er. Kit nickte zustimmend und schüchtern.

»Darüber müsst ihr euch doch jetzt noch keine Gedanken machen«, sagte ich.

Er runzelte die Stirn. »Und warum nicht?«

Ich seufzte. Es war nicht das erste Mal, dass ich sie bei solchem Treiben ertappte. Erst vor ein paar Tagen hatte ich sie voneinander getrennt, weil ich glaubte, dass sie sich prügelten. Aber sie hatten lediglich für den Kampf trainiert. Offensichtlich hatten sie die Erwachsenen im Camp beobachtet und versuchten, sie zu imitieren, ohne genau zu wissen, warum.

»Ist noch zu früh. Und jetzt fort mit euch. Spielt mit den anderen Kindern«, befahl ich ruhig.

Sie waren noch klein. Zu jung, um sich um so etwas wie eine Ausbildung oder Karten zu sorgen.

»Ja, Docc«, murmelten sie, standen auf und eilten davon. Ich folgte ihnen mit den Augen und fing Haydens grünäugigen Blick auf, den er mir über die Schulter hinweg zuwarf. Er runzelte immer noch die Stirn, wandte sich wieder um und gesellte sich zu den anderen Kindern, die sich um Maisie geschart hatten, die ihnen laut ein Buch vorlas. Ihre Angehörigen, um die sie am ersten Tag so angstvolle Tränen vergossen hatte, waren niemals aufgetaucht.

Mein Blick ruhte weiterhin auf Hayden, Kit und Dax. Ich fand die Situation sehr belastend und nahm mir vor, vorsichtiger im Hinblick auf das zu sein, was die Kinder mitbekamen. Die meisten nahmen keine Notiz davon, aber offensichtlich waren Hayden, Kit und Dax da anders. Ihre Zeit würde kommen, aber jetzt war es noch zu früh.

Jetzt mussten sie Kinder sein, auch wenn die Welt in Trümmern lag.